Anne Holt
In kalter Absicht

SERIE PIPER

Zu diesem Buch

Seit zwei Tagen hat es kein Lebenszeichen mehr von der kleinen Emilie gegeben. Dann verschwindet auch der fünfjährige Kim spurlos. Verzweifelt sucht Hauptkommissar Yngvar Stubø nach Hinweisen, bis der entführte Junge gefunden wird – tot, mit einem zerknitterten Zettel in der Hand: »Du hast bekommen, was du verdienst.« Die Todesursache gibt Stubø Rätsel auf. Da verschwindet das dritte Kind. Stubø schaltet die kluge und sensible Psychologin Inger Vik ein, die den Schuldigen finden muß, ehe er weiteres Unheil anrichten kann. Inger Vik aber recherchiert noch im Fall Aksel Seier, der vor über vierzig Jahren ein kleines Mädchen mißbraucht und getötet haben soll. Niemand weiß, wo er sich aufhält, doch es scheint eine Verbindung zu den aktuellen Entführungen zu geben ... In lakonischer Sprache, aber mit großem Feingefühl erzählt Anne Holt von einem brisanten Fall, dessen Lösung durch tragische Mißverständnisse und politische Skrupellosigkeit behindert wird.

Anne Holt, geboren 1958 in Norwegen, arbeitete nach ihrem Jurastudium als Journalistin, Polizistin und Anwältin, bevor sie 1996 für kurze Zeit norwegische Justizministerin war. Seit 1993 veröffentlicht sie psychologische Kriminalromane: »Blinde Göttin«, »Selig sind die Dürstenden«, »Das einzige Kind«, »Im Zeichen des Löwen«, »Das achte Gebot», »In kalter Absicht« und »Das letzte Mahl« avancierten zu internationalen Bestsellern und wurden mit den wichtigsten norwegischen Krimipreisen ausgezeichnet. Zuletzt erschien von ihr auf deutsch »Die Wahrheit dahinter«. Mit ihrer Frau und Tochter lebt sie in Oslo und Südfrankreich. Weiteres zur Autorin: www.anne-holt.com

Anne Holt
In kalter Absicht

Kriminalroman

Aus dem Norwegischen von
Gabriele Haefs

Piper München Zürich

Die Übersetzung wurde von NORLA, Norwegian Literature Abroad, Oslo, gefördert.

Von Anne Holt liegen in der Serie Piper vor:
Das einzige Kind (3079)
Im Zeichen des Löwen (mit Berit Reiss-Andersen, 3216)
Das achte Gebot (3581)
Blinde Göttin (3602)
Selig sind die Dürstenden (3658)
In kalter Absicht (3917, 6118)
Blinde Göttin / Selig sind die Dürstenden (Doppelband, 4157)
Das letzte Mahl (mit Berit Reiss-Andersen, 4273)

Für meine Eltern

Ungekürzte Taschenbuchausgabe
Juni 2003 (SP 3917)
November 2004

Titel der norwegischen Originalausgabe:
»Det som er mitt«

Umschlag: ZERO, München
Foto Umschlagvorderseite: Paul Knight, The Trevillion
Picture Library
Foto Umschlagrückseite: Peter von Felbert
Satz: Uhl + Massopust, Aalen
Druck und Bindung: Clausen & Bosse, Leck
Printed in Germany ISBN 3-492-26118-3

www.piper.de

Die Decke wurde blau. Der Mann im Laden hatte behauptet, die dunkle Farbe würde das Zimmer kleiner wirken lassen. Doch das war ein Irrtum. Die Decke schien sich zu heben, fast zu verschwinden. So hatte ich es mir gewünscht, als ich noch klein war: ein Gewölbe aus nächtlicher Dunkelheit, mit Sternen und einer schmalen Mondsichel gleich über dem Fenster. Damals wurde die Entscheidung von meiner Großmutter getroffen. Von meiner Großmutter und meiner Mutter – ein Jungenzimmer in Gelb und Weiß.

Glück ist etwas, an das ich mich nur vage erinnern kann, wie an eine leichte Berührung in einer fremden Menschenmenge; verflogen, ehe wir uns umdrehen können. Als das Zimmer fertig war, zwei Tage bevor er endlich kommen würde, war ich zufrieden. Glück ist etwas Kindliches, und ich gehe immerhin auf die Vierunddreißig zu. Aber ich freute mich, natürlich. Ich freute mich.

Das Zimmer war bereit. Auf dem Mond saß rittlings ein kleiner Junge. Blond, mit einer Angel, einem Bambusstock mit Schnur und Schwimmer und unten, am Haken befestigt: ein Stern. Ein Tropfen überschüssiger Goldfarbe zog sich schmal wie ein Strich hinunter zum Fensterrahmen, als sei der Himmel kurz vorm Schmelzen.

Endlich würde mein Sohn kommen.

I

Sie war auf dem Heimweg von der Schule. Und der Nationalfeiertag rückte näher. Den würde sie zum ersten Mal ohne Mama feiern müssen. Ihre Tracht war zu kurz. Die Mutter hatte den Rock schon zweimal ausgelassen.

Emilie war nachts von einem bösen Traum geweckt worden. Ihr Papa schlief; sie hörte sein leises Schnarchen durch die Wände und hielt sich die Tracht vor den Leib. Die rote Kante war bis zu ihren Knien hochgekrochen. Sie wuchs zu schnell. Das sagte Papa sehr oft: »Du schießt wie ein Pilz in die Höhe, mein Schatz.« Emilie fuhr mit der Hand über den Wollstoff, beugte die Knie und machte einen Buckel. Die Oma sagte es auch immer: »Grete war eine Bohnenstange, kein Wunder, daß die Kleine so wächst.«

Durch die verkrümmte Haltung taten Emilies Schultern und Knie bald weh. Ihre Mama war schuld, daß sie so groß war. Die rote Kante würde nur bis zu ihren Knien reichen.

Vielleicht konnte sie um ein neues Kleid bitten.

Ihr Ranzen war schwer. Sie hatte Huflattich gepflückt. Einen so großen Strauß, daß Papa ihr zu Hause eine Vase würde heraussuchen müssen. Die Stengel waren lang, nicht so wie damals, als sie noch klein war und nur die Blüten abgebrochen hatte, die dann in Eierbechern herumschwimmen konnten.

Sie war nicht gern allein unterwegs. Marte und Silje waren abgeholt worden. Sie hatten nicht gesagt, warum, sie hatten ihr nur aus dem Wagen von Martes Mutter zugewinkt.

Der Huflattich brauchte Wasser. Einige Blüten hingen schon schlaff über ihre Finger. Emilie versuchte, den Strauß nicht so fest zu umklammern. Eine Blüte fiel zu Boden, und sie bückte sich, um sie aufzuheben.

»Heißt du Emilie?«

Der Mann lächelte. Emilie schaute sich um. Gerade hier, auf dem schmalen Weg zwischen zwei vielbefahrenen Straßen, einer Abkürzung, durch die sie mehr als zehn Minuten schneller zu Hause sein konnte, war sonst kein Mensch zu sehen.

Sie murmelte vor sich hin und wich ängstlich zurück.

»Emilie Selbu? Das bist du doch, nicht wahr?«

Nie mit fremden Männern sprechen. Nie mit Unbekannten mitgehen. Zu allen Erwachsenen höflich sein.

»Ja«, flüsterte sie und versuchte sich schnell an ihm vorbeizudrängen.

Der Schuh, der neue Turnschuh mit den rosa Streifen, versank tief in Schlamm und totem Laub. Emilie hätte fast das Gleichgewicht verloren. Der Mann packte sie am Arm. Dann drückte er etwas gegen ihr Gesicht.

Anderthalb Stunden darauf wurde Emilie Selbu bei der Polizei als vermißt gemeldet.

2

»Ich habe nie aufhören können, an diesen Fall zu denken. Schlechtes Gewissen, vielleicht. Aber ich war doch damals eine frisch ausgebildete Juristin, zu einer Zeit, als Mütter von kleinen Kindern gefälligst zu Hause zu sein hatten. Viel konnte ich da ja nicht ausrichten.«

In ihrem Lächeln lag eine Bitte, allein gelassen zu werden. Das Gespräch hatte fast anderthalb Stunden gedauert. Die Frau im Bett rang nach Atem, und das starke Sonnenlicht war sichtlich eine Qual für sie. Ihre Finger krümmten sich um die Kante der Bettdecke.

»Ich bin erst siebzig«, keuchte sie. »Aber ich komme mir vor wie eine Greisin. Sie müssen das verzeihen.«

Inger Johanne Vik erhob sich und zog die Vorhänge vor. Sie zögerte und drehte sich nicht um.

»Besser?« fragte sie schließlich.

Die alte Dame schloß die Augen.

»Ich habe alles aufgeschrieben«, sagte sie. »Vor drei Jahren. Als ich in Pension ging und dachte, ich ...«

Sie hob eine schmale Hand.

»... würde Zeit genug haben.«

Inger Johanne Vik starrte den Ordner an, der neben einem Bücherstapel auf dem Nachttisch lag. Die alte Dame nickte kurz.

»Nehmen Sie ihn. Ich kann jetzt nicht mehr viel tun. Ich weiß nicht einmal, ob der Mann noch lebt. Wenn ja, dann wäre er jetzt... fünfundsechzig. So ungefähr.«

Sie schloß die Augen. Langsam glitt ihr Kopf zur Seite. Ihr Mund öffnete sich ein wenig, und als Inger Johanne Vik sich nach dem roten Ordner bückte, nahm sie den fauligen Atem wahr. Leise steckte sie den Ordner in ihre Umhängetasche und ging auf Zehenspitzen zur Tür.

»Eins noch, ganz zum Schluß.«

Sie fuhr zusammen und drehte sich zu der alten Dame um.

»Man hat mich gefragt, wie ich so sicher sein kann. Manche halten das Ganze für die fixe Idee einer alten Frau, die niemand mehr braucht. Ich habe ja nichts unternommen in all den Jahren, als... Wenn Sie das alles gelesen haben, dann wäre ich dankbar, wenn Sie ...«

Sie hüstelte. Ihre Augen schlossen sich. Es wurde still.

»Wenn ich was?«

Inger Johanne Vik flüsterte, sie wußte nicht, ob die alte Dame eingeschlafen war.

»Ich weiß, daß er unschuldig war. Und ich wüßte gern, ob Sie mir zustimmen.«

»Aber ich kann das doch nicht ...«

Die alte Dame schlug leicht mit der Handfläche gegen den Bettpfosten.

»Ich weiß, was Sie können. Was du kannst. Du interessierst dich nicht für Schuld oder Unschuld. Aber ich interessiere mich dafür. In diesem Fall ist das so. Und ich hoffe, bei dir wird das auch der Fall sein. Wenn du das alles gelesen hast. Willst du mir das versprechen? Daß du wiederkommst?«

Inger Johanne Vik lächelte kurz. Eigentlich war es nur eine unverbindliche Grimasse.

3

Emilie war auch früher nicht immer auf direktem Wege nach Hause gekommen. Sie war nie lange ausgeblieben, doch einmal, das mußte gleich nach Gretes Tod gewesen sein, hatte er drei Stunden nach ihr suchen müssen. Er hatte überall gesucht. Zuerst ein ärgerlicher Telefonrundruf; er fragte Bekannte, Gretes Schwester, die nur zehn Minuten entfernt wohnte und Emilies Lieblingstante war, die Großeltern, die das Kind seit mehreren Tagen nicht gesehen hatten. Er wählte immer neue Nummern, während seine Besorgnis in Angst umschlug und seine Finger die richtigen Tasten verfehlten. Dann lief er durch die Nachbarschaft, zog immer weitere Kreise, seine Angst wurde zu Panik, und er fing an zu weinen.

Sie saß auf einem Baum und schrieb einen Brief an Mama, einen gezeichneten Brief, der als Papierflugzeug zum Himmel hinaufgeschickt werden sollte. Er hob sie behutsam vom Ast und ließ das Flugzeug in einem Bogen von einem steilen Abhang losfliegen. Es glitt im Zickzack hin und her und verschwand über zwei hohen Birken, die sie seither den »Weg zum Paradies« nannten. Danach ließ er sie zwei Wochen lang nicht aus den Augen. Das änderte sich erst nach den Ferien, als der Schulbeginn ihn dazu zwang.

Diesmal war es anders.

Er hatte früher nie die Polizei angerufen; Emilies kürzeres oder etwas längeres Ausbleiben mußte er eben hinnehmen. Aber das hier war etwas anderes. Plötzlich wurde er von Panik überwältigt. Er wußte selbst nicht, warum, aber als Emilie nicht zur normalen Zeit nach Hause kam, rannte er in Richtung Schule los, ohne zu bemerken, daß er unterwegs seinen Pantoffel verlor. Auf dem Weg zwischen den beiden Hauptstraßen lagen ihr Ranzen und ein großer Strauß Huflattich; auf der Abkürzung, die sie sich normalerweise nicht allein zu gehen traute.

Grete hatte Emilie den Ranzen einen Monat vor ihrem Tod gekauft. Emilie hätte ihn niemals einfach irgendwo liegenlassen. Er hob ihn hoch, ein wenig zögerlich, er konnte sich doch irren, der Ranzen konnte einem anderen Kind gehören, einem eher achtlosen Kind vielleicht; er hatte Ähnlichkeit mit Emilies Ranzen, und erst als er mit angehaltenem Atem den Deckel geöffnet und die Initialen auf der Innenseite gesehen hatte, gab es keinen Zweifel mehr. E S. Emilies große, eckige Buchstaben. Es war Emilies Ranzen, und niemals hätte sie ihn einfach so liegenlassen.

4

Der Mann, um den es in Alvhild Sofienbergs Unterlagen ging, hieß Aksel Seier und war 1935 geboren. Mit fünfzehn Jahren hatte er eine Schreinerlehre angefangen. Seine Papiere sagten wenig über seine Kindheit aus, abgesehen davon, daß er von Trondheim nach Oslo umgezogen war, wo sein Vater nach Kriegsende Arbeit auf der Aker-Werft gefunden hatte. Noch ehe der Junge richtig erwachsen geworden war, hatte er schon drei Vorstrafen kassiert, wenn auch nie für ein schweres Vergehen.

»Nicht nach heutigen Maßstäben, zumindest.«

Inger Johanne Vik murmelte vor sich hin und blätterte weiter. Das Papier war brüchig und vergilbt. Die Gerichtsprotokolle berichteten von zwei Kioskeinbrüchen und einem Autodiebstahl, der auf dem Mossevei endete, als dem uralten Ford das Benzin ausging. Mit einundzwanzig wurde Aksel Seier wegen des Verdachts auf Vergewaltigung und Mord verhaftet.

Das Opfer hieß Hedvig, und zum Zeitpunkt ihres Todes war sie erst acht Jahre alt. Ein Zollbeamter hatte sie in einem Hafenspeicher gefunden, nackt und verstümmelt in einem Sack. Nach einer großangelegten Fahndungsaktion, die etwas mehr als zwei Wochen dauerte, wurde Aksel Seier festgenommen. Indizien gab es zwar nicht, keine Blutspuren, keine Fingerabdrücke, keine Fußspuren oder andere Spuren, die den mutmaßlichen Täter mit dem Opfer in Verbindung hätten bringen können. Aber Aksel war am Tatort gesehen worden, von zwei zuverlässigen Zeugen, die auch erklären konnten, was sie selbst so spät in der Nacht dort zu suchen gehabt hatten.

Zuerst stritt der junge Mann alles ab. Später mußte er dann doch zugeben, daß er sich in der Nacht, in der Hedvig ermordet worden war, in dem Gebiet zwischen Pipervika und Vippetangen aufgehalten hatte. Er habe nur ein wenig schwarzgebrannten Alkohol absetzen wollen. Den Namen seines Kunden wollte er nicht nennen.

Wenige Stunden nach seiner Festnahme konnte die Polizei eine lange zurückliegende Anzeige wegen Exhibitionismus ausgraben. Aksel war damals achtzehn gewesen und hatte nach eigener Aussage »einfach im Suff pissen« wollen, an einem Sommerabend am Ingierstrand. Drei Mädchen waren vorbeigekommen. Er habe sich nur einen Jux machen wollen, sagte er. So einen Besoffenenjux. Er sei doch nicht *so einer.* Er habe sich nicht entblößt, sondern sich nur mit drei hysterischen Mädels einen Scherz erlaubt.

Die Anzeige wurde danach nicht weiterverfolgt, aber auch nicht aus dem Register gelöscht. Und nun erhob sie sich als zornbebender Zeigefinger aus der Vergessenheit, als Stigma, das er für getilgt gehalten hatte.

Als sein Name in den Zeitungen veröffentlicht wurde, in fetten Schlagzeilen, die Aksels Mutter 1956 am Tag vor Heiligabend in den Selbstmord trieben, gingen bei der Polizei drei weitere Anzeigen ein. Die eine wurde totgeschwiegen, nachdem der Staatsanwaltschaft aufgegangen war, daß diese Frau mittleren Alters jedes Jahr eine Vergewaltigung anzeigte. Die anderen beiden wurden ausgiebig weiterverfolgt.

Margrete Solli, neunzehn Jahre, war drei Monate mit Aksel zusammengewesen. Sie hatte ihre festen Prinzipien. Was Aksel geärgert hatte, wie sie errötend und mit gesenktem Blick gestand. Mehr als einmal hatte er sich erzwungen, was nur in der Ehe erlaubt war.

In Aksels Version stellte sich diese Geschichte ein wenig anders dar. Er erinnerte sich an wunderschöne Nächte am Sognsvann, mit kichernden Protesten und leichten Klapsen auf seine Hände, die sich über nackte Haut stahlen. Er erinnerte sich an heiße Abschiedsküsse und seine eigenen halbherzigen Versprechungen der Ehe, wenn er nur erst seine Gesellenprüfung bestanden habe. Er erzählte der Polizei und dem Gericht von einer jungen Frau, die zwar ein wenig überredet werden mußte, aber auch nicht mehr als alle anderen, so sind die Frauenzimmer doch, solange sie noch keinen Ehering tragen, nicht wahr?

Die dritte Anzeige stammte von einer Frau, die Aksel Seier, wie er sagte, unbekannt war. Die Vergewaltigung, die man ihm vorhielt, lag schon viele Jahre zurück, das Opfer war damals vierzehn gewesen. Aksel protestierte energisch. Er habe sie noch nie im Leben gesehen. Darauf bestand er während der neunwöchigen Untersuchungshaft und den langen, quälenden Prozeß hindurch. Er habe diese Frau nie gesehen. Und ihren Namen habe er auch noch nie gehört.

Aber er tischte doch so viele Lügen auf.

Als Anklage erhoben wurde, nannte Aksel endlich den Kunden, der ihm ein Alibi verschaffen sollte. Der Mann hieß Arne Frigaard und hatte zwanzig Flaschen guten Schwarzgebrannten für fünfundzwanzig Kronen das Stück erstanden. Als die Polizei das nachprüfte, fanden sie einen verdutzten Oberst der norwegischen Armee in seiner Villa vor. Oberst Frigaard verdrehte empört die Augen angesichts dieser frechen Unterstellung und führte die beiden Beamten zu seinem Barschrank. Der enthielt nur edle Spirituosen. Seine Frau sagte zwar sehr wenig, nickte jedoch, als ihr lautstarker Gatte beteuerte, an diesem Abend zu Hause gewesen zu sein, um seine Migräne zu pflegen; er sei früh zu Bett gegangen.

Inger Johanne strich sich über den Nasenrücken und nippte an ihrem kalten Tee.

Nichts wies darauf hin, daß irgendwer die Geschichte des Oberst genauer untersucht hätte. Trotzdem ahnte sie eine Ironie oder vielleicht eher eine sarkastische Distanz in der trockenen Art, in der der Richter den Bericht der Polizei wiedergegeben hatte. Der Oberst selbst wurde vor Gericht nicht vernommen. Er leide wirklich unter Migräne, behauptete ein Arzt, der damit seinem langjährigen Patienten die Peinlichkeit ersparte, vor Gericht als Abnehmer von billigem Fusel bloßgestellt zu werden.

Inger Johanne fuhr zusammen, als sie ein Geräusch aus dem Schlafzimmer hörte. Selbst nach all diesen Jahren, diesen fünf Jahren, in denen alles so viel besser gegangen war – das Kind schlief in der Regel tief und gesund die Nacht durch und war vermutlich nur ein wenig erkältet –, lief es ihr beim leisesten Räuspern, beim schwächsten, schläfrigsten Husten eiskalt den Rücken hinunter. Jetzt war es wieder still.

Ein Zeuge fiel ihr besonders auf. Evander Jakobsen war siebzehn Jahre alt und saß selbst im Gefängnis. Zum Zeitpunkt des Mordes jedoch hatte er sich auf freiem Fuß befunden und wollte gegen Bezahlung für Aksel Seier einen Sack von einem Haus in der Osloer Altstadt zum Hafen getragen haben. In seinen ersten Aussagen behauptete er, Seier sei die ganze Zeit mit ihm zusammen unterwegs gewesen, durch die nächtlichen Straßen, und habe den Sack nicht selbst tragen wollen, »um kein Aufsehen zu erregen«. Dann aber änderte er seine Geschichte. Nicht Seier habe ihn gebeten, den Sack zu tragen, sondern ein anderer Mann, dessen Namen er nicht kannte. Dieser neuen Erklärung zufolge hatte Seier ihn im Hafen erwartet und ohne weitere Worte den Sack übernommen. Der hatte angeblich verdorbene Schweineköpfe und Schweinepfoten enthalten. Mehr wußte Evander Jakobsen nicht, er habe nicht nachgesehen, sagte er. Aber es hatte gestunken, das stand auf jeden Fall fest, und das Gewicht konnte auch mit dem einer Achtjährigen übereinstimmen.

Diese offenbar unwahre Geschichte hatte im Polizeireporter des *Dagbladet* Zweifel geweckt. Er bezeichnete Evander Jakobsens Aussage als »haarsträubend unwahrscheinlich«. Unterstützung fand er bei seinem Kollegen vom *Morgenbladet,* der sich hemmungslos über die widersprüchlichen Aussagen des jungen Knastbruders lustig machte.

Aber die Skepsis der Presse half wenig.

Das Gericht sah es als erwiesen an, daß Aksel Seier die achtjährige Hedvig Gåsøy vergewaltigt hatte. Er wurde darüber hinaus für schuldig befunden, sie ermordet zu haben, um das vorangegangene Verbrechen zu vertuschen.

Das Urteil lautete auf lebenslänglich.

Inger Johanne Vik legte die Papiere vorsichtig übereinander. Der kleine Stapel bestand aus den Gerichtsprotokollen und vielen Zeitungsartikeln. Es gab keine Polizeiberichte. Keine Vernehmungsprotokolle. Keine Sachverständigengutachten, obwohl aus den Gerichtsprotokollen hervorging, daß mehrere angefertigt worden waren.

Nach der Urteilsverkündung hatten die Zeitungen den Fall nicht mehr erwähnt.

Für Inger Johanne Vik war es ein Fall unter vielen anderen. Was ihn besonders machte und ihr den Schlaf raubte, war das Ende der Geschichte. Es war schon halb eins, aber sie spürte überhaupt keine Müdigkeit.

Sie las alles noch einmal. Zwischen all den Unterlagen hatte die alte Dame ihren beunruhigenden Bericht mit zwei Büroklammern an den Zeitungsausschnitten befestigt.

Endlich erhob sich Inger Johanne. Draußen wurde es schon hell. In wenigen Stunden mußte sie aufstehen. Das Kind im Bett grunzte im Halbschlaf, als sie es auf die andere Seite schieben wollte. Sollte die Kleine ruhig liegenbleiben. Sie selbst würde ja doch keinen Schlaf finden.

5

»Das ist eine unglaubliche Geschichte.«

»Meinst du das wortwörtlich? Daß du mir nicht glaubst?«

Im Zimmer war erst kürzlich gelüftet worden. Die Kranke wirkte lebhafter. Sie saß aufrecht im Bett, und in einer Ecke lief ein Fernseher, wenn auch ohne Ton. Inger Johanne Vik lächelte und fuhr ganz leicht mit den Fingern über die Bettdecke, die über der Stuhllehne hing.

»Natürlich glaube ich dir. Warum sollte ich nicht?«

Alvhild Sofienberg gab keine Antwort. Ihr Blick wanderte von Inger Johanne zu dem stummen Fernseher. Die Bilder flackerten unruhig und sinnlos über den Bildschirm. Die alte Frau hatte blaue Augen. Ihre Wangen waren eingefallen, und ihre Lippen schienen von den starken Schmerzen, die kamen und gingen, verzehrt zu werden. Ihre Haare waren auf dem schmalen Schädel zu einem Flaum geschwunden.

Vielleicht war sie früher einmal schön gewesen. Es war schwer zu sagen. Inger Johanne musterte die verwüsteten Züge und versuchte sich ihr Gegenüber im Jahre 1965 vorzustellen. Alvhild Sofienberg war damals fünfunddreißig gewesen.

»Ich bin 1965 geboren«, sagte Inger Johanne plötzlich und legte den Ordner weg. »Am 22. November. Genau zwei Jahre nach dem Attentat auf Kennedy.«

»Meine Kinder waren damals schon größer. Und ich hatte gerade das Staatsexamen abgelegt.«

Die alte Dame lächelte, ein wirkliches Lächeln, ihre Zähne leuchteten grau in der straffen Öffnung zwischen Nase und Kinn. Ihre Konsonanten waren hart, die Vokale verschwunden. Sie streckte die Hand nach einem Glas Wasser aus und trank.

Alvhild Sofienberg war damals zunächst als Sachbearbeiterin im Justizvollzug eingesetzt worden. Sie sollte die an den König gerichteten Gnadengesuche vorbereiten. Inger Johanne wußte das schon. Es stand in den Unterlagen; in der Geschichte der alten Frau, die einem Urteil als Anlage beigeheftet war, und einigen vergilbten Unterlagen über einen Mann, der Aksel Seier hieß und des Kindsmordes für schuldig befunden worden war.

»Eine langweilige Arbeit, eigentlich. Aber das erscheint vor allem im Rückblick so. Ich kann mich nicht erinnern, daß ich mich damals nicht wohl gefühlt hätte. Im Gegenteil. Ich hatte eine Ausbildung gemacht, ich hatte das Staatsexamen abgelegt, und das war etwas Großartiges. Damals. In meiner Familie jedenfalls.«

Wieder bleckte sie die Zähne und versuchte, ihren schmalen Mund mit der Zungenspitze anzufeuchten.

»Woher hast du all die Unterlagen?« fragte Inger Johanne und füllte das Glas mit frischem Wasser aus einer Karaffe auf.

Die Eiswürfel waren geschmolzen, und das Wasser hatte einen leichten Zwiebelgeruch.

»Ich meine, Gnadengesuche werden doch wohl nie von sämtlichen Unterlagen begleitet? Von Vernehmungsprotokollen und ähnlichem? Ich begreife nicht ganz, wie du ...«

Alvhild versuchte sich aufzusetzen. Als Inger Johanne sich über sie beugte, nahm sie abermals den Gestank alter Zwiebeln wahr. Der Gestank wuchs, er wurde zu einem Verwesungsgeruch, der ihre Nasenlöcher füllte und Brechreiz in ihr auslöste. Sie tarnte diesen Krampf durch einen Hustenanfall.

»Ich rieche nach Zwiebeln«, sagte die alte Frau kurz. »Niemand weiß, woher das kommt.«

»Vielleicht ist das … « Inger Johanne zeigte auf die Karaffe.

»Ich hatte ein wenig den Eindruck … «

»Umgekehrt«, hustete die alte Frau. »Das Wasser nimmt meinen Geruch an. Du mußt einfach durchhalten. Ich habe um die Papiere gebeten, ganz einfach.«

Sie zeigte auf den Ordner, der auf den Boden gefallen war.

»Wie ich dort geschrieben habe, kann ich nicht vollständig erklären, was mein Interesse geweckt hat. Vielleicht war es die Schlichtheit des Gesuches. Der Mann saß seit acht Jahren im Gefängnis und hatte immer auf seiner Unschuld beharrt. Er hatte schon drei Gnadengesuche eingereicht, die aber immer abgelehnt worden waren. Trotzdem beklagte er sich nicht. Er schützte keine Krankheit vor, wie die meisten anderen das tun. Er verbreitete sich nicht seitenweise über geschwächte Gesundheit, über Kinder, die sich nach ihrem Papa sehnen, und solche Dinge. Sein Gesuch bestand aus einer Zeile. Zwei Sätzen. ›Ich wurde unschuldig verurteilt. Deshalb bitte ich um Begnadigung.‹ Das fand ich faszinierend. Und bat deshalb um alle Papiere. Es ging um … «

Alvhild versuchte die Hände zu heben.

»Um fast einen Meter Dokumente. Ich las und las, und meine Überzeugung bestätigte sich immer mehr.«

Ihre Finger zitterten vor Anstrengung, sie ließ die Arme wieder sinken.

Inger Johanne beugte sich über den Ordner auf dem Boden und hob ihn hoch. Ihre Arme überzogen sich mit Gänsehaut. Es zog durch einen Spalt im Fenster. Plötzlich bewegte sich der Vorhang, und sie zuckte zusammen. Vom Fernseher her flackerte das Blau der Nachrichten, und plötzlich ärgerte sie sich darüber, daß der Apparat so sinnlos lief.

»Glaubst du das auch? Daß er unschuldig war? Er ist unschuldig verurteilt worden. Und irgendwer hat versucht, das zu vertuschen.«

Alvhild Sofienbergs Stimme hatte jetzt einen scharfen Unterton, eine aggressive Schärfe. Inger Johanne blätterte wortlos in den mürben Papieren.

»Das liegt ja wohl so ziemlich auf der Hand«, sagte sie kaum hörbar.

»Was hast du gesagt?«

»Ja. Ich bin ganz deiner Meinung.«

Die Kranke schien plötzlich keine Kraft mehr zu haben. Sie ließ sich auf ihr Kissen zurücksinken und schloß die Augen. Ihr Gesicht wurde ruhiger, als hätten die Schmerzen sie endlich losgelassen. Nur ihre Nasenflügel zitterten leicht.

»Das erschreckendste ist vielleicht nicht, daß er unschuldig verurteilt wurde«, sagte Inger Johanne langsam. »Das schlimmste ist wohl, daß er nie ... das, was nachher passiert ist, nach seiner Freilassung, daß er nie ... ich wüßte gern, ob er noch lebt.«

»Noch eins«, sagte Alvhild müde und wandte ihr Gesicht zum Fernseher hin; sie drehte mit der am Bettgestell befestigten Fernbedienung den Ton laut. »Noch ein entführtes Kind.«

Ein kleiner Junge lächelte schüchtern auf einem Schnappschuß. Er hatte braune Locken und drückte ein Feuerwehrauto aus rotem Kunststoff an seine Brust. Hinter ihm, unscharf, war eine herzlich lachende Frau zu sehen.

»Die Mutter vielleicht. Die Ärmste. Ob es da wohl einen Zusammenhang gibt? Mit dem Mädchen, meine ich. Mit der Kleinen, die ...«

Kim Sande Oksøy sei in der vergangenen Nacht aus seinem Zuhause in Bærum verschwunden, teilte eine metallische Stimme mit. Der Fernseher war alt, das Bild zu blau, der Klang zu dünn. Der Täter war in das Reihenhaus eingebrochen, als die Familie schlief; eine Kamera schwenkte über ein Wohnviertel und fokussierte dann ein Fenster im Erdgeschoß. Die Vorhänge bewegten sich leise, und die Kamera lieferte die Großaufnahme eines aufgebrochenen Fensters und eines grünen Teddybären, der gleich dahinter in einem Regal saß. Ein junger Polizist mit ausweichendem Blick und unbequemer Uniform bat alle, die sachdienliche

Hinweise liefern konnten, um Anruf bei einer mit 800 beginnenden Nummer oder um eine Mitteilung an das nächstgelegene Polizeirevier.

Der Junge war erst fünf Jahre alt. Die neunjährige Emilie Selbu war vor sechs Tagen verschwunden, auf dem Heimweg von der Schule.

Alvhild Sofienberg schlief. Neben ihrem schmalen Mund zeichnete sich eine kleine Narbe ab, eine Kerbe, die sich vom Mundwinkel schräg zum Ohr hochzog. Sie sah aus, als ob sie lächelte. Als Inger Johanne sich aus dem Zimmer hinunter ins Erdgeschoß schlich, kam eine Krankenschwester auf sie zu. Sie sagte nichts, blieb nur auf der Treppe stehen und drückte sich ans Geländer. Die Schwester roch ebenfalls nach Zwiebeln, nach Zwiebeln und nach Waschmittel. Inger Johanne war speiübel. Sie ging an der anderen vorbei und wußte nicht, ob sie dieses Haus, in dem der Geruch der Sterbenden im ersten Stock sich auf alles und jeden legte, je wieder besuchen würde.

6

Emilie kam sich größer vor, nachdem der neue Junge gekommen war. Er hatte noch mehr Angst als sie. Als der Mann ihn vor einiger Zeit ins Zimmer schob, hatte er sich vollgekackt. Obwohl er beinahe groß genug war, um in die Schule zu gehen. Am anderen Ende des Zimmers gab es ein Klo und daneben ein Waschbecken. Der Mann hatte ihnen ein Handtuch und ein Stück Seife hingeworfen, nachdem der Junge gekommen war, und Emilie konnte ihn so einigermaßen saubermachen. Aber nirgendwo gab es frische Kleidung. Sie klemmte die schmutzige Unterhose unter das Waschbecken, zwischen Wand und Abflußrohr. Der Junge mußte ohne Unterhose auskommen, und er hörte einfach nicht auf zu weinen.

Bis jetzt. Jetzt war er endlich eingeschlafen. Im Zimmer stand nur ein Bett. Es war ziemlich schmal und sicher alt. Das Holz war braun und abgenutzt, und irgendwer hatte mit fast verblichenem Filzstift darauf gemalt. Als Emilie das Laken anhob, sah sie, daß die Matratze von langen Haaren bedeckt war, von Frauenhaaren, die am Schaumgummi klebten und sie veranlaßten, das Laken sofort wieder fallen zu lassen. Der Junge lag unter der Decke, mit dem Kopf auf ihrem Schoß. Er hatte braune Locken, und Emilie hätte gern gewußt, ob er überhaupt sprechen konnte. Er hatte seinen Namen genuschelt, als sie danach fragte. Kim. Oder Tim. Sie hatte es nicht richtig verstanden. Er hatte auch nach seiner Mama gerufen, völlig stumm konnte er also nicht sein.

»Schläft er?«

Emilie zuckte zusammen. Die Tür war angelehnt. Die Schatten machten es schwer, sein Gesicht zu sehen, aber seine Stimme war deutlich. Sie nickte schwach.

»Schläft er?«

Der Mann schien nicht böse oder ärgerlich zu sein. Er brüllte nicht, wie ihr Papa das manchmal tat, wenn er eine Frage wiederholen mußte.

»Ja.«

»Schön. Hast du Hunger?«

Die Tür war aus Eisen. Sie hatte innen keine Klinke. Emilie wußte nicht, wie lange sie schon hier festsaß, in diesem Zimmer mit Klo und Waschbecken in der einen Ecke, Bett in der anderen und sonst gar nichts, außer Mauern und der blanken Tür. Auf jeden Fall schon lange. Sie hatte die Tür sicher schon hundertmal angefaßt. Sie war glatt und eiskalt. Der Mann hatte Angst, sie könnte hinter ihm ins Schloß fallen. Er befestigte sie mit einem Haken an der Wand, wenn er ein seltenes Mal ins Zimmer kam. Normalerweise, wenn er Essen und Trinken brachte, stellte er einfach ein Tablett vor die Türöffnung.

»Nein.«

»Schön. Du solltest jetzt auch schlafen. Es ist Nacht.«

Beim Dröhnen der schweren Eisentür, die ins Schloß fiel, brach sie in Tränen aus. Obwohl der Mann gesagt hatte, es sei Nacht, konnte sie keinen Unterschied zwischen Tag und Nacht feststellen. Anfangs hatte sie nicht darüber nachgedacht, daß Brote und Milch wohl Frühstückszeit bedeuteten, während Eintopf und Pfannkuchen auf einem gelben Tablett, das der Mann auf den Boden stellte, darauf hindeuteten, daß Nachmittag war. Als sie das dann endlich begriffen hatte, fing der Mann an zu schummeln. Ab und zu bekam sie dreimal hintereinander Brot.

An diesem Tag, nachdem Kim oder Tim zu ihr hereingestolpert war, hatte der Mann eine Tomatensuppe serviert. Lauwarm, ohne Nudeln.

Emilie versuchte, mit dem Weinen aufzuhören. Sie wollte den Jungen nicht wecken. Sie hielt den Atem an, um nicht zu zittern, aber das half nichts.

»Mama«, schluchzte sie unbewußt. »Meine Mama.«

Ihr Papa suchte sicher nach ihr. Er suchte jetzt schon lange. Papa und Tante Beate liefen sicher durch den Wald, obwohl es schon Nacht war. Vielleicht machte auch der Opa mit. Die Oma hatte wehe Füße und saß sicher zu Hause und las Bücher oder backte Waffeln, die die anderen essen konnten, wenn sie den Weg zum Paradies und den Himmelsbaum abgesucht hatten, ohne Emilie zu finden.

»Mama«, sagte Kim und heulte auf.

»Schhh!«

»Mama! Papa!«

Der Junge sprang auf und brüllte. Sein Mund wurde zu einem riesigen Loch. Sein ganzes Gesicht verzerrte sich zu einem einzigen großen Schrei, und sie preßte sich an die Wand und kniff die Augen zusammen.

»Du darfst nicht schreien«, sagte sie mit tonloser Stimme. »Sonst wird der Mann vielleicht böse.«

»Mama! Ich will zu meinem Papa!«

Der Junge bekam fast keine Luft mehr. Er rang schluchzend

nach Atem, und als Emilie die Augen öffnete, sah sie, daß sein Gesicht dunkelrot angelaufen war. Aus einem Nasenloch floß Rotz. Sie nahm einen Zipfel der Decke und wischte ihn vorsichtig ab. Er schlug nach ihr.

»Will nicht«, sagte er und schluchzte wieder. »Will nicht.«

»Soll ich dir eine Geschichte erzählen?« fragte Emilie.

»Will nicht.«

Er fuhr sich mit dem Ärmel über die Nase.

»Meine Mama ist tot«, sagte Emilie und lächelte flüchtig. »Sie sitzt im Himmel und paßt auf mich auf. Immer. Sie kann auch auf dich aufpassen.«

»Will nicht.«

Der Junge weinte immerhin nicht mehr ganz so schrecklich.

»Meine Mama heißt Grete. Sie hat einen BMW.«

»Audi«, sagte der Junge.

»Mama hat im Himmel einen BMW.«

»Audi«, sagte der Junge noch einmal, und ein zaghaftes Lächeln ließ ihn hübscher aussehen.

»Und ein Einhorn. Ein weißes Pferd mit einem Horn auf der Stirn, und das Pferd kann fliegen. Mama kann mit dem Einhorn überall hinfliegen, wenn sie nicht mit dem BMW fahren mag. Vielleicht kommt sie her. Ziemlich bald, glaube ich.«

»Mit Krach«, sagte der Junge.

Emilie wußte sehr gut, daß ihre Mama keinen BMW hatte. Sie war auch nicht im Himmel, und Einhörner gab es überhaupt nicht. Es gab gar keinen Himmel, auch wenn Papa das behauptete. Er erzählte gern von all dem, was Mama da oben hatte, all dem, was sie sich immer gewünscht und wozu immer das Geld gefehlt hatte. Im Paradies gab es alles umsonst. Es gab dort nicht einmal Geld, sagte Papa und lächelte. Mama konnte haben, was sie wollte, und Papa glaubte, es sei schön für Emilie, darüber reden zu können. Sie hatte ihm auch geglaubt, lange, und es tat gut, sich vorzustellen, daß Mama in den Ohren pflaumengroße Diamanten trug, während sie in einem roten Kleid auf ihrem Einhorn durch die Luft ritt.

Tante Beate hatte Papa ausgeschimpft. Emilie war nicht nach Hause gekommen, weil sie einen Brief an Mama schreiben wollte, und als Papa sie endlich gefunden hatte, schimpfte Tante Beate so laut, daß die Wände wackelten. Die Erwachsenen glaubten, Emilie wäre endlich eingeschlafen. Es war schon spät in der Nacht.

»Es wird Zeit, daß das Kind die Wahrheit erfährt, Tønnes. Grete ist tot. Schluß, aus. Ihre Asche liegt in einer Urne, und Emilie ist groß genug, um das zu verstehen. Jetzt mußt du aufhören. Du machst sie kaputt mit deinen ganzen Märchen. Damit erhältst du Grete auf künstliche Weise am Leben, und ich weiß nicht mal genau, wen du damit an der Nase herumführen willst, dich oder Emilie. Grete ist tot. TOT, ist das klar?«

Tante Beate weinte und war gleichzeitig böse. Sie war der klügste Mensch auf der ganzen Welt. Das sagten alle. Sie war Oberärztin und wußte einfach alles über Herzkrankheiten. Sie rettete Menschen vor dem sicheren Tod, einfach, weil sie soviel wußte. Wenn Tante Beate Papas Geschichten als Märchen bezeichnete, dann hatte sie sicher recht. Einige Tage darauf war der Papa mit Emilie in den Garten gegangen, um ihr die Sterne zu zeigen. Im Himmel gab es vier neue Löcher, weil Mama sie so gern besser sehen wollte, erzählte er und zeigte nach oben. Emilie gab keine Antwort. Das machte ihn traurig. Sie konnte es seinen Augen ansehen, als er ein Buch holte und ihr vor dem Einschlafen vorlas. Sie wollte den Rest der Geschichte über Mamas Reise ins Himmels-Japan nicht hören, die Geschichte, die er ihr seit drei Abenden erzählte und die eigentlich ziemlich witzig war. Papa war Übersetzer von Beruf, er übersetzte Bücher und liebte solche Geschichten wohl ein bißchen zu sehr.

»Ich heiße Kim«, sagte der Junge und steckte den Daumen in den Mund.

»Ich heiße Emilie«, sagte Emilie.

Als sie einschliefen, ahnten sie nicht, daß draußen der Morgen dämmerte.

Anderthalb Stockwerke über ihnen, im Parterre eines Hauses am Rand eines Wäldchens, starrte ein Mann aus dem Fenster. Er fühlte sich seltsam hochgestimmt; fast berauscht, wie vor einer herausfordernden Aufgabe, der er sich absolut gewachsen wußte. Es war unmöglich, richtig zu schlafen. Die ganze Nacht hindurch hatte er manchmal das Gefühl gehabt, für einen Moment weggetreten zu sein, um dann von einem klaren Gedanken aufgeschreckt zu werden.

Das Fenster zeigte nach Westen. Er sah, wie die nächtliche Dunkelheit sich zum Horizont hin verzog. Streifen von Morgenlicht übergossen die Berge auf der anderen Seite des Tals. Er erhob sich und legte das Buch auf den Tisch.

Niemand wußte es. In weniger als zwei Tagen würde eins der beiden Kinder im Keller tot sein. Er empfand bei dieser Gewißheit keine Freude, aber eine hochgestimmte Entschlossenheit, die ihn veranlaßte, sich Zucker und Milch für den bitteren, bereits am Vorabend gekochten Kaffee zu gönnen.

7

»Willkommen im Studio, Inger Johanne Vik. Sie sind Juristin und Psychologin und haben eine Doktorarbeit darüber geschrieben, warum Menschen Sexualverbrechen begehen. Nach den Ereignissen der…«

Inger Johanne schloß für einen Moment die Augen. Das Licht war grell. Trotzdem war es kalt in diesem riesigen Raum, sie spürte, wie eine Gänsehaut ihre Unterarme überzog.

Sie hätte die Einladung ausschlagen sollen. Nein sagen. Und jetzt sagte sie:

»Ich möchte zunächst einmal klarstellen, daß ich durchaus keine Abhandlung zu der Frage geschrieben habe, warum jemand zum Sexualstraftäter wird. Das kann Ihnen – meines Wissens – niemand mit Sicherheit sagen. Ich habe jedoch einen Vergleich zwischen einer zufälligen Auswahl verurteilter Sexualverbrecher und einer ebenso zufälligen Auswahl anderer Straftäter angestellt, um Unterschiede und Parallelen in Herkunft, Kindheit und frühem Erwachsenenalter festzustellen. Meine Arbeit heißt *Sexually motivated crime, a comp –«*

»Das waren jetzt viele schwierige Wörter, Frau Vik. Sie haben also eine größere Abhandlung über Sexualverbrecher geschrieben. In weniger als einer Woche sind zwei Kinder brutal ihren Eltern entrissen worden. Kann Ihrer Meinung nach irgendein Zweifel daran bestehen, daß es sich um sexuell motivierte Verbrechen handelt?«

»Zweifel?«

Sie wagte nicht, nach dem Plastikbecher voll Wasser zu greifen. Um ihre Hände daran zu hindern, unkontrolliert zu zittern, verschränkte sie die Finger ineinander. Sie wollte antworten. Ihre Stimme versagte. Sie schluckte.

»Zweifel ist gar kein Ausdruck. Ich begreife nicht, wie überhaupt irgend jemand eine solche Behauptung aufstellen kann.«

Der Moderator hob die Hand und runzelte gereizt die Stirn, als habe sie gegen irgendeine Abmachung verstoßen.

»Natürlich ist es möglich«, korrigierte sie sich selbst. »Alles ist möglich. Die Kinder *können* Übergriffen zum Opfer gefallen sein, es kann aber auch um etwas ganz anderes gehen. Ich bin keine Polizistin, ich kenne diese Fälle nur aus den Medien. Trotzdem möchte ich annehmen, daß die Ermittlungen noch nicht einmal ergeben haben, ob die beiden … Entführungen, können wir wohl sagen … überhaupt etwas miteinander zu tun haben. Als ich die Einladung zu diesem Gespräch angenommen habe, dachte ich, daß …«

Wieder mußte sie schlucken. Ihr Hals schnürte sich zusammen. Ihre rechte Hand zitterte so heftig, daß sie die Finger unter ihren Oberschenkel schob. Sie hätte ablehnen sollen.

»Aber Sie«, sagte der Moderator munter und richtete seinen

Blick auf eine Frau mit schwarzem Kostüm und langen silbergrauen Haaren. »Solveig Grimsrud, Leiterin der neuen Organisation ›Schützt Unsere Kinder‹, Sie neigen klar zu der Auffassung, daß wir es hier mit einem Kinderschänder zu tun haben.«

»Nach allem, was wir über solche Fälle aus dem Ausland gehört haben, wäre jede andere Auffassung unglaublich naiv. Es ist sehr schwer, sich ein anderes Motiv für eine Kindesentführung vorzustellen – von Kindern, die einander vollkommen fremd sind, wenn wir den Zeitungen glauben können. Wir kennen Fälle aus den USA und aus der Schweiz, ganz zu schweigen von den entsetzlichen Ereignissen in Belgien, die nur wenige Jahre zurückliegen … wir wissen von diesen Fällen, und wir wissen auch, wie sie ausgegangen sind.«

Grimsrud tippte sich an die Brust. Das führte zu einem häßlichen Knacken in dem Mikrofon, das an ihrem Revers befestigt war. Inger Johanne konnte sehen, daß sich hinter der Kamera ein Techniker die Ohren zuhielt.

»Was meinen Sie damit, wie sie … ausgegangen sind?«

»Ich meine das so, wie ich es sage. Bei Kindesentführungen liegt immer einer von drei Gründen vor.«

Ihre langen Haare fielen ihr in die Augen, und Solveig Grimsrud schob sie sich hinter die Ohren, ehe sie an ihren Fingern abzählte.

»Entweder geht es um simple Erpressung. Davon kann in unseren Fällen nicht die Rede sein. Die Familien beider Kinder besitzen kein Vermögen. Dann haben wir die bedeutende Anzahl von Kindern, die von einem Elternteil, zumeist vom Vater, nach einer Trennung dem anderen Elternteil entzogen werden. Auch das kann hier nicht der Grund sein. Die Mutter des Mädchens ist tot, die Eltern des Jungen sind weiterhin verheiratet. Also bleibt nur die letzte der Möglichkeiten. Die Kinder wurden von einem oder mehreren pädophilen Tätern entführt.«

Der Moderator zögerte.

Inger Johanne spürte einen nackten Kinderbauch, der sich im

Halbschlaf an ihren Rücken drückte, spürte verschlafene Finger in ihrem Nacken.

Ein Mann von Ende Fünfzig mit Pilotenbrille und gesenktem Blick holte tief Luft und redete gleichzeitig los:

»So wie ich das sehe, ist Frau Grimsruds Theorie nur eine von vielen. Ich glaube, wir sollten ...«

»Fredrik Skolten«, fiel der Moderator ihm ins Wort. »Sie sind Privatdetektiv und waren zuvor zwanzig Jahre bei der Polizei. Wir machen unsere Zuschauer darauf aufmerksam, daß wir auch die Kripo hierher gebeten haben, von dort jedoch eine Absage bekamen. Aber Herr Skolten, Sie mit Ihrer breiten polizeilichen Erfahrung, von welchen Theorien geht Ihrer Ansicht nach die Polizei aus?«

»Wie ich eben schon sagen wollte ...«

Der Mann fixierte einen Punkt auf der Tischplatte und rieb sich in regelmäßigen Abständen mit dem rechten Zeigefinger über den linken Handrücken.

»Im Moment hält man sich dort wohl die meisten Möglichkeiten offen. Aber Frau Grimsrud hat sehr viel Wahres gesagt. Bei Kindesentführungen unterscheiden wir in der Regel drei Kategorien, einmal die, die sie ... und die ersten beiden wirken ziemlich ...«

»Unwahrscheinlich?«

Der Moderator beugte sich vor, wie zu einem vertraulichen Gespräch unter vier Augen.

»Mhm, ja. Aber natürlich besteht kein Grund ... nicht ohne weiteres ...«

»Die Leute müssen endlich aufwachen«, fiel Solveig Grimsrud ihm ins Wort. »Noch vor wenigen Jahren war sexueller Mißbrauch von Kindern etwas, das uns nicht betraf. Etwas, das nur in den USA passierte, weit weg. Wir ließen unsere Kinder allein zur Schule gehen, sie durften ohne Erwachsene zelten fahren, waren oft stundenlang nicht zu Hause, ohne daß wir uns davon überzeugt hätten, daß sie beaufsichtigt wurden. Es ist höchste Zeit, daß wir ...«

»Es ist höchste Zeit, daß ich mich zurückziehe.«

Inger Johanne war sich nicht bewußt, daß sie aufgesprungen war. Sie starrte in die Kamera, diesen elektronischen Zyklopen, der mit einem leeren grauen Auge zurückstarrte und sie lähmte. Das Mikrofon war noch immer an ihrer Jacke befestigt.

»Das hier hat doch alles keinen Sinn. Irgendwo da draußen …«

Sie richtete den Zeigefinger gegen die Kamera.

»… sitzt ein Witwer, dessen Tochter vor einer Woche verschwunden ist. Da sitzt ein Ehepaar. Ihr Junge wurde entführt, ihnen mitten in der Nacht weggenommen. Und hier sitzen Sie …«

Ihr Finger zeigte zitternd auf Solveig Grimsrud.

»… und erzählen ihnen, daß das Schlimmste geschehen ist, was man sich überhaupt nur vorstellen kann. Sie haben keinerlei, und ich wiederhole, *keinerlei* Grundlage, solche Behauptungen aufzustellen. Das ist gedankenlos, boshaft … *unverantwortlich.* Wie gesagt, ich kenne diese Fälle nur aus den Medien. Aber ich hoffe … ich bin mir sogar sicher, daß die Polizei sich nicht dermaßen in eine Theorie verbeißt, wie Sie das tun. Ich kann mir hier und jetzt sechs oder sieben andere Erklärungen für diese Entführungen vorstellen, und eine ist so gut oder schlecht wie die andere. Und auf jeden Fall ist jede davon besser untermauert als Ihr spekulatives Szenario. Der kleine Kim ist seit einem Tag verschwunden. *Seit einem Tag!* Ich kann Ihnen gar nicht sagen …«

Und das war wortwörtlich wahr. Sie verstummte. Dann riß sie sich das Mikrofon vom Revers und ging. Die Kamera folgte ihr zur Studiotür, mit schwerfälligen, ungelenken Bewegungen.

»Na«, sagte der Moderator; seine Oberlippe war schweißnaß, und er atmete durch den Mund. »Da haben wir auch das mal erlebt.«

Irgendwo in Oslo saßen zwei Männer vor dem Fernseher. Der Ältere lächelte schwach, der Jüngere schlug mit der Faust gegen die Wand.

»Klasse. Das hat gesessen. Kennst du die Frau? Hast du schon von ihr gehört?«

Der Ältere, Yngvar Stubø von der Kriminalpolizei, nickte zerstreut.

»Hab ihre Doktorarbeit gelesen. Wirklich interessant. Im Moment untersucht sie, wie die Massenmedien über Kapitalverbrechen berichten. Ich hab neulich einen Artikel gelesen, und wenn ich den richtig verstanden habe, dann vergleicht sie das Schicksal von Verurteilten, über deren Fälle die Presse ausgiebig berichtet hat, mit dem Schicksal derjenigen, bei denen das nicht so war. Der gemeinsame Nenner ist, daß alle ihre Unschuld beteuern. Sie geht dabei weit in die Vergangenheit zurück. Bis in die fünfziger Jahre, glaube ich. Warum, weiß ich nicht.«

Sigmund Berli grinste.

»Die Frau hat jedenfalls Mumm in den Knochen. Ich glaube, so was hab ich noch nie gesehen. Steht einfach auf und geht. Stark. Vor allem, weil sie recht hat.«

Yngvar Stubø zündete sich eine riesige Zigarre an, ein Zeichen dafür, daß er seinen Arbeitstag jetzt für beendet ansah.

»Sie hat so recht, daß es richtig interessant sein könnte, sich mal mit ihr zu unterhalten«, sagte er und griff nach seiner Jacke. »Bis morgen.«

8

Ein Kind, das sterben wird, hat keine Vorstellung vom Tod. Rein instinktiv kämpft es um sein Leben, so wie eine Eidechse ihren Schwanz opfert, wenn ihr Leben auf dem Spiel steht. Jedes Geschöpf ist genetisch aufs Überleben programmiert. Auch Kinder. Aber eine Vorstellung vom Tod haben sie nicht. Ein Kind fürchtet sich vor konkreten Dingen. Vor der Dunkelheit. Vor Fremden vielleicht, vor der Trennung von seiner Familie, vor Schmerzen, unheimlichen Geräuschen, dem Verlust eines Gegenstandes. Der Tod dagegen ist unfaßbar für ein noch nicht erwachsenes Verständnis.

Ein Kind, das sterben wird, weiß es nicht. Das dachte der Mann, während er seine Vorbereitungen traf.

Er goß Cola in ein Wasserglas und fragte sich, warum er sich überhaupt mit solchen Überlegungen abgab. Obwohl er den Jungen ganz bewußt ausgesucht hatte, konnte von Gefühlen zwischen ihnen nicht die Rede sein. Der Junge war ihm fremd, er war ein Stein in einem wichtigen Spiel. Er würde nichts merken. So gesehen war der Tod nur gut für den Jungen. Seine Sehnsucht nach den Eltern, ein Schmerz, den ein fünfjähriger Junge erfassen und begreifen kann, mußte schlimmer sein als ein schneller, schmerzloser Tod.

Der Mann zerstieß ein Valium und ließ das Pulver in ein Glas rieseln. Es war eine geringe Dosis, der Junge sollte nur einschlafen. Es war wichtig, daß er sich in den Tod hineinschlief. Und leicht. Praktisch. Einem Kind eine Spritze zu geben ist ohnehin schwer genug, auch wenn es dabei nicht heult und wild um sich tritt.

Das nachlassende Sprudeln im Colaglas machte ihn durstig. Langsam feuchtete er sich mit der Zunge die Lippen an. Ein Zittern lief durch seine Rückenmuskeln, in gewisser Weise freute er sich auf alles. Auf die Durchführung eines sorgfältig überlegten Planes.

Es würde sechs Wochen und vier Tage brauchen, wenn alles nach diesem Plan verlief.

9

Nur wenig wies darauf hin, daß der Mittsommer nur noch gut einen Monat entfernt war. Grauer Nebel hing über dem Sognsvann, und die Bäume waren noch immer kahl. Hier und dort zeigte eine mutige Birke schon eine Andeutung von grünen Blattspitzen, und an den Südhängen wuchs langstieliger Huflattich. Ansonsten hätte an diesem Tag auch der 14. Oktober und nicht der 14. Mai sein können. Eine Sechsjährige in rotem Overall und gelben Gummistiefeln riß sich die Mütze vom Kopf.

»Nein, Kristiane. Nicht ins Wasser gehen.«

»Laß sie doch. Sie hat ja Stiefel an.«

»Herrgott, Isak, das Wasser ist zu tief. Kristiane! Nicht!«

Die Kleine wollte nicht hören. Sie summte eine eintönige Melodie vor sich hin und stand schon bis über die Stiefel im Wasser. Die füllten sich mit einem gurgelnden Geräusch. Das Kind starrte leer vor sich hin und wiederholte immer wieder diese vier Töne.

»Du bist schon ganz naß«, schimpfte Inger Johanne Vik und zog ihre Tochter an Land.

Das Kind lächelte freundlich seine Füße an und hörte auf zu singen. Die Mutter nahm es unter den Arm und ging zu einer wenige Meter entfernt stehenden Bank. Dort zog sie aus einem Rucksack eine trockene Strumpfhose, eine Paar dicke Socken und klobige Turnschuhe. Kristiane bockte. Sie machte sich steif und preßte die Beine zusammen, ihr Blick richtete sich wieder ins Leere. Tief unten in ihrem Hals brummten dieselben vier Töne wie immer: dam-di-rum-ram. Dam-di-rum-ram.

»Du wirst krank«, sagte Inger Johanne. »Du erkältest dich.«

»Erkälten«, sagte Kristiane lächelnd, und ihre plötzlich wachen Augen streiften die ihrer Mutter.

»Ja. Krank.«

Inger Johanne versuchte, Kristianes Blick einzufangen, ihn festzuhalten.

»Dam-di-rum-ram«, summte Kristiane und erstarrte wieder.

»Komm. Laß mich mal.«

Isak packte seine Tochter unter den Armen und warf sie hoch in die Luft.

»Papa«, schrie Kristiane, und ihre Stimme überschlug sich dabei. »Mehr!«

»Mehr, sehr wohl«, brüllte Isak und ließ die triefnassen Stiefel der Kleinen über den Boden schleifen, ehe er sie wieder in den Nebel hochwarf. »Kristiane ist ein Flugzeug!«

»Flugzeug! Fahrflugzeug. Möwenmann!«

Inger Johanne verstand nicht, woher sie diese Wörter nahm. Das Kind konstruierte Begriffe, die weder Isak noch sie jemals verwendeten; und andere taten das wohl auch nicht. Aber immer steckte darin eine Art Logik, eine Relevanz, die im Moment oft kaum zu erkennen war, die aber dennoch den Eindruck eines Sprachgefühls erweckte, das ganz anders war als die kurzen, einfachen Wörter, die das Kind sonst verwendete; und auch das nur, wenn es wollte.

»Dam-di-rum-ram.«

Die Flugreise war zu Ende. Das Lied war wieder da. Kristiane saß bei ihrem Vater auf dem Schoß und ließ sich umziehen.

»Eiskalter Po«, sagte Isak und versetzte ihr einen leichten Klaps, ehe er ihr die trockene Strumpfhose über die Füße zog, deren Zehen sich unnatürlich kräftig zur Wölbung hin krümmten. »Kristiane ist ja überall eiskalt.«

»Kristiane kalt. Hunger.«

»So. Gehen wir?«

Er stellte das Mädchen vor sich auf die Beine. Dann stopfte er die nassen Kleider in den Rucksack. Aus einer Seitentasche zog er eine Banane, schälte sie und reichte sie Kristiane.

»Wo waren wir?«

Er fuhr sich mit der Hand durch die Haare. Die feuchte Luft ließ sie zusammenkleben. Er hob das Gesicht. Er hatte immer so jung ausgesehen, obwohl er nur einen Monat jünger war als sie. Verantwortungslos und ewig jung; die Haare immer eine Spur zu lang, die Kleider zu leger, zu locker für sein Alter. Inger Johanne versuchte, das vertraute Gefühl einer Niederlage zu verdrängen, diese ewige Erkenntnis, mit Kristiane nicht so gut umgehen zu können wie er.

»Erzähl mir den Rest der Geschichte!«

Er lächelte aufmunternd und warf den Kopf leicht in den Nacken. Kristiane war schon zehn Meter vor ihnen, mit ihrem charakteristischen wackelnden Gang, den sie längst abgelegt haben müßte. Isak legte Inger Johanne für einen Moment die Hand auf die Schulter, dann setzte auch er sich in Bewegung, langsam, als sei er sich nicht sicher, ob sie mit ihm Schritt halten könnte.

»Als Alvhild Sofienberg den Fall genauer untersuchen wollte«, sagte Inger Johanne, die kleine Gestalt, die sich wieder dem Ufer näherte, nicht aus den Augen lassend, »da stieß sie auf unerwarteten Widerstand. Aksel Seier wollte nicht mit ihr sprechen.«

»Ach ja? Warum nicht? Er hatte ein Gnadengesuch eingereicht, da hätte er sich doch darüber freuen müssen, daß jemand aus dem Ministerium sich ein klareres Bild machen wollte?«

»Sollte man meinen. Ich habe keine Ahnung. Kristiane!«

Die Kleine schaute sich um und lachte laut. Langsam drehte sie dem Wasser den Rücken zu und stapfte zum Waldrand hoch, dort hatte sie offenbar etwas entdeckt.

»Sie ließ aber nicht locker. Alvhild Sofienberg, meine ich. Schließlich nahm sie Kontakt zum Gefängnisgeistlichen auf. Das war ein verläßlicher Mann, der fast alles auf der Welt gesehen hatte. Er war überzeugt von Seiers … Unschuld. Er auch. Das war natürlich Wasser auf Alvhilds Mühlen. Sie ließ nicht locker und wandte sich wieder an ihre Vorgesetzten.«

»Moment mal.«

Isak blieb stehen. Er nickte Kristiane zu, der sich ein riesiger Berner Sennenhund zugesellt hatte. Das Kind legte dem Tier die Arme um den Hals und jauchzte. Der Hund wedelte träge mit dem Schwanz.

»Du solltest dir einen Hund anschaffen«, sagte er leise. »Kristiane hat einen fantastischen Draht zu Hunden. Und es tut ihr gut, mit ihnen zusammenzusein.«

»Warum schaffst du dir keinen an?« erwiderte Inger Johanne mit scharfer Stimme. »Warum muß ums Verrecken immer ich alle Belastungen auf mich nehmen? Immer!«

Sie holte tief Luft und stieß sie dann durch die Lücke zwischen ihren Vorderzähnen wieder aus. Ein leises, gedehntes Pfeifen ertönte, und der Hund spitzte die schweren Ohren. Kristiane lachte laut.

»Vergiß es«, sagte er und schüttelte kurz den Kopf. »Und was ist dann passiert?«

»Das interessiert dich ja doch nicht.«

Isak Aanonsen fuhr sich mit einer mageren Hand durchs Gesicht.

»Doch. Ich begreife nicht, wie du so was sagen kannst. Ich habe deine ganze Geschichte angehört, und es interessiert mich *sehr,* wie es weitergeht. Was ist denn los mit dir?«

Kristiane hatte den Hund dazu gebracht, sich hinzulegen. Jetzt saß sie rittlings auf ihm und vergrub ihre Hände in seinem Fell. Sein Besitzer stand verwirrt daneben und starrte mit unverhohlener Angst Isak und Inger Johanne an.

»Keine Sorge«, sagte Isak laut und lief zu Hund und Kind hinüber. »Sie hat ein ganz besonderes Gespür für Tiere.«

»Ich muß schon sagen«, sagte der Mann.

Isak hob seine Tochter hoch, und der Hund stand auf. Sein Besitzer nahm ihn an die Leine und ging mit raschen Schritten Richtung Norden davon, wobei er sich ab und zu umschaute, als fürchtete er, dieses beängstigende Kind könnte sie verfolgen.

»Jetzt erzähl schon«, sagte Isak.

»Dam-di-rum-dam«, sang Kristiane.

»Ihr Chef lehnte ab«, sagte Inger Johanne kurz. »Meinte, sie solle die Sache auf sich beruhen lassen. Und ihre Arbeit erledigen. Als sie ihm sagte, daß sie sich schon alle Unterlagen besorgt und sie gründlich gelesen hatte, war er sichtlich verärgert. Als sie hinzufügte, daß sie von Seiers Unschuld überzeugt war, geriet er in Wut. Und jetzt kommt das Beängstigendste an der ganzen Sache.«

Kristiane nahm plötzlich ihre Hand.

»Mama«, sagte sie freundlich. »Meine Mama und ich.«

»Als Alvhild Sofienberg eines Tages ins Büro kam, waren die Unterlagen verschwunden.«

»Verschwunden? Einfach so?«

»Ja. Über einen Meter Dokumente. Spurlos verschwunden.«

»Spazieren«, sagte Kristiane. »Meine Mama und ich.«

»Und Papa«, sagte Inger Johanne.

»Und dann?«

Isak hatte die Stirn wieder gerunzelt. Die Ähnlichkeit mit seiner Tochter wurde dadurch noch deutlicher; das schmale Gesicht, die zusammengewachsenen Augenbrauen.

»Alvhild Sofienberg hat sich fast … gefürchtet. Auf jeden Fall hat sie nicht mehr gewagt, ihren Chef zu beknien, nachdem ihr schroff mitgeteilt worden war, die Ordner seien ›von der Polizei geholt‹ worden.«

Sie malte riesige Gänsefüßchen in die Luft.

»Aber so ganz unter der Hand, im verschwiegenen, hat sie dann dieses erfahren: Aksel Seier war entlassen worden.«

»Wie bitte?«

»Viele Jahre vor seiner Zeit. Freigelassen. Ganz einfach. Und ganz still und leise.«

Sie hatten den großen Parkplatz bei der Sporthochschule erreicht. Dort standen fast keine Autos. Schlammpfützen und tiefe Radspuren zogen sich kreuz und quer über den Platz, und unter drei großen Hängebirken stand Inger Johannes alter Opel Kadett neben Isaks Audi TT.

»Ich möchte das mal kurz zusammenfassen«, sagte Isak und hob die Handfläche, als wolle er einen heiligen Eid schwören. »Wir schreiben also das Jahr 1965. Wir befinden uns nicht im neunzehnten Jahrhundert. Und auch nicht im Krieg. Wir schreiben das Jahr 1965, das Jahr, in dem wir beide geboren worden sind, als die Bürokratie längst eingespielt war und Rechtssicherheit als fester Begriff galt. Also? War er einfach so auf freien Fuß gesetzt worden? Ich meine, es ist eigentlich ja gut und richtig, jemanden zu entlassen, der offenbar unschuldig ist, aber …«

»Genau. Wir haben hier ein großes Aber.«

»Papaauto«, sagte Kristiane und streichelte das silbergraue Sportmodell. »Käferauto. Autokäferauto.«

Die Erwachsenen lachten.

»Du bist mir eine Feine«, sagte Inger Johanne und band die Mütze fester unter Kristianes Kinn zu.

»Wo zum Teufel nimmt sie das bloß her?«

»Nicht fluchen«, mahnte Inger Johanne. »Sie schnappt doch alles auf. Jedenfalls ...«

Sie richtete sich auf. Kristiane setzte sich in eine Schlammpfütze und summte vor sich hin.

»Von ihrem Gewährsmann, dem Gefängnispastor, hörte sie dann, daß eine alte Frau aus Lillestrøm bei der zuständigen Wache erschienen war. Sie hatte sich schon lange mit einem bösen Geheimnis herumgequält. Ihr erwachsener Sohn, der leicht zurückgeblieben war und bei ihr lebte, war in der Nacht, in der die kleine Hedvig verschwand, erst in den frühen Morgenstunden nach Hause gekommen. Seine Kleidung war blutverschmiert und er selbst völlig durcheinander. Die Frau hatte sofort einen Verdacht, als dann die Sache mit Hedvig bekannt wurde. Aber sie wollte nicht darüber reden. Das ist vielleicht nicht so schwer zu ...«

Sie schaute zu ihrer Tochter hinüber.

»Jedenfalls ... der Sohn war inzwischen tot. Die Sache wurde von Polizei und Anklagebehörden mächtig heruntergespielt. Die Frau wurde fast als Hysterikerin abgetan. Aber wie auch immer, nur wenige Wochen darauf wurde unser Freund Aksel Seier entlassen. In aller Stille. Keine Zeitung schrieb darüber. Alvhild hörte nie mehr etwas.«

Der Nebel hatte sich gelichtet; nur die niedrige Wolkendecke zog langsam über die Baumwipfel im Osten. Es regnete jetzt heftig. Ein triefnasser englischer Setter umrundete Kristiane, bellte leise und rannte hinter den Steinen her, die sie mit entzücktem Geheul von sich schleuderte.

»Aber warum erzählt diese ... Alvhild Sofienberg?«

»Mhm.«

»Warum erzählt sie dir das alles erst jetzt? Fünfund ... fünfunddreißig Jahre später?«

»Weil ihr im vergangenen Jahr etwas Seltsames passiert ist. Der Fall hat ihr die ganze Zeit zu schaffen gemacht. Jetzt ist sie pensioniert und wollte sich die Sache noch einmal genauer ansehen. Sie hat sich an das Regionalarchiv und an das Reichsarchiv gewandt, um sich die Unterlagen geben zu lassen. Aber die sind nicht mehr vorhanden.«

»Was?«

»Sie sind verschwunden. Sie liegen nicht im Reichsarchiv. Und auch nicht im Regionalarchiv. Die Osloer Polizeibehörden können sie nicht finden und die für Lillestrøm zuständigen auch nicht. Mehr als ein Meter Unterlagen ist ganz einfach verschwunden.«

Kristiane hockte jetzt nicht mehr am Wasser. Sie kam auf sie zu, naß und von Kopf bis Fuß verdreckt.

»Ich bin ja froh, daß du jetzt nicht mit mir fährst«, sagte er und ging vor ihr in die Hocke. »Aber wir sehen uns am Nationalfeiertag, okay?«

»Kriegt Papa einen Kuß, ehe wir fahren?« fragte Inger Johanne.

Willenlos ließ Kristiane sich umarmen; ihr Blick war in weite Ferne gerichtet.

»Glaubst du, daß du da was machen kannst, Isak?«

Er ließ das Kind nicht aus den Augen.

»Natürlich. Ich bin ein Zauberer, weißt du. Wenn Aksel Seier noch lebt, habe ich seine neue Adresse in weniger als einer Woche ausfindig gemacht. Garantiert.«

»In diesem Leben gibt es keine Garantien«, sagte Inger Johanne kurz. »Aber danke, daß du es versuchen willst. Wenn es überhaupt jemand schaffen kann, dann du.«

»*Sure thing*«, sagte Isak und stieg in seinen TT. »Bis Mittwoch.«

Sie starrte dem Wagen hinterher, bis er hinter den Hügeln in Richtung Kringsjå verschwand.

Isak würde nie etwas anderes sein als ein großer Junge. Sie hatte das nur nicht rechtzeitig begriffen. Früher einmal, vor Kristiane, hatte sie seine Schnelligkeit bewundert, seinen Eifer, seinen Optimismus; den kindlichen Glauben daran, daß alles sich in Ordnung bringen ließe. Er hatte eine ganze Zukunft auf seinem vorbehaltlosen Selbstvertrauen aufgebaut; Isak gründete eine Dot.com-Firma, als die meisten noch nicht einmal wußten, was das war, und er war clever genug, sie rechtzeitig zu verkaufen. Jetzt vergnügte er sich einige Stunden am Tag in der virtuellen Realität, segelte Regatten und half in seiner Freizeit der Heilsarmee bei ihrer Suche nach Verschwundenen.

Inger Johanne hatte das Lachen geliebt, mit dem er der Welt begegnete. Sein Schulterzucken, mit dem er reagierte, wenn die Dinge ein wenig zu kompliziert wurden, machte ihn so attraktiv und so anders als sie.

Dann war Kristiane gekommen. Die erste Zeit versank in Herzoperationen, durchwachten Nächten und Angst. Als sie endlich nach der ersten ungestörten Nachtruhe aufwachten, war es zu spät. Trotzdem hielten sie noch ein Jahr so etwas wie eine Ehe aufrecht. Ein zweiwöchiger Aufenthalt im Staatlichen Zentrum für Kinder- und Jugendpsychiatrie, auf der vergeblichen Jagd nach einer Diagnose für Kristiane, führte dann endgültig zur Scheidung. Sie trennten sich nicht gerade in herzlichem Einvernehmen, aber doch mit einigermaßen intaktem Respekt voreinander.

Eine Diagnose konnte nie gestellt werden. Kristiane schwirrte in ihrer eigenen kleinen Welt umher, und die Ärzte schüttelten den Kopf. Vielleicht autistisch, sagten sie, runzelten aber die Stirn angesichts der offensichtlichen Kommunikationsfähigkeit der Kleinen und ihrem großen Bedürfnis nach Körperkontakt. Was spielt es denn für eine Rolle, fragte Isak, sie ist ein tolles Kind und sie ist unser Kind und ich gebe einen Scheißdreck darauf, was mit ihr nicht in Ordnung ist. Er begriff nicht, wie wichtig es war, eine Diagnose zu finden. Einen Therapieplan für sie aufzustellen. Es Kristiane zu ermöglichen, all ihre Potenziale auszuschöpfen.

Er war so verdammt verantwortungslos.

Sein Problem war, daß er nie ganz akzeptiert hatte, der Vater eines entwicklungsgestörten Kindes zu sein.

Isak schaute in den Spiegel. Inger Johanne sah jetzt älter aus. Müde. Sie nahm alles so schwer. Am liebsten hätte er vorgeschlagen, daß Kristiane fest bei ihm wohnte, nicht nur jede zweite Woche wie bisher. Er sah es doch jedesmal: Wenn er Kristiane nach seiner Woche zurückbrachte, war Inger Johanne guter Laune und einigermaßen ausgeruht. Wenn er am folgenden Sonntag seine Tochter zurückbekam, war Inger Johanne grau, verhärmt und ungeduldig. Das tat Kristiane nicht gut. Und dieser ewige Tanz um Fachleute und Besserwisser auch nicht. Es konnte doch unmöglich so wichtig sein herauszufinden, was der Kleinen fehlte. Wichtig war, daß ihr Herz jetzt in Ordnung war, daß sie Appetit hatte und daß es ihr gutging. Seine Tochter war glücklich. Da war er sich ganz sicher.

Inger Johanne war schon zu lange erwachsen. Früher, vor Kristiane, hatte er das anziehend gefunden. Sexy. Inger Johannes Ehrgeiz. Den Ernst, mit dem sie alle Aufgaben anging. Ihre Ambitionen. Ihre Effektivität. Er hatte sich in die frühreife Zielstrebigkeit verliebt, in ihren bewundernswerten Erfolg bei ihren Studien, in ihre Arbeit an der Universität.

Dann war Kristiane gekommen.

Er liebte dieses Kind. Sie war sein Kind. An Kristiane gab es nichts auszusetzen. Sie war nicht wie alle anderen, aber sie war sie selbst. Und das reichte. Die Meinung aller möglichen Spezialisten dazu, was ihr vielleicht fehlen mochte, spielte keine Rolle. Nur sah Inger Johanne das anders. Sie wollte immer allem auf den Grund gehen.

Sie war so verdammt verantwortungsbewußt.

Ihr Problem war, daß sie nie ganz akzeptiert hatte, die Mutter eines entwicklungsgestörten Kindes zu sein.

10

Hauptkommissar Yngvar Stubø sah aus wie ein amerikanischer Football-Spieler. Er war kräftig und durchaus übergewichtig, ohne jedoch überdurchschnittlich groß zu sein. Die zusätzlichen Kilo verteilten sich gleichmäßig über Schultern, Nacken und Oberschenkel. Sein schneeweißes Hemd spannte über dem Brustkasten. Aus seiner Hemdtasche, gleich über dem Herzen, ragten zwei Metallröhrchen. Ehe sie begriff, worum es sich dabei handelte, glaubte Inger Johanne Vik, der Mann trage Munition mit sich herum.

Er hatte sie mit dem Auto abholen lassen. Zum ersten Mal in ihrem Leben hatte jemand Inger Johanne Vik einen Wagen geschickt. Ihr war das unangenehm, sie hatte ihn gebeten, es sein zu lassen. Sie konnte gut die U-Bahn nehmen. Oder ein Taxi. Aber nein, Stubø bestand darauf. Er schickte einen Volvo, anonym und dunkelblau, mit einem jungen Mann am Steuer.

»Kommt mir vor wie beim Geheimdienst«, sagte sie mit verkniffenem Lächeln, als sie Stubø die Hand gab. »Dunkelblauer Volvo und stummer Fahrer mit Sonnenbrille.«

Sein Lachen war ebenso kräftig wie der Hals, aus dem es kam. Seine Zähne waren weiß und ebenmäßig, und auf der rechten Seite blitzte eine goldene Jacketkrone auf.

»Kümmern Sie sich nicht um Oskar. Der hat noch viel zu lernen.«

Ein leichter Zigarrenrauch hing in der Luft. Allerdings war kein Aschenbecher zu sehen. Der Schreibtisch war außergewöhnlich groß, mit tadellosen Ordnern auf der einen Seite und einem ausgeschalteten Computer auf der anderen. An der Wand über dem Sessel, in dem Stubø Platz nahm, hingen eine Karte von Norwegen, eine FBI-Plakette und ein großes Foto mit einem braunen Pferd. Es war im Sommer aufgenommen worden, auf einer Wiese voller Blumen. Das Pferd schüttelte sich, daß die Mähne nur so flog und seinen Kopf wie ein Heiligenschein umrahmte, der Blick war fest auf die Kamera gerichtet.

»Schönes Pferd«, sagte sie und zeigte auf das Foto. »Ist das Ihres?«

»Sabra«, sagte er und lächelte wieder; dieser Mann lächelte andauernd. »Prachtvolles Tier. Danke, daß Sie gekommen sind. Ich habe Sie im Fernsehen gesehen.«

Inger Johanne fragte sich, wie viele Menschen ihr während der vergangenen Tage genau diesen Satz gesagt hatten. Typisch, daß Isak als einziger diese ungeheuer peinliche Episode mit keinem Wort erwähnt hatte. Er sah aber auch nie fern. Inger Johannes Mutter dagegen hatte in der ersten halben Stunde nach der Sendung fünfmal angerufen; der Anrufbeantworter schleuderte Inger Johanne ihre schrille Stimme entgegen, sowie sie zur Tür hereinkam. Inger Johanne hatte sie nicht zurückgerufen. Was vier weitere Anrufe zur Folge hatte, einer wütender als der andere. In der Uni hatten sie ihr am nächsten Tag auf die Schulter geklopft. Manche hatten gelacht, andere waren aus Solidarität mit ihr überaus wütend gewesen. Die Kassiererin im Supermarkt hatte sich vertraulich zu ihr vorgebeugt und so laut geflüstert, daß die ganze Nachbarschaft es gehört haben mußte:

»Ich hab Sie im Fernsehen gesehen.«

Die *Redaktion 21* brach offenbar sämtliche Zuschauerrekorde.

»Sie waren gut«, sagte Stubø.

»Gut? Ich konnte doch kaum etwas sagen.«

»Sie haben das gesagt, was wichtig war. Daß Sie gegangen sind, hat mehr gesagt, als irgendwer von diesen anderen … eher begrenzt begabten Menschen absondern konnte. Sie haben meine Mail gelesen?«

Sie nickte kurz.

»Aber ich glaube, Sie liegen da ein wenig schief. Ich kann mir nicht vorstellen, wie ich Ihnen vielleicht helfen könnte. Ich bin nicht gerade …«

»Ich habe Ihre Doktorarbeit gelesen«, fiel er ihr ins Wort. »Sehr interessant. In meinem Beruf …«

Er schaute ihr ins Gesicht und verstummte. Seine Augen sahen bedauernd aus, als sei ihm seine Tätigkeit im Grunde peinlich.

»Wir schaffen es meistens nicht, auf dem laufenden zu bleiben. Oder nur bei den Dingen, die für unsere Ermittlungen unmittelbar relevant zu sein scheinen. So wie das hier ...«

Er öffnete eine Schublade und zog ein Buch heraus. Inger Johanne erkannte sofort den Einband, auf dem ihr Name in kleinen Buchstaben über einer farblosen Winterlandschaft stand.

»Ich bin wohl der einzige hier, der es gelesen hat. Schade. Es ist äußerst relevant.«

»Wofür?«

Wieder nahm sein Gesicht diesen mißmutigen, teilweise entschuldigenden Ausdruck an.

»Für die polizeiliche Arbeit. Für alle, die versuchen, die Seele des Verbrechens zu verstehen.«

»Die Seele des *Verbrechens?* Sind Sie sicher, daß Sie nicht des *Verbrechers* meinen?«

»Gut aufgepaßt, Frau Professor. Gut aufgepaßt.«

»Ich bin keine Professorin. Ich bin Universitätsdozentin.«

»Ist das so wichtig?«

»Ja.«

»Warum?«

»Warum ...«

»Ja. Spielt es wirklich eine Rolle, wie ich Sie nenne? Wenn ich Frau Professor sage, dann bedeutet das doch nur, daß ich weiß: Sie forschen und unterrichten an der Universität. Stimmt das nicht?«

»Das schon, aber ist es nicht richtig, klarzustellen ...«

»Sich nicht größer zu machen, als man ist? Nicht die Formalitäten zu vernachlässigen? Wollten Sie das sagen?«

Inger Johanne kniff die Augen zusammen und nahm die Brille ab. Langsam rieb sie mit dem Hemdzipfel über das linke Glas. Sie erkaufte sich Zeit. Jetzt war der Mann auf der anderen Seite des Tisches auf einen grauen Nebel reduziert, auf ein unbestimmtes Wesen ohne klare Konturen.

»Mein Fach ist Präzision«, hörte sie das konturlose Gesicht weiterreden. »In großen wie in kleinen Dingen. Gute Polizeiarbeit besteht darin, einen Stein auf den anderen zu legen. Auf den Millimeter genau. Wenn ich schlampig vorgehe... wenn einer von meinen Leuten ein Haar übersieht, sich um eine Minute irrt, eine kleine Abkürzung einschlägt, weil wir glauben, etwas zu wissen, was wir strenggenommen noch gar nicht mit Sicherheit sagen können, dann...«

Klatsch.

Seine Hände schlugen gegeneinander, und Inger Johanne setzte ihre Brille wieder auf.

»Dann sind wir übel dran«, fügte er leise hinzu. »Und ehrlich gesagt habe ich das langsam satt.«

Was nun wirklich nicht ihr Problem war. Es konnte ihr egal sein, ob ein nicht mehr junger Hauptkommissar der Kriminalpolizei seine Arbeit satt hatte. Der Mann schien offenbar mit existenziellen Fragen zu ringen, die sie überhaupt nichts angingen.

»Nicht die Arbeit an sich«, fügte er plötzlich hinzu und hielt ihr eine Schachtel Pfefferminzbonbons hin. »Durchaus nicht. Hier, nehmen Sie eins. Stört Sie der Zigarrengeruch? Soll ich lüften?«

Sie schüttelte den Kopf und lächelte kurz.

»Nein. Das riecht gut.«

Er lächelte ebenfalls. Er sah gut aus. Auf eine fast extreme Art gut; seine Nase war zu gerade, zu groß. Seine Augen zu tief, zu blau. Sein Mund zu scharf, zu wohlgeformt. Yngvar Stubø war zu alt für sein blendend weißes Lächeln.

»Sie fragen sich bestimmt, warum ich mit Ihnen sprechen wollte«, sagte er munter. »Als Sie mich vorhin berichtigt haben... *Seele des Verbrechens* zu *Seele des Verbrechers* korrigierten, haben Sie den Nagel auf den Kopf getroffen. Genau darum geht es hier nämlich.«

»Ich begreife nicht ganz...«

»Warten Sie einen Moment.«

Er drehte sich zu dem Foto des Pferdes um.

»Sabra«, setzte er an und verschränkte die Hände hinter dem Kopf, »ist ein gutes altmodisches Reitpferd. Heben Sie ihr ein fünfjähriges Kind auf den Rücken, und sie wird sich mit vorsichtigen Schritten in Bewegung setzen. Wenn ich sie jedoch selbst reite… wow! Ich habe viele Jahre lang Springturniere mit ihr geritten. Vor allem zum Spaß natürlich, richtig gut war ich nie. Worum es mir geht, ist…«

Plötzlich beugte er sich zu ihr vor, und sie nahm den schwachen Pfefferminzgeruch in seinem Atem wahr. Inger Johanne war nicht sicher, ob sie diese plötzliche Intimität angenehm oder abstoßend finden sollte. Sie wich zurück.

»Pferde haben angeblich keinen Farbsinn, habe ich gehört«, sagte er jetzt. »Das kann schon sein. Aber egal, was andere sagen, Sabra haßt alles, was blau ist. Außerdem haßt sie Regenwetter, verliebt sich immer ein wenig in rossige Stuten, ist gegen Katzen allergisch und läßt sich viel zu leicht von Autos mit mehr als drei Litern Hubraum ablenken.«

Er zögerte einen Moment, neigte den Kopf ganz leicht seitwärts und fügte dann hinzu:

»Tatsache ist, daß ich mir ihr Abschneiden immer erklären konnte. Weil sie eben so ist. Als… als Pferd einfach. Wenn sie eine Stange herunterriß, brauchte ich das nicht näher zu analysieren, wie es viele andere und seriösere Reiter tun. Ich konnte…«

Er schaute von unten her zu dem Bild hoch.

»Ich sah es in ihren Augen. In ihrer Seele, wenn Sie so wollen. In ihrem Wesen. Weil ich weiß, wie sie ist.«

Inger Johanne wollte etwas sagen. Irgendein Einwand schien jetzt angebracht.

»Hier arbeiten wir nicht so«, sagte er, ehe ihr etwas Passendes einfiel. »Hier gehen wir in die andere Richtung.«

»Ich habe noch immer keine Ahnung, was Sie von mir wollen.«

Yngvar Stubø faltete wieder die Hände, diesmal wie zum Gebet, und legte sie vorsichtig vor sich auf seine Schreibunterlage.

»Zwei entführte Kinder und zwei zerstörte Familien. Meine Leute haben bereits mehr als vierzig verschiedene Proben zur Analyse ins Labor geschickt. Wir haben mehrere hundert Tatortfotos gemacht. Wir haben so viele Vernehmungen durchgeführt, daß die bloße Zahl Ihnen schon Kopfschmerzen verursachen würde. Fast sechzig Beamte arbeiten an diesem Fall, oder genauer gesagt, an diesen Fällen. In einigen Tagen werde ich alles wissen, was es über das Verbrechen als solches zu wissen gibt. Aber ich fürchte, daß mich das nicht weiterbringen wird. Ich will etwas über den *Verbrecher* wissen. Und deshalb brauche ich Sie.«

»Sie brauchen das, was in den USA *profiler* genannt wird«, sagte sie langsam.

»Genau. Ich brauche Sie.«

»Nein«, sagte sie eine Spur zu laut. »Ich bin nicht die, die Sie suchen.«

In einem Reihenhaus in Bærum sah eine Frau auf ihre Armbanduhr. Die Zeit war völlig aus der Bahn geraten. Eine Sekunde folgte nicht auf die andere. Eine Minute schloß sich nicht der anderen an. Die Stunden gerieten durcheinander. Sie schienen ewig und dann plötzlich ganz kurz. Sie kamen zurück, wenn sie endlich hinter ihr lagen; sie erkannte sie, es waren alte Feindinnen, die sie nicht in Ruhe lassen wollten.

Die Angst an diesem allerersten Morgen war für sie beide etwas Greifbares gewesen. Etwas, das sie in einer Reihe von Telefonanrufen kanalisieren konnten, bei der Polizei, bei ihren Eltern. Im Büro. Bei der Feuerwehr, die vergeblich anrückte und überhaupt nicht in der Lage war, einen in der Nacht verschwundenen kleinen Jungen von fünf Jahren mit braunen Locken ausfindig zu machen. Lasse rief alle an, die ihm nur einfielen: das Krankenhaus zum Beispiel, das einen Krankenwagen schickte, ohne einen Patienten vorzufinden, den sie abholen könnten. Sie selbst wählte die Nummer der Nachbarn, die skeptisch am Zaun stehenblieben, als sie uniformierte Polizisten im Vorgarten sahen.

Die Angst hatte sich noch zu etwas verwenden lassen. Aber danach war alles viel schlimmer geworden.

Sie stolperte die Kellertreppe hinunter.

Die Stützräder waren von der Wand gefallen. Lasse hatte sie gerade erst von Kims Fahrrad abmontiert. Kim war so stolz gewesen. War mit seinem blauen Helm ganz begeistert losgefahren. War gefallen, hatte sich aufgerappelt. Und war weitergefahren. Ohne Stützräder. Die hingen neben der Kellertreppe, gleich hinter der Tür; eine Trophäe.

»Dann kann ich sehen, wie tüchtig ich bin«, hatte er zu seinem Vater gesagt und an dem lockeren Zahn in seinem Oberkiefer herumgewackelt. »Bald fällt er raus. Was krieg ich dafür?«

Sie brauchten Marmelade. Die Zwillinge brauchten Marmelade. Die Marmelade stand im Keller. Sie war noch vom letzten Jahr. Kim hatte ihr beim Pflücken geholfen. Kim. Kim. Kim.

Die Zwillinge waren erst zwei Jahre alt und brauchten Marmelade.

Vor der Speisekammer im Keller lag etwas. Sie begriff nicht, was das sein konnte. Ein längliches Paket, ein Bündel?

Das Bündel war nicht groß. Einen guten Meter lang, vielleicht. Irgend etwas war in graue Plastikfolie eingewickelt, und obenauf lag eine Nachricht. Sie war mit Klebeband befestigt. Roter Filzstift auf einem großen weißen Zettel. Braunes Klebeband. Graue Plastikfolie. Ein Kopf ragte aus dem Bündel, die Rundung eines Kopfes, ein Kinderkopf mit braunen Locken.

»Ein Zettel«, sagte sie tonlos. »Da liegt ein Zettel.«

Kim lächelte. Er war tot, und er lächelte. In seinem Oberkiefer leuchtete ein rötliches Loch, dort, wo ein Zahn fehlte. Sie setzte sich auf den Boden. Die Zeit drehte sich im Kreis, und sie wußte, das hier war der Anfang von etwas, das niemals vorbei sein würde. Als Lasse nach unten kam, um sie zu suchen, wußte sie nicht, wo sie war. Sie ließ ihren Jungen erst los, als sie ins Krankenhaus gebracht wurde und jemand ihr eine Spritze gegeben hatte. Ein Polizist öffnete die rechte Faust des Jungen.

Darin lag ein Zahn, ein kreideweißer Zahn mit einer kleinen blutigen Wurzel.

Obwohl das Büro ziemlich groß war, wirkte die Luft bereits stickig. Noch immer lag ihre Doktorarbeit auf der Schreibtischkante. Yngvar Stubø fuhr mit dem Zeigefinger über die bleiche Winterlandschaft, dann richtete er ihn auf sie.

»Sie sind Psychologin und Juristin«, sagte er beharrlich.

»Auch das stimmt nicht. Nicht ganz. Ich habe ein College-Examen in Psychologie. Aus den USA. Kein gültiges Staatsexamen. Juristin dagegen ... das trifft zu.«

Sie schwitzte und bat um Wasser. Ihr ging auf, daß sie hergezwungen worden war, fast herbefohlen, gegen ihren Willen, von einem Polizisten, mit dem sie nichts zu tun haben wollte. Er redete über einen Fall, der sie nichts anging. Der ihre Kompetenzen weit überschritt.

»Ich möchte jetzt gehen«, sagte sie höflich. »Ich kann Ihnen leider nicht helfen. Sie kennen offenbar Leute beim FBI. Fragen Sie die. Die setzen Profiler ein. Soviel ich weiß.«

Er schaute zu dem Abzeichen an der Wand hinüber; es war blau, geschmacklos und auffällig.

»Ich bin Wissenschaftlerin, Herr Stubø. Und die Mutter eines kleinen Kindes. Diese Sache stößt mich ab. Macht mir angst. Und im Gegensatz zu Ihnen habe ich das Recht, so zu denken. Lassen Sie mich gehen.«

Er goß aus einer offenen Flasche Wasser ein und stellte den Pappbecher vor sie hin.

»Sie hatten Durst«, erinnerte er sie dann. »Trinken Sie. Ist das wirklich Ihr Ernst?«

»Was soll mein Ernst sein?«

Sie kleckerte und merkte, daß sie zitterte. Das kalte Wasser lief ihr vom Mundwinkel über das Kinn den Hals hinab. Sie zupfte an ihrem Kragen.

»Daß diese Sache Sie nichts angeht.«

Das Telefon klingelte. Laut und beharrlich. Yngvar Stubø griff zum Hörer. Sein Adamsapfel machte drei deutliche Sprünge, als sei der Mann kurz davor, sich zu übergeben. Er sagte nichts. Eine Minute verging. Ein leises »Ja«, kaum mehr als ein undeutliches Räuspern, kam über seine Lippen. Eine weitere Minute verging. Dann legte er auf. Langsam zog er eine der beiden Zigarrenhülsen aus seiner Brusttasche. Seine Finger spielten mit dem matten Metall. Er schwieg noch immer. Inger Johanne wußte nicht, wie sie sich verhalten sollte. Plötzlich steckte er die Zigarre zurück in die Tasche und nestelte an seinem Krawattenknoten.

»Der Junge wurde gefunden«, sagte er heiser. »Kim Sande Oksøy. Seine Mutter hat ihn in ihrem eigenen Keller entdeckt. Eingewickelt in einen Müllsack. Der Mörder hatte eine Nachricht dazugelegt. *Du hast bekommen, was du verdienst.*«

Inger Johanne riß sich die Brille ab. Sie wollte nicht sehen. Sie wollte auch nicht hören. Sie sprang auf und streckte blind die Hand in Richtung Tür aus.

»Das stand auf dem Zettel«, sagte Yngvar Stubø. »*Du hast bekommen, was du verdienst.* Finden Sie noch immer, daß das alles Sie nichts angeht?«

»Lassen Sie mich gehen. Lassen Sie mich raus hier.«

Sie ging mit unsicheren Schritten zur Tür und tastete nach der Klinke, die Brille noch immer in der rechten Hand.

»Natürlich«, hörte sie ihn wie aus weiter Ferne. »Oskar wird Sie nach Hause fahren. Danke, daß Sie gekommen sind.«

II

Emilie konnte nicht begreifen, warum Kim nicht mehr da war. Das war ungerecht. Sie war als erste gekommen, und deshalb hätte sie auch als erste wieder gehen müssen. Außerdem hatte Kim Cola bekommen, während sie lauwarme Milch und nach Eisen schmekkendes Wasser trinken mußte. Alles schmeckte nach Eisen. Das Essen. Ihr Mund. Sie schmatzte und saugte an ihrer Zunge. Es schmeckte nach Geld. Nach Münzen, die schon lange in der Tasche gelegen hatten. Lange, lange. Lange war sie schon hier. Viel zu lange. Papa suchte nicht mehr. Papa hatte sicher aufgegeben. Mama war nicht im Himmel, sondern in einer Urne, wo sie zu Asche und zu Nichts geworden war und wo es sie nicht mehr gab. Es war so hell. Emilie rieb sich die Augen und versuchte, das grelle Lampenlicht auszusperren. Sie wollte schlafen. Sie schlief fast die ganze Zeit. Das war besser so. Dann träumte sie, und außerdem aß sie fast nichts mehr. Ihr Magen war geschrumpft und hatte nicht einmal mehr Platz für Tomatensuppe. Der Mann wurde böse, wenn er die vollen Teller abholte. Nicht schrecklich böse, aber ziemlich ärgerlich.

Kim hatte nach Hause gedurft.

Das war ungerecht, und Emilie konnte es nicht verstehen.

12

Yngvar Stubø mußte sich zusammenreißen, um den nackten Leichnam nicht zu berühren. Seine Hand streckte sich nach der Wade des Jungen aus. Er wollte über die glatte Haut streichen. Er mußte sich vergewissern, daß in dem Kind kein Leben mehr war. So, wie der Junge dalag, auf dem Rücken, mit geschlossenen Augen und leicht schräg geneigtem Kopf, die Arme an den Seiten, die eine Hand halb zur Faust geballt, die andere offen, mit der Handfläche nach oben, als erwarte er etwas, ein Geschenk, einen Leckerbissen... Das Kind hätte auch lebendig sein können. Der Obduktionsschnitt über dem Brustbein, T-förmig bis hinunter zu dem kleinen Geschlechtsorgan, war sorgfältig wieder geschlossen worden. Die Blässe des Gesichts konnte an der Jahreszeit liegen; der Winter war gerade erst vorbei, und der Sommer ließ auf sich warten. Der Mund des Jungen stand halb offen. Stubø ertappte sich bei dem Wunsch, das Kind küssen zu wollen. Er wollte dem Jungen Leben einhauchen. Er wollte um Verzeihung bitten.

»Scheiße«, sagte er halb erstickt in seine Handfläche hinein. »Scheiße. Scheiße.«

Der Pathologe schaute ihn über den Brillenrand hinweg an.

»Daran gewöhnen wir uns nie, was?«

Yngvar Stubø gab keine Antwort. Seine Fingerknöchel waren weiß, und er schniefte ein wenig.

»Ich bin soweit«, sagte der Pathologe und streifte seine Latexhandschuhe ab. »Ein hübsches kleines Kind. Fünf Jahre alt. Da kannst du absolut Scheiße sagen. Was aber auch nicht viel hilft.«

Stubø hätte sich gern abgewandt, brachte es aber nicht fertig. Vorsichtig senkte er die rechte Hand über das Gesicht des Jungen. Das Kind schien zu lächeln. Stubø berührte sein Gesicht mit dem Zeigefinger, ganz leicht, langsam, ließ den Finger vom Augenwinkel zum Kinn hinunterwandern. Die Haut hatte schon eine wächserne Festigkeit angenommen; sie fühlte sich unter seinen Fingerkuppen eiskalt an.

»Was ist passiert?«

»Ihr habt ihn nicht rechtzeitig gefunden«, sagte der Pathologe trocken. »Strenggenommen ist es wohl das, was passiert ist.«

Er deckte die Leiche mit einem weißen Laken zu. Darunter wirkte das Kind jetzt noch kleiner. Sein Körper war so schmal, er schien unter dem steifen Stoff fast zu schrumpfen. Der Stahltisch war für Erwachsene berechnet. Der Stahltisch war gerade lang genug für einen erwachsenen Menschen, der die Verantwortung für sich selbst tragen konnte, der vielleicht einem Herzanfall erlegen war; verursacht von fetthaltiger Nahrung und zu vielen Zigaretten, vom modernen Leben und ungesunden Gewohnheiten. Es war kein Tisch für ein Kind.

»Sollten wir uns diesen Ton nicht verkneifen?« sagte Stubø leise. »Das hier berührt uns beide. Das und …«

Er verstummte, während der Pathologe sich gründlich die

Hände wusch. Es war wie eine Zeremonie, als versuchte er, sich mit Hilfe von Wasser und Seife des Todes zu entledigen.

»Du hast recht«, murmelte er dann. »Tut mir leid. Gehen wir.«

Sein Büro lag gleich neben dem Obduktionssaal.

»Erzähl«, sagte Yngvar Stubø und ließ sich auf ein abgenutztes zweisitziges Sofa fallen. »Ich will alle Details wissen.«

Der Pathologe, ein magerer Mann, der auf die Fünfundsechzig zuging, blieb mit abwesender, halb überraschter Miene neben seinem Bürostuhl stehen. Für einen Moment schien er nicht zu wissen, was er hier wollte. Dann strich er sich über die Glatze und setzte sich.

»Es gibt keine.«

Das Büro hatte keine Fenster. Trotzdem war die Luft frisch, fast kühl, und überraschend geruchlos. Das schwache Rauschen der Lüftungsanlage wurde von einem fernen Martinshorn übertönt. Stubø kam sich eingesperrt vor. Hier gab es nichts, woran er sich orientieren konnte. Kein Tageslicht, keine Schatten, keine fliehenden Wolken verrieten ihm, wo er war.

»Bei dem Obduzierten handelt es sich um einen fünf Jahre alten, identifizierten Knaben«, hob der Pathologe an, als lese er aus einem unsichtbaren Bericht vor. »Gesund. Normale Größe, normales Gewicht. Die Angehörigen haben keine Krankheiten erwähnt, während der Obduktion wurden keine Krankheiten festgestellt. Die inneren Organe sind intakt und gesund. An Skelett und Bindegewebe waren keine Verletzungen nachweisbar. Es gibt auch keinerlei Hinweise auf äußerliche Gewalt oder andere zugefügte Schäden. Die Haut ist unversehrt, abgesehen von einer Schürfwunde am Knie, die offenbar älteren Datums ist. Mindestens eine Woche alt und somit dem Jungen vor seinem Verschwinden zugefügt.«

Stubø rieb sich das Gesicht. Im Raum drehte sich alles. Er brauchte etwas zu trinken.

»Die Zähne sind gesund und unversehrt. Alle Milchzähne noch erhalten, abgesehen von einem Vorderzahn im Oberkiefer, der nur wenige Stunden, ehe der Verstorbene …«

Er zögerte und änderte seine Formulierung. »... vor dem Tod des kleinen Kim herausgefallen ist«, sagte er leise. »Mit anderen Worten ... *mors subita.«*

»Keine bekannte Todesursache«, sagte Yngvar Stubø.

»Genau. Er hatte zwar ...«

Der Pathologe hatte rote Augen. Sein knochiges Gesicht erinnerte Stubø an das eines alten Ziegenbocks, vor allem, weil der Mann einen Spitzbart hatte, der sein Gesicht noch länger wirken ließ.

»Er hatte Diazepam im Urin. Nicht viel, aber ...«

»Wie in ... Valium? Ist er vergiftet worden?«

Stubø setzte sich aufrecht hin und legte die Arme auf den Sofarücken. Er mußte sich irgendwo festhalten.

»Nein, durchaus nicht.«

Der Pathologe kratzte sich mit dem Zeigefinger in seinem spärlichen Bart.

»Er ist nicht vergiftet worden. Ich bin zwar der Ansicht, daß ein gesunder Fünfjähriger überhaupt keine diazepamhaltigen Mittel einnehmen sollte, aber von einer Vergiftung kann hier trotzdem nicht die Rede sein. Ich kann natürlich unmöglich sagen, wie hoch die Dosis ursprünglich gewesen ist, aber zum Todeszeitpunkt waren nur noch winzige Mengen vorhanden. Nein, *nie und nimmer ...«*

Er strich sich über das Kinn und musterte Stubø aus zusammengekniffenen Augen.

»... genug, um ihm zu schaden. Sein Körper hatte das meiste schon wieder ausgeschieden, falls ihm nicht wirklich nur diese lächerlich geringe Menge eingegeben worden war. Aber ich begreife nicht, wozu das gut gewesen sein soll.«

»Valium«, sagte Yngvar Stubø langsam, als enthalte dieses Wort ein Geheimnis, eine Erklärung, warum ein Junge von fünf Jahren so einfach ohne nachweisliche Ursache stirbt.

»Valium«, wiederholte der Pathologe ebenso langsam. »Oder ein anderes Mittel mit denselben Wirkstoffen.«

»Wozu sollte das gut sein?«

»Gut sein? Du meinst: Wozu setzen wir Diazepam ein?«

Der Pathologe schaute zum ersten Mal ärgerlich und warf ganz offen einen schnellen Blick auf die Uhr. »Das weißt du doch. Nervöse Leiden. In der Klinik wird es weitgehend präoperativ verabreicht. Man wird müde. Ruhiger. Entspannter. Auch Epileptiker werden damit behandelt. Bei schweren Krämpfen. Kinder und Erwachsene. Kim hatte aber keine solchen Probleme.«

»Warum sollte also irgendwer einem Fünfjährigen ...«

»Schluß für heute, Stubø. Ich bin schließlich seit elf Stunden im Dienst. Morgen bekommst du einen vorläufigen Bericht. Der endgültige wird wohl erst in einigen Wochen vorliegen. Ich warte alle Ergebnisse ab, ehe ich ihn einreiche. Aber insgesamt gesehen ...«

Er lächelte breit. Hätte der Pathologe nicht diesen Ausdruck in den kleinen, engliegenden Augen gehabt, hätte Stubø ihm unterstellt, daß er sich amüsierte.

»... hast du ein verdammt großes Problem. Dieser Junge ist ganz einfach gestorben. Ohne irgendeinen nachweisbaren Grund. Und jetzt einen schönen Abend.«

Wieder schaute er auf die Uhr, dann schälte er sich aus seinem weißen Kittel und zog einen Parka an, der schon bessere Tage gesehen hatte. Als beide vor der Tür standen, schloß er mit zwei Schlüsseln ab und legte Stubø eine freundliche Hand auf die Schulter.

»Viel Glück«, sagte er trocken. »Du wirst es brauchen.«

Als sie am Obduktionssaal vorbeikamen, wandte Yngvar Stubø sich ab. Zum Glück goß es draußen wie aus Kübeln. Er wollte zu Fuß nach Hause gehen, auch wenn er über eine Stunde dafür brauchen würde. Heute war der 16. Mai, der Tag vor dem Nationalfeiertag. Es war kurz nach sechs. Aus der Ferne hörte er, wie eine Schulkapelle mißtönend und holpernd die Nationalhymne übte.

13

Etwas war passiert. Der Raum wirkte heller. Die bedrückende Atmosphäre eines altmodischen Krankenzimmers war verschwunden. Das Metallbett war dicht an die Wand geschoben worden und von einer bunten Decke und Kissen in vielen Farben bedeckt. Jemand hatte einen Sessel hereingetragen. In dem saß Alvhild Sofienberg, angezogen und mit den Füßen auf einem Hocker. Ihre Pantoffeln lugten gerade noch unter einer Decke hervor. Jemand hatte dem grauen Haarflaum neues Leben einhauchen können, eine weiche Locke fiel ihr in die Stirn.

»Du siehst viel jünger aus«, rief Inger Johanne Vik. »Alvhild! Du siehst richtig gut aus, wie du so hier sitzt!«

Das Fenster war weit geöffnet. Endlich war der Frühling gekommen. Der Nationalfeiertag hatte eine Frühsommerstimmung mitgebracht, die schon seit zwei Tagen anhielt. Der Zwiebelgeruch schien verflogen zu sein. Inger Johanne nahm statt dessen den Geruch feuchter Erde wahr, der aus dem Garten draußen aufstieg. Ein älterer Mann hatte kurz seinen Stoffhut gelüftet, als sie den Hof überquert hatte. Ein guter Nachbar, erklärte Alvhild Sofienberg. Hobbygärtner. Konnte nicht mit ansehen, daß ihr Garten verfiel, weil sie krank war. Ihr Lächeln wirkte jetzt weicher.

»Ich hatte eigentlich nicht damit gerechnet, dich noch einmal wiederzusehen«, sagte sie trocken. »Du hast nicht gerade besonders begeistert gewirkt, als du zuletzt hier warst. Aber ich kann das ja auch verstehen. Mir ging es wirklich nicht gut. Es ging mir sogar sehr schlecht, wenn ich das so sagen darf.«

Sie warf den Kopf in den Nacken, korrigierte diese Geste aber sofort, indem sie sagte:

»Ich bin noch immer ernsthaft krank. Laß dich nicht in die Irre führen. Das seltsame ist, daß ich wochenlang das Gefühl haben kann, der Tod wartet schon draußen neben der Garderobe, worauf er sich dann ohne irgendwelche Erklärungen vorübergehend wieder verzieht. Vielleicht hat er im Moment andere Einsatzgebiete. Er wird schon wieder hereinschauen. Kaffee?«

»Ja, bitte. Schwarz. Ich kann das selbst, wenn …«

Inger Johanne wollte sich erheben. Alvhilds Blick hinderte sie daran.

»Noch bin ich nicht tot«, sagte Alvhild schroff. »Hier.«

Sie schenkte aus einer Thermoskanne ein, die neben ihr auf einem Beistelltisch stand, und reichte Inger Johanne eine Tasse aus edlem, fast durchsichtigem Porzellan. Auch der Kaffee war ziemlich dünn.

»Das mit dem Kaffee tut mir leid«, sagte Alvild. »Der Magen, weißt du. Ich kann fast nichts vertragen. Welchem Umstand verdanke ich die Ehre deines Besuches?«

Es war unglaublich. Als Inger Johanne beschlossen hatte, noch einmal bei der alten Dame vorbeizuschauen, war sie im Grunde sicher gewesen, sie nicht mehr lebend anzutreffen.

»Ich habe Aksel Seier gefunden«, sagte sie.

»Du hast es also geschafft?«

Alvhild Sofienberg hob die Tasse zum Mund, als wolle sie damit ihre Neugier verbergen. Diese Geste ärgerte Inger Johanne, aus einem Grund, den sie sich selbst nicht erklären konnte. »Ja, ich meine nicht in Person, aber ich weiß, wo er ist. Wo er wohnt. Und nicht ich habe ihn gefunden, sondern mein… egal. Aksel Seier wohnt in den USA.«

»In den USA?«

Alvhild ließ ihre Tasse sinken, ohne den Inhalt angerührt zu haben.

»Wie… was macht er da?«

»Das weiß ich nun wirklich nicht.«

Alvhild hielt sich die Hand vor den Mund. Inger Johanne nippte an der hellbraunen Flüssigkeit in der blauen Tasse.

»Als ich das erfuhr, wunderte ich mich erst darüber, daß ein Vorbestrafter überhaupt in die USA einreisen darf«, sagte sie dann. »In dieser Hinsicht sind sie dort ungeheuer streng. Aber dann habe ich mir überlegt, daß die Bestimmungen Ende der Sechziger, als er hingegangen ist, vielleicht noch etwas lockerer waren. Doch so war das nicht. Tatsächlich ist Aksel Seier amerikanischer Staatsbürger.«

»Das ist damals nicht ein einziges Mal erwähnt worden ...«

»Sicher nicht. Aber das ist ja auch kein Wunder. Er wurde in den USA geboren, als seine Eltern einen kurzen und mißlungenen Auswanderungsversuch unternahmen. Er behielt seine amerikanische Staatsbürgerschaft, obwohl er natürlich auch die norwegische hatte. Während des Prozesses hat das sicher keine große Rolle gespielt. Oder später, als die Begnadigung lief. Er ist vermutlich einfach vorschriftsmäßig gefragt worden, ob er Norweger sei. Und das war er ja. Ist er immer noch, um genau zu sein.«

Alvhild Sofienberg versank in Gedanken. Es war mucksmäuschenstill, und Inger Johanne fuhr zusammen, als die Tür geöffnet wurde und der Mann mit dem Stoffhut hereinschaute.

»Das muß für heute reichen«, brummte er. »Aber da draußen sieht's unmöglich aus. Ich glaube, die Rosen kann ich nicht retten. Und der Rhododendron hat seine besten Tage auch hinter sich, Frau Sofienberg. Guten Abend.«

Er verschwand, ohne eine Antwort abzuwarten. Im Zimmer war es jetzt kühler. Der Fensterflügel schlug hin und her. Alvhild Sofienberg sah sehr müde aus. Inger Johanne stand auf und schloß das Fenster.

»Ich spiele mit dem Gedanken, ihn zu besuchen«, sagte sie leichthin.

»Will er das? Würde er denn Besuch empfangen? Von einer wildfremden Wissenschaftlerin aus seiner alten Heimat?«

»Schwer zu sagen. Aber es ist zweifellos ein interessanter Fall. Und was mein Forschungsprojekt angeht, da ... Aksel Seier zum Reden zu bringen würde für meine Forschungen ungeheuer viel bedeuten.«

»Na gut«, sagte die alte Dame. »Ich begreife wohl nicht so ganz ... so richtig, was du genau vorhast. Mit diesen Forschungen.«

Als Inger Johanne zum ersten Mal von Alvhild Sofienberg gehört hatte – durch Vermittlung einer Kollegin, die privat mit Alvhilds Tochter befreundet war –, hatte sie den Eindruck gewonnen, daß die Kranke nur eine vage Vorstellung davon hatte, wie Inger Johannes Arbeit aussah. Alvhild hatte nie danach gefragt. Nie irgendein Interesse an diesem Projekt gezeigt. Ihr blieb nicht mehr viel Zeit, und sie brauchte ihre schwindenden Kräfte, um Inger Johannes Interesse an *ihrem* Fall zu wecken, an der Geschichte von Aksel Seier. Alles andere war unnötig. Sie war fast siebzig und wollte ihre Zeit nicht mit Interesse an den Arbeiten anderer vergeuden.

Jetzt bekam ihr Gesicht neue Farbe, als sei sie nicht krank und schon gar nicht müde. Inger Johanne rückte mit dem Besuchersessel näher an sie heran.

»Ich gehe von Mordfällen in den Jahren zwischen 1950 und 1960 aus«, sagte sie und rührte achtlos in ihrem Kaffee herum. »Alle Verurteilten beharrten auf ihrer Unschuld. Niemand von ihnen hat diese Behauptung je widerrufen. Sie waren und blieben unschuldig, ihren Aussagen nach. Ich will nun nicht herausfinden, ob sie die Wahrheit sagten oder nicht. Aber ich möchte untersuchen, ob es Unterschiede im weiteren Schicksal dieser Menschen gibt, also was Haftzeit, eventuelle Begnadigung, Freilassung und mögliche Wiederaufnahmeverfahren angeht. Ganz kurz gesagt, geht es darum zu untersuchen, welche Rolle es für die Vorgänge im Rechtswesen spielt, ob sich andere, außenstehende Personen engagieren. Fredrik Fasting Torgersen zum Beispiel, du weißt ja, er...«

Inger Johanne lächelte verlegen. Alvhild Sofienberg war bereits erwachsen gewesen, als Torgersen der Prozeß gemacht wurde. Sie selbst dagegen war damals noch nicht geboren.

»...wurde zu lebenslänglicher Haft verurteilt, wegen des Mordes an einer jungen Frau. Seit über vierzig Jahren beteuert er nun schon hartnäckig seine Unschuld. Und bis heute haben andere, ihm anfangs unbekannte Personen einen unermüdlichen Kampf für diesen Mann geführt. Jens Bjørneboe zum Beispiel und...«

Wieder errötete sie leicht und verstummte. »Das weißt du natürlich alles«, fügte sie leise hinzu.

Alvhild nickte und lächelte.

»Ich will im Grunde zwei Dingen auf den Grund gehen«, fuhr Inger Johanne fort. »Zum einen: Haben die Fälle, die große Aufmerksamkeit erregen, etwas Besonderes? Ist bei ihnen die Beweislage vielleicht außergewöhnlich schwach? Oder entscheiden die persönlichen Eigenschaften der Angeklagten und späteren Verurteilten, ob ein Fall auch andere fesselt? Spielt es eine Rolle, wie die Medien über Ermittlungen und Verhandlung berichten? Mit anderen Worten: Wie *zufällig* ist es, ob ein Fall in dem Moment stirbt, in dem das Urteil gesprochen wird, oder ob er danach noch jahrelang weiterlebt?«

Sie merkte, daß sie die Stimme gehoben hatte.

»Als nächstes«, sagte sie dann wieder leiser, »als nächstes möchte ich sehen, was passiert, wenn ein Fall am Leben erhalten wird. Torgersen zum Beispiel hat, rein sachlich und zynisch betrachtet, an der vielen Unterstützung, die ihm zuteil geworden ist, nicht nur Freude gehabt. Ich verstehe natürlich ...«

Inger Johanne registrierte das gespannte Interesse in Alvhilds Gesicht. Die alte Dame schien alle ihre Kräfte zu mobilisieren, sie hielt sich so gerade wie eine Gouvernante, sie zuckte kaum mit der Wimper.

Inger Johanne sagte: »Ich verstehe natürlich, daß es rein menschlich von ungeheurer Bedeutung sein muß, daß jemand draußen in der Gesellschaft an dich glaubt ...«

»Jedenfalls, wenn du wirklich unschuldig bist«, fiel Alvhild ihr ins Wort. »Und im Fall Torgersen wissen wir das doch nicht.«

»Das ist natürlich ein wichtiger Aspekt. Im großen Zusammenhang, meine ich. Aber nicht für meine Untersuchungen. Ich will die konkreten Resultate dieses Engagements Außenstehender untersuchen.«

»Phantastisch«, sagte Alvhild ziemlich vage; Inger Johanne wußte nicht so recht, worauf sie anspielte.

»Hast du dir das nicht auch schon einmal überlegt«, sagte sie nachdenklich, um das Schweigen zu brechen. »Ich meine, ist es nicht höchst seltsam, daß Aksel Seiers Fall nach der Urteilsverkündung einfach tot war, obwohl mehrere Zeitungen kritisch über die Ermittlungen berichtet hatten? Warum haben sie das nicht weiter verfolgt? Lag es am Mann selbst, an einem unangenehmen Zug in seiner Persönlichkeit? Wollte er selbst mit möglicherweise interessierten Journalisten nicht zusammenarbeiten? Ist Aksel Seier im Grunde ein... Mistkerl? Der es sozusagen nicht besser verdient hat? Es wäre sehr wichtig für mich, mit ihm sprechen zu können.«

Die Tür wurde ganz leise geöffnet.

»Wie geht's denn«, fragte die Krankenschwester und fügte hinzu, ohne die Antwort abzuwarten: »Sie sitzen jetzt schon zu lange in diesem Sessel, Frau Sofienberg. Jetzt werden wir Sie ins Bett stecken. Ich muß Ihre Freundin also bitten ...«

»Das kann ich auch selbst, danke.«

Alvhilds Mund war jetzt wieder schmal, und sie hob abwehrend die Hand in Richtung der Frau in Weiß.

»Wäre es nicht besser, ihm erst mal zu schreiben?«

Inger Johanne Vik stand auf und schob einen unbenutzten Notizblock in ihre Handtasche.

»In bestimmten Situationen schreibe ich vorher nie«, sagte sie langsam und hängte sich die Tasche über die Schulter.

»Und die wären?«

Die Krankenschwester hatte das Bett aufgeschlagen und schob die monströse Metallkonstruktion jetzt mitten ins Zimmer.

»Wenn ich fürchte, daß keine Antwort kommt«, sagte Inger Johanne. »Keine Antwort ist auch eine Antwort. Keine Antwort bedeutet ›nein‹. Und das will ich nicht riskieren. Nicht von Aksel Seier. Ich fliege am Montag. Ich ...«

Die Krankenschwester sah sie auffordernd an.

»Ja, ja«, murmelte Inger Johanne. »Ich gehe ja schon. Vielleicht rufe ich an, Alvhild. Aus Amerika. Wenn es etwas zu erzählen gibt, meine ich. Und bis dahin mach... du es so gut wie möglich.«

Ohne darüber nachzudenken, beugte sie sich über die alte Dame und küßte sie behutsam auf die Wange. Alvhilds Haut war trocken und kalt. Als Inger Johanne das Haus verlassen hatte, feuchtete sie sich vorsichtig mit der Zunge die Lippen an. Sie schmeckten nach nichts, sie waren nur trocken.

14

Emilie hatte ein Geschenk bekommen. Eine Barbiepuppe mit Haaren, die in dem kleinen Kopf aufbewahrt lagen und die man ganz lang herausziehen konnte, und wenn man im Nacken an einem Schlüssel drehte, verschwanden die Haare wieder im Kopf. Die Puppe hatte schöne Kleider, ein rosa Kleid mit Pailletten, das neben ihr in der Packung gelegen hatte, und dazu ein Cowgirlkostüm als zusätzliches Geschenk. Emilie spielte an dem Cowboyhut herum. Die Barbie lag neben ihr im Bett und spreizte die Beine. Zu Hause hatte sie keine Barbie. Mama mochte solche Puppen nicht. Papa auch nicht, und außerdem war Emilie jetzt zu groß dafür. Das behauptete jedenfalls Tante Beate.

Tante Beate war jetzt sicher wütend auf Papa. Bestimmt gab sie ihm die Schuld, daß Emilie verschwunden war. Obwohl sie doch nur auf dem Heimweg von der Schule gewesen war, wie jeden Tag, und noch nie war einer gekommen und hatte sie gestohlen. Papa konnte sie doch schließlich nicht die ganze Zeit überwachen. Das hatte sogar Tante Beate gesagt.

»Papa …«

»Ich kann doch dein Papa sein.«

Der Mann stand in der Türöffnung. Er war bestimmt verrückt. Emilie wußte Bescheid über Verrückte. Torill aus Nr. 14 war so verrückt, daß sie immer wieder ins Krankenhaus mußte. Ihre Kinder wohnten dann bei den Großeltern, weil ihre Mama sich manchmal für eine Kannibalin hielt. Dann machte sie im Garten ein Feuer und wollte Guttorm und Gustav am Spieß braten. Einmal hatte Torill mitten in der Nacht geklingelt, Emilie war wach geworden und neugierig hinter Papa hergetappst. Vor der Tür stand die Mutter von Guttorm und Gustav, splitternackt, am ganzen Leib von roten Streifen überzogen, und wollte die Tiefkühltruhe ausleihen. Emilie wurde ins Bett geschickt und wußte nicht so genau, was danach passiert war, aber jedenfalls hatte sie Torill dann schrecklich lange nicht mehr gesehen.

»Du bist nicht mein Papa«, flüsterte Emilie. »Mein Papa heißt Tønnes. Du siehst ihm ja nicht mal ähnlich.«

Der Mann sah sie an. Seine Augen waren gefährlich, obwohl er eigentlich ein nettes Gesicht hatte. Bestimmt war er verrückt.

Pettersen aus dem Haus Grønnblokka war auf eine andere Art verrückt als Torill. Mama sagte immer, daß Torill keiner Fliege etwas zuleide tun könne, und mit Pettersen sehe das schon anders aus. Emilie fand es nicht richtig, zu behaupten, Torill könne keiner Fliege etwas zuleide tun, wo sie ihre Kinder doch über dem Feuer braten wollte. Aber Pettersen war wirklich schlimm. Er hatte im Gefängnis gesessen, weil er sich an kleinen Kindern vergangen hatte. Emilie wußte, was das bedeutete. Tante Beate hatte es ihr erklärt.

»Wir werden uns schon noch miteinander anfreunden«, sagte der Mann und griff nach der Barbiepuppe. »Freust du dich über die Barbie?«

Emilie gab keine Antwort. Es fiel ihr so schwer, hier drinnen zu atmen. Vielleicht hatte sie schon alle Luft aufgebraucht; ihre Brust tat weh, und ihr war die ganze Zeit schwindlig. Menschen brauchten Sauerstoff. Beim Atmen verbrauchten sie den Sauerstoff, und davon wurde die Luft sozusagen leer und unbrauchbar, das hatte Tante Beate erklärt. Deshalb war es so schrecklich, sich unter der Decke zu verstecken. Nach einer Weile mußte sie einfach wieder hervorkommen, weil sie Sauerstoff brauchte. Auch wenn das Zimmer groß war, war sie doch schon schrecklich lange hier. Viele Jahre, so kam es ihr vor. Sie hob das Gesicht und rang nach Atem.

Der Verrückte lächelte. Er hatte offenbar keine Atemprobleme. Vielleicht war sie ja die einzige, vielleicht mußte sie sterben. Vielleicht hatte der Mann sie vergiftet, weil er sich danach an ihr vergehen wollte. Emilie schnappte heftig nach Luft.

»Hast du Asthma?« fragte der Mann.

»Nein«, keuchte Emilie.

»Leg dich wieder hin.«

»Nein!«

Wenn sie sich nur entspannen und an etwas ganz anderes denken könnte als an den Mann mit den gefährlichen Augen, dann würde sie auch wieder Luft bekommen.

Es gab aber nichts, woran sie denken konnte.

Sie schloß die Augen und ließ sich zurücksinken, ihr Rücken stieß gegen die Wand. Es gab keine Gedanken mehr. Nichts. Papa suchte sicher nicht mehr nach ihr.

»Schlaf jetzt.«

Der Mann ging. Emilie schloß ihre Finger um die starre Barbiepuppe. Sie hätte lieber einen Teddy gehabt. Obwohl sie auch dafür zu groß war.

Jetzt, wo sie ganz allein war, konnte sie immerhin atmen.

Emilie zog die Decke hoch und schlief doch noch ein.

Tønnes Selbu war endlich allein. Er hatte das Gefühl, kein eigenes Leben mehr zu haben. Nichts schien ihm noch zu gehören, nicht einmal die Zeit. Im Haus wimmelte es ständig von Menschen, Nachbarn, Freunden, Beate, Eltern. Polizei. Sie glaubten offenbar, er könne zu Hause leichter mit ihnen reden. Eigentlich wäre ein Besuch auf der Wache eine Befreiung, ein Ausflug. Nicht einmal einkaufen durfte er. Beate und Gretes alte Freundinnen kümmerten sich um alles. Am Vortag hatte seine Schwiegermutter ihm zu allem Überfluß ein Bad eingelassen. Er war in das glühendheiße Wasser gestiegen und hatte halbwegs erwartet, daß irgendeine Frau aus dem großen Nichts auftauchte und ihm den Rücken wusch. Ihn abschrubbte. Er blieb in der Wanne, bis das

Wasser nur noch lauwarm war. Dann rief Beate. Am Ende klopfte sie ängstlich an die Tür.

Er hatte seine eigene Zeit verloren. Sie wollten ihn nicht in Ruhe lassen, die anderen. Schließlich war er wütend geworden. In seiner Wut hatte er alle aus dem Haus gejagt. Das war ein gutes Gefühl gewesen, denn dabei spürte er, daß er noch immer existierte.

Er legte die Hand auf die Klinke.

Emilies Zimmer.

Er war nicht mehr dort gewesen, seit dem allerersten Nachmittag, als die Kleine verschwunden war und er ihr Zimmer auf den Kopf gestellt hatte, um eine Spur zu finden, einen Schlüssel, einen Code, der ihm sagen würde, daß Emilie sich nur einen Jux machte. Sie war dabei zu weit gegangen, natürlich, aber sie wollte doch nur einen Witz machen, ihm ein bißchen Angst einjagen, damit sie es sich am Abend ganz besonders gemütlich machen konnten, weil sie doch wußten, daß Emilie niemals wirklich verschwinden würde. Er leerte ihre Schubladen. Die Bücher fielen auf den Boden, die Kleider landeten draußen auf dem Flur. Am Ende krempelte er ihr Bettzeug um und riß das Disneyworld-Plakat von der Wand. Es gab kein Rätsel, kein Rebus, keine Antwort und keine Spur. Nichts, was gelöst werden könnte. Emilie war verschwunden, und er rief die Polizei an.

Das kalte Metall brannte unter seinen Handflächen. Er hörte seinen Herzschlag gegen das Trommelfell donnern, als wüßte er nicht so recht, was sich hinter der vertrauten Tür befand, auf der Emilies Name mit Holzbuchstaben angebracht war; das M war vor einem halben Jahr heruntergefallen, und er las E-ilie, E-ilie. Morgen würde er ein neues M kaufen.

Beate hatte aufgeräumt. Als er endlich ins Zimmer ging, lag alles dort, wo es hingehörte. Die Bücher standen im Regal, sortiert nach den Farben, Emilie wollte das so. Das Bett war gemacht. Die Kleider hingen im Schrank. Sogar der Ranzen, den die Polizei zunächst beschlagnahmt hatte, war jetzt wieder da, er lag vor dem Schreibtisch auf dem Boden.

Vorsichtig setzte er sich auf die Bettkante. Noch immer pochte das Blut in seinen Ohren, und er versuchte, sich aufs Entspannen zu konzentrieren.

Die Polizei hielt alles für seine Schuld.

Nicht, daß sie ihm irgendwelche Vorwürfe gemacht hätten. Anfangs, während der ersten Tage, war er sich vorgekommen wie ein psychisch Kranker, mit dem alle schonend umgehen mußten, oder wie ein Verbrecher, auf dem ein starker Verdacht lastete. Sie schienen die ganze Zeit zu befürchten, er könnte sich das Leben nehmen, weshalb sie ihn mit ihrer Fürsorge fast erstickten. Zugleich sahen sie ihn auf eine seltsame Weise an, ihre Fragen hatten einen bohrenden Unterton.

Bis der kleine Junge verschwand.

Sofort änderten die Polizisten ihr Verhalten, sie schienen endlich begriffen zu haben, daß seine Verzweiflung echt war.

Dann wurde der kleine Junge gefunden.

Als zwei Beamte ihm mitteilten, daß der Junge tot war, kam er sich vor wie ein Examenskandidat. Als wäre er schuld, daß Kim Sande Oksøy tot war, wenn er jetzt nicht präzise alle Fragen beantwortete und genau das Gesicht machte, das zu einer solchen Situation paßte. Zu einer solchen Situation?

Sie hatten ihn gebeten, eine Liste aufzustellen. Von allen Personen, die er jemals kennengelernt hatte. Er sollte mit dem unmittelbaren Umfeld anfangen, mit der Familie. Danach mit guten Freunden. Danach mit den etwas weiter entfernten, dann mit Bekannten, guten und weniger guten, mit Exfreundinnen, flüchtigen Bekanntschaften, Kollegen und Frauen von Kollegen. Es war unmöglich.

»Das ist unmöglich«, hatte er gesagt und hilflos die Arme ausgebreitet. Er war bei seiner Schulzeit angekommen und konnte sich nur an die Namen von vier Klassenkameraden erinnern. »Ist das denn wirklich nötig?«

Die Polizisten hatten Geduld gezeigt. »Wir bitten Kims Eltern um dasselbe«, sagten sie ruhig. »Dann vergleichen wir die Listen. Stellen fest, ob es gemeinsame Bekannte gibt. Oder jemals gegeben hat. Das ist nicht nur nötig. Es ist auch sehr wichtig. Wir glauben, daß beide Fälle miteinander zu tun haben, und deshalb müssen wir mögliche Berührungspunkte zwischen den Familien finden.«

Tønnes Selbu ließ seine Finger über Emilies Bett wandern, über die Buchstaben, die sie mit Filzstift auf das helle Holz geschrieben hatte, als sie gerade das Alphabet entdeckte. Er hätte gern ihren Schlafanzug an sein Gesicht gedrückt. Aber das war unmöglich. Ihren Geruch hätte er nicht ertragen können.

Er wollte sich in Emilies Bett legen. Das schaffte er nicht. Aber er konnte auch nicht aufstehen. Er fühlte sich wie gerädert. Vielleicht sollte er Beate ja doch anrufen. Vielleicht mußte jemand kommen, jemand, der die Leere füllen konnte, die ihn einhüllte.

Tønnes Selbu blieb auf dem Bett seiner Tochter sitzen. Er betete, intensiv und lange. Nicht zu Gott, der war eine fremde Gestalt und trat nur in den Märchen auf, die er Emilie erzählte. Er betete zu seiner verstorbenen Frau. Er hatte nicht gut genug auf Emilie aufgepaßt, und das hatte er Grete doch in der Stunde vor ihrem Tod versprochen.

15

Ein Mann näherte sich dem Reihenhaus. Die roten und weißen Absperrbänder waren noch nicht entfernt worden. Hier und dort hatten sie sich losgerissen. Im Nachtwind flatterten die verblichenen Plastikstreifen dem Mann entgegen, der langsam über den Zaun kletterte und sich im Gebüsch versteckte. Er schien eine klare Vorstellung von seinem Ziel zu haben, aber nicht den richtigen Mut zur Tat aufbringen zu können. Wenn jemand ihn gesehen hätte, wäre ihm wohl zuerst seine Kleidung aufgefallen. Er trug einen dicken Rollkragenpullover unter seiner Steppjacke. Sein Kopf war bedeckt von einer riesigen Mütze mit Ohrenklappen und einem Schirm, der ihm tief über die Augen hing. Die Stiefel hätten besser zu einem Soldaten in einem Winterkrieg gepaßt, sie waren ungeheuer klobig und bis weit die Waden hoch geschnürt. Aus ihren Schäften ragten grobe Wollsocken hervor.

Es war die Nacht zum 20. Mai, und mildes Wetter von Südwest hatte es vierzehn Grad warm werden lassen. Es war zwanzig vor zwölf. Der Mann blieb stehen, geschützt von einem Stachelbeerstrauch und zwei halbhohen Birken. Dann streifte er einen Handschuh ab. Langsam schob er die rechte Hand in seine weite Tarnhose. Er versuchte seinen Blick auf das Fenster im Erdgeschoß zu richten, dessen Vorhänge geschlossen waren. Das war nicht richtig. Er wollte den grünen Teddy sehen. Der Mann konnte sich nicht mehr darüber ärgern, stöhnend sackte er in sich zusammen. Er zog die Hand aus der Hose. Zwei Minuten blieb er ganz still stehen. Er hatte heftiges Ohrensausen und mußte die Augen schließen, obwohl er Angst hatte. Dann zog er den Handschuh wieder an, kletterte über den Zaun und ging durch die kleine Seitenstraße, ohne sich auch nur einmal umzusehen.

16

Als Inger Johanne Vik am Samstag, dem 20. Mai, aufstand, war es schon ziemlich spät. Jedenfalls für Kristiane. Die Kleine erwachte immer in aller Herrgottsfrühe, unter der Woche wie auch am Sonntag. Obwohl die Sechsjährige diese frühen Morgenstunden offenbar gern für sich hatte, kam ihr nicht in den Sinn, daß es möglich sein könnte, die Mutter nicht zu wecken. Ein rhythmisches *dam-di-rum-ram* aus dem Wohnzimmer war Inger Johannes Wecker. Doch Kristiane wollte um diese Zeit nichts mit ihr zu tun haben. Von sechs bis acht war sie nicht ansprechbar. Als Inger Johanne wieder angefangen hatte zu arbeiten, nachdem Kristiane nicht mehr lebensgefährlich krank war, hatte sie es höllisch schwer gefunden, das Kind morgens für den Kindergarten fertig zu machen. Am Ende hatte sie es aufgegeben. Kristiane brauchte diese beiden Stunden für sich. Die Universität ermöglichte flexible Arbeitszeiten. Außerdem war ihr Antrag bewilligt worden, sich jedes zweite Semester freinehmen zu können, bis Kristiane zehn wurde. Ihre Freundinnen beneideten sie – mach dir doch ein schönes Leben, lautete ihr Rat; jetzt hast du die Möglichkeit, in aller Ruhe die Zeitung zu lesen und auszuschlafen, ehe dein Tag beginnt. Das Problem war nur, daß Kristiane Aufsicht brauchte. Schließlich war ihr alles zuzutrauen. Inger Johanne wußte, daß Isak das nicht so ernst nahm. Zweimal hatte sie ihn im süßen Schlummer ertappt, während Kristiane ganz allein umhertrottete.

Und jetzt war ihr das selbst passiert.

Verwirrt schielte sie auf die Armbanduhr. Viertel vor neun. Sie zwang sich zum Aufstehen.

»Mama«, sagte Kristiane glücklich. »Mama steht auf für ihre Kristiane.«

Die Kleine stand fertig angezogen in der Zimmertür. Zwar hatte sie sich für einen grauenhaften rosa Pullover entschieden, den ihre Großmutter ihr geschenkt hatte, und sich einen Schottenrock über eine grüne Cordhose gestreift. Ihre Haare hatte sie zu fünf dünnen Zöpfchen geflochten. Aber sie war angezogen, und Inger Johanne versuchte zu lächeln.

»Das hast du aber gut gemacht«, murmelte sie. »Mama hat ja schrecklich lang geschlafen.«

»Geschlafenmitschafen. Dam-di-rum-ram.«

Kristiane kam auf sie zu und setzte sich auf den Schoß ihrer Mutter. Sie schmiegte ihre Wange an Inger Johannes Brust und schob den Daumen in den Mund. Inger Johanne ließ ihre rechte Hand ruhig über den Rücken ihrer Tochter gleiten, auf und ab, auf und ab. Wenn sie so dasaßen, in solchen Momenten der Nähe, die sich unmöglich herbeiführen oder voraussagen ließen, konnte Inger Johanne kaum atmen. Sie spürte die Wärme des Kindes durch den rosa Pullover, sie nahm den süßen Duft der Haare und den Geruch der Haut wahr. Sie mußte sich zwingen, die Kleine nicht an sich zu pressen.

»Meine Kristiane«, murmelte sie in die Zöpfchen.

Das Telefon klingelte. Kristiane fuhr zusammen, rutschte vom Schoß ihrer Mutter und stapfte durchs Zimmer.

»Ja?«

»Ich habe dich hoffentlich nicht geweckt?«

»Natürlich hast du mich nicht geweckt, Mama. Ich habe diese Woche doch Kristiane hier.«

Inger Johanne streckte die Hand nach ihrem Morgenrock aus. Doch die Telefonschnur war nicht lang genug. Deshalb legte sie sich die Bettdecke um die Schultern. Das Fenster war zugig.

»Dein Vater macht sich Sorgen.«

Inger Johanne hätte gern gekläfft: »*Du* machst dir Sorgen.« Sie unterdrückte einen resignierten Seufzer und versuchte, sich munter anzuhören:

»Ach? Sorgen um mich? Aber dazu besteht doch gar kein Grund.«

»Dein Benehmen neulich im Fernsehen, und außerdem … ja, er liegt nachts wirklich wach und fragt sich, ob … ist alles in Ordnung mit dir, mein Schatz?«

»Gib mir mal Papa.«

»Deinen Vater? Der ist … du, der hat zu tun. Aber jetzt hör mir doch mal kurz zu. Wir dachten, ein bißchen Ausspannen könnte dir guttun. Du hast in letzter Zeit soviel Streß gehabt, mit Kristiane und an der Uni und … möchtest du nicht nachher mit uns ins Wochenendhaus fahren? Bestimmt kannst du dir auch Montag und Dienstag freinehmen. Du könntest mit deinem Vater angeln gehen, und wir könnten schöne Spaziergänge machen … Ich habe schon mit Isak gesprochen, er hat nichts dagegen, Kristiane heute schon zu nehmen …«

»Du hast mit Isak gesprochen?«

Daß Inger Johanne und Isak sich miteinander arrangieren konnten, wenn es um Kristiane ging, war das eine. Inger Johanne wußte außerdem, daß es zum Besten aller – und nicht zuletzt zu dem ihrer Tochter war –, wenn Isak sich auch mit seinen Ex-Schwiegereltern verstand. Aber irgendwo mußte es doch auch Grenzen geben. Sie hatte den Verdacht, daß er sie einmal pro Woche besuchte, ob nun mit Kristiane oder ohne.

»Ja, das ist doch klar. Er spielt mit dem Gedanken, sich ein neues Segelboot zu kaufen, weißt du das schon? Diesmal kein Regattaboot, er sagt, er hat kaum noch Lust zu … ja, das hat ja auch etwas mit Kristiane zu tun. Sie ist einfach ungeheuer gern auf dem Wasser, und diese Sportsegelboote sind ja nicht so gut für Kinder geeignet. Er war vorhin noch hier und wir haben ein wenig über dich geredet, weißt du, darüber, daß wir uns Sor …«

»Mama!«

»Ja?«

»Mach dir keine Sorgen. Es geht mir sehr gut. Und außerdem fahre ich …«

Halt. Wenn sie ihrer Mutter erzählte, daß sie in die USA reisen wollte, würde die sie mit Reisetips und Vorschlägen geradezu überschütten. Und am Ende würde ihre Mutter noch hier auftauchen, um ihr den Koffer zu packen.

»Du, Mama, ich habe gerade zu tun. Und leider kann ich nicht mit ins Wochenendhaus kommen, aber trotzdem vielen Dank. Und bestell Papa einen schönen Gruß.«

»Aber Inger Johanne, willst du nicht wenigstens heute Abend mal vorbeischauen? Ich könnte uns etwas Leckeres kochen und dann könntest du mit deinem Vater eine Partie …«

»Ich dachte, ihr fahrt ins Wochenendhaus.«

»Aber doch nicht ohne dich, das kannst du dir doch denken.«

»Mach's gut, Mama.«

Sie legte betont ordentlich den Hörer auf. Ihre Mutter warf ihr oft vor, ihn einfach auf die Gabel zu knallen. Was auch stimmte, aber es war wohl besser, dabei nicht auch noch Lärm zu machen.

Die Dusche half. Kristiane saß auf dem Klodeckel und sprach mit Sulamit, einem Feuerwehrauto mit Gesicht und grünen Zwinkeraugen. Sulamit war fast genauso alt wie Kristiane und hatte inzwischen seine Leiter und drei Räder eingebüßt. Außer Kristiane wußte niemand, wie er zu dem Namen gekommen war.

»Sulamit hat heute Pferd und Elefant gerettet. Sulamit ist toll.«

Inger Johanne kämmte sich die feuchten Haare und versuchte den beschlagenen Spiegel abzuwischen.

»Was ist denn mit dem Pferd und dem Elefanten passiert?«, fragte sie.

»Sulamit und Dynamit. Elefantzwelefant.«

Inger Johanne ging in ihr Schlafzimmer und zog eine Jeans und einen roten Fleece-Pullover an. Zum Glück hatte sie die Wochenendeinkäufe schon am Vortag erledigt, ehe sie Kristiane aus dem Kindergarten abgeholt hatte. Sie konnten also einen langen Spaziergang machen. Kristiane mußte einige Stunden aus dem Haus, wenn sie abends ruhig sein sollte. Das Wetter wirkte vertrauenerweckend; Inger Johanne öffnete die Schlafzimmervorhänge und schaute aus zusammengekniffenen Augen in den Tag hinaus.

Die Türglocke ging.

»O verdammt, Mama.«

»O verdammt«, wiederholte Kristiane ernst.

Inger Johanne lief wütend durch den Flur und riß die Wohnungstür auf.

»Aber hallo«, sagte Yngvar Stubø.

»Hallo …«

»Hallo«, sagte Kristiane, schaute hinter der Hüfte ihrer Mutter hervor und lächelte breit.

»Du siehst heute aber fein aus!«

Yngvar Stubø reichte der Kleinen die Hand. Und sie nahm sie aus unerfindlichen Gründen.

»Ich heiße Yngvar«, sagte er ruhig. »Und wie heißt du?«

»Kristiane Vik Aanonsen. Guten Tag. Feine Tatze. Ich hab eine Katze.«

»Ach? Darf ich der auch guten Tag sagen?«

Kristiane zeigte ihm Sulamit. Als er nach dem Feuerwehrauto greifen wollte, trat sie einen Schritt zurück.

»Ich glaube, so eine schöne Katze hab ich in meinem ganzen Leben noch nicht gesehen«, sagte er.

Das Kind verschwand.

»Ich war gerade in der Gegend und …«

Er zuckte mit den Schultern. Diese offensichtliche Lüge verengte seine Augen zu einem fast flirtenden Lächeln. Inger Johanne spürte einen fremdartigen Stoß, der durch ihren Körper fuhr, einen Druck auf der Lunge, der sie dazu brachte, die Augen niederzuschlagen und ihn murmelnd ins Haus zu bitten.

»Es ist nicht gerade aufgeräumt hier«, sagte sie mechanisch und ertappte sich dabei, wie ihre Augen blitzschnell durch das Zimmer huschten.

Er setzte sich aufs Sofa. Das war zu tief und zu weich für einen schwergewichtigen Mann wie Yngvar Stubø. Seine Knie ragten zu weit nach oben, der Mann schien fast auf dem Boden zu sitzen.

»Vielleicht wäre der Sessel besser«, schlug sie vor und nahm ein Bilderbuch vom Sitz.

»Ich sitze doch gut«, sagte er; erst jetzt merkte sie, daß er einen großen Briefumschlag mitgebracht hatte, der nun vor ihm auf dem Couchtisch lag.

»Ich wollte nur …«

Sie wies vage in Richtung Kinderzimmer. Es war jedesmal dasselbe Problem. Da Kristiane wie eine gesunde und muntere Vierjährige aussah und sich bisweilen auch so verhielt, wußte Inger Johanne nie so recht, was sie sagen sollte. Ob sie nun erklären sollte, daß Kristiane ein wenig klein für ihr Alter war, daß sie schon sechs war und außerdem einen Gehirnschaden hatte, den niemand erklären konnte. Daß ihre vielen seltsamen Bemerkungen weder auf Dummheit noch auf altkluge Frechheit zurückzuführen waren, sondern auf einen Schaltfehler im Gehirn, den kein Arzt beheben konnte. Normalerweise wartete sie zu lange damit. So, als hoffte sie jedesmal auf ein Wunder. Auf plötzlich rationales Verhalten ihrer Tochter. Auf logisches Verhalten. Zusammenhängendes. Oder auf das plötzliche Auftreten eines sichtbaren Makels, einer geschwollenen Zunge und schrägstehender Augen in einem flachen Gesicht, bei dem alle anderen warm und verständnisvoll lächelten. Statt dessen war alles nur peinlich.

Kristiane durfte im Arbeitszimmer ihrer Mutter *101 Dalmatiner* sehen.

»Das ist sonst nicht meine Art…«

Wieder machte sie diese bedauernde, fast um Entschuldigung bittende Geste zu dem Zimmer hinüber, in dem jetzt ihre Tochter saß.

»Schon in Ordnung«, sagte der Polizist auf dem Sofa. »Ich muß zugeben, daß ich ab und zu denselben Ausweg wähle. Bei meinem Enkel, meine ich. Der kann ziemlich anstrengend sein. Und ein Video ist ein guter Babysitter. Ab und zu.«

Inger Johanne merkte, daß ihr Gesicht rot anlief, und ging in die Küche. Yngvar Stubø war Großvater.

»Warum sind Sie hergekommen«, fragte sie, als sie mit einem Becher Kaffee zurückkehrte, den sie vor ihm auf einen Untersetzer stellte. »Die Erklärung, daß Sie gerade ›in der Gegend‹ waren, trifft doch nicht so ganz zu, nehme ich an.«

»Es geht um unseren Fall.«

»Die Fälle.«

Er lächelte.

»Korrekt. Um die Fälle. Da haben Sie recht. Jedenfalls… ich habe das Gefühl, daß Sie mir helfen können. Ganz einfach. Fragen Sie mich nicht, warum. Sigmund Berli, ein guter Freund und Kollege, kann nicht begreifen, warum ich Sie so energisch verfolge.«

Wieder verengten seine Augen sich zu etwas, bei dem es sich

einfach um einen Flirt handeln mußte. Inger Johanne gab sich alle Mühe, nicht schon wieder zu erröten. Plätzchen. Sie hatte keine Plätzchen. Kekse. Kristiane hatte die letzten am Vorabend verzehrt.

»Milch?«

Sie war schon halb aufgestanden, bevor er mit der rechten Hand abwinken konnte.

»Sehen Sie mal«, sagte er dann und zog einen Stapel Fotos aus dem Briefumschlag auf dem Couchtisch. »Das ist Emilie Selbu.«

Das Bild zeigte ein hübsches kleines Mädchen mit einem Kranz aus Huflattich in den Haaren. Sie war tiefernst, ihre dunkelblauen Augen sahen fast traurig aus. Ein Grübchen zeichnete sich in dem schmalen Kinn ab. Der Mund war klein, die Lippen jedoch voll.

»Dieses Bild ist ganz neu, es ist erst drei Wochen alt. Reizendes Kind, nicht wahr?«

»Das ist das Kind, das noch nicht gefunden worden ist?«

Sie räusperte sich, ihre Stimme wollte ihr nicht gehorchen.

»Ja. Und das ist Kim.«

Inger Johanne hielt sich das Foto vor die Augen. Sie hatte es auch schon im Fernsehen gesehen. Der Junge umklammerte ein rotes Feuerwehrauto. Rotes Feuerwehrauto. Sulamit. Sie ließ das Bild fallen und mußte es vom Boden aufheben, ehe sie es Yngvar Stubø hinschieben konnte.

»Da Emilie noch immer verschwunden ist, während Kim… wieso glauben Sie, daß es sich um denselben Täter handelt?«

»Das wüßte ich auch gern.«

Es gab noch andere Fotos. Für einen Moment hatte sie den Eindruck, daß er ihr alle zeigen wollte. Dann überlegte er sich die Sache offenbar anders und steckte den Rest wieder in den Umschlag. Die Bilder von Kim und Emilie lagen noch immer auf dem Tisch, nebeneinander, und beide Kinder schienen Inger Johanne anzuschauen.

»Emilie wurde an einem Donnerstag entführt«, sagte er langsam. »Am hellichten Tag. Kim verschwand in der Nacht zum

Mittwoch. Emilie ist neun Jahre alt und ein Mädchen. Kim war ein fünf Jahre alter Junge. Emilie wohnt in Asker. Kim in Bærum. Kims Eltern sind von Beruf Krankenschwester und Klempner. Emilies Mutter ist tot, ihr Vater ist Philologe und lebt vom Übersetzen. Er und Kims Eltern kennen sich nicht. Wir haben mit der Lupe nach Berührungspunkten zwischen den Familien gesucht. Ohne mehr zu finden, als daß sowohl Emilies Vater wie auch Kims Mutter zu Anfang der neunziger Jahre vorübergehend in Bergen gewohnt haben. Aber auch damals haben sie sich nicht gekannt. Alles in allem …«

»Seltsam«, sagte Inger Johanne.

»Ja. Oder tragisch. Je nachdem, wie Sie es sehen wollen.«

Sie versuchte, den Bildern der Kinder auszuweichen. Beide schienen ihr Vorwürfe zu machen, weil sie nichts mit ihnen zu tun haben wollte.

»In Norwegen gibt es immer irgendeine Verbindung zwischen den Menschen«, sagte sie. »Erst recht, wenn sie so nah beieinander wohnen wie in Bærum und Asker. Das wissen Sie doch sicher selbst. Wenn Sie sich hinsetzen und mit jemandem reden, meine ich. Daß dann fast immer irgendwelche gemeinsamen Bekannten erwähnt werden, ein alter Freund, ein Arbeitgeber, für den beide tätig waren, ein Erlebnis. Nicht wahr?«

»Doch …«

Er zögerte mit der Antwort. Dieses Thema schien ihn nicht zu interessieren. Dann schnappte er nach Luft, wie um zu protestieren, riß sich dann aber zusammen.

»Ich brauche jemanden, der ein Täterprofil erstellt«, sagte er. »Einen *profiler.*«

Seine englische Aussprache war breit, wie in einer amerikanischen Fernsehserie.

»Kaum«, sagte Inger Johanne schroff, das Gespräch lief jetzt auf etwas hinaus, über das sie nicht sprechen wollte. »Wenn Sie von so jemandem profitieren wollen, brauchen Sie mehr Fälle, als Sie hier haben. Falls es denn wirklich um ein und denselben Täter geht.«

»Gott behüte«, sagte Yngvar Stubø. »Daß es noch mehr Fälle gibt, meine ich.«

»Da stimme ich Ihnen natürlich zu. Aber wenn wir von diesen beiden Fällen ausgehen, dann können wir einfach noch keine Schlußfolgerungen ziehen.«

»Woher wissen Sie das?«

Jetzt flirtete er nicht mehr.

»Elementare Logik«, sagte sie schroff. »Es liegt doch auf der Hand, daß... Das Profil eines unbekannten Verbrechers baut darauf auf, daß die Handlungen des Betreffenden bestimmte Charakteristika aufweisen und diese bekannt sind. Das ist wie bei diesen Bildern, bei denen numerierte Punkte miteinander verbunden werden sollen. Sie ziehen mit dem Bleistift Striche von einem Punkt zum nächsten, bis Sie eine konkrete Zeichnung haben. Zwei Punkte helfen Ihnen da nicht weiter. Sie brauchen viele. Und in der Hinsicht haben Sie natürlich recht: Wir können nur von Herzen hoffen, daß es nicht dazu kommt. Daß wir nicht noch weitere Punkte erhalten, meine ich.«

»Woher wissen Sie das?«

»Warum bestehen Sie darauf, daß es sich um ein und denselben Täter handelt und nicht um zwei?«

»Ich halte es nicht für einen Zufall, daß Sie Psychologie und Jura studiert haben. Das ist eine ungewöhnliche Kombination. Sie müssen einen Plan verfolgt haben. Ein Ziel.«

»Es war aber Zufall. Nur die Folge von jugendlicher Unentschlossenheit. Außerdem wollte ich in die USA. Und wissen Sie ...«

Sie ertappte sich dabei, daß sie auf einer Haarsträhne kaute. So diskret wie möglich schob sie die nasse Strähne hinters Ohr und rückte ihre Brille gerade.

»Ich glaube, Sie irren sich. Emilie Selbu und der kleine Kim sind nicht von demselben Mann entführt worden.«

»Oder von derselben Frau.«

»Oder von derselben Frau«, wiederholte sie resigniert. »Aber jetzt muß ich wirklich, so unhöflich das auch sein mag, ich muß

Sie bitten … Ich muß heute noch allerlei erledigen, ich werde nämlich … Tut mir leid.«

Wieder empfand sie diesen Druck auf der Lunge; es war ihr unmöglich, den Mann auf dem Sofa anzusehen. Er erhob sich bemerkenswert schnell aus seiner unbequemen Position.

»Wenn es noch einmal passiert«, sagte er und schob die Bilder zusammen. »Wenn noch ein Kind verschwindet. Werden Sie mir dann helfen?«

Cruella deVille stieß im Arbeitszimmer einen lauten Schrei aus. Kristiane kreischte vor Freude.

»Das weiß ich nicht«, sagte Inger Johanne Vik. »Mal sehen.«

Da Samstag war und alles wie geschmiert lief, gönnte er sich ein Glas Wein. Wenn er sich das genauer überlegte, dann trank er jetzt zum ersten Mal seit Monaten wieder Alkohol. Normalerweise hatte er Angst vor der Wirkung. Nach einem Glas oder zwei wurde er schläfrig. Wenn das dritte zur Hälfte geleert war, wurde er ärgerlich. Auf dem Grunde des vierten Glases lauerte die Wut.

Nur ein Glas. Draußen war es noch hell, und er hob das Glas gegen das Licht.

Emilie war seltsam. Undankbar. Obwohl er die Kleine am Leben erhalten wollte, so lange das möglich war, gab es doch irgendwo eine Grenze.

Er trank. Es war ein dunkler Geschmack, der Wein schmeckte nach Keller.

Er mußte über seine eigene Sentimentalität lächeln. Er war einfach zu sensibel. Zu gutmütig. Warum sollte ausgerechnet Emilie leben dürfen? Wozu sollte das gut sein? Womit hatte die Kleine das denn verdient? Sie bekam etwas zu essen, und zwar gutes Essen und oft. Sauberes Wasser kam aus dem Hahn. Sogar eine Barbiepuppe hatte er ihr gekauft, aber das wußte sie anscheinend gar nicht richtig zu schätzen.

Glücklicherweise jammerte sie jetzt nicht mehr. Anfangs, und vor allem, nachdem Kim verschwunden war, hatte sie schon losgeweint, wenn er nur unten die Tür öffnete. Sie schien auch keine Luft zu bekommen, was Unsinn war. Er hatte schon vor langer Zeit eine richtige Lüftungsanlage installiert, er wollte die Kinder schließlich nicht ersticken lassen. Jetzt war sie ruhiger. Weinte jedenfalls nicht mehr.

Die Entscheidung, Emilie am Leben zu lassen, hatte sich ganz von selbst ergeben. Er hatte es nicht von Anfang an so vorgehabt, das nicht. Sie hatte etwas Besonderes, auch wenn sie das natürlich nicht begriff. Er wollte sehen, wie lange das vorhielt. Sie sollte sich in acht nehmen. Er war sentimental, aber auch für ihn gab es irgendwo eine Grenze.

Bald würde sie Gesellschaft bekommen.

Er stellte sein Glas weg und sah die acht Jahre alte Sarah Baardsen vor sich. Er hatte sich ihre Züge eingeprägt, sie auswendig gelernt, ihr Gesicht eingeübt, bis er sie jederzeit und überall vor sich sehen konnte. Fotos hatte er nicht. Fotos konnten in falsche Hände geraten. Er hatte sie auf dem Schulhof studiert, auf dem Weg zur Oma, im Bus. Einmal hatte er während einer ganzen Kinovorstellung neben ihr gesessen. Er wußte, wie ihre Haare rochen. Süß und warm.

Er steckte den Korken in die Flasche und stellte sie in eins der fast leeren Regale in der Küche. Als er aus dem Fenster schaute, erstarrte er. Nur wenige Meter vom Haus entfernt stand ein ausgewachsener Rehbock. Das schöne Tier hob den Kopf und starrte ihn einen Moment lang an, dann ging es gemächlich zum Waldrand im Westen. Dem Mann traten die Tränen in die Augen.

Sarah und Emilie würden sich bestimmt verstehen, für die kurze Zeit.

17

Der Logan International Airport in Boston war eine gigantische Baustelle. Unter der niedrigen Decke hingen Schimmelgeruch und dicke Staubkörner. Überall leuchteten ihr Warnungen entgegen, in schwarzer Schrift auf rotem Grund. Sie sollte sich vor Leitungen auf dem Boden, lose hängenden Balken und Planen in acht nehmen, hinter denen sich Zementmischer und Baumaterial befanden. Vier Flugzeuge aus Europa waren in weniger als einer halben Stunde gelandet. Vor der Paßkontrolle stand eine lange Schlange, und Inger Johanne Vik versuchte sich während des Wartens in eine bereits gelesene Zeitung zu vertiefen. Ab und zu schob sie mit dem Fuß ihr Handgepäck weiter. Ein Franzose in dunklem Kamelhaarmantel stieß sie jedesmal in den Rücken, wenn sie einige Sekunden zu lange wartete.

Gestern abend war ihre beste Freundin Line aufgetaucht, mit drei Flaschen Wein und zwei neuen CDs. Kristiane war bei Isak in guten Händen, und Line hatte ja recht, wenn sie sagte, Inger Johanne brauche nicht an morgen zu denken, da sie nicht vor zwölf zum Flughafen aufbrechen mußte. Vorher noch zur Arbeit zu gehen habe ja wohl kaum Sinn. Lines Flaschen leerten sich, zusammen mit einer kleinen Flasche Kognak und zwei Irish Coffee. Als der Zubringerzug gegen Mittag des 22. Mai den neuen Zentralflughafen erreichte, mußte Inger Johanne zur Toilette stürzen, um sich von den Resten einer sehr feuchtfröhlichen Nacht zu befreien. Die Reise war danach trotzdem kein Vergnügen.

Zum Glück war sie über Grönland dann eingeschlafen.

Endlich kam ihr Paß an die Reihe. Sie versuchte, ihren Mund geschlossen zu halten. Der unangenehme Geschmack von Schlaf und Alkohol ließ sie unsicher werden. Der Kontrolleur brauchte ungewöhnlich lange; er schaute sie an, starrte auf den Paß, zögerte. Dann endlich brachte er mit einem fast resignierten Knall den Stempel an. Sie wurde in die USA hineingewinkt.

Diesmal war es ganz anders. Bei ihrer Ankunft in Amerika war es ihr sonst immer vorgekommen, als habe sie einen Rucksack von der Schulter abgeladen. Dieses Gefühl von Freiheit war ganz konkret, sie fühlte sich jünger, leichter, glücklicher. Jetzt fröstelte sie im kalten Wind und konnte sich nicht richtig daran erinnern, wo die Haltestelle lag. Statt gleich im Flughafen einen Wagen zu mieten, wollte sie mit dem Bus nach Hyannis fahren. Dort wartete ein Ford Taunus auf sie, und sie brauchte sich nicht um den Stadtverkehr in Boston zu scheren. Wenn sie nur diesen verdammten Bus finden könnte. Auch hier draußen war alles chaotisch, mit provisorischen Straßenschildern und unklaren Hinweistafeln überall. Sie wurde immer mißmutiger, und noch immer war ihr ein bißchen schlecht. Und das Parfüm des übellaunigen Franzosen hing auch noch in ihrer Kleidung.

Zwei Männer lehnten an einem dunklen Wagen. Beide trugen Schirmmützen und die charakteristischen schwarzen Regenjakken. Sie brauchten sich nicht umzudrehen, um Inger Johanne zu verraten, daß auf ihren breiten Rücken in riesigen reflektierenden Buchstaben *FBI* prangte.

Auch Inger Johanne besaß eine solche Jacke. Die hing im Ferienhaus ihrer Eltern und wurde nur bei strömendem Regen benutzt. Das F war halb verwischt, das B fast verschwunden.

Die FBI-Männer lachten. Der eine stopfte sich ein Kaugummi in den Mund, dann rückte er seine Schirmmütze zurecht und öffnete einer Frau in Stöckelschuhen, die eilends die Straße überquerte, die Autotür. Inger Johanne wandte sich ab. Sie mußte sich beeilen, wenn sie den Bus erreichen wollte. Noch immer war ihr leicht übel, und sie fühlte sich wackelig auf den Beinen. Sie hoffte, während der Fahrt schlafen zu können. Wenn nicht, würde sie sich in Hyannis ein Nachtquartier suchen müssen, in diesem Zustand konnte sie kaum bei Nacht Auto fahren.

Inger Johanne lief los. Ihr Koffer hüpfte auf seinen viel zu kleinen Rädern hin und her. Atemlos übergab sie dem Fahrer ihr Gepäck und stieg in den Bus.

Ihr fiel ein, daß sie seit dem Abflug keinen einzigen Gedanken an Aksel Seier verschwendet hatte. Am nächsten Tag würde sie ihn vielleicht kennenlernen. Aus irgendeinem Grund hatte sie sich ein Bild von diesem Mann gemacht. Er sah ziemlich gut aus, war aber nicht sehr groß. Vielleicht hatte er einen Bart. Die Götter mochten wissen, ob er sie überhaupt empfangen würde. In die USA zu reisen, fast Hals über Kopf, ohne Verabredung, ohne andere konkrete Informationen als eine Adresse in Harwichport und eine alte Geschichte über einen Mann, der wegen eines Verbrechens verurteilt worden war, das er vermutlich nicht begangen hatte; das alles war dermaßen impulsiv und sah ihr so wenig ähnlich, daß sie lächelte, als sie im Busfenster ihr Spiegelbild entdeckte. Sie war in den USA. In gewisser Hinsicht war sie nach Hause gekommen.

Sie schlief schon, noch ehe der Ted-Williams-Tunnel hinter ihnen lag.

Ihr letzter Gedanke galt Yngvar Stubø.

18

Inger Johanne Viks Zeitgefühl war vollständig aus den Fugen geraten, als sie am Dienstag morgen erwachte.

Am Vorabend hatte sie am Barnstable Municipal Airport den Wagen abgeholt. Der Flugplatz bestand nur aus zwei schmalen Startbahnen neben einem niedrigen, langgestreckten Flughafengebäude. Die Frau hinter dem Mietwagenschalter hatte ihr die Schlüssel gegeben und dabei verlegen gegähnt. Es war noch immer erst zwei Stunden vor Mitternacht. Obwohl sie zu dem vorbestellten Zimmer in Harwichport nur eine halbe Stunde gebraucht hätte, wollte sie kein Risiko eingehen. Sie fuhr zu einem Motel in Hyannisport, das nur fünf Minuten vom Flugplatz entfernt lag. Nach einer Dusche ging sie hinaus in die abendliche Dunkelheit.

Über den Kaianlagen hing eine Vorahnung von Sommer. Halbwüchsige Jungen hatten sich einen ereignislosen Winter hindurch gelangweilt; jetzt lachten und johlten sie in der Nacht und warteten darauf, daß die Stadt explodierte. Auch Kinder von nur zehn Jahren flohen vor ihren Müttern und dem Zubettgehen und jagten auf ihren Fahrrädern im Zickzack zwischen Dückdalben und alten Tonnen umher. Der Memorial Day war nur noch wenige Tage entfernt. Im Laufe eines einzigen Wochenendes würde sich die Bevölkerung von Cape Cod vervielfachen und diese Größe beibehalten, bis der September den Labor Day und den Beginn einer weiteren öden Wintersaison brachte.

Inger Johanne tastete nach ihrer Armbanduhr. Die war auf den Boden gefallen.

Es war erst kurz nach sechs Uhr morgens. Sie hatte fünf Stunden geschlafen. Trotzdem fühlte sie sich ausgeruht. Sie stand auf und zog ein viel zu weites T-Shirt an, das sie sonst als Nachthemd nutzte. Die Klimaanlage seufzte erschöpft und verstummte dann plötzlich. Im Zimmer war es bestimmt fünfundzwanzig Grad warm. Das Morgenlicht fiel herein, als sie die Vorhänge öffnete. Sie schaute aus zusammengekniffenen Augen nach Südwesten. Die Schnellfähre nach Martha's Vineyard lag frisch geputzt und weiß am Anleger; der Wind blies seewärts und straffte die Trossen zwischen Pier und Boot. Hinter der Fähre, im Schutz eines Wäldchens, stand das riesige graue Kennedy-Denkmal. Sie hatte es am Vorabend besucht, hatte sich einfach auf eine Bank gesetzt und aufs Meer hinausgeschaut. In der Luft lag ein schwerer Duft von Frühsommernacht, salzig und süß. Das Denkmal stand hinter ihr, eine massive Steinmauer mit einem nichtssagenden Kupferrelief in der Mitte. Ein ausdrucksloser toter Präsident im Profil, wie auf einer Münze – ein König auf einem riesigen Geldstück.

»Der König von Amerika«, murmelte Inger Johanne, schaltete ihr Notebook an und loggte sich ins Internet ein.

Nur eine Mail war die Telefoneinheiten wert; eine Zeichnung von Kristiane. Drei grüne Figuren, die im Kreis standen. Kristiane, Mama und Papa. Die Hände, bei denen sie sich hielten, waren riesig, und die Finger verflochten sich miteinander wie die Wurzeln eines Mangrovenbaums. In der Mitte des Kreises stand ein vielzahniges Wesen. Inger Johanne begriff zuerst nicht, was das sein sollte. Sie las Isaks Begleittext.

»Er hat dem Kind einen Hund gekauft«, stöhnte sie und loggte sich ganz schnell aus.

Als sie um kurz nach neun in ihr Auto stieg, fühlte sie sich resigniert. Sie war seit einem knappen Tag unterwegs, und schon hatte Isak einen Hund gekauft. Kristiane würde darauf bestehen, das Tier auch während der Wochen, die sie bei Inger Johanne verbrachte, bei sich zu haben. Inger Johanne wollte keinen Hund, ganz und gar nicht.

Isak hätte sie wenigstens fragen können.

Ihr Ärger hatte nicht nennenswert nachgelassen. Sie fuhr über die Route 28 die Küste entlang. Diese Straße schlängelte sich von einer Kleinstadt zur anderen, und ab und zu war hinter Yachthäfen und Flußmündungen der Nantucket Sound zu sehen. Die Sonne brannte in ihren Augen. Sie hielt vor einem knallbunten Andenkenladen, um sich eine billige Sonnenbrille zu kaufen. Ihre eigene mit den Gläsern in ihrer Sehstärke hatte sie in Norwegen vergessen. Sie hatte die Wahl, entweder mit Sonnenbrille ohne optische Gläser wenig zu sehen oder ohne Sonnenbrille im scharfen Licht so gut wie blind zu sein. Der Verkäufer wollte ihr auch einen Cowboyhut aufschwatzen – als ob es in einer Meile Umkreis von Yarmouth, Massachusetts, jemals auch nur einen einzigen Cowboy gegeben hätte. Am Ende gab sie sich geschlagen. Dreißig Dollar gleich in den Müll, und das im wahrsten Sinne des Wortes. Sie hoffte, daß er nicht zusah, wie sie den Kopfputz in einen grünen Eimer stopfte. Dem Mann hatte das rechte Bein gefehlt, 1972 war er vermutlich ein einfacher Soldat von neunzehn Jahren gewesen.

Den Mid-Cape Highway zu nehmen wäre in jeder Hinsicht sinnvoller gewesen, eine vierspurige Schnellstraße, die die Halbinsel in Längsrichtung durchquerte. Daß sie sich dennoch für die Küstenstraße entschied, ließ in ihr den Verdacht aufkommen, daß sie Zeit schinden wollte. Am Vortag hatte sie ihre eigene Impulsivität noch belächelt. Aber jetzt fand sie das nicht mehr komisch.

Etwas schien mit der Schaltung nicht zu stimmen.

Was sollte sie sagen?

Isak konnte sich geirrt haben. Er hatte die Hand aufs Herz gelegt und die Augen weit aufgerissen, als sie Garantien verlangt hatte. Es konnte doch mehrere Aksel Seiers geben. Wenn auch nicht sehr viele, so doch einige. Isak konnte sich geirrt haben. Der Aksel Seier aus Harwichport hatte vielleicht niemals in Oslo gelebt. Vielleicht hatte er auch nie im Gefängnis gesessen. Vielleicht hatte er doch im Gefängnis gesessen, mochte aber nicht daran erinnert werden. Er konnte eine Familie haben. Frau, Kinder, Enkelkinder; die allesamt keine Ahnung von der Knastvergangenheit des Familienoberhauptes hatten. Es wäre nicht richtig, das alles wieder aufzuwühlen. Es wäre nicht richtig Aksel Seier gegenüber. Am Vortag hatte sie über ihre eigene Impulsivität gelächelt. Jetzt aber wußte sie, daß es bei dieser Reise in die USA nicht nur darum ging, eine Wahrheit zu suchen, sondern daß sie auch vor etwas davonlief. Nicht vor etwas Wichtigem, fügte sie in Gedanken rasch hinzu. Hier konnte trotz allem nicht von einer Flucht die Rede sein. In Amerika war sie sich selbst am nächsten, und deshalb war sie hergekommen. Sie wußte nur nicht so recht, wovon sie eigentlich eine Pause brauchte.

Ehe sie Dennisport erreichte, eine satte amerikanische Meile von der Adresse entfernt, die hinter Kristianes Bild in ihrer Brieftasche steckte, beschloß sie umzukehren. Sie könnte die ganze Reise als Schuß in den Ofen bezeichnen. Alvhild Sofienberg würde das verstehen. Inger Johanne konnte nicht mehr tun. Sie konnte auch ohne Aksel Seier weiterforschen. Sein Fall war für sie nicht unverzichtbar. Sie hatte auch sonst genug Material, Fälle, bei denen die Täter eine U-Bahnfahrt oder eine kurze Flugreise nach Tromsø entfernt wohnten.

Die Gangschaltung hustete böse. Sie fuhr weiter.

Vielleicht sollte sie sich sein Haus ansehen. Sie brauchte ihn ja nicht anzusprechen. Wo sie schon so weit gereist war, wäre es doch nicht schlecht, sich zumindest einen Eindruck davon zu verschaffen, wie Aksel Seiers Leben aussah. Ein Haus mit Garten und vielleicht einem Auto davor würden eine Geschichte erzählen, die es sich nach einer so langen Reise anzuhören lohnte.

Aksel Seier wohnte in der Ocean Avenue Nummer 1.

Das Haus war leicht zu finden. Es war klein. Wie alle Häuser in der Nachbarschaft war es mit Zedernholz verkleidet, altersgrau, verwittert und typisch für die Gegend. Die Fensterläden waren blau. Auf dem Dach drehte ein Wetterhahn sich widerwillig mit dem Wind. Ein untersetzter Mann mühte sich an der Ostwand mit einer Leiter ab. Es war noch zu früh zum Mittagessen. Inger Johanne merkte, daß sie trotzdem Hunger hatte.

Aksel Seier brauchte eine neue Leiter. Er wollte aufs Dach klettern. Der alten fehlten drei Sprossen, und sie knackte bedrohlich. Aber er mußte nach oben. Der Wetterhahn wollte nicht mehr. Aksel wurde manchmal nachts vom Wind geweckt, der dem halsstarrigen Vogel zusetzte; und der schrie wütend, wenn der Wind von Südosten wehte.

»*Hi, Aksel! Pretty thing you've got there!*«

Ein jüngerer Mann in einem karierten Flanellhemd lehnte sich über den Zaun und lachte. Aksel nickte seinem Nachbarn kurz zu und hielt das Schwein hoch. Er legte den Kopf schräg und zuckte kurz mit den Schultern.

»*Kind of original, I guess. I like it.*«

Das Schwein war aus oxydiertem Kupfer, eine schlanke Sau, wie ein Hund auf vier gekreuzten Pfeilen kauernd, die die Himmelsrichtungen anzeigten. Aksel Seier hatte die Wettersau gegen einige bunte Netzmarkierungen eingetauscht. Die kleinen Bojen waren mit Wasser vollgesogen und unbrauchbar, brachten auf dem Souvenirmarkt aber noch immer einen guten Preis.

»Could you please help me with this ladder, will you.«

Matt Delaware hatte mächtig Übergewicht. Aksel hoffte, daß der weitaus jüngere Mann ihm nicht anbieten werde, an seiner Stelle den Wetterhahn gegen das Schwein auszutauschen. Endlich hatten sie die Leiter in Position gebracht.

Matt schaute zur Leiter hoch. Er schlug leicht gegen eine Sprosse und schob sich die Baseballmütze in den Nacken. Aksel grunzte. Er setzte vorsichtig den Fuß auf die unterste Sprosse. Sie trug. Langsam kletterte er nach oben. Der Hahn war dermaßen verrostet, daß er abbrach, als Aksel ihn losschrauben wollte. Aber die Befestigungsschienen waren noch einwandfrei. Die Sau ließ sich sofort vom Wind zähmen, und danach brauchte Aksel nur noch einen Moment, um die Himmelsrichtungen zu justieren.

»Awesome«, Matt grinste und schaute zur Sau hoch. *»Just awesome, you know.«*

Aksel murmelte ein Danke. Matt legte die Leiter an ihren Platz. Aksel hörte ihn noch lange kichern, nachdem er schon außer Sichtweite und um die Ecke der O'Connors verschwunden war, die ihr Haus noch nicht für den Sommer geöffnet hatten.

Irgendwer hatte in der Ocean Avenue angehalten. Aksel schaute mit mäßigem Interesse zu dem Ford hinüber. Darin saß eine Frau. In dieser Gegend war Parken verboten. Sie mußte zum Parkplatz an der Atlantic Avenue fahren, wie alle anderen auch. Sie hatte hier nichts zu suchen. Das war ganz klar, auch wenn er nicht genau wußte, woran er das sehen konnte. Die Sommersaison war die Hölle. Überall Großstädter, die mit dem Geld nur so um sich warfen. Sie glaubten, alles sei zu verkaufen.

»Wenn der Preis nur stimmt«, hatte im Frühling der Immobilienhändler gesagt. *»Name your price, Aksel.«*

Er wollte nicht verkaufen. Irgendein Bonze aus Boston hatte eine Million Dollar für das kleine Haus am Strand hinblättern wollen. Eine Million! Aksel schnaubte, als er daran dachte. Das Haus war klein, und er hatte kaum das Geld für die allernötigsten Reparaturen. Er machte fast alles selbst, aber auch das Material kostete. Und das galt genauso für Klempner und Elektriker. Im Winter hatte er eine neue Wasserleitung legen müssen. Die alte war undicht. Der Druck fiel so weit, daß aus dem Hahn in der Küche nur noch winzige Tropfen kamen, und das Wasserwerk drohte mit Klage, wenn er nichts unternahm. Als alles fertig und die Rechnung bezahlt war, hatte Aksel Seier noch sechsundfünfzig Dollar auf dem Konto gehabt.

Eine Million!

Der Bonze hätte das ganze Haus abgerissen. Ihm ging es um die Lage. Den Strand. Den privaten Strand. Mit dem Recht, Schilder mit der Aufschrift *No trespassing* und *Police take notice* aufzustellen. Aksel Seier hatte den Immobilienmakler vor die Tür gesetzt und sich weitere Besuche verbeten. Er brauchte zwar ab und zu ein paar hundert Dollar, aber das nur, wenn er sie selbst verdient hatte. Aksel hatte keine Ahnung, was er mit einer Million anfangen sollte.

Er hatte sein Werkzeug weggeräumt. Die Frau im Ford saß noch immer da. Das störte ihn. Normalerweise verfiel er in dieser Jahreszeit in einen Zustand tiefer Nachsicht; sonst könnte er den Sommer kaum überleben. Aber bei dieser Frau war das anders. Sie schien ihn anzustarren. Ihr Wagen stand nicht so, daß sie von dort aus das Meer betrachten konnte. Sie war zu weit oben in der Straße. Und zu dicht bei der hohen Eiche, die sich über das Haus der Piccolas hinzog; in diesem Sommer würden sie etwas unternehmen müssen, den Baum fällen oder ihn auf jeden Fall energisch beschneiden. Die Äste hingen tief auf das Dach herab und zerschrammten die Schindeln. Bald würde das Dach undicht sein.

Die Frau im Wagen interessierte sich nicht für das Meer. Sondern für Aksel Seier. Den durchfuhr eine uralte Angst. Er keuchte auf und fuhr herum. Dann lief er ins Haus und schloß die Tür ab, obwohl es noch nicht mal elf Uhr morgens war.

Aksel Seier sah so aus, wie Inger Johanne sich ihn vorgestellt hatte. Kräftig und untersetzt. Aus der Entfernung konnte sie nicht erkennen, ob er glatt rasiert war, aber von einem Vollbart konnte jedenfalls keine Rede sein. Trotzdem hatte sie das Gefühl, ihn schon in der allerersten Nacht so vor sich gesehen zu haben, als sie Alvhild Sofienbergs Unterlagen gelesen und versucht hatte, sich den alten Aksel Seier fünfunddreißig Jahre nach seiner Freilassung vorzustellen. Seine Jacke war abgenutzt und dunkelblau. Er trug schwere Stiefel, obwohl es sicher über zwanzig Grad warm war. Seine Haare waren grau und etwas zu lang, so als sei sein Aussehen ihm nicht weiter wichtig. Selbst auf hundert Meter Entfernung fielen seine großen Hände auf.

Zweimal hatte er zu ihr herübergeschaut. Sie versuchte, sich in ihrem Auto ganz klein zu machen. Obwohl sie nichts Verbotenes tat, spürte sie, wie sie leicht errötete, als er sich zum zweiten Mal aufrichtete und aus zusammengekniffenen Augen zu ihr hinschaute. Wenn er sich wirklich gemerkt hatte, wie sie aussah, dann würde es nachher peinlich sein, ihn anzusprechen.

Sie brauchte ja gar nicht mit ihm zu sprechen. Sie konnte sehen, daß es ihm gutging. Er wohnte nicht schlecht. Sein Haus war zwar klein und ziemlich verwittert, aber das Grundstück war sicher wertvoll. Im Garten stand ein kleiner Lastwagen, ein *truck,* der noch nicht besonders alt war. Ein jüngerer Mann blieb stehen und fing ein Gespräch an. Der Mann lachte und winkte, als er weiterging. Aksel Seier war hier zu Hause.

Inger Johanne hatte Hunger. Es war unerträglich heiß im Wagen, obwohl er im Schatten einer großen Eiche stand. Langsam kurbelte sie das Fenster herunter.

»*You can't park here, sweety!*«

Ein enormer rosafarbener Angorapullover ließ die alte Dame aussehen wie Zuckerwatte. Sie lächelte breit über der rosa Watte, und Inger Johanne nickte verlegen. Dann machte sie den Motor wieder an und hoffte, daß die Schaltung noch einen Tag durchhielt. Sie sah auf der Uhr, daß es Punkt elf Uhr vormittags war, am Dienstag, dem 23. Mai.

Aus irgendeinem Grund fiel ihm auf, daß es fünf Uhr nachmittags war. Irgendwer hatte eine alte Bahnhofsuhr an die Stallwand gehängt. Der kleine Zeiger war abgebrochen, nur ein Stummel zeigte noch auf etwas, das vermutlich mal eine Fünf gewesen war. Yngvar Stubø fühlte sich unruhig und schaute sicherheitshalber noch einmal auf seine Armbanduhr.

»Hier, Amund. Komm zu Opa.«

Der Kleine stand zwischen den Vorderbeinen eines braunen Pferdes. Das Tier hatte den Kopf gesenkt und wieherte leise. Yngvar Stubø riß seinen Enkel an sich und setzte Amund rittlings auf den nackten Pferderücken.

»Nun mußt du Sabra auf Wiedersehen sagen. Wir gehen jetzt nämlich zum Essen nach Hause. Du und ich.«

»Und Sabra.«

»Nein. Sabra nicht. Sabra wohnt hier im Stall. In Opas Wohnzimmer hat sie nicht genug Platz.«

»Mach's gut, Sabra!«

Amund beugte sich vor und rieb sein Gesicht an der Pferdemähne.

»Mach's gut.«

Die Unruhe wollte ihm nicht aus den Knochen weichen. Sie war fast schmerzhaft, ein kalter Schauer, der über seinen Rücken lief, sich in seinem Nacken festbiß und ihn erstarren ließ. Er drückte den Jungen fest an sich und ging auf sein Auto zu. Er empfand Unbehagen, als er Amund im Kindersitz anschnallte. In alten Tagen, vor dem Unglück, war er sich wie ein Hellseher vorgekommen. Er hatte eigentlich nie daran geglaubt. Trotzdem hatte es ihm gefallen, daß andere darauf achteten, auf diese Aufnahmefähigkeit, die ihn zu etwas Besonderem werden ließ. Ab und zu jagten ihm eiskalte Schauer über den Rücken und zwangen ihn, auf die Uhr zu sehen. Sich einen Zeitpunkt einzuprägen. Früher hatte er das nützlich gefunden. Jetzt war es ihm peinlich.

»Reiß dich zusammen«, murmelte er und ließ den Motor an.

19

Später stellte sich heraus, daß niemand im Bus Sarah Baardsen wirklich bemerkt hatte. Es war mitten in der Hauptverkehrszeit, und im Mittelgang drängten sich die Fahrgäste. Alle Sitze waren besetzt. Auch viele Kinder waren unterwegs, die meisten zusammen mit Erwachsenen. Das einzige, was nach Vernehmung von mehr als fünfzig Zeugen offenbar feststand, war, daß Sarah um fünf vor fünf im Bus der Linie 20 gesehen worden war, den sie jeden Dienstag nahm. Zwei Kolleginnen, die auf die Mutter gewartet hatten, während sie dem Kind zum Abschied zuwinkte, konnten das bestätigen. Sarah war acht Jahre alt und konnte schon seit über einem Jahr allein nach Tøyen zu ihrer Großmutter fahren. Es war keine lange Strecke, die Fahrt dauerte eine knappe halbe Stunde. Sarah wurde als selbstsicheres und selbständiges Kind beschrieben, und obwohl die Mutter sich schreckliche Vorwürfe machte, weil sie sie nicht begleitet hatte, fand sonst kaum jemand es unverantwortlich, daß eine alleinstehende Mutter eine Achtjährige auf eine solche Busreise schickte.

Ebenso fest wie die Tatsache, daß Sarah in den Bus gesetzt worden war, stand jedoch, daß sie ihren Bestimmungsort nie erreicht hatte. Die Großmutter hatte vergeblich an der Haltestelle gewartet. Sarah kannte diese Haltestelle, sie sprang immer aus dem Bus in die Arme der Oma, sowie die Bustüren geöffnet wurden. Diesmal kam sie nicht. Die Großmutter war geistesgegenwärtig genug, den Bus anzuhalten, sie durchsuchte zweimal den Fahrgastraum, langsam, ohne sich von dem gereizten Fahrer beeindrucken zu lassen. Sarah war spurlos verschwunden.

Zwei Zeugen wollten gesehen haben, daß sie am Carl Berners Plass ausgestiegen war. Sie hatte eine blaue Mütze getragen, da waren sie sich ganz sicher. Sie hatten an der hinteren Tür gestanden und sich darüber gewundert, daß ein so kleines Mädchen allein mit einem überfüllten Bus unterwegs war.

Sarah besaß in Wirklichkeit aber keine Mütze.

Eine ältere Dame hatte ein Mädchen von sechs Jahren gesehen, das mit einem erwachsenen Mann zusammengewesen war. Das Kind war blond gewesen und hatte eine Stoffpuppe im Arm gehabt. Die Kleine habe schrecklich geweint, sagte die Dame. Der Mann war offenbar böse auf sie gewesen. Eine Clique von Jugendlichen behauptete, der Bus habe von schreienden und heulenden Kindern nur so gewimmelt. Ein Computerspezialist mit einer Art Prominentenstatus, was ihn seiner Ansicht nach zu einem besonders guten Zeugen machte, wollte ein Mädchen mit einer Colaflasche in der Hand ganz vorn im Bus beobachtet haben. Sie sei plötzlich aufgestanden und ausgestiegen, ganz ohne erwachsene Begleitung, als habe sie an der Haltestelle vor dem Munch-Museum eine unerwartete Entdeckung gemacht.

Sarah hatte dunkle Haare und keine Colaflasche bei sich gehabt. Sie besaß auch keine Stoffpuppe und war außerdem acht und groß für ihr Alter.

Wenn die vielen Fahrgäste, die an diesem Dienstag gegen Ende Mai den Bus der Linie 20 genommen hatten, genau hingeschaut hätten, dann wäre ihnen ein Mann aufgefallen, der ein hinten im Bus sitzendes Mädchen ansprach. Sie hätten gesehen, daß das Mädchen ihren Platz einer alten Dame anbot, wie sie das von ihrer Mutter gelernt hatte. Sie hätten sie lächeln gesehen. Vielleicht hätten sie auch gesehen, daß der Mann vor ihr im Gedränge in die Hocke gegangen war, daß er gelächelt und etwas gesagt und dann nach ihrer Hand gegriffen hatte. Wenn es nicht gerade fünf Uhr nachmittags gewesen wäre, als alle Hunger und niedrigen Blutzuckerstand hatten, müde waren und vor allem ans Essen dachten, hätten sie der Polizei vielleicht sagen können, daß das Mädchen verwirrt gewirkt hatte, daß sie aber bereitwillig mitgegangen war, als der Mann an der nächsten Haltestelle aussteigen wollte.

Der Polizei lagen mehr als vierzig Zeugenaussagen aus dem Bus der Linie 20 vor. Aber keine davon schien etwas darüber verraten zu können, was aus der kleinen Sarah Baardsen geworden war.

20

Diesmal kam sie zu Fuß. Obwohl viele in aller Heimlichkeit die Saison für eröffnet erklärt hatten und Harwichport bereits von Touristen und alten Badegästen bevölkert wurde, erkannte er sie sofort. Sie kam die Atlantic Avenue heruntergeschlendert, als könne sie kein Wässerchen trüben. Beim Parkplatz, wo keine Häuser und geschlossenen Gärten den Blick auf den Strand versperrten, blieb sie stehen und schaute nach Süden aufs Meer hinaus. Trotzdem ging sie nicht zum Zaun. Sie trug eine Sonnenbrille, und er hätte schwören können, daß sie eigentlich zum Zaun herüberschaute. Zu ihm.

Aksel Seier schloß das Gartentor. Seine Angst schlug jetzt in Wut um. Wenn diese Frau wirklich etwas von ihm wollte, dann sollte sie sich gefälligst zusammenreißen und ihn ansprechen. Er zupfte an seinem Pullover, es war jetzt warm, es ging auf den Nachmittag zu. Vom Strand her hörte er das Johlen einer Bande von Jugendlichen, die im Nantucket Sound badeten. Das Wasser war noch eiskalt. Zwei Tage zuvor war das Thermometer bei sechzig Grad Fahrenheit stehengeblieben, er hatte nachgesehen, ehe er zum Angeln hinausgefahren war. Die Frau in der Windjacke ging langsam auf der anderen Straßenseite an ihm vorbei.

»*What do you want, dammit?*«

Aksel umklammerte seinen Hammer, dann ließ er ihn plötzlich fallen. Die Schieferplatten, auf denen er stand, hallten von dem Aufprall wider. Sein Blut pochte gegen das Trommelfell. Die Angst war ihm jetzt fremd, sie lag so lange Zeit zurück. Schon vor Jahren hatte er endlich dieses namenlose Entsetzen überwunden, das ihn zum ersten Mal im Januar 1957 in einer Untersuchungszelle heimgesucht hatte.

Damals waren einige Wochen seit seiner Festnahme vergangen. Seine Mutter hatte sich das Leben genommen. An der Beisetzung hatte er nicht teilnehmen dürfen. Der alte Polizist ließ die Schlüssel klirren und starrte ihm in die Augen. Alle wüßten, daß Seier schuldig sei, knurrte er. Die Schlüssel schlugen gegen die Zellenwand, wieder und wieder. Aksel habe keine Chance auf einen Freispruch. Ob er nicht lieber gleich gestehen wolle, und sei es nur, um die Schmerzen von Hedvigs Eltern zu mildern? Hatten diese Ärmsten nicht genug gelitten? Der Blick des Polizisten triefte nur so vor Verachtung. Er fuhr sich wütend mit dem Jackenärmel über die Augen, und Aksel wußte, daß alles verloren war. Die Angst hatte ihn vier Tage hindurch wach gehalten. Schließlich halluzinierte er und wurde mit Medikamenten in Schlaf versetzt.

Aksel wurde zu einem Nachttier, das jeden Nachmittag einige Stunden ruhte und durch die Gitterstäbe Sterne zählte, wenn die anderen schliefen. Die Angst begleitete ihn in die Mietskaserne, wo er nach seiner überraschenden Freilassung auf acht Quadratmetern hauste. Sie verfolgte ihn über das Meer und quälte ihn immer wieder. Bis zu einem Morgen im März 1993. An diesem Morgen erwachte Aksel Seier erst am späten Vormittag und staunte darüber, daß er die ganze Nacht durchgeschlafen hatte. Zum ersten Mal in sechsunddreißig Jahren hatte der Polizist mit dem Schlüsselbund und den triefenden Augen ihn in Ruhe gelassen.

»*What the hell do you want?*«

Die Frau blieb stehen. Sie schien zu zögern. Obwohl sein Herz so heftig schlug und ihm das normale Atmen erschwerte, stellte er überrascht fest, daß sie gut aussah. Auf eine langweilige Art, als wollte sie eigentlich nicht auffallen. Sie mochte Mitte Dreißig sein und war ziemlich geschlechtsneutral gekleidet. Jeans und ein roter Pullover mit V-Ausschnitt. Turnschuhe. Aksel ertappte sich dabei, daß er sie musterte, daß er Bilder von ihr zur späteren Verwendung speicherte. Sie hatte braune Augen, das sah er, als sie zögernd auf ihn zukam und ihre Sonnenbrille durch eine normale Brille ersetzte. Ihre Haare waren dunkel und halblang und wellten sich auf eine Weise, die bei feuchtem Wetter vielleicht zu

Locken führte. Sie hatte schmale Hände und lange Finger, das sah er, als sie sich unschlüssig durch die Haare fuhr. Aksel biß sich auf die Zunge.

»Aksel Seier?«

Die Angst drohte ihn zu ersticken. Die Frau sagte »Aksel Seier«, und so hatte er seinen Namen seit 1966 nicht mehr gehört. Er hieß nicht mehr Aksel Seier. Er hieß Äeksel Sseyer, gedehnt und rund. Nicht hart und bündig: Aksel Seier.

»*Who's asking?*« preßte er aus sich heraus.

Sie reichte ihm die Hand. Er griff nicht danach.

»Ich bin Inger Johanne Vik. Ich arbeite an der Universität und möchte mit Ihnen darüber sprechen, daß Sie damals unschuldig wegen Vergewaltigung und Kindsmordes verurteilt worden sind. Wenn Sie wollen, meine ich. Wenn Sie bereit sind, so viele Jahre danach noch darüber zu reden.«

Noch immer hielt sie ihm ihre Hand hin. Darin lag ein gewisser Trotz, es war eine beharrliche Geste, die ihn dazu brachte, den Mund zu öffnen und Luft in seine Lunge hinunterzupressen, ehe er endlich danach griff.

»*Äeksel Sseyer*«, sagte er mit heiserer Stimme. »So heiße ich jetzt.«

Die Zuckerwattefrau kam vom Strand her auf sie zugestapft. Sie bog um den Zaun und keuchte laut und demonstrativ auf, ehe sie rief:

»*Female visitor, Aksel! I'll say!*«

»Kommen Sie ins Haus«, sagte Aksel und kehrte dem rosa Pullover den Rücken zu.

Inger Johanne wußte nicht, was sie erwartete. Sie hatte sich zwar ein klares Bild von Aksel Seiers Äußerem gemacht, aber sie hatte sich nie weiter überlegt, wie seine Umgebung aussehen mochte, wie sein Leben in den USA sich wirklich gestaltete. Sie blieb in der Türöffnung stehen. Das Wohnzimmer ging in eine Kochnische über und war mit Gegenständen vollgestopft. Es gab zwar nur einen kleinen Couchtisch, ein abgenutztes Sofa und einen grob getischlerten Küchentisch sowie einen einsamen Holzstuhl. Trotzdem wußte sie nicht, wohin sie ihre Füße setzen sollte. In der einen Ecke stand ein riesiger Hund. Sie zuckte zusammen. Erst danach erkannte sie, daß sein Fell Haar für Haar aus Holz geschnitzt war und daß seine gelben Augen aus Glas bestanden. In der gegenüberliegenden Ecke war unter der niedrigen Decke eine Galionsfigur befestigt. Diese Figur stellte eine großbusige Frau dar, mit vagem Blick und tiefroten, fast lila Lippen. Die Figur war viel zu groß für das Zimmer. Sie schien jeden Moment von der Wand fallen zu können. Und dann würde die Dame ein Heer von Spielzeugsoldaten zerschmettern, das sich auf zwei Quadratmetern des Fußbodens eine wilde Schlacht lieferte. Inger Johanne trat vorsichtig einen Schritt auf diese Armee zu und ging in die Hocke. Die Soldaten waren aus Glas. Winzige Blaujacken, individuell ausgeformte Soldaten, mit Bajonetten und Kanonen, Hüten und Auszeichnungen, im Kampf gegen Südstaatensoldaten in Grau.

»Wie ... wie ungeheuer prachtvoll!«

Sie hob einen General hoch, er saß gelassen zu Pferde und hielt sich ein Stück abseits vom Getümmel. Sogar seine Augen waren deutlich, hellblau mit einer Andeutung von schwarzen Pupillen in der Mitte. Dem Pferd stand Schaum vor dem Maul, und sie hatte das Gefühl, die Körperwärme dieses schweißnassen Tieres wahrnehmen zu können.

»Wo ... Haben Sie die selber gemacht? Ich habe so etwas in meinem ganzen Leben noch nicht gesehen!«

Aksel Seier gab keine Antwort. Inger Johanne hörte das Klappern von Kochtöpfen. Er war hinter dem Küchentisch versteckt.

»Kaffee?« fragte er nervös.

»Nein, danke. Doch ... wenn Sie ohnehin welchen kochen. Aber nur für mich ist das nicht nötig.«

»Ein Bier.«

Das hörte sich nicht an wie eine Frage.

»Ja, bitte«, sagte sie zögernd. »Ein Bier trinke ich gerne.«

Aksel Seier richtete sich auf und schloß den Schrank mit einem Fußtritt. Er wirkte erleichtert. Der Kühlschrank grunzte widerwillig, als er zwei Bierdosen herausnahm. Das nervtötende Brummen klang in einem Stöhnen aus. Die Sonnenstrahlen zwängten sich durch das schmutzige Fenster. Der Staub tanzte in hellen Feldern, die sich auf dem Boden abzeichneten. Aus dem Nirgendwo hinter der Küche tauchte eine Katze auf. Sie schnurrte und rieb sich an Inger Johannes Waden. Dann verschwand sie durch eine Katzenklappe in der Haustür. Neben der Galionsfigur, hinter den Soldaten, stand eine Fischtonne mit verrosteten Dauben. Auf dem Deckel thronte eine Plastikpuppe in samischer Tracht. Die Farben, die früher einmal kräftig und klar gewesen sein mußten, waren zu müdem Pastell verblichen. Die Puppe starrte zerstreut zur gegenüberliegenden Wand hinüber. Diese Wand war von einer beeindruckenden Stickerei bedeckt, fast schon von einem Bilderteppich. Das Motiv setzte in der einen Ecke figurativ ein, ein Ritter aus dem Mittelalter war klar zum Tjost, er trug eine Rüstung und hob schon die Lanze. Dann ging das Bild rechts und oben non-figurativ in eine Farborgie über.

»Ich muß … haben Sie alle diese fantastischen Dinge gemacht?«

Aksel Seier starrte sie an. Langsam hob er seine Bierdose an den Mund. Er trank und wischte sich mit dem Ärmel den Mund ab.

»Was haben Sie gesagt?«

»Haben Sie das hier …«

»Als Sie gekommen sind. Sie haben etwas davon gesagt, daß ich …«

»Ich habe Grund zu der Annahme, daß Sie unschuldig verurteilt worden sind.«

Sie sah ihn an und versuchte noch mehr zu sagen. Er trat einen Schritt zurück, als störe ihn das Sonnenlicht, das durch das Sprossenfenster in der Küche fiel. Er nickte kurz und schüttelte seine Stirnfransen, die ihm schwer und grau in die Augen hingen. Sie sah ihn an und bereute alles zutiefst.

Sie hatte ihm nichts zu bieten. Keine Genugtuung. Keine

Wiederherstellung seiner Ehre. Keine Entschädigung für die verlorenen Jahre, die im Gefängnis und die danach. Inger Johanne war über das Meer gekommen, halbwegs aus einem Impuls heraus, ohne etwas anderes im Gepäck als die heilige Überzeugung einer alten Frau und einen Haufen unbeantworteter Fragen. Wenn es stimmte, daß Aksel Seier vor langer Zeit unschuldig verurteilt worden war, für das gemeinste Verbrechen überhaupt, das schmutzigste aller Vergehen – wie war ihm jetzt wohl zumute? Was mochte es für ein Gefühl sein, endlich, nach den vielen Jahren, jemanden sagen zu hören: Ich halte dich für unschuldig? Inger Johanne hatte dazu kein Recht. Sie hätte nicht kommen dürfen.

»Ich meine ... es gibt Leute, die sich Ihren Fall näher angesehen haben ... es gibt einen Menschen ... sie ist ... könnten wir uns setzen?«

Er stand wie erstarrt vor ihr. Der eine Arm hing kraftlos an seiner Seite, sie konnte mit Mühe eine Pendelbewegung wahrnehmen, im Rhythmus seines Herzens, vor und zurück, vor und zurück. Seine linke Hand war schlaff, sie umschloß die Bierdose. Noch immer versteckte er sich hinter seinen fettigen Stirnfransen, seine Augen waren klein, und sie sah darin den Funken eines Gefühls, das sie nicht deuten konnte.

»Ich glaube, wir sollten uns setzen, Herr Seier.«

Endlich stieß er ein Schnauben aus. Es klang unfreiwillig und gepreßt, als habe er schlucken wollen, dann aber etwas in den falschen Hals bekommen. Zuerst glaubte sie, er kämpfe mit den Tränen. Dann schnaubte er noch einmal, es war fast schon ein Husten, er zitterte am ganzen Leib und stellte seine Bierdose weg.

»Herr Seier«, wiederholte er, seine Stimme klang rauh. »So hat mich schon seit vielen Jahren niemand mehr genannt. Wer sind Sie?«

»Wissen Sie was?«

Sie trat vorsichtig von der Schlachtszenerie auf dem Fußboden zurück.

»Ich würde Sie gern in ein Restaurant einladen. Dann könnten wir eine Kleinigkeit essen, und ich könnte Ihnen erklären, warum ich gekommen bin. Ich glaube, ich habe Ihnen viel zu erzählen.«

Gelogen, dachte sie. *Ich habe dir fast gar nichts zu erzählen. Ich habe tausend Fragen, deren Antworten für* mich *wichtig sind. Für mich und für eine alte Frau, die sich am Leben hält, weil sie auf diese Antworten wartet. Ich führe dich an der Nase herum. Ich streue dir Sand in die Augen. Ich nutze dich aus.*

»Wo kann man denn in dieser Stadt eine anständige Mahlzeit bekommen?« fragte sie jedoch leichthin.

»Kommen Sie«, sagte er und ging zur Tür.

Als sie ihm folgte, trat sie aus Versehen auf einen General. Der wurde ohne großen Lärm auf dem groben Boden zerdrückt. Verzweifelt hob sie den Fuß. Die Figur war pulverisiert, blaue und gelbe Farbpartikel klebten unter ihrem Schuh.

Aksel Seier starrte zu Boden. Dann sah er sie an.

»Glauben Sie das wirklich? Glauben Sie wirklich an meine… *innocence?«*

Er wandte sich ab, sofort, ohne auf eine Antwort zu warten.

21

Das neue Mädchen hieß Sarah. Sie war so groß wie Emilie, und dabei war sie doch ein Jahr jünger. Es war nicht leicht, sie zu trösten. Da war sie wie Emilies Papa. Als Emilies Mama gestorben war, hätte Emilie ihn so gern getröstet. Nach der Beerdigung, und als das Haus nicht mehr von Leuten wimmelte, die ihnen helfen wollten, mochte er nicht weinen, wenn sie das sehen konnte. Aber sie wußte, wie ihm zumute war. Sie hatte ihn gehört, nachts, wenn er glaubte, daß sie schlief, und sich das Kissen über den Kopf zog, damit sie ihn ganz bestimmt nicht hörte. Sie wollte ihn trösten, aber das war unmöglich, weil er ein Erwachsener war. Er war größer als sie. Es gab nichts, was sie tun oder sagen konnte. Wenn sie es doch versuchte, dann lächelte er ungeheuer herzlich, stand auf und backte Waffeln, und dabei sprachen sie darüber, wo sie die Sommerferien verbringen wollten.

Mit Sarah war die Sache ein bißchen ähnlich. Sarah weinte und weinte, war aber irgendwie zu groß, um getröstet zu werden. Emilie hatte sich eigentlich gefreut, als Sarah gekommen war. Es war viel besser zu zweit. Vor allem war es schön, daß sie zwei Mädchen waren, und noch besser war, daß Sarah fast ebenso alt war wie sie. Mehr wußte Emilie nicht über Sarah. Sie wußte, daß sie Sarah hieß und wie alt sie war. Wenn sie versuchten, miteinander zu reden, brach Sarah jedesmal in Tränen aus. Sie nuschelte etwas über einen Bus und eine Oma. Vielleicht war die Oma Busfahrerin, und Sarah glaubte, sie werde kommen und sie retten. So wie sie selbst noch immer dachte, ab und zu, daß ihre Mama ihr rotes Kleid und ihre pflaumengroßen Diamantohrringe trug und sie nicht aus den Augen ließ.

Sarah kapierte nicht, daß es besser war, nett zu dem Mann zu sein.

Er brachte ihnen doch immerhin Essen und Trinken, und vor einiger Zeit hatte er auch ein Pferd für Barbie bei sich gehabt. Wenn Emilie lächelte und danke sagte und freundlich und höflich war, lächelte der Mann zurück. Er schien sich dann zu freuen und zufriedener zu sein, wenn er sie anstarrte. Sarah hatte ihn gebissen. Als sie und der Mann in das Zimmer gekommen waren, hatte sie ihre Zähne in seinen Arm geschlagen. Er hatte geheult und Sarah wütend ins Gesicht gehauen. Danach blutete es über ihrem Auge. Noch immer klaffte dort eine Wunde, in der das Blut nicht richtig geronnen war.

»Du mußt nett zu dem Mann sein«, sagte Emilie und setzte sich neben Sarah aufs Bett. »Er bringt uns Essen und Geschenke. Es ist besser, wenn wir höflich sind. Ich glaube, er ist eigentlich ganz in Ordnung.«

»Der h-h-hat mich geschl-l-lagen«, schluchzte Sarah und faßte sich ans Auge. »Er hat gesagt, er ist der neue ...«

Der Rest war nicht zu hören. Emilie fühlte sich ein wenig schwindlig. Das alte Gefühl kam wieder, der widerliche ekelhafte Gedanke, daß es hier im Keller keinen Sauerstoff mehr gab. Da war es das beste, sich hinzulegen und die Augen zu schließen.

»Er hat gesagt, er ist Mamas neuer Freund«, flüsterte Sarah mit tränenerstickter Stimme.

Emilie wußte nicht, ob sie geschlafen hatte. Sie schnalzte kurz mit der Zunge. Die Zunge schmeckte nach Schlaf und ihre Augenlider waren schwer.

»Mama hat einen neuen Freund, und den wollte sie mo ... mo ... moho ...«

Emilie setzte sich langsam auf. Jetzt fiel ihr das Atmen wieder leichter.

»Versuch ruhig zu atmen«, sagte sie. Das hatte ihre Mama ihr auch immer geraten, wenn sie so schrecklich geweint hatte, daß sie nichts sagen konnte. »Ruhig atmen. Ein und aus. Hier gibt es jede Menge Sauerstoff. Siehst du die Luke in der Decke?«

Sie zeigte darauf, und Sarah nickte.

»Durch die Luke schickt er uns Luft. Der Mann, meine ich. Er schickt eine Menge Sauerstoff zu uns in den Keller, damit wir atmen können, auch wenn es kein Fenster gibt. Du brauchst keine Angst zu haben. Du kannst mit meiner Barbie spielen. Ist deine Oma Busfahrerin?«

Sarah schien total erschöpft zu sein. Ihr Gesicht war weiß und hatte rote Flecken, und ihre Augen waren so verschwollen, daß sie fast nicht mehr zu sehen waren.

»Meine Oma ist Elektrikerin«, sagte sie, zum ersten Mal sagte sie etwas, ohne dabei zu weinen.

»Meine Mutter ist tot«, sagte Emilie.

»Meine Mutter hat einen neuen Freund«, sagte Sarah und wischte sich den Rotz ab.

»Ist der nett?«

»Ich weiß nicht, sie wollte ihn bald mitbringen ...«

»Nicht mehr weinen.«

Emilie ärgerte sich. Der Mann hörte sie ja vielleicht. Er war zwar nicht im Zimmer, aber er konnte irgendwo ein Mikrofon versteckt haben. Emilie hatte sich das schon oft überlegt. Sie hatte so etwas im Fernsehen gesehen. Sie traute sich nicht so recht, danach zu suchen. Am Anfang, in der ersten Zeit, die sie hier verbracht hatte, war sie durch das Zimmer gelaufen und hatte etwas gesucht, was, wußte sie selber nicht so genau. Sie fand nichts. Aber manche Mikrofone waren so klein, daß man sie in einem Backenzahn verstecken konnte. Sie waren so klein, daß man sie nicht sehen konnte. Wenn man sie nicht unter ein Mikroskop legte. Der Mann saß jetzt vielleicht irgendwo und konnte sie beobachten und belauschen. Es gab auch winzige Kameras. So klein wie ein Nagelkopf, und in den Wänden hier steckten viele Nagelköpfe. Einmal hatte Emilie den Film »Liebling, ich habe die Kinder geschrumpft« gesehen. Der Film handelte von einem verrückten, aber ziemlich lieben Papa, der auf dem Dachboden herumexperimentierte. Die Kinder faßten etwas an, was sie nicht anfassen durften, und wurden winzig klein. Wie Insekten. Niemand konnte sie sehen. Der Mann konnte sie und Sarah sehen. Sicher saß er jetzt irgendwo mit Kopfhörern vor einem Fernsehschirm und wußte genau, was sie machten.

»Lächeln«, flüsterte sie.

Jetzt fing Sarah wieder zu weinen an. Emilie hielt ihr den Mund zu.

»Du mußt lächeln«, befahl sie und verzog ihre Lippen zu einem Grinsen. »Der kann uns sehen.«

Sarah riß sich los.

»Er hat gesagt, er ist der neue … neue … F-f-freund von …«

Emilie kniff die Augen zusammen und legte sich ins Bett. Dort war fast nicht genug Platz für sie beide. Sie stupste Sarah an, drehte sich um und drückte ihr Gesicht gegen die Wand. Wenn sie die Augen ganz fest zukniff, schien es in ihrem Kopf hell zu werden. Sie konnte Dinge sehen. Sie konnte Papa sehen, der nach ihr suchte. Er trug ein blaues Flanellhemd. Er suchte zwischen den

Wiesenblumen hinter dem Haus, er hatte eine Lupe und glaubte, jemand habe Emilie schrumpfen lassen.

Emilie wünschte, Sarah wäre nie gekommen.

22

An der Stelle, an der Emilie Selbus Ranzen gefunden worden war, auf einem stillen Pfad zwischen zwei starkbefahrenen Straßen, breitete sich jetzt ein Blumenmeer aus. Einige Blumen waren halb verwelkt, andere bereits tot. Hier und dort standen frische Blumen in kleinen Plastikvasen. Kinderzeichnungen flatterten leicht im Abendwind.

Eine Gruppe von Teenies kam auf Rädern angefahren. Sie schrien und lachten, senkten ihre Stimmen jedoch, als sie den Blumen und Briefen auswichen. Eine Vierzehnjährige stellte den Fuß auf den Boden und wartete einige Sekunden, ehe sie laut und deutlich fluchte, den Kopf schüttelte und wütend hinter den anderen herjagte.

Der Mann zog sich den Hut tiefer über die Augen. Seine andere Hand war auf dem Weg in seine Hose. Vielleicht sollte er sich noch ein Stück weiter vorwagen. Die Vorstellung, sich über die eigentliche Stelle zu beugen, den Ort, an dem Emilie überfallen, die Stelle, von der sie entführt worden war, ließ sein Genital wie Feuer brennen. Er verlor das Gleichgewicht und mußte sich mit der Hüfte gegen einen Baum stützen, um nicht zu fallen. Er stöhnte und biß sich in die Lippe.

»Was zum Teufel machen Sie denn da?«

Zwei Personen waren hinter ihn getreten. Sie waren aus dem Nichts gekommen, aus einem dichten Gestrüpp. Verdutzt fuhr er herum, noch immer mit seinem Glied in der Hand, es verwelkte zwischen seinen Fingern, und er versuchte zu lächeln.

»Ni… nichts«, stotterte er hilflos.

»Der … der *wichst, ach du Scheiße!«* Sie brauchten zwei Minuten, um ihn unschädlich zu machen. Und damit begnügten sie sich nicht. Als der paramilitärisch gekleidete Mann in die Wache taumelte, gestoßen von einer eben erst gegründeten Bürgerwehr, war sein rechtes Auge bereits blau und geschwollen. Seine Nase blutete, und einiges sprach dafür, daß sein Arm gebrochen war.

Er sagte nichts, nicht einmal, als die Polizei fragte, ob er einen Arzt brauche.

23

»Sind Sie sicher, daß wir nicht Englisch sprechen sollen?«

Er schüttelte den Kopf. Zweimal hatte er anscheinend nicht verstanden, was sie sagte. Sie hatte sich wiederholt, in anderen, schlichteren Worten. Sie wußte jedoch nicht, ob das geholfen hatte. Seine Miene blieb unverändert. Er selbst sagte nur wenig.

Aksel Seier hatte Filet mignon und ein Bier bestellt. Inger Johanne Vik begnügte sich mit einem Salat Cäsar und einem Glas Eiswasser. Sie waren die einzigen Gäste im *The 400 Club,* einer ländlichen Mischung aus Restaurant und Cafeteria, nur fünf Minuten von der Ocean Avenue entfernt. Aksel Seier war zu seinem Wagen gegangen, hatte aber auf Inger Johannes Drängen hin mit den Schultern gezuckt und sie zu Fuß begleitet. Es war zu spät zum Mittagessen und zu früh für das Abendmenü. In der Küche wurde nur auf halber Flamme gearbeitet. Ehe das Essen auf den Tisch kam, hatte Inger Johanne schon von Alvhild Sofienberg erzählt, der alten Dame, die einst solches Interesse an Aksel Seier entwickelt hatte, dann aber gezwungen worden war, die Sache auf sich beruhen zu lassen. Sie hatte erzählt, wie Alvhild jetzt, viele Jahre später, feststellen wollte, warum er verurteilt und dann fast neun Jahre später so überraschend wieder freigelassen worden war. Am Ende, fast als bagatellisierenden Anhang, erklärte sie ihr eigenes Interesse an der Sache.

Das Essen wurde serviert. Aksel Seier griff zu Messer und Gabel. Er aß langsam, kaute sorgfältig. Wieder ließ er seine Stirntolle über die Augen fallen. Das schien ein uralter Trick zu sein, die groben grauen Locken wurden zu einer Mauer, die sich zwischen ihn und seine Besucherin schob.

Gleichgültig, dachte sie. *Du wirkst gleichgültig. Warum bist du überhaupt mitgekommen? Warum hast du mich nicht vor die Tür gesetzt? Das hätte ich akzeptiert. Oder du hättest dir anhören können, was ich zu sagen habe, um dann danke und auf Wiedersehen zu sagen. Du kannst jetzt aufstehen. Du kannst aufessen, eine Gratismahlzeit aus einer Vergangenheit annehmen, die du vergessen und verborgen hast, und deiner Wege gehen. Das ist dein Recht. Du hast so viele Jahre gebraucht, um zu vergessen. Ich mache dich kaputt. Ich zerbreche dich. Geh doch.*

»Was soll ich denn jetzt sagen?«

Das halbe Filet lag noch auf seinem Teller. Aksel schob die Messerklinge zwischen die Zinken der Gabel und leerte sein Bierglas. Dann ließ er sich auf seinem Stuhl zurücksinken und verschränkte die Arme vor der Brust.

Ich erwarte eine Art von Begeisterung, dachte sie. *Das ist absurd. Ich bin mir vorgekommen wie ein Engel, wie eine Botin, die wunderbare Kunde bringt. Ich erwarte … Was wünsche ich mir eigentlich? Von dem Moment an, als ich deine Geschichte gelesen habe … von dem Moment an, als mir aufging, daß Alvhild recht hat – habe ich mich in der Rolle der guten Fee gesehen. Der Fee, die alles Unrecht bereinigt. Ich wollte herkommen und dir das erzählen, was du ohnehin schon weißt: Du warst unschuldig. Du bist unschuldig. Ich bestätige es dir, ich komme den weiten Weg aus Norwegen, und du mußt … dankbar sein! Ich wünsche Dankbarkeit, zum Henker!*

»Ich erwarte wirklich gar nichts«, sagte sie leise. »Wenn Sie wollen, dann gehe ich wieder.«

Aksel lächelte. Seine Zähne waren gleichmäßig und grau und paßten nicht in sein Gesicht. Jemand schien irgendwo einen unbenutzten Mund ausgeschnitten und ihn an einer Stelle festgenäht zu haben, an der er einfach nichts zu suchen hatte. Aber er lächelte und legte die Hände vor sich auf den Tisch.

»Ich habe mir vorgestellt, wie es wohl wäre …«

Er suchte ein Wort. Inger Johanne wußte nicht so recht, ob sie ihm helfen sollte. Die Pause dauerte lange.

»… Genugtuung zu erfahren«, sagte Inger Johanne dann.

»Genau. Genugtuung.«

Er schaute in sein leeres Bierglas. Inger Johanne winkte um Nachschub. Sie hatte tausend Fragen, und ihr fiel keine einzige ein.

»Warum«, sagte sie dann, ohne zu wissen, was sie fragen wollte. »Wissen Sie eigentlich, daß die Presse damals vor der Urteilsverkündung ziemlich kritisch war? Wissen Sie, daß mehrere Journalisten sich echauffiert … sich über den Staatsanwalt und die Zeugen lustig gemacht haben, die gegen Sie aufgerufen wurden?«

»Nein.«

Das Lächeln war verschwunden, der Stirnfransenvorhang senkte sich wieder. Der Mann wirkte trotzdem nicht aggressiv. Und auch nicht neugierig. Seine Stimme war einfach tonlos. Vielleicht lag es daran, daß er das Norwegische nicht mehr gewohnt war. Vielleicht riß er sich auch gewaltig zusammen, um überhaupt hinnehmen zu können, was sie da erzählte.

»Ich durfte doch keine Zeitungen lesen.«

»Aber später. Sie müssen das doch erfahren haben, von anderen, von Kumpels im Knast, von …«

»Ich hatte im Knast keine Kumpels. Es war kein sonderlich … *friendly place.*«

»Wollte denn keiner von diesen Journalisten mit Ihnen sprechen? Ich habe die Zeitungsausschnitte mitgebracht, Sie können sie sich ansehen, und für mich geht daraus hervor, daß auf jeden Fall zwei Reporter nach der Urteilsverkündung versucht haben müssen, zu Ihnen Kontakt aufzunehmen. Ich habe versucht, diese kritischen Journalisten ausfindig zu machen, aber leider leben sie beide nicht mehr. Wissen Sie noch, ob sie versucht haben, mit Ihnen zu sprechen?«

Das Bierglas war wieder halb leer. Er ließ den Zeigefinger um den Glasrand wandern.

»Das kann schon sein. Es ist so lange her. Ich dachte, alle ... alle ...«

Du dachtest, alle seien dir übel gesinnt, dachte Inger Johanne. *Du wolltest mit niemandem reden. Du hast dich einmauern lassen, in doppelter Hinsicht, und hast zu niemandem Vertrauen gehabt. Du darfst auch zu mir kein Vertrauen haben. Und nicht glauben, daß ich irgend etwas wiedergutmachen könnte. Dein Fall ist zu alt. Er wird nicht wieder aufgerollt werden. Ich bin nur neugierig. Ich möchte Fragen stellen. Ich möchte mir Notizen machen. In meiner Tasche habe ich einen Notizblock und ein Tonbandgerät. Wenn ich die herausziehe, dann gehst du vielleicht. Dann begreifst du endlich, daß ich hier meine eigenen Interessen verfolge.*

»Wie ich vorhin schon gesagt habe«, sie nickte zu seinem Bierglas hinüber, wollte er mehr? Er schüttelte den Kopf.

»Ich arbeite also an der Universität. Und zwar an einem Projekt, bei dem ich vergleiche ...«

»Das haben Sie schon erzählt.«

»Genau. Ich dachte nur ... darf ich mir Notizen machen?«

Eine dicke Frau knallte die Rechnung vor Aksel auf den Tisch. Inger Johanne riß sie ein wenig zu schnell an sich. Die Frau warf den Kopf zurück und stolzierte mit energischem Hüftschwung zur Küche, ohne sich auch nur einmal umzusehen. Aksels Miene verdüsterte sich.

»Das übernehme ich«, sagte er. »Geben Sie mir die Rechnung.«

»Nein, nein ... lassen Sie mich ... das wird erstattet ... ich meine, ich habe Sie doch schließlich eingeladen!«

»*Give me that!*«

Sie ließ die Rechnung los. Die fiel zu Boden. Er hob sie auf. Dann zog er eine abgegriffene Brieftasche hervor und fing langsam an, die Scheine abzuzählen.

»Vielleicht werde ich später mit Ihnen sprechen«, sagte er, ohne den Blick vom Geld zu heben. »Ich muß mir das erst überlegen. Wie lange bleiben Sie hier?«

»Auf jeden Fall einige Tage.«

»Einige Tage. *Thirty-one, thirty-two.*«

Das Bündel war dick, die Geldscheine abgegriffen.

»Wo wohnen Sie?«

»Im Augustus Snow.«

»Ich melde mich.«

Er schob seinen Stuhl zurück und erhob sich schwerfällig. Er hatte nur wenig Ähnlichkeit mit dem Mann, der früher an diesem Tag eine gebrechliche Leiter hochgeklettert war, um einen Wetterhahn durch eine Sau zu ersetzen.

»Darf ich nur noch eine Frage stellen«, bat Inger Johanne rasch. »Nur eine Frage, bevor Sie gehen?«

Er sagte nichts, blieb aber stehen.

»Ist Ihnen bei Ihrer Entlassung etwas gesagt worden? Ich meine, haben Sie eine Erklärung dafür erhalten, was passiert war? Wurde Ihnen gesagt, daß Sie begnadigt wurden oder ...«

»Nichts. Sie haben nichts gesagt. Ich bekam einen Koffer für meine Habseligkeiten. Einen Briefumschlag mit hundert Kronen. Die Adresse einer Unterkunft. Aber gesagt haben sie nichts. *Except,* da war ein Mann, einer ... er trug keine Uniform oder so. Er hat gesagt, ich solle die Klappe halten und zufrieden sein. *Halt die Klappe und sei zufrieden.* An den Satz erinnere ich mich sehr gut. Aber Erklärung? *Nope.*«

Er bleckte die Zähne. Die Grimasse war abstoßend und ließ sie die Augen niederschlagen. Aksel Seier ging auf den Ausgang zu und verschwand, ohne auf sie zu warten, ohne ein Wiedersehen zu vereinbaren. Sie drehte das Wasserglas in ihren Händen. Sie versuchte, sich an etwas zu erinnern. Aber es gelang ihr nicht.

Etwas in Aksel Seiers Haus hatte dort nicht hingehört. Irgend etwas, worauf sie reagiert hatte, hinterher, als es zu spät war, etwas, das mit der bizarren Einrichtung verschmolzen war, sich aber trotzdem davon abhob. Sie schloß die Augen und versuchte, Aksel Seiers

Wohnzimmer vor sich zu sehen. Die Galionsfigur. Die Schlachtszenerie. Die triste Puppe in der samischen Tracht. Den Ritter an der Wand. Eine Wanduhr, deren Pendel aus Hufeisen bestanden. Das Bücherregal mit den vier Büchern, sie konnte sich an keinen Titel erinnern. Eine alte Kaffeedose mit Kleingeld gleich neben der Tür. Den Fernseher mit der Tischantenne. Eine Stehlampe, die aussah wie ein Hai; sie riß auf dem Boden das Maul auf und hatte die Glühbirne im Schwanz sitzen. Einen lebensechten Labrador aus schwarzbemaltem Holz. Absurde verlockende Gegenstände, die auf unerklärliche Weise zusammengehörten.

Und etwas anderes. Etwas, auf das sie reagiert hatte, ohne es zu registrieren, bis es zu spät gewesen war.

Aksel Seier ging mit schnellen Schritten. Er dachte zurück an einen Frühlingstag des Jahres 1966, als er Oslo zum letzten Mal gesehen hatte. Der Nebel hing über dem Fjord. Er stand an der Reling der M/S Sandefjord, die mit Kunstdünger in die USA fuhr. Der Kapitän hatte kurz genickt, als Aksel ihm ganz offen und ohne Umschweife die Lage geschildert hatte. Daß er lange im Gefängnis gewesen war und hier in Norwegen wahrscheinlich kein Bein mehr auf die Erde bekommen konnte. Der Kapitän konnte ganz beruhigt sein, Aksel Seier besaß die amerikanische Staatsbürgerschaft. Er knallte den Paß auf den Tisch, und der Paß war einwandfrei echt. Aksel Seier wollte sich während der Überfahrt über den Atlantik nur nützlich machen. Wenn er durfte.

Er sollte in der Kombüse aushelfen. Noch ehe sie den Leuchtturm von Dyna erreichten, hatte er vier Kilo Kartoffeln geschält. Dann lief er für einen Moment hinaus. Er wußte, daß er dieses Land für immer verließ. Er weinte, und er wußte nicht, warum.

Danach hatte er keine Träne mehr vergossen, bis jetzt.

Er lief nach Hause. Das Tor ärgerte ihn mit seinem heute ganz besonders widerborstigen Riegel. Der Briefträger hielt an, steckte den Kopf aus dem Wagen, zeigte auf die Sau und lachte. Aksel Seier sprang über den niedrigen Zaun und ging ins Haus. Dort schloß er sorgfältig die Tür hinter sich ab und kroch ins Bett. Die Katze jammerte vor dem Fenster aufs kläglichste, aber darauf wollte er nicht hören.

24

»Und damit vergeudet ihr eure Zeit?«

Yngvar Stubø rieb sich das Gesicht. Seine Handfläche kratzte über die Bartstoppeln. Es war nach zwei Uhr in der Nacht zum Mittwoch, dem 24. Mai. Vor der in Sandvika gelegenen Hauptwache für den Bezirk Asker und Bærum drängten sich fünfundzwanzig Pressevertreter und fast ebenso viele Fotografen. Sie wurden von zwei Polizeianwärtern zurückgehalten, die in der letzten Viertelstunde zu ihren Gummiknüppeln gegriffen hatten. Langsam gingen sie vor dem Eingang hin und her und schlugen sich düster mit den Knüppeln gegen die Handflächen, wie Polizisten in einem Chaplin-Film. Die Fotografen wichen ein kleines Stück zurück. Einige der Journalisten schauten jetzt auf die Uhr. Einer vom *Dagbladet,* den Yngvar Stubø kannte, gähnte laut und hemmungslos. Er fauchte einen Fotografen an, bevor er zu einem im Parkverbot stehenden Saab hinüberschlurfte. Er stieg ein. Der Wagen aber blieb stehen.

Yngvar Stubø zog den Vorhang zu und drehte sich zum Zimmer um.

»Herrgott, Hermansen, dieser arme Wicht hat doch keiner Fliege was zuleide getan!«

»Und wer behauptet, daß unser Kindesentführer unbedingt vorbestraft sein muß?«

Hermansen schneuzte sich in die Finger und fluchte.

»Davon rede ich nicht.«

»Wovon redest du dann, zum Teufel? Da steht so ein Kerl am ersten Tatort, vier Stunden nach dem Verschwinden eines weiteren Kindes, in Tarnklamotten, daß man denken könnte, der will beim CIA Karriere machen, und wichst sich einen ab und stöhnt dabei den Namen der Kleinen! Und jetzt sitzt er hier und kann nicht erklären, was er am Donnerstag, dem 4. Mai, als Emilie Selbu verschwunden ist, oder am Mittwoch, dem 10. Mai, als Kim entführt wurde, so getrieben hat. Er kann sich verdammte Scheiße nicht mal daran erinnern, wo er heute nachmittag um fünf Uhr war!«

»Das liegt ganz einfach daran, daß er überhaupt nichts erklären kann«, sagte Yngvar Stubø müde. »Der Mann ist ein Idiot. Und das kannst du fast wörtlich nehmen. Auf jeden Fall ist er psychisch weit zurückgeblieben. Und außer sich vor Angst, Hermansen.«

Hermansen setzte eine verdreckte Tasse an den Mund. Der Gestank von durch Streß verursachtem Schweiß hing feucht und schwer in der Luft. Yngvar wußte nicht genau, von wem er stammte.

»Er ist Kraftfahrer von Beruf«, brummte Hermansen. »Kann also kein kompletter Trottel sein. Macht Lieferfahrten. Und er ist vorbestraft. Mit nicht weniger als ...«

Er griff zu einem Ordner und riß ein Blatt heraus.

»Fünf Geldbußen und zwei Verurteilungen wegen Sittlichkeitsdelikten.«

Yngvar Stubø achtete nicht auf ihn. Wieder schaute er verstohlen zu den Presseleuten hinaus. Es waren nicht mehr ganz so viele. Er strich sich über den Nasenrücken und versuchte auszurechnen, wie spät es jetzt an der Ostküste der USA wohl war.

»Exhibitionismus«, seufzte er tief, ohne Hermansen anzusehen. »Der Mann ist als Exhibitionist verhaftet worden. Das ist alles. Er ist nicht der, den wir suchen. Leider.«

»EXHIBITIONISMUS.«

Yngvar versuchte, neutral zu klingen. Das war unmöglich. Dieses Wort trug in sich die Verachtung der Tat, die es beschrieb, es konnte nur höhnisch ausgespuckt werden. Der Kamouflagemann war zu einem Haufen Textilien geschmolzen. Der Schweiß strömte nur so. Die Schultern des Mannes waren so schmal, daß die Ärmel bis weit über seine Hände fielen. Um seinen Hals hing eine Armschlinge, die er jedoch nicht benutzte. Sein Hosenboden hing ihm fast zwischen den Knien.

»Sechsundfünfzig Jahre«, sagte Yngvar Stubø langsam. »Stimmt das?«

Der Mann gab keine Antwort. Yngvar zog einen Stuhl zu ihm hinüber und setzte sich. Er stützte die Ellbogen auf die Knie und versuchte, trotz des Gestanks von Urin und altem Schweiß nicht die Nase zu rümpfen. Diesmal wußte er immerhin, von wem der Gestank kam.

»Hör mal«, sagte er leise. »Darf ich dich Laffen nennen? Du wirst doch Laffen genannt, oder?«

Ein kurzes Nicken zeugte davon, daß der Mann immerhin hören konnte.

»Laffen«, Stubø lächelte. »Ich heiße Yngvar. Das war ja ein anstrengender Abend für dich.«

Noch ein schwaches Nicken.

»Wir bringen das schon alles in Ordnung. Ich brauche nur kurz ein paar Auskünfte. Okay?«

Noch ein Nicken, fast unmerklich diesmal.

»Weißt du noch, wo du festgenommen worden bist? Wo diese beiden Männer… wo sie dich gefunden haben?«

Der Mann reagierte nicht. Seine Augen, das wurde aus der Nähe deutlich, lagen wie zwei schwarze Kugeln in seinem schmalen Schädel. Yngvar legte dem Mann vorsichtig eine Hand aufs Knie, doch auch darauf folgte keinerlei Reaktion.

»Du fährst Auto, habe ich gehört.«

»Ford Escort Baujahr '91. Blaumetallic. 1,6-Liter-Motor, aber frisiert. Stereoanlage hat 11.490 Kronen gekostet. Schalensitze und Spoiler. Alles selber eingebaut.«

Die Stimme schnarrte gewaltig. Yngvar hatte das Gefühl, Geld in eine alte Musikbox gesteckt zu haben, vor allem, als der Mann sagte: »Selber eingebaut. Schalensitze und Spoiler.«

»Schön.«

»Ich hab nix getan.«

»Warum warst du denn da?«

»Einfach so. Ich hab nur... ich hab nur da gestanden. Hingeschaut. Hinschauen ist ja wohl nicht verboten.«

Der Mann zog an seinem linken Ärmel. Ein kreideweißer Gipsverband kam zum Vorschein.

»Die haben mir den Arm gebrochen. Ich hab nix getan.«

Es war inzwischen halb vier Uhr morgens. Yngvar Stubø war seit einundzwanzig Stunden auf den Beinen. Weiß der Himmel, wann der Verhaftete zuletzt ein Auge zugemacht hatte. Yngvar klopfte ihm kurz aufs Knie und erhob sich.

»Versuch dich dort auf die Pritsche zu legen«, sagte er freundlich. »Morgen werden wir das alles ganz schnell in Ordnung bringen. Dann kannst du nach Hause.«

Als er vorsichtig die Tür hinter sich schloß, sah er ein, daß der Mann im Tarnanzug zum Problem werden konnte. Der war nicht in der Lage, irgendwelche Pläne zu schmieden. Und er konnte schon gar nicht drei ausgefeilte Entführungen und eine derartig trickreiche Rücklieferung einer Kindsleiche durchziehen. Der Mann hatte zwar einen Führerschein und war deshalb aller Wahrscheinlichkeit nach des Lesens und Schreibens mächtig. Aber die Berufsbezeichnung »Kraftfahrer«, mit der Hermansen ihn ausstaffiert hatte, war trotzdem eine enorme Übertreibung. Laffen Sørnes war Frührentner und lieferte zweimal die Woche warmes Mittagessen ans Altersheim von Stabekk aus. Gratis.

Das Problem war nicht der Exhibitionist selbst. Das Problem war, daß die Polizei nur ihn hatte. Drei Kinder waren verschwunden. Ein kleiner Junge war bereits tot. Und alles, was die Polizei nach drei Wochen harter Ermittlungen anzubieten hatte, war ein alternder Exhibitionist in einem Ford Escort.

Der Exhibitionist konnte zu einem Riesenproblem werden.

»Laß ihn laufen«, sagte Yngvar Stubø.

Hermansen zuckte mit den Schultern.

»Ja, ja. Dann haben wir nichts mehr. Schluß und aus. Erzähl du das mal den Geiern da draußen!«

Er nickte zum Fenster hinüber.

»Laß den Exhi nach Hause gehen, wenn es wieder hell ist«, gähnte Stubø. »Und besorg dem Mann auf jeden Fall einen anderen Anwalt. Einen, der dafür sorgt, daß sein Mandant nicht die ganze Nacht wach gehalten wird. Das ist mein Rat. Er ist nicht der, den wir suchen. Und du …«

Er fischte eine Zigarette aus der Brusttasche und hob den Zeigefinger.

»Ich habe ja nicht darüber zu entscheiden, was ihr in Asker und Bærum so treibt. Aber wenn ich an deiner Stelle wäre … verpaß den Ärschen, die ihm den Arm gebrochen haben, eine saftige Anzeige. Wenn nicht, hast du innerhalb einer Woche hier den Wilden Westen. Das sag ich dir. Ein verdammtes Texas würde das hier werden!«

25

Auf dem Lande, in einem Tal ein Stück nordwestlich von Oslo, in einem Haus oben am Hang, saß ein Mann und hielt eine Fernbedienung in der Hand. Er sah sich im Fernsehen die Textnachrichten an. Die gefielen ihm. Er konnte sich dort über alle Neuigkeiten informieren, wenn er Lust dazu hatte, und sie wurden so serviert, wie er das mochte: kurz und informativ. Es war Morgen. Das weiße Licht des jungfräulichen Tages, das durch das Küchenfenster hereinflutete, sorgte dafür, daß er sich wie neugeboren fühlte, jeden Tag. Er lachte laut, obwohl er allein war.

Mann (56) im Fall Emilie festgenommen.

Er spielte mit den Tasten der Fernbedienung. Die Buchstaben wurden größer, kleiner, breiter, schmaler. Mann festgenommen. Hielten die ihn für einen Amateur? Und glaubten sie, er werde jetzt in Wut ausbrechen? Den Verstand verlieren, bloß weil sie den Falschen eingebuchtet hatten? Weil sie seine Taten zum Eigentum eines anderen machten? Glaubte die Polizei, er werde jetzt durchdrehen, Fehler begehen, unvorsichtig werden?

Wieder lachte er, laut, fast entzückt. Sein Lachen hallte von den kahlen Wänden wider. Er wußte genau, wie die Polizei dachte. Wir haben es mit einem Psychopathen zu tun, dachten sie. Mit einem, der eitel ist, was seine Verbrechen angeht, vermuteten sie. Die Polizei wollte ihn kränken. Sie wollte ihn zu einem Fehler verlocken. Er sollte mit seinen Unternehmungen protzen. Das wußte der Mann mit der Fernbedienung, er hatte gelesen, sich in die Materie eingearbeitet; er wußte, was die Polizei tun würde, wenn ihnen klar wurde, daß es ihn dort draußen gab, einen, der Kinder raubte und sie umbrachte, ohne daß sie seine Beweggründe erkennen konnten. Sie wollten ihn provozieren.

Er sah sie vor sich. Alle Informationen über die Kinder auf einer riesigen Tafel. Bilder. Daten. Computer. Alter, Geschlecht, Vergangenheit. Die Vergangenheit der Eltern. Daten; sie suchten nach Zusammenhängen. Nach einem Rhythmus. Sie machten sicher eine große Nummer daraus, daß Emilie an einem Donnerstag verschwunden war, Kim an einem Mittwoch und Sarah an einem Dienstag. Sie glaubten jetzt, die Zeichen erkannt zu haben, und rechneten damit, daß an einem Montag etwas passieren würde. Wenn es dann soweit war und das nächste Kind an einem Sonntag verschwand, würden sie in Panik geraten. Kein Rhythmus, würden sie zueinander sagen. Keine Routine! Die Verzweiflung würde sie lähmen und erst recht unerträglich werden, wenn dann noch ein Kind entführt wurde.

Der Mann ging zum Fenster. Bald mußte er zur Arbeit. Aber zuerst wollte er den Kindern etwas zu essen bringen. Cornflakes und Wasser, ihm war ganz einfach die Milch ausgegangen.

Emilie gab sich wirklich Mühe. Sie war lieb. Munter und angenehm. Genau das, was er erwartet hatte. Trotz seiner ersten Zweifel, ob sie es verdient hatte, am Leben gelassen zu werden, war er jetzt froh darüber. Emilie war natürlich etwas Besonderes. Als er in Erfahrung gebracht hatte, daß ihre Mutter tot war, hatte er sie zuerst in Ruhe lassen wollen. Zum Glück hatte er sich das anders überlegt. Sie war ein braves Mädchen. Bedankte sich höflich, wenn er das Essen brachte, und freute sich über das Pferd, auch wenn sie sich für die Barbiepuppe kaum bedankt hatte. Noch immer wußte er nicht so recht, was er mit Emilie machen sollte, später, wenn alles zu Ende war. Aber das spielte jetzt keine große Rolle. Er hatte Zeit genug.

Sarah war eine kleine Hexe.

Das hätte er schon vorher sagen können. Die Bißspur in seinem Arm war rot und geschwollen, vorsichtig fuhr er sich über die Haut und ärgerte sich darüber, daß er nicht besser aufgepaßt hatte.

Als er durch das Fenster zu den Hügelkämmen hinüberschaute und in der Morgensonne die Augen zusammenkniff, fragte er sich, warum er nicht früher angefangen hatte. Er hatte sich zuviel gefallen lassen, zu lange. Hatte viel zu oft nachgegeben. Zuviel hingenommen. Zuwenig bekommen. Zu oft resigniert. Damit hatte er schon mit vier Jahren angefangen. Vermutlich sogar noch früher, aber daran konnte er sich nicht erinnern.

Jemand hatte ihm ein Päckchen geschickt. Er wußte nicht, wer. Die Mutter hatte es vom Postamt abgeholt.

Der Mann mit der Fernbedienung liebte Erinnerungen. Es war wichtig für ihn zurückzublicken. Er schaltete den Fernseher aus und füllte seine Kaffeetasse. Eigentlich müßte er jetzt Cornflakes und Wasser bereitstellen. Aber seine Erinnerungen waren seine Triebkraft, und diese Triebkraft mußte gepflegt werden. Er schloß die Augen.

Er hockte vor dem Küchentisch, mit den Knien auf einem roten Stuhl. Er zeichnete. Vor ihm stand ein Glas Milch; noch immer spürte er, wie der süße Geschmack an seinem Gaumen klebte, spürte die Hitze der Heizsonne in der Ecke; es war im frühen Winter. Seine Mutter kam herein. Die Großmutter war gerade zur

Arbeit gegangen. Das Paket war grau, und das Papier nach der langen Reise zerknittert. Es war kreuz und quer mit Bindfäden verschnürt, mit vielen Knoten, und die Mutter mußte zur Schere greifen, obwohl sie sonst Schnur und Packpapier sorgsam aufbewahrten.

Das Geschenk bestand aus einer Hose. Einer blauen Latzhose mit einem Reißverschluß, an dessen Zipper ein großer Ring hing. Auf dem Latz war das Bild eines Lastwagens mit großen Rädern. Die Hosenbeine hatten unten einen Gummisteg und die Hosenträger waren auf dem Rücken gekreuzt. Die Mutter zog ihm die Hose an. Er durfte dabei auf dem Küchentisch stehen. Er hatte noch immer den Geschmack der süßen Milch im Mund und stieß mit dem Kopf gegen die langsam hin und her pendelnde Lampe. Die Mutter lächelte. Die Hose war leicht. Sie wog gar nichts. Er hob die Arme, als sie den Reißverschluß hochzog. Er beugte die Knie und glaubte fliegen zu können. Die dazugehörige Jacke war warm und fest und glatt, und er wollte mit dem Bild eines Lastwagens auf dem Latz in den Schnee hinausstürzen. Er lachte seine Mutter an.

Der Mann ließ die Fernbedienung sinken. Es ging jetzt auf acht Uhr zu, er hatte es eilig. Natürlich würden die Kinder im Keller nicht verhungern, wenn er eine Mahlzeit übersprang, aber es war doch besser, die Sache hinter sich zu bringen. Er öffnete den Küchenschrank und sah sein Bild in einem Rasierspiegel, den er dort angebracht hatte.

Die Großmutter kam nach Hause. Sie hatte etwas vergessen und erstarrte bei seinem Anblick.

Hose und Jacke bekam jemand anders. Ein anderes Kind. Eins, das es wirklich verdient hatte, sagte die Großmutter. Das wußte er noch genau. Die Mutter widersprach nicht. Jemand hatte ihm ein Geschenk geschickt. Es gehörte ihm, aber er durfte es nicht behalten. Er war vier Jahre alt.

Sein Gesicht im Spiegel sah verhärmt aus. Aber so fühlte er sich wirklich nicht. Er fühlte sich stark und entschlossen. Die Cornflakes-Packung war leer. Die Kinder würden fasten müssen, bis er nach Hause kam. Das würden sie schon aushalten.

26

Inger Johanne hatte den ganzen Abend gearbeitet, wenn auch nur halb konzentriert. Der Nachtportier vom Augustus Snow Inn war ein Jüngling, der zweifellos ein falsches Alter angegeben hatte, um diesen Job zu bekommen. Seinem Schnurrbart hatte er offenbar mit Wimperntusche nachgeholfen. Im Laufe des Abends hatte der Schnauzer an Kraft verloren. Schwarze Flecken zeichneten sich um die Nasenflügel des Knaben ab, der seine Mitesser nicht in Ruhe lassen konnte. Er hatte ihr das Paßwort für den Internetanschluß des Hotels genannt. Inger Johanne konnte sich vom Zimmer aus einloggen. Wenn sie Probleme hatte, konnte sie einfach den Zimmerservice anrufen. Der Junge lächelte breit und fuhr sich mit Daumen und Zeigefinger über den Schnurrbart. Der war inzwischen fast verschwunden.

Sie müßte eigentlich müde sein. Sie gähnte bei dieser Vorstellung. Sie war zwar schläfrig, aber nicht so wie sonst. Der Jetlag machte ihr normalerweise viel mehr zu schaffen. Es war schon zwei Uhr nachts, und sie rechnete aus, wie spät es wohl zu Hause war. Acht. Kristiane war jetzt schon seit zwei Stunden auf. Sie schwirrte durch Isaks Wohnung, zusammen mit dem neuen Hund, während Isak sicher noch schlief. Der Hund hatte alles vollgepißt, und Isak würde die Pfützen von selbst verdunsten lassen, ohne sich die Mühe zu machen, alles aufzuwischen.

Gereizt massierte sie sich den Nacken und ließ ihre Augen durch das Zimmer schweifen. Auf dem Boden, direkt vor der Tür, lag ein Zettel. Der hatte sicher schon bei ihrer Rückkehr dort gelegen. Die Treppe zum zweiten Stock war alt und knackte heftig. Sie hatte aber nichts gehört. Hier oben war sie der einzige Gast, das Zimmer gegenüber war leer und dunkel. Sie hatte sich dreimal Kaffee geholt, war in ihrem Zimmer aus und ein gegangen, aber den Zettel hatte sie nicht bemerkt.

Er war um 6 PM verfaßt worden. Also um sechs Uhr abends.

Please call Ingvard Stubborn. Important. Any time. Don't mind the time difference.

Stubborn. Stubø. Yngvar Stubø. Auf dem Zettel waren drei Telefonnummern notiert. Privat, Dienst und Handy, wie sie annahm. Sie würde keine davon anrufen. Sie strich mit dem Daumen vorsichtig über seinen Namen. Dann knüllte sie den Zettel zusammen. Statt ihn wegzuwerfen, schob sie ihn rasch in ihre Hosentasche und wandte sich dann den Internetseiten von *Dagbladet* zu.

Ein kleines Mädchen war verschwunden. Noch eins. Sarah Baardsen, acht Jahre alt, war zur Hauptverkehrszeit aus einem vollbesetzten Bus entführt worden, als sie zu ihrer Großmutter unterwegs war. Bisher hatte die Polizei keinerlei Spuren. Die Öffentlichkeit tobte. Im Umkreis der Hauptstadt, von Drammen bis Aurskog, von Eidsvoll bis Drøbak, waren bis auf weiteres alle freiwilligen Aktivitäten für Kinder eingestellt worden. Die Begleitung von Kindergruppen auf dem Schul- und Heimweg wurde organisiert. Einige Eltern verlangten finanzielle Entschädigung dafür, daß sie zu Hause blieben, die Schulfreizeiteinrichtungen konnten nicht dafür garantieren, daß die Kinder ununterbrochen unter verläßlicher Aufsicht standen. Es gab nicht genug Personal. Die Osloer Taxiunternehmen hatten spezielle Kindertaxis bereitgestellt, deren Fahrerinnen bevorzugt Mütter mitnahmen, die allein mit Kindern unterwegs waren. Der Ministerpräsident mahnte zu Ruhe und Besonnenheit, während der Kinderombudsmann im Fernsehen weinte. Eine Hellseherin wollte Emilie in einem Schweinekoben gesehen haben, eine schwedische Kollegin pflichtete ihr bei. Es gebe mehr zwischen Himmel und Erde, als man auch nur ahnen könne, erklärte der Norwegische Bauernverband und versprach, noch vor dem Wochenende alle Schweineställe im ganzen Land durchzukämmen. Eine Vertreterin der Rechtspopulisten, die von der Südküste stammte, stellte im Parlament allen Ernstes einen Antrag auf die Wiedereinführung der Todesstrafe. Inger Johanne merkte, wie ihre Unterarme sich mit Gänsehaut überzogen, und krempelte ihre Pulloverärmel herunter.

Natürlich würde sie Yngvar Stubø nicht helfen. Die entführten Kinder wurden zu ihrem eigenen, so, wie sie in Bildern von hungernden Kindern in Afrika und siebenjährigen Straßennutten in Thailand immer Kristiane vor sich sah, immer ihre eigene Tochter. Den Fernseher ausschalten, die Zeitung zuschlagen. Will das nicht sehen. Dieser Fall war auch so einer. Inger Johanne wollte nichts damit zu tun haben. Wollte nichts darüber hören.

Aber dann war es eben doch nicht so.

Dieser Fall reizte sie. Sprach sie an, auf eine so groteske Weise, daß sie nach Luft schnappte, als sie plötzlich, wie durch eine unerwünschte Offenbarung, erkannte, daß sie eigentlich Lust hatte, alles hinzuwerfen. Inger Johanne wollte Aksel Seier vergessen, auf das neue Forschungsprojekt pfeifen, Alvhild Sofienberg den Rücken kehren. Eigentlich wollte sie sich in den ersten Flieger nach Hause setzen und Kristiane noch weiter bei Isak lassen. Um sich danach auf das einzig Wichtige zu konzentrieren: diesen Menschen zu finden, dieses Wesen, das anderen Menschen ihre Kinder raubte.

Die Arbeit hatte bereits begonnen. Nur für kurze Zeit konnte sie sich wirklich auf andere Dinge konzentrieren. Seit Yngvar Stubø sich zum ersten Mal bei ihr gemeldet hatte, versuchte sie unbewußt, sich ein vorläufiges Bild vom Täter zu machen, ängstlich, widerwillig; sie hatte keine ausreichende Grundlage, nicht genug Material. Vor ihrer Abfahrt hatte sie unter dem Vorwand, aufräumen zu müssen, alte Kartons durchwühlt. Die Notizen aus ihrer Studienzeit in den USA befanden sich jetzt in ihrem Büro. Sie würde sie anderswo unterbringen. Hier würde sie klar Schiff machen. Mehr nicht, hatte sie sich selbst halblaut eingeredet, während sie auf ihrem Schreibtisch hohe Bücherstapel auftürmte.

Inger Johanne wünschte sich so sehr, Yngvar Stubø zu helfen. Dieser Fall war eine Herausforderung. Ein akademisches Rätsel. Eine intellektuelle Prüfung. Ein Kräftemessen zwischen ihr und einem unbekannten Täter. Inger Johanne wußte, daß sie sich viel zu leicht in die Sache hineinsaugen lassen würde, sie würde Tag und Nacht schuften, wie bei einem kräftezehrenden Wettlauf, wer war stärker, sie oder der Verbrecher; wer war klüger, schlauer, ausdauernder. Wer würde gewinnen? Wer war einfach besser?

Ihre Finger suchten in der Tasche nach dem Zettel. Sie legte ihn sich aufs Knie und faltete ihn auseinander, strich ihn mit der Handkante glatt und las ihn noch einmal, dann zerriß sie ihn plötzlich in zweiunddreißig winzige Fetzen und warf sie in die Kloschüssel.

27

Aksel Seier stand auf, sowie es hell geworden war, obwohl er die ganze Nacht wach gelegen hatte. Sein Kopf kam ihm seltsam leicht vor. Er faßte sich an die Stirn und wäre fast gestolpert, als er das Bett verließ. Die Katze strich um seine nackten Waden und miaute kläglich. Er hob sie hoch. Lange saß er dann da und streichelte den Rücken des Tieres, während er blind das Fenster anstarrte.

Es gab einen Menschen, der an ihn geglaubt hatte. Lange bevor diese Inger Johanne Vik ihm ihre schönen Worte und Unbegreiflichkeiten auftischte, hatte eine verstanden, daß er das Verbrechen, für das er verurteilt worden war, nicht begangen hatte. Es gab eine andere Frau, in einer anderen Zeit.

Er hatte sie nach seiner Entlassung kennengelernt, bei seinem ersten zaghaften Barbesuch. Fast neun Jahre Enthaltsamkeit hatten ihre Wirkung getan. Nach einem Bier wurde ihm schlecht. Auf dem Weg zur Toilette fiel er gegen eine Tischkante. Die Frau an diesem Tisch trug ein geblümtes Sommerkleid und duftete nach Flieder. Als die Blutung nicht zum Stillstand kommen wollte, lud sie ihn zu sich nach Hause ein. Gleich um die Ecke, sagte sie eifrig. Es war noch früh am Abend. Er müsse einfach mitkommen; er sehe so lieb aus, meinte sie und lachte kurz. Ihre Finger kümmerten sich behutsam um seine Wunde. Wasser und Jodtinktur, die stinkend und braun und brennend in seinen Nacken rann. Verband. Die besorgten Augen der Frau; vielleicht sollten sie zur Notaufnahme gehen, es wäre sicher besser, die Wunde mit ein bis zwei Stichen nähen zu lassen. Er sog den Fliederduft in sich ein und wollte bei ihr bleiben. Sie hielt seine Hand, und er erzählte seine Geschichte, so wie sie war; er befand sich erst seit anderthalb Wochen auf freiem Fuß. Noch immer war er jung und hatte eine Art Hoffnung, sein Leben könne wieder in Ordnung kommen. Bei vier Stellenbewerbungen war er abgelehnt worden. Trotzdem gab es Möglichkeiten. Wenn er nur Geduld hatte, würde sich alles finden. Er war jung und stark und arbeitsam. Außerdem hatte er im Gefängnis doch einiges gelernt.

Die Frau hieß Eva und war dreiundzwanzig Jahre alt. Als er um fünf vor elf aus Rücksicht auf ihre Zimmerwirtin gehen mußte, kam Eva mit ihm. Sie gingen noch stundenlang durch die Straßen, Seite an Seite. Aksel spürte ihre Haut, wenn er vorsichtig ihr Kleid berührte, ihre Körperwärme durchdrang die graue Wolljacke, die er schließlich auszog und ihr um die Schultern legte. Sie hörte ihm mit ernster Miene zu. Sie glaubte an ihn und umarmte ihn kurz, ehe sie in ihrem Torweg verschwand. Mitten im Torweg blieb sie stehen und lachte laut, sie hatte vergessen ihm die Jacke zurückzugeben. Danach waren sie zusammen. Aksel fand keine Arbeit. Vier Monate später ging ihm endlich auf, daß die Wahrheit ihn nicht weiterbringen würde, und er dichtete sich eine Vergangenheit in Schweden zusammen. Er habe zehn Jahre in einer Tischlerei in Tärnby gearbeitet, log er, und endlich fand er eine Anstellung als Hilfsfahrer bei einem Fuhrunternehmen. Es ging drei Monate gut. Dann wurde er von jemandem im Lager erkannt. Er wurde noch am selben Tag entlassen, doch Eva hielt weiterhin zu ihm.

Die Katze sprang von seinem Schoß, und er beschloß, Harwichport zu verlassen.

Er wollte nicht weit weg fahren. Nur einen Abstecher nach Norden, nach Maine. Für einige Tage. Diese Norwegerin würde sicher bald aufgeben. Sie hatte hier doch eigentlich nichts zu suchen. Obwohl sie sich hier auszukennen schien, war sie Norwegerin. Sie konnte nach Norwegen zurückkehren. Wenn sie sein Verschwinden entdeckte, würde sie sicher aufgeben. Er war nicht wichtig. Aksel wollte nach Old Orchard Beach, wo Patrick ein Karussell betrieb und damit im Sommer gut verdiente. Patrick und Aksel hatten sich in Boston angefreundet, während Aksels erster Zeit in den USA, als er in einer italienischen Kneipe im North End als Tellerwäscher gearbeitet hatte. Patrick besorgte seinem Kumpel eine Heuer auf einem Fischkutter aus Gloucester. Nach zwei guten Jahren fühlten sie sich reich. Patrick nahm ein Darlehen auf und kaufte das Karussell, von dem er schon immer geträumt hatte. Bei Aksel reichte es gerade für das Haus in Harwichport, ehe die Preise in die Höhe schossen und es für einfache Leute unmöglich wurde, sich auf Cape Cod am Meer eine Bleibe zuzulegen. Die alten Freunde trafen sich nur noch selten und sagten nicht viel, wenn es doch einmal vorkam. Aber Aksel würde bei Patrick immer willkommen sein. Das stand fest.

Die Katze jammerte verzweifelt. Ihre Klappe war verriegelt. Aksel machte die Tür zum Garten einen Spalt breit auf, dann zog er aus dem Schrank im Schlafzimmer einen Koffer hervor.

In der Kommode lagen vier saubere Unterhosen. Er faltete sie ordentlich zusammen und legte sie unten in den Koffer. Vier Paar Strümpfe. Zwei Hemden. Den blauen Pullover. Zwei Unterhemden. Mehr brauchte er nicht. Die Kleidungsstücke wirkten armselig und verloren in dem Koffer, der noch nicht einmal halb voll war. Aksel spannte die Riemen über den obersten Pullover. Er klappte den Deckel zu, doch dann fiel ihm etwas ein. Er wollte die Briefe mitnehmen. Er hatte das noch nie gemacht, auf seinen seltenen kurzen Ausflügen nach Boston oder Maine. Die Briefe lagen dort, wo sie immer schon gelegen hatten, auf dem Schachbrett, das nie benutzt wurde, weil er nie Besuch bekam, aufeinandergestapelt, mit einem Bindfaden zusammengehalten. Diesmal hielt er es für besser, sie mitzunehmen.

Wieder klappte er den Koffer zu.

Mit drei Dosen Katzenfutter in einer Tüte und dem Koffer in der Hand ging er hinaus und schloß die Tür ab. Mrs. Davis war um diese Zeit immer da. Sowie er sich dem Auto näherte, schaute sie aus der Küchentür und rief munter, es sei ein schöner Tag. Aksel schaute auf. Es konnte ein schöner Tag werden; da hatte Mrs. Davis schon recht. Die Möwen ließen Muscheln vom Himmel fallen und jagten dann zum Strand, um zu fressen. Zwei Boote glitten aus Allen Harbor hinaus. Die Sonne stand schon hoch über dem Horizont. Mrs. Davis in ihrem unvermeidlichen rosa Pullover lief über den Rasen und nahm die Tüte mit dem Katzenfutter entgegen. Es reiche nicht, erklärte er, er werde eine Weile ausbleiben. Sie solle einfach Buch über den Verbrauch führen. Er werde gleich nach seiner Rückkehr bezahlen. Wann? Das wisse er wirklich noch nicht. Müsse jemanden besuchen. Im Süden. New Jersey, murmelte er und spuckte aus. Es könne seine Zeit dauern. Es wäre nett, wenn sie sich inzwischen um seine Katze kümmern könnte.

»Danke«, sagte er, und ihm fiel nicht einmal auf, daß er es auf norwegisch gesagt hatte.

»Sorry, Sweetie, he's gone.«

Mrs. Davis legte den Kopf schräg und setzte eine wahre Leichenbittermiene auf.

»Left this morning, I'm afraid. For New Jersey, I think. Don't know when he'll be back. Might take weeks, you know.«

Inger Johanne starrte die Katze an, die träge in den Armen der Frau ruhte und sich streicheln ließ. Ihre Augen waren beängstigend gelb, fast leuchtend. Ihr Blick war arrogant, als mache das Tier sich lustig über sie, einen Eindringling, der sich eingebildet hatte, Aksel werde auf der Treppe stehen, vor Aufregung und Neugier von einem Fuß auf den anderen treten, bereit, ihre Fragen zu beantworten, frisch rasiert und mit Kaffee auf dem Herd. Die Katze gähnte. Ihre kleinen Eckzähne leuchteten weiß, als ihre Augen zu zwei Strichen wurden, die tief im roten Fell zu verschwinden drohten. Inger Johanne machte kehrt und ging zu ihrem Auto.

Das einzige, was ihr übrigblieb, war, ihre Visitenkarte zu hinterlegen. Für einen Moment spielte sie mit dem Gedanken, sie der kleinen Frau zu geben. Doch dann dachte sie an die unheimliche Katze und steuerte lieber Aksels Haus an. Schnell kritzelte sie eine Mitteilung auf die Rückseite und warf die Karte in den Briefkasten. Sicherheitshalber schob sie eine zweite in den Türspalt.

»*He seemed kind of upset, you know.*«

Die Frau war redselig. Sie kam hinter Inger Johanne her, noch immer mit der Katze auf dem Arm.

»*He's not used to visitors. Not very friendly, actually. But his heart ...*«

Die Katze ließ sich träge auf den Boden fallen. Die Frau schlug sich dramatisch an die Brust.

»*His heart is pure gold, I tell you: pure gold. How do you know him, sweety?*«

Inger Johanne lächelte abwesend, als habe sie die Frage nicht richtig verstanden. Natürlich müßte sie sich mit der alten Dame unterhalten. Die registrierte offenbar alles, was in dieser kleinen Seitenstraße vor sich ging. Trotzdem wich Inger Johanne aus und ging zu ihrem Auto. Sie war ärgerlich und zugleich erleichtert. Sie ärgerte sich darüber, daß sie im Restaurant nicht auf einer klaren Abmachung mit Aksel bestanden hatte. Es provozierte sie, daß er sie ausgetrickst hatte und einfach verschwunden war. Zugleich lag in seinem Verschwinden ja auch eine ehrliche Aussage. Inger Johanne war in Aksel Seiers Leben unerwünscht, ganz gleich, was sie zu erzählen haben mochte. Aksel Seier wollte seine Ruhe haben. Sie war frei.

Es war inzwischen Donnerstag, der 25. Mai, und sie konnte nach Hause fahren. Eigentlich müßte sie Alvhild anrufen. Als sie ins Auto stieg und zur Route 28 fuhr, beschloß sie, darauf zu verzichten. Sie hatte kaum etwas zu erzählen. Sie wußte nicht einmal mehr, was sie in Aksel Seiers kleinem Haus gesehen hatte, was so überraschend gewesen war, daß es ihr die halbe Nacht hindurch den Schlaf geraubt hatte.

28

Ein Frachttaxi näherte sich dem Hochhaus. Es nieselte. Der Verkehr auf dem Ring 1 staute sich bei Ullevaal, weil ein Verkehrsunfall passiert war. Das Chaos hatte sich wie eine wütende Geschwulst ausgebreitet; das Frachttaxi hatte eine Stunde für eine Strecke gebraucht, die sich normalerweise in zwanzig Minuten bewältigen ließ. Endlich näherte es sich seinem Ziel. Der Fahrer hupte gereizt, weil ein anderes Taxi quer auf der Fahrbahn stand und den Verkehr blockierte. Ein junger Mann, der sich mit Gips und Krücken aus dem Taxi quälte, zeigte ihm den Finger und deutete wütend auf den fünfzehn Meter weiter vorn haltenden Polizeiwagen.

»Ja, Scheiße«, brüllte er. »Siehst du nicht, daß die Straße gesperrt ist?«

Das hatte gerade noch gefehlt. Verdammt, der Fahrer hatte nicht vor, das Paket den ganzen Weg zu diesem Hochhaus zu schleppen. Er war seit sieben Uhr morgens unterwegs. Außerdem war er erkältet. Er wollte Feierabend machen und das Wochenende genießen. Freitagnachmittage waren die Hölle. Er wollte dieses verdammte Paket abliefern und machen, daß er nach Hause kam. In die Falle kriechen. Ein Bier trinken und sich ein Video reinziehen. Wenn nur dieser Scheiß-Streifenwagen endlich abhauen würde. Obwohl er die Straße total versperrte, schien sich nicht gerade etwas Dramatisches abzuspielen. Zwei uniformierte Männer standen plaudernd davor, der eine rauchte und schaute auf die Uhr, als habe auch er schon brennendes Heimweh. Endlich konnte das Taxi drehen, nicht ohne dabei jedoch zwei Büsche auf dem Fußweg umzunieten. Der Fahrer des Frachttaxis ließ den Motor aufheulen und den Wagen langsam anrollen. Dabei kurbelte er das Fenster herunter.

»He«, sagte der Polizist gereizt. »Hier geht's nicht weiter.«

»Will ja nur ein Paket abliefern.«

»Das geht aber nicht.«

»Warum nicht?«

»Das geht Sie eigentlich nichts an.«

»So eine Scheiße ...«

Der Fahrer schlug sich an die Stirn.

»Das ist doch mein Job! Ich hab hier ein Paket, ein verdammt großes Paket, und das soll ich abliefern, bei ...«

Er zeigte auf das Hochhaus und durchwühlte das Chaos auf dem Beifahrersitz. Eine halbvolle Limonadendose kippte aus einem Behälter am Armaturenbrett. Gelbe Flüssigkeit ergoß sich über den Boden. Die Stimme des Fahrers schlug ins Falsett um.

»Da oben ist es. Lena Baardsen, Nummer 10 b, Aufgang 2. Würden Sie mir bitte erzählen, warum ...«

»Was haben Sie da gesagt?«

Der andere Polizist beugte sich zu ihm herunter.

»Ich habe um Instruktionen dafür gebeten, wie zum Teufel ich meine Arbeit tun soll, wenn ...«

»Für wen ist das Paket, haben Sie gesagt?«

»Lena Baardsen, 10 b. Es ist ...«

»Steigen Sie aus.«

»Aussteigen? Ich ...«

»*Steigen Sie aus.* Und zwar sofort!«

Jetzt bekam der Fahrer Angst. Der jüngere Polizist hatte seine Zigarette fallen lassen und war zwei Meter zurückgegangen. Jetzt telefonierte er. Der Fahrer konnte zwar kein Wort verstehen, aber der Tonfall zeigte deutlich, daß die Lage ernst war. Der andere Uniformierte, ein Mann um die Vierzig mit gewaltigem Schnurrbart, packte energisch seinen Arm, als er es wagte, die Autotür zu öffnen. Er hob die Hände, als sei er bereits verhaftet.

»Jetzt regt euch doch ab, zum Henker! Ich soll doch nur ein Paket abliefern. Ein Paket!«

»Wo ist das?«

»Wo das ist? Im Wagen natürlich. Es liegt hier hinten, wenn Sie…«

»Die Schlüssel.«

»Scheiße, der Laderaum ist offen, aber ich kann doch nicht alle Welt…«

Der Polizist zeigte auf einen Punkt im Asphalt, etwa drei Meter vom Auto entfernt. Der Fahrer trottete dorthin und ließ die Hände langsam sinken.

»Ich verlange Dienstnummer und Namen und alles«, sagte er wütend. »Ihr habt überhaupt kein Recht, hier…«

Der Polizist achtete nicht auf ihn. Der Fahrer zuckte mit den Schultern. Es war jedenfalls nicht seine Schuld, wenn das Paket nicht ordnungsgemäß abgeliefert wurde. Darum sollte die Zentrale sich kümmern. Er fischte eine Zigarette hervor. Die wollte kein Feuer fangen. Regen und Wind hatten zugenommen. Er krümmte sich über die Flamme und formte mit den Händen einen Hohlraum. Dann richtete er sich plötzlich auf und erstarrte.

»So eine Scheiße«, zischte er vor sich hin; die Zigarette fiel auf den Boden.

Er würde gefeuert werden. Natürlich hätte er kehrtmachen müssen, als er den Streifenwagen entdeckte. Wäre er ein bißchen besser in Form gewesen, etwas weniger ausgehungert und erschöpft, dann hätte er unten auf der Straße sofort gedreht. Sicherheitshalber.

Sie konnten ihn nicht feuern. Das hier war doch nur eine Bagatelle. Das erste Mal, könnte er sagen. Jedenfalls war er bisher noch nie erwischt worden. Deswegen konnte er doch nicht seinen Job verlieren! Die Polizisten steckten jetzt die Köpfe in den

Laderaum, schienen das einzige Paket, das dort lag, jedoch nicht anzurühren, das allerletzte Paket für diesen Tag. Es war ziemlich groß, vielleicht an die hundertdreißig Zentimeter lang, und ziemlich schmal.

»Ist es schwer?«

Der Schnurrbärtige drehte sich zu ihm um.

»Ja, ziemlich. Heben Sie es doch mal an.«

Er versuchte jetzt freundlich zu sein. Vielleicht wollten sie sich das verdammte Paket nur ansehen. Es mit irgendeinem technischen Gerät abhorchen, oder was immer sie nun machten, um festzustellen, daß es sich nicht um eine Bombe handelte. Wenn er freundlich Rede und Antwort stand und sie nicht weiter störte, würden sie ihn sicher bald gehen lassen. Das Paket war ihm jetzt schnurz, das konnte er an der nächsten Straßenecke absetzen. Wenn sie ihn nur laufen ließen.

Aber sie rührten das Paket nicht einmal an.

Und sie hatten keine Meßgeräte.

Statt dessen konnte der Fahrer Sirenen hören, die immer näher kamen. Als er endlich vier Streifenwagen und eine grüne Minna zählte, wußte er, daß er einen schrecklichen Fehler gemacht hatte. Etwas in ihm drängte zur Flucht; lauf, lauf wie der Teufel, denen geht es um das Paket, nicht um dich, also hau ab! Dann seufzte er resigniert und schneuzte sich in die Finger. Das Schlimmste, was passieren konnte, war, daß er seinen Job verlor. Und er könnte sich einen Höllenärger mit dem Finanzamt einhandeln. Schlimmstenfalls. Aber beweisen konnten sie nichts.

»Die können verdammt noch mal nichts beweisen«, murmelte er, als er freundlich von einer Polizistin zur Grünen Minna geleitet wurde. »Oder jedenfalls nicht mehr als das hier.«

Als das Paket drei Stunden später geöffnet wurde, lag es auf einem Tisch. An diesem Tisch standen ein Pathologe mit Bocksbart, Hauptkommissar Yngvar Stubø, Kriminalkommissar Sigmund Berli und zwei Kollegen von der Technik. Das Paket enthielt keine

Bombe. Soviel stand fest. Es maß 134 x 30 x 45 Zentimeter und wog einunddreißig Kilo. Vorläufig schien es nur die Fingerabdrücke einer einzigen Person aufzuweisen. Und die stammten vermutlich vom Fahrer des Frachttaxis. Auf jeden Fall hatte er das Paket ohne Handschuhe berührt. Genaueres würden sie erst in zwei Tagen wissen, aber bis auf weiteres hatten sie Grund zu der Annahme, daß das Paket nahezu klinisch sauber gewesen war, als der Fahrer es abgeholt hatte. Der eine Techniker schnitt die Verpackung auf, einen langen geraden Schnitt von oben bis unten an der einen Längsseite, wie bei einer Obduktion. Der Pathologe machte ein vollständig ausdrucksloses Gesicht. Vorsichtig hob der Techniker den Deckel an. Zwei Styroporkugeln fielen zu Boden. Er nahm den Deckel herunter.

Eine Kinderhand ragte aus der Styroporschicht hervor.

Sie war leicht geballt, als habe sie eben erst etwas losgelassen. Am abgeknabberten Daumennagel waren Reste von knallrotem Nagellack zu sehen. Ein kleiner Ring aus unechtem Gold funkelte am Mittelfinger. Der Stein war blau, hellblau.

Alle schwiegen.

Yngvar Stubø konnte nur daran denken, daß er derjenige war, der mit Lena Baardsen sprechen mußte. Seine Augen brannten. Er hielt den Atem an. Vorsichtig nahm er weitere kreideweiße Kugeln aus dem Karton, er hatte das Gefühl, in trockenem Schnee zu wühlen. Jetzt kam der Arm zum Vorschein. Sarah Baardsen lag auf dem Bauch, mit leicht gespreizten Beinen. Als die beiden Männer sie behutsam umdrehten, sahen sie die Nachricht. Sie war mit Klebeband auf dem Bauch des Kindes befestigt; ein großes Blatt mit roten Buchstaben.

Du hast bekommen, was du verdienst.

»Schwarz, ja, klar! Ich wollte einfach was dazuverdienen!«

Der Fahrer schniefte, ihm strömten die Tränen übers Gesicht.

»Und könnte ich bald mal ein Taschentuch kriegen? Ich bin verdammt erkältet, falls ihr das noch nicht bemerkt haben solltet.«

»Ich würde Ihnen empfehlen, jetzt schön ruhig zu sein!«

»Ruhig! Ich sitze hier schon fünf Stunden, zum Teufel! Fünf Stunden! Ich kriege kein Taschentuch, und einen Anwalt krieg ich auch nicht!«

»Sie brauchen keinen Anwalt. Sie sind nicht festgenommen. Sie sind aus freien Stücken hier. Um uns zu helfen!«

Yngvar Stubø fischte sein eigenes Taschentuch hervor und reichte es dem Fahrer.

»Ihnen wobei zu helfen?«

Der Mann wirkte ehrlich verzweifelt. Seine Augen waren rot. Er schien Fieber zu haben und rang nach Luft.

»Hören Sie«, sagte er flehentlich. »Ich will Ihnen gerne helfen, aber ich habe schon alles gesagt, was ich weiß! Ich bin angerufen worden. Das habe ich doch schon erzählt. Auf meinem eigenen privaten Handy.«

Er putzte sich energisch die Nase und schüttelte resigniert den Kopf.

»Ich sollte ein Paket abholen. Aus einer Hofeinfahrt in der Urtegate. Einem Abbruchhaus, wo das Tor offen ist. Auf dem Paket sollten ein Zettel mit der Adresse und ein Briefumschlag mit zweitausend Kronen liegen. Kinderspiel also!«

»Ach. Und Sie fanden das ganz in Ordnung.«

»Was heißt schon in Ordnung… unsere Aufträge gehen sonst über die Zentrale, und ich weiß, daß …«

»Das habe ich jetzt nicht gemeint. Mir geht es darum, daß ein wildfremder Mensch Sie, ohne daß er seinen Namen nennt, dazu bringen kann, ein Paket auszuliefern, wenn er nur mit zwei Tausendern winkt. Darum geht es mir. Mir kommt das… ziemlich erstaunlich vor, um ehrlich zu sein.«

Yngvar Stubø lächelte. Der Fahrer erwiderte das Lächeln verwirrt, irgend etwas an diesem Polizisten kam ihm eigenartig vor.

»Wenn nun eine Bombe in dem Paket gewesen wäre, zum Beispiel. Oder Drogen.«

Yngvar Stubø lächelte weiterhin, jetzt noch breiter.

»So was ist es nie.«

»Aha. Nie. Sie machen das also häufiger?«

»Nein, nein, nein ... so habe ich das nicht gemeint.«

»Wie haben Sie es dann gemeint?«

»Hören Sie«, sagte der Fahrer.

»Ich höre die ganze Zeit.«

»Na gut, ich nehme ab und zu mal einen Auftrag so nebenbei an. Das ist doch nichts Besonderes. Alle ... «

»Nein. Nicht alle. Die meisten Kurierfirmen sind so organisiert, daß die Fahrer als selbständige Geschäftsleute arbeiten. BigBil dagegen nicht. Bei denen sind Sie angestellt. Wenn Sie Schwarzfahrten unternehmen, dann betrügen Sie BigBil. Und mich. Die Gemeinschaft, wenn Sie so wollen.«

Yngvar Stubø lachte kurz.

»Aber darauf wollen wir jetzt nicht eingehen. Sie konnten also nicht sehen, von welchem Anschluß aus angerufen wurde?«

»Das weiß ich nicht mehr. Wirklich nicht. Ich habe einfach den Anruf entgegengenommen.«

»Haben Sie nicht darauf reagiert, daß der Mann ... es war doch ein Mann?«

»Ja.«

»Jung oder alt?«

»Weiß nicht.«

»Helle Stimme? Dunkle Stimme? Akzent?«

»Aber das alles habe ich Ihnen doch schon gesagt. Ich weiß nicht mehr, wie die Stimme geklungen hat. Ich habe nicht weiter darauf geachtet, daß er keinen Namen genannt hat. Ich brauchte das Geld! So einfach ist es. Zweitausend Kronen ganz auf die Schnelle! Ganz einfach.«

»Hätten Sie nicht das Geld nehmen und das Paket liegenlassen können?«

Yngvar Stubø hob die Augenbrauen und fuhr sich übers Kinn.

»Ich ... «

Der Fahrer nieste. Sein Taschentuch war schon triefnaß. Yngvar Stubø wandte sich ab.

»Ja?«

»Wenn ich das mache, dann rufen solche Leute nie mehr an. Mit solchen Aufträgen, meine ich.«

Er war jetzt ziemlich kleinlaut, und seine Stimme klang eher leise.

»Genau. Sie wissen also, daß ein solcher Auftrag einfach irgendwie lichtscheu sein *muß?* Sie sehen ein, daß niemand zweitausend Kronen hinblättern würde, nur um ein Paket eine Strecke von drei Kilometern transportieren zu lassen, wenn er das auch ganz offiziell für einen Hunderter erledigt bekommen kann? Mit Ihrer Auffassungsgabe ist also alles in Ordnung?«

Der Polizist lächelte nicht mehr. Der Fahrer verbarg sein Gesicht im Taschentuch.

»Was zum Teufel war denn nun in diesem verdammten Paket«, schniefte er. »Was zum Teufel war drin?«

»Ich glaube, das wollen Sie lieber gar nicht wissen«, sagte Yngvar Stubø. »Sie können gehen. Wir melden uns noch bei Ihnen. Gute Besserung. Das Tuch können Sie behalten. Wiedersehen.«

29

Sarah verschwand einfach. Emilie erwachte und war allein. Sie hatte schreckliche Kopfschmerzen, und ausnahmsweise war es ganz dunkel im Zimmer. Sicher war Emilie blind geworden. Lange lag sie still da und starrte zur Decke hoch. Riß immer wieder die Augen auf, immer wieder. Es war kein Unterschied zu sehen. Wenn sie es sich genau überlegte, war es vielleicht ein wenig heller, wenn sie die Augen geschlossen hielt. Dann tanzten Punkte vor ihr umher. Wenn sie die Augen ganz fest zukniff, wurden die Punkte zu großen Blasen, rot und blau und grün. Emilie lachte und war blind geworden. Sie wollte noch mehr schlafen. Ihr Kopf tat weh, und sie lächelte. Wollte schlafen. Dann fiel ihr Sarah ein.

»Sarah«, fragte sie laut. »Wo bist du?«

Keine Antwort. Niemand lag neben ihr. Schön. Das Bett war eigentlich nicht breit genug für sie beide. Und Sarah war auch nicht gerade nett. Sie prahlte so schrecklich. Prahlte und heulte, die ganze Zeit. Drehte durch, wenn der Mann kam. Schrie und preßte sich an die Wand. Kapierte rein gar nichts. Kapierte nicht, daß der Mann dafür sorgte, daß sie genug Luft hatte. Als Emilie die Tomatensuppe ins Klo geschüttet hatte, damit der Mann nicht traurig war, weil sie nichts essen mochte, hatte Sarah ihm das petzen wollen.

»Sarah? Sarahsarahsarahsarah!«

Nein. Sie war nicht da.

Das Licht kam ihr vor wie eine gewaltige Explosion. Es stürzte sich von der Decke her auf sie. Emilie stöhnte und krümmte sich mit den Armen über dem Kopf zusammen. Das Licht bestand aus Pfeilen, die ihr ins Gesicht stachen, ihre Augen wollten sich in ihrem Kopf verkriechen und nie mehr zum Vorschein kommen.

»Emilie?«

Das war der Mann. Sie wollte antworten, konnte aber den Mund nicht aufmachen. Das Licht war zu stark. Das Zimmer war ganz weiß, nur Weiß und Silber und Gold. Ein Funkeln, das ihr die Haut zerschnitt.

»Emilie, schläfst du?«

»Nsneiffsh ...«

»Ich dachte, du hättest es gern mal ein bißchen dunkel. Du hast sehr tief geschlafen.«

Seine Stimme war nicht neben dem Bett. Sie stand in der Türöffnung, bei der kalten Tür. Er hatte Angst, daß die zufallen könnte. So war es fast immer. Er kam nur selten ins Zimmer. Emilie ließ die Arme langsam auf die Matratze sinken. Atmen. Ein und aus. Die Augen öffnen. Das Funkeln traf sie. Sie machte noch einen Versuch. Sie war nicht mehr blind. Als sie ihr Gesicht der Stimme zukehrte, sah sie, daß der Mann sich feingemacht hatte.

»Du siehst toll aus«, sagte sie leise. »Klasse Jacke.«

Der Mann lächelte.

»Findest du? Ich muß verreisen. Du bleibst jetzt ein Weilchen allein.«

»Die Hose ist auch schön.«

»Du kannst doch gut allein sein. Ich stelle dir ganz viel Wasser und Brot und Marmelade und Cornflakes hier hin.«

Er stellte zwei Tüten hin.

»Du mußt ohne Milch auskommen. Die wird nur sauer.«

»Mmm.«

»Wenn du brav bist und keinen Ärger machst, während ich weg bin, darfst du demnächst mal abends mit mir fernsehen. Irgendeinen schönen Film. Am Samstag vielleicht. Aber nur vielleicht. Kommt darauf an, wie du dich benimmst. Soll das Licht an oder aus sein?«

»An«, sagte sie blitzschnell. »Bitte.«

Er hatte ein komisches Lachen. Es schien einem kleinen Jungen zu gehören, der nicht so recht wußte, worüber er lachte. Er schien sich die ganze Zeit zum Lachen zu zwingen, ohne irgend etwas komisch zu finden. Laut und hart lachte er.

»Hatte ich mir schon gedacht«, sagte er kurz und ging.

Emilie versuchte sich aufzusetzen. Der Mann durfte die Luftmaschine nicht abschalten, auch wenn er verreiste. Sie fühlte sich so schwach und kippte seitwärts wieder ins Bett.

»Nicht die Luftmaschine abschalten«, weinte sie. »Bitte! Nicht die Luftmaschine abschalten!«

Wenn sie nur gewußt hätte, welcher Nagelkopf eine Kamera war, dann hätte sie die Hände gefaltet. Statt dessen preßte sie den Mund auf einen kleinen Flecken an der Wand, gleich über dem Bett.

»Bitte«, flehte sie den Punkt an, der vielleicht ein Mikrofon war. »Bitte, gib mir Luft. Ich bin auch das bravste Mädchen auf der ganzen Welt, aber bitte, dreh nicht die Luft ab!«

30

Die Zeitungen hatten schon zwei Sonderausgaben herausgebracht, seit gegen zwei Uhr in der Nacht zum Samstag, dem 27. Mai, die ersten Boulevardblätter ausgeliefert worden waren. Die Schlagzeilen schrien Inger Johanne Vik entgegen, als sie zur Tankstelle hinüberschaute, bevor sie bei dem Supermarkt neben dem Ullevaal Stadion vorfuhr. Es war schwer, einen Parkplatz zu finden. Der Supermarkt war immer gut besucht, vor allem samstags, aber an diesem Tag herrschte das pure Chaos. Die Leute schienen einfach nicht zu wissen, was sie tun sollten. Zu Hause wollten sie offenbar nicht sein. Sie mußten unter Menschen. Sie suchten die Gesellschaft anderer, die ebenso verängstigt waren, ebenso wütend. Mütter hielten ihre Kinder fest an der Hand, die Kleinsten saßen angeschnallt in ihren Karren. Väter trugen größere Kinder sicherheitshalber auf der Schulter. Die Menschen standen in Gruppen zusammen und redeten, mit Bekannten und Unbekannten. Alle hatten Zeitungen. Einige hatten Ohrstöpsel und hörten sich Nachrichten an, es war Punkt zwölf. Sie starrten konzentriert vor sich hin und wiederholten langsam für die Umstehenden:

»Die Polizei hat noch immer keine Spur.«

Dann seufzten sie alle. Ein gemeinsames resigniertes Stöhnen wanderte über den Parkplatz.

Inger Johanne drängte sich durch die Menschenmenge. Sie war zum Einkaufen hergekommen. Ihr Kühlschrank war leer nach der Reise. Sie hatte schlecht geschlafen und ärgerte sich über die Kinderwagen, die die riesigen automatischen Türen blockierten. Ihre Einkaufsliste fiel zu Boden. Sie blieb an der Schuhsohle eines Vorübergehenden hängen und war verschwunden.

»Verzeihung«, sagte sie und erstritt sich einen freien Einkaufswagen.

Sie brauchte auf jeden Fall Bananen, Müsli und Brot und Aufschnitt. Abendessen für diesen Tag, was kein Problem war, denn sie war ja allein, und für morgen, denn dann würde Isak Kristiane bringen. Frikadellen. Zuerst die Bananen.

»Hallo.«

Sie wurde nur selten rot. Jetzt spürte sie die Wärme in ihren Wangen. Vor ihr stand Yngvar Stubø, mit einem Bündel Bananen in der Hand. Immer lächelt er, dachte sie, jetzt dürfte er nicht lächeln. Er hat doch bestimmt nicht viel, worüber er sich freuen kann.

»Sie haben nicht zurückgerufen«, sagte er.

»Woher haben Sie gewußt, wo ich war? In welchem Hotel?«

»Ich bin Polizist. Ich habe eine Stunde gebraucht, um das festzustellen. Sie haben ein Kind. Sie können überhaupt nicht verreisen, ohne jede Menge Spuren zu hinterlassen.«

Er legte die Bananen in ihren Wagen.

»Die wollten Sie doch haben?«

»Mmm.«

»Ich muß mit Ihnen reden.«

»Woher haben Sie gewußt, daß ich hier bin?«

»Sie mußten doch sicher einkaufen. Nach der Reise. Und das hier ist meines Wissens für Sie der nächstgelegene Supermarkt.«

Du weißt, wo ich einkaufe, dachte sie. *Du hast festgestellt, wo ich einkaufe, und du wartest bestimmt schon lange hier. Falls du nicht ungewöhnlich großes Glück hast. Hier wimmelt es doch nur so von Menschen. Wir hätten uns verpassen können. Du weißt, wo ich einkaufe, und du hast mich gesucht.*

Sie nahm vier Apfelsinen von einem Obstberg und legte sie in eine Tüte. Es fiel ihr schwer, die Tüte zu verknoten.

»Warten Sie. Ich helfe Ihnen.«

Yngvar Stubø griff nach der Tüte. Seine Finger waren stumpf, aber flink. Schnell.

»So. Ich muß wirklich mit Ihnen reden.«

»Hier?«

Sie breitete die Arme aus und versuchte, eine sarkastische Miene aufzusetzen. Das war schwer, solange ihr Gesicht noch immer die Farbe der Tomaten im Kasten neben ihr hatte.

»Nein. Könnten wir ... würden Sie mit ins Büro kommen? Das liegt am anderen Ende der Stadt, wenn Sie es also einfacher fänden ...«

Er zuckte mit den Schultern.

Du willst mit mir nach Hause kommen. Himmel, der Mann will mit mir nach Hause kommen. Kristiane ist ... Wir werden allein sein. Nein, das will ich nicht.

»Wir könnten zu mir nach Hause fahren«, sagte sie leichthin. »Ich wohne gleich um die Ecke. Aber das wissen Sie ja.«

»Geben Sie mir Ihren Einkaufszettel, dann haben wir das im Handumdrehen erledigt.«

Er streckte die Hand aus.

»Ich habe keinen Einkaufszettel«, sagte sie rasch. »Wieso nehmen Sie das an?«

»Sie kommen mir so vor«, sagte er und ließ seine Hand sinken. »Sie sind irgendwie der Einkaufslistentyp. Da war ich mir sicher.«

»Da haben Sie sich also geirrt«, sagte sie und wandte sich ab.

»Sie haben es wirklich gemütlich hier.«

Er stand mitten im Wohnzimmer. Zum Glück hatte sie aufgeräumt. Sie zeigte vage in Richtung Sofa. Sie selbst setzte sich in einen Sessel. Einige Minuten verstrichen, ehe ihr bewußt wurde, daß sie ganz gerade saß, vorn an der Kante. Langsam, um diese Bewegung nicht zu deutlich werden zu lassen, ließ sie sich zurücksinken.

»Keine nachweisbare Todesursache«, sagte sie langsam. »Sarah ist einfach so gestorben.«

»Ja. Eine kleine Wunde über dem Auge. Aber keine inneren Verletzungen. Eine ganz unbedeutende Wunde, jedenfalls was die Todesursache angeht. Eine gesunde, kräftige Achtjährige. Auch diesmal hat er ... der Mörder, meine ich, die Mörderin, wir wissen ja nicht, ob es ein Mann oder eine ...«

»Ich glaube, Sie können ruhig ›er‹ sagen.«

»Warum?«

Sie zuckte mit den Schultern. »Zum einen, weil das einfacher ist, als die ganze Zeit ›er oder sie‹ sagen zu müssen. Außerdem, weil ich eigentlich ziemlich sicher bin, daß es sich um einen Mann handelt. Fragen Sie mich nicht, warum, ich kann das nicht begründen. Vielleicht ist das auch nur ein Vorurteil. Ich kann mir irgendwie nicht vorstellen, daß eine Frau so mit Kindern umgehen würde.«

»Und wer würde Ihrer Vorstellung nach mit Kindern so umgehen?«

»Was wollten Sie sagen?«

»Ich habe gefragt, wer ...«

»Nein, ich habe Sie vorhin unterbrochen. Sie wollten sagen, daß der Mörder auch diesmal ...«

»Ach ja. Auch dieses Kind hatte Diazepam im Urin. In winzigen Mengen.«

»Wozu sollte jemand einem Kind ein Beruhigungsmittel geben?«

»Um es zu beruhigen, nehme ich an. Vielleicht hat er ... vielleicht sind sie an einem Ort versteckt, wo sie still sein müssen. Er muß sie zum Schlafen bringen.«

»Wenn es ums Schlafen geht, dann könnte er ihnen doch Schlafmittel geben.«

»Ja. Aber vielleicht kann er sich keine besorgen. Möglicherweise hat er nur Valium.«

»Wer hat Zugang zu Valium?«

»Ach, Herrgott ...«

Er unterdrückte ein Gähnen und schüttelte heftig den Kopf.

»Ungeheuer viele«, sagte er dann und seufzte. »Zum einen alle, denen dieses Mittel von einem Arzt verschrieben wird. Das sind sicher Tausende, wenn nicht sogar Zehntausende. Dann haben wir Apotheker, Ärzte, Krankenhauspersonal ... natürlich sollen Krankenhäuser und Apotheken solche Mittel unzugänglich aufbewahren, aber hier ist die Rede von so kleinen Mengen, daß es fast keine Grenzen für ... es kann sich im Grunde um alles mögliche handeln. Haben Sie gewußt, daß mehr als sechzig Prozent von uns den Badezimmerschrank aufmachen, wenn wir eine fremde Toilette aufsuchen? Zwei oder drei Pillen mitgehen zu lassen ist das Einfachste auf der Welt. Wenn wir diesen Typen jemals erwischen, dann nicht, weil er im Besitz von Valium oder Vival ist.«

»Wenn wir jemals …«, wiederholte Inger Johanne. »Das klingt ja reichlich pessimistisch.«

Yngvar Stubø spielte mit einem Spielzeugauto herum. Er ließ es über seinen Handrücken rollen. Die vorderen Scheinwerfer leuchteten schwach, als die Räder sich in Bewegung setzten.

»Sie mag nur rote Autos«, sagte Inger Johanne. »Kristiane, meine ich. Keine Puppen, keine Eisenbahn. Nur Autos. Rote Autos. Feuerwehrautos, Londoner Busse. Wir wissen nicht, warum.«

»Was fehlt ihr eigentlich?«

Er stellte das Auto vorsichtig auf den Couchtisch. An einem Rad war das Gummi abgerissen, die kleine Achse schrammte über die Glasplatte.

»Das wissen wir nicht.«

»Sie ist reizend. Ganz reizend.«

Er schien das wirklich zu meinen. Aber er hatte sie nur einmal gesehen. Und auch das nur ganz kurz.

»Und Sie kommen nicht weiter, was die eigentliche Lieferung angeht? Ich meine, er muß doch in dieser Hofeinfahrt in der Urtegate gewesen sein oder irgendwen hingeschickt … was wissen Sie darüber?«

»Ein Frachttaxi. *Frachttaxi!*«

Yngvar drückte den Zeigefinger auf das Dach des Autos und schob es langsam über den Tisch. Das gummilose Rad hinterließ einen kleinen Streifen auf dem Glas. Inger Johanne öffnete den Mund. Aber dann sagte sie doch nichts.

»Es ist so … so *dreist*«, sagte Yngvar verbissen, er bemerkte gar nicht, was er anrichtete. »Der Typ weiß natürlich, daß er kein zweites Mal eine Kindsleiche direkt bei der Mutter ablegen kann. Wir haben überall Wachen aufgestellt. Ein Fehler, natürlich. Zu viele Köche verderben den Brei. Durch den Mord an Sarah ist plötzlich auch der Polizeibezirk Oslo mit im Spiel, und das Verhältnis zwischen der Kripo und … vergessen Sie es. Wir hätten viel diskreter vorgehen müssen. Ihn in eine Falle locken. Es zumindest versuchen. Er hat das Spiel durchschaut und … einen Kurier geschickt. Ein Frachttaxi! Und in der Urtegate hat niemand was gesehen, niemand was gehört, niemand was begriffen. Der Kasten mit Sarahs Leichnam ist vermutlich bei hellichtem Tag dort abgestellt worden. Alter Trick übrigens …«

»Man kann sich nirgendwo so gut verstecken wie unter vielen Menschen«, sagte Inger Johanne. »Clever. Trotzdem ist es seltsam, das Paket muß doch …«

Sie zögerte und fügte dann mit leiser Stimme hinzu:

»… ziemlich groß gewesen sein.«

»Ja. Es war groß genug, um ein achtjähriges Kind aufzunehmen.«

Inger Johanne kannte sich. Sie war ein vorhersagbarer Mensch. Isak, zum Beispiel, hatte sie schließlich ziemlich langweilig gefunden. Als es Kristiane besser ging, und das Leben sich in einem schwerfälligen Rhythmus einpendelte, hatten seine Klagen eingesetzt. Inger Johanne sei so wenig impulsiv. Jetzt sei doch mal ein bißchen locker, sagte er immer häufiger. So schlimm kann das doch nicht sein, seufzte er resigniert, wenn sie die Tiefkühlpizza, mit der er das Kind vollstopfte, weil er nicht kochen mochte, mit skeptischen Blicken bedachte. Isak fand sie langweilig. Line und die anderen Freundinnen waren teilweise seiner Meinung. Nicht, daß sie das offen sagten. Im Gegenteil. Sie lobten sie. Inger Johanne ist so zuverlässig, riefen sie. So tüchtig und verantwortungsbewußt. Auf Inger Johanne ist Verlaß, immer. Langweilig, mit anderen Worten.

Sie mußte aber vorhersagbar sein. Sie trug die Verantwortung für ein Kind, das niemals richtig erwachsen sein würde.

Inger Johanne kannte sich.

Diese Situation war absurd.

Sie hatte einen Mann zu sich eingeladen, einen Mann, den sie kaum kannte. Sie ließ sich von ihm die Einzelheiten einer polizeilichen Ermittlung erzählen, mit der sie nichts zu tun hatte. Er verstieß gegen seine Schweigepflicht. Sie müßte ihn warnen. Ihn umgehend hinauskomplimentieren. Sie hatte ihren Entschluß schon in ihrem Hotelzimmer in Harwichport gefaßt, als sie den Zettel in zweiunddreißig Stücke gerissen und ins Klo geworfen hatte.

»Strenggenommen dürfen Sie mir das sicher gar nicht erzählen.«

Yngvar Stubø holte tief Atem und ließ die Luft durch zusammengebissene Zähne wieder entweichen. Er wurde kleiner. Vielleicht versank er auch nur tiefer im Sofa.

»Strenggenommen darf ich das wohl nicht. Nicht, so lange wir keine offizielle Zusammenarbeit eingegangen sind. Langsam habe ich den Eindruck, daß Sie das auch gar nicht wollen.«

Er lächelte auf eine Weise, die vielleicht ironisch sein sollte. Dann gab er diesen Versuch auf und fügte hinzu:

»Strenggenommen ist dieser Fall die Hölle. Strenggenommen …«

Wieder schnappte er heftig nach Luft.

»Meine Frau und meine einzige Tochter sind vor etwas über zwei Jahren ums Leben gekommen«, sagte er rasch. »Das haben Sie wohl nicht gewußt.«

»Nein. Mein Beileid.«

Sie wollte das nicht hören.

»Ein absurder Unfall. Meine Tochter… Trine hieß sie, sie war dreiundzwanzig, Amund war noch ein Baby. Mein Enkel. Sie wollte… Störe ich Sie? Ich störe Sie.«

Plötzlich riß er sich zusammen. Er bewegte die Schultern, wie um seine graue Tweedjacke wieder auszufüllen. Dann lächelte er kurz.

»Sie haben sicher vernünftigere Dinge zu tun.«

Aber er stand nicht auf. Er machte keinerlei Anstalten zu gehen. Eine Blaumeise hatte sich vor dem Vogelhäuschen auf der Terrasse niedergelassen.

»Nein«, sagte Inger Johanne.

Als er sie ansah, wußte sie nicht, was er wollte. Er kam ihr vor allem dankbar vor. Erleichtert vielleicht, denn nun versank er wieder im Sofa.

»Meine Frau hatte sich über eine verstopfte Dachrinne geärgert«, sagte er vage. »Ich hatte ihr versprochen, sie zu säubern. Schon sehr lange. Hatte das aber irgendwie nie geschafft. Als meine Tochter eines Vormittags vorbeischaute, war sie bereit, aufs Dach zu klettern und die Rinnen durchzuspülen. Meine Frau hielt vermutlich die Leiter. Trine verlor offenbar die Balance. Sie stürzte und riß ein Stück Regenrinne mit. Und die ist auf irgendeine Weise unter sie geraten, denn sie hat sie ... aufgespießt. Meine Frau wurde von der Leiter und von Trines ganzem Gewicht getroffen. Eine Sprosse schlug ihr ins Gesicht. Ihr Nasenbein wurde ihr ins Gehirn gedrückt. Als ich zwei Stunden später nach Hause kam, lagen sie beide da. Tot. Amund schlief noch immer.«

Inger Johanne konnte sich atmen hören, flach und schnell. Sie versuchte den Takt zu brechen, sich zu einem ruhigeren Rhythmus zu zwingen.

»Ich war damals Dezernatsleiter«, erzählte er mit ruhiger Stimme weiter. »Um ehrlich zu sein, hatte ich mich schon lange als den nächsten Kripo-Chef gesehen. Aber danach ... ich bat darum, zum Hauptkommissar zurückgestuft zu werden. Werde niemals etwas anderes sein. Wenn ich durchhalte, meine ich. Bei Fällen wie diesem bin ich mir nicht sicher. Na ja.«

Sein Blick irrte umher. Er lächelte verlegen, fast töricht, als habe er etwas falsch gemacht und wisse nicht so recht, wie er um Entschuldigung bitten sollte. Zweimal öffnete er den Mund, offenbar um noch mehr zu sagen. Dann schaute er seine Hände an.

»Na ja«, wiederholte er schließlich und drehte dabei Däumchen. »Ich muß mich wohl langsam auf den Heimweg machen.«

Aber er stand noch immer nicht auf. Noch immer saß er da und schien nicht gehen zu wollen.

Ich habe dafür keinen Platz, dachte Inger Johanne. *Ich habe in meinem Leben keinen Platz für so etwas. Ich will nicht. Ich habe keinen Platz …*

»… für dich«, sagte sie halblaut.

»Was?«

Yngvar saß mit dem Rücken zu dem großen Wohnzimmerfenster. Das starke Gegenlicht machte es schwierig, seine Gesichtszüge zu erkennen. Nur seine Augen waren deutlich. Und genau auf sie gerichtet.

»Soll ich uns was zu Essen machen«, fragte sie und lächelte kurz. »Du hast doch sicher Hunger. Ich jedenfalls schon.«

Er machte sich richtig breit.

Isak, der einzige Mann, der jemals mehr als dreißig Sekunden in ihrer Küche verbracht hatte, war klein, fast schmächtig. Yngvar Stubø füllte den ganzen Raum. Für Inger Johanne blieb kaum Platz. Er zog sich die Jacke aus und hängte sie über eine Stuhllehne. Dann machte er ein Omelett, ohne vorher zu fragen. Inger Johanne konnte sich kaum bewegen, ohne ihn zu berühren. Er roch frisch geduscht und ganz leicht nach Zigarre, es war der Geruch eines Menschen, der älter war als sie. Als er die Hemdsärmel aufkrempelte, um Zwiebeln zu schneiden, fiel ihr auf, daß die Haare an seinen Unterarmen hell waren, fast golden. Sie dachte an den Sommer und wandte sich ab.

»Was glaubst du, was dieser Zettel bedeutet«, fragte er und fuchtelte mit dem Messer in der Luft herum. »*Du hast bekommen, was du verdienst.* Wer bekommt was er verdient? Das Kind? Die Mutter? Die Gesellschaft? Die Polizei?«

»Die Nachricht war ja in beiden Fällen im Grunde direkt an die Mutter gerichtet«, sagte Inger Johanne. »Auch wenn der Mörder natürlich nicht wissen konnte, daß wirklich die Mutter hinfinden würde. Ebensogut hätte doch der Vater zufällig in den

Keller hinuntergehen können. Und bei Sarah haben wir Grund zu der Annahme, daß der Mörder eingesehen hat, daß das Paket diese Adresse niemals erreichen würde. Er ist nicht dumm. Ich weiß es nicht. Ich glaube, es ist wichtiger, sich den *Inhalt* der Nachricht anzusehen, statt darüber zu spekulieren, an wen sie gerichtet war.«

»Was meinst du mit Inhalt?«

Yngvar drehte die Herdplatte an und zog eine Bratpfanne aus dem unteren Regal, ohne auch nur danach zu fragen, wo sie aufbewahrt wurde. Inger Johanne hatte sich auf einen Stuhl gesetzt und starrte konzentriert in ein Glas Wasser mit Eiswürfeln.

»Ich glaube übrigens, daß man an einem ganz anderen Ende anfangen sollte«, sagte sie langsam.

»Ach. Und an welchem?«

Er trocknete sich die Augen.

»Man sollte immer ganz unten anfangen«, sagte sie fast geistesabwesend, als suche sie in ihrem Gedächtnis nach etwas. »Nachsehen, was man hat. Tatsachen. Objektive Fundstücke. Von Grund auf alle Stücke zusammenlegen. Niemals spekulieren, ehe man ein Fundament hat. Gefährlich.«

»Das sollte man also.«

»Ja.«

Sie setzte sich aufrecht hin und schob das Glas zurück. Vom Herd her duftete es lecker. Yngvar nahm Teller und Gläser, Messer und Gabeln aus dem Schrank. Er sah zutiefst konzentriert aus, als er eine Tomate zu einer hübschen Dekoration zurechtschnitt.

»Schau mal«, sagte er zufrieden und stellte die Bratpfanne auf den Tisch. »Zwiebelomelette. Das nenne ich ein gutes Mittagessen.«

»Drei Kinder«, sagte sie und kaute langsam. »Wenn wir voraussetzen, daß Emilie vom selben Täter entführt worden ist wie Sarah und Kim. Was wir eigentlich nicht voraussetzen können, aber egal... im Moment tun wir das. Drei Kinder sind verschwunden. Zwei werden zurückgebracht. Tot. Tote Kinder.«

»Tote Kinder«, wiederholte Yngvar und legte die Gabel weg. »Wir wissen nicht einmal, woran sie gestorben sind.«

»Warte!«

Sie hob die Hand und sagte dann:

»Wer bringt Kinder um?«

»Sexualverbrecher und Autofahrer«, murmelte er wütend.

»Genau.«

»Hmmm?«

»Diese Kinder sind keinem Autofahrer zum Opfer gefallen. Und nichts weist darauf hin, daß sie von einem Sexualverbrecher ermordet wurden. Stimmt doch, oder?«

Er nickte kurz.

»Es müßte sich denn um sexuelle Übergriffe handeln, die keine Spuren hinterlassen«, sagte er. »Das ist natürlich denkbar.«

»Was bleibt uns aber, wenn es sich weder um Sex noch um Autounfälle handelt?«

»Nichts«, sagte er und füllte seinen Teller zum zweiten Mal.

»Du ißt zu schnell«, sagte sie. »Und du irrst dich. Wir haben sehr viel mehr. Ihr, meine ich. Ihr habt noch sehr viel mehr.«

Das Omelett schmeckte ihr. Ein bißchen viel Zwiebeln, vielleicht, aber ein Spritzer Tabasco gab ihm einen besonderen Pfiff.

»Tatsache ist, daß wir Kinder nur sehr ungern umbringen. Du und ich, wir wissen beide, daß die allermeisten Morde hierzulande im Affekt begangen werden. Die Rückfallquote unter Mördern ist minimal. Mord ist in der Regel die Folge eines lange schwelenden Familienkonflikts, schrecklicher Eifersucht oder … ein purer Unglücksfall. Streiterei im Suff. Ein Wort gibt das andere. Dann liegt eine Waffe da, ein Messer oder ein Schrotgewehr. Peng. Jemand wird zum Mörder. So ist das. Das wissen wir beide. Kinder sind ungeheuer selten in solche Dinge verwickelt, zumindest als Opfer. Außer in übertragenem Sinn natürlich.«

»Wenn wir Teenager auslassen. Die bringen sich immer häufiger gegenseitig um. Sie werden jünger und jünger. Ich glaube, ich würde einen Vierzehnjährigen als Kind bezeichnen. So alt war der Knabe, der im Januar festgenommen worden ist. Ich glaube, er ging auf die Schule in der Møllergate.«

Inger Johanne verdrehte kurz die Augen.

»Sicher. Aber auch bei diesen Cliquenmorden geht es um Rivalität. Um falsch verstandene Ehre. Sie bringen sich gegenseitig um, andere aber nur selten. Außenstehende. Und was die Sexualverbrecher angeht, so morden die vor allem, um ihr Verbrechen zu vertuschen. Den Mißbrauch. Der Mord hat nur sehr selten etwas mit den sexuellen Übergriffen zu tun. Sexualverbrecher morden, weil ihnen einfach nichts anderes übrigbleibt. Ich habe mit vielen gesprochen, und manche können mit der Erinnerung an das, was sie getan haben, kaum leben. Sie können bereuen. Sich schämen. Trauern. Nicht so sehr wegen der sexuellen Handlung an sich. Was die angeht, haben sie eine bemerkenswerte Fähigkeit, sie zu verdrängen. Aber wegen des Mordes. Weil das Kind sterben mußte.«

»Worauf willst du eigentlich hinaus?«

Er leerte sein Milchglas und klopfte sich auf den Bauch.

»Jemand, der völlig unschuldige Kinder umbringt... sie raubt, sie tötet und sie mit einem grotesken Begleitschreiben an die Eltern zurückschickt... solche Taten setzen eine Psyche voraus, die es ihm ermöglicht, seine Taten zu rechtfertigen.«

»Sie sind in seinen Augen nur recht und billig. Mit anderen Worten, er ist verrückt.«

Yngvar fingerte an einer Zigarrenhülse in seiner Brusttasche herum.

»Nein. Er ist nicht verrückt. Jedenfalls nicht im herkömmlichen Sinne. Er ist nicht psychotisch. Denn dann könnte er diese Sache niemals durchziehen. Vergiß nicht, wie... wie ausgefeilt seine Verbrechen sind. Wie genau durchdacht das alles sein muß. Aber... die Frage ist ja, was du unter verrückt verstehst. Eine zerstörte... Seele? Ja. Geisteskrank? Kaum.«

»Aber er findet es in Ordnung, Kinder umzubringen. Willst du das sagen? Daß er es in Ordnung findet, Kinder umzubringen, aber trotzdem nicht geisteskrank ist?«

»Ja. Oder eigentlich nein. Möglicherweise findet er es schon bedauerlich, daß die Kinder sterben müssen. Aber er hat ein höheres Ziel. Eine Aufgabe, könnten wir vielleicht sagen. Eine Art ... Auftrag?«

»In wessen Namen?«

Die Hülse glitt zwischen seinen Fingern hin und her. Das rauhe Metall schabte fast unhörbar über trockene Haut.

»Keine Ahnung«, sagte sie kurz.

Du führst mich an der Nase herum, ging ihr auf. *Hier sitze ich und verbreite mich über Selbstverständlichkeiten, die du dir schon längst selbst überlegt hast. Wie viele Mordfälle hast du schon bearbeitet? Mit wie vielen Mördern mit gestörter Psyche hast du schon zu tun gehabt? Du hast dicke Bücher über dieses Thema gelesen. Du angelst. Du glaubst, daß ich schon angebissen habe. Aus irgendeinem absurden Grund ist es wichtig für dich, mich mit ins Boot zu holen. Aber ich lasse mich nicht austricksen.*

»Kaffee?« fragte sie leichthin und füllte Wasser in die Kanne.

»Du weißt, wie ein *Profiler* arbeitet«, sagte Yngvar.

Sie ließ sich das Wasser über das Handgelenk laufen. Die Kanne war schon längst voll.

»Als erstes hättest du alle unsere Unterlagen gelesen«, sagte Yngvar dann. »Alles, was wir an technischen Ergebnissen und objektiven Fakten haben. Dann hättest du von jedem Opfer ein Profil erstellt. Was in diesem Fall ziemlich einfach wäre, da es sich um Kinder handelt. Und unfaßbar kompliziert, denn du würdest auch Profile von ihren Eltern machen müssen, um das Bild zu vervollständigen. Dann würdest du langsam, von Grund auf, unseren Mann zusammenbauen. Wenn du recht hast, meine ich. Wenn es sich wirklich um einen Mann handelt. Das hättest du gemacht. *Wenn du nur bereit wärst, mir zu helfen.«*

Die Intensität seines letzten Satzes machte ihr angst. Sie drehte das Wasser ab und hätte die Kanne fast auf den Boden fallen lassen.

»Warum? *Warum?«*

Sie fuhr herum und schlug mit der freien Hand auf den Küchentisch.

»Kannst du mir auch nur einen guten Grund dafür nennen, daß ein erfahrener Kriminalpolizist eine Menge Energie und gelinde gesagt seltsame Methoden aufwendet, um eine armselige Wissenschaftlerin um Hilfe in einem Fall zu bitten, der so grotesk ist, daß wir hierzulande kaum je etwas Ähnliches erlebt haben? Kannst du das? Kannst du erklären, warum du offenbar nicht imstande bist, ein Nein zu akzeptieren?«

Es wurde still. Er starrte seine Hände an. Inger Johanne kehrte ihm den Rücken zu. Die Kaffeemaschine gurgelte. Vor dem Küchenfenster, auf der kleinen Straße, die für Autos eigentlich gesperrt war, fuhr ein roter Golf langsam von einem Briefkasten zum nächsten.

»Ich riskiere«, sagte Yngvar leise und nach Worten suchend, »daß du mich ebenso verrückt findest wie ... Daß du glaubst, ich hätte den Verstand verloren.«

Sie drehte sich noch immer nicht um. Der Mann im roten Golf hatte vor Nummer 16 angehalten.

»In jüngeren Jahren war ich in gewisser Hinsicht stolz darauf«, sagte er ebenso leise. »Ich habe sogar damit geprotzt. Mit meiner Intuition. Die Jungs haben mich SH genannt. Stubø Hellseher. Ich ... ich bin aber nicht wirklich hellsichtig. Ich glaube eigentlich nicht daran. Ich kann nicht sehen, wo verschwundene Menschen sich aufhalten. Aber ich ... ich rede nicht mehr darüber. Die Kollegen fingen plötzlich an, mich seltsam anzusehen. Tuschelten in den Ecken und hinter meinem Rücken. Ich hielt einfach die Klappe. Aber ich habe diese Fähigkeit ... nein, nicht Fähigkeit. Diese Tendenz. Ich habe eine Tendenz, die Fälle zu *spüren,* an denen ich arbeite. Ich kann das nicht richtig erklären. Es entsteht eine Art Zustand der Überempfindsamkeit. Ich träume meine Fälle. Sehe Dinge.«

Der Fahrer des roten Golf warf eine Kippe aus dem Fenster und wendete. Inger Johanne konnte nicht sehen, was er geliefert hatte, aber der Deckel des Briefkastens von Nummer 16 ließ sich nicht mehr richtig schließen.

»So schlimm kann das doch nicht sein«, sagte sie leichthin. »Alle guten Ermittler brauchen Intuition. Das hat nichts Paranormales oder Übernatürliches. Intuition ist nichts anderes als die Reaktion des Unterbewußtseins auf eine Reihe bekannter Faktoren. Sie gibt uns Antworten, die wir durch bewußte Kalkulation nicht erreichen können.«

Endlich drehte sie sich um.

»Manche nennen es Klugheit«, sagte sie und lächelte flüchtig. »Vielleicht wird es deshalb meistens als weibliche Eigenschaft betrachtet. Aber was hat das alles mit mir zu tun?«

»Ich habe dich im Fernsehen gesehen«, sagte er. »Und war beeindruckt. Ich hatte gleich Lust, mit dir zu reden. Am nächsten Tag hatte ich das schon wieder vergessen. Doch dann hat mich ein Freund aus den USA angerufen. Warren Scifford.«

»Warren Sci …«

»Genau. FBI.«

Sie spürte, daß ihre Arme sich mit Gänsehaut überzogen, plötzlich und unangenehm.

»Wir haben routinemäßig Interpol über die Entführungen informiert. Warren war in Verbindung mit einem anderen Fall darauf gestoßen. Deshalb rief er an. Ich hatte seit über einem halben Jahr nicht mehr mit ihm geredet. Am Ende des Gesprächs fragte er, ob mir zufällig eine gewisse Inger Johanne Vik bekannt sei. Als ich ihm erzählte, wie es dir geht und was du so machst, hat er mir geraten, mich an dich zu wenden. Und ich habe wirklich noch nie eine dermaßen dringliche Empfehlung gehört. Der Tag verging, und ich hatte viel zu tun. In der Nacht hatte ich dann einen Traum. Oder, genauer gesagt, einen Alptraum. Ich will dich nicht mit den Details quälen. Sonst würdest du mich auf jeden Fall für verrückt halten.«

Er lachte, kurz und angestrengt.

»Aber du spieltest eine Rolle in diesem Traum, eine Rolle, die es für mich wichtig macht, mit dir zu reden. Du mußt mir helfen. Aber das willst du nicht. Also gehe ich jetzt.«

»Nein.«

Sie setzte sich wieder, auf den Stuhl, Yngvar genau gegenüber.

»Ich hoffe, daß Warren dir keinen falschen Eindruck vermittelt hat. Ich bin keine *Profilerin.* Ich habe nur diesen Kurs besucht und …«

»Und warst die Bes …«

»Warte«, fiel sie ihm ins Wort und starrte ihm in die Augen. »Du hast mich betrogen. Du hast mich hinters Licht geführt, indem du mir nicht gesagt hast, daß du schon die ganze Zeit weißt, welchen Hintergrund ich habe. Das ist keine sonderlich gute Grundlage für eine Zusammenarbeit.«

Sie hätte schwören können, daß er rot wurde; es war eine schwache Wärme gleich unter seinen Augen.

»Aber ich gebe dir trotzdem fünf Minuten, um mir zu erzählen, was du dir so denkst«, sagte sie dann und schaute zur Uhr im Herd hinüber. »Fünf Minuten.«

»Diese Ermittlung ist das pure Chaos«, sagte er ehrlich. »In diesem Chaos gibt es irgendwo eine Ordnung, aber die verliere ich in immer kürzeren Abständen aus dem Blick. Nach dem ersten Kind, nach Emilie, war alles übersichtlich. Ich hatte die Hauptverantwortung. Wir waren eine begrenzte Ermittlergruppe. Danach ist der ganze Fall explodiert. Durch die extreme Aufmerksamkeit der Medien, die wir jetzt erleben, ist alles auf eine höhere Ebene gehoben worden. Alle Mitteilungen müssen über den Kripo-Chef laufen. Und da er kaum etwas anderes schafft, als die ganze Zeit mit den Medien zu reden, ist er nie richtig auf dem laufenden. Ab und zu nimmt er den Mund zu voll, und wir weiter unten im System müssen es dann ausbaden. Ich will das nicht kritisieren. Wirklich nicht. Ich beneide niemanden um die Aufgabe, der Öffentlichkeit über einen Fall Rede und Antwort stehen zu müssen, bei dem Kinder wie die Fliegen sterben und …«

Er schaute zur Kaffeemaschine hinüber. Dann stand er auf und goß den Inhalt in eine blaue Thermoskanne.

»... *wir nicht eine einzige verdammte Spur haben*«, beendete er seinen Satz mit Nachdruck.

Inger Johanne hatte ihn noch nie fluchen hören. Auf irgendeine Weise paßte es gut zu ihm.

»Oder, wir haben eine Million Spuren. Nur führen die nirgendwohin.«

Er schenkte für sie beide Kaffee ein.

»Die Sache wird noch komplizierter dadurch, daß auch der Polizeibezirk Oslo mit im Spiel ist. Normalerweise helfen wir denen nicht bei den taktischen Ermittlungen. Sie haben jede Menge tüchtige Leute, das ist nicht das Problem. Aber jetzt wird mehr herumgekleckert als in einem Kindergarten am Lucia-Tag.«

»Aber wo du schon so viele Köche hast, wozu brauchst du dann noch mich?«

Langsam ließ er seine Tasse sinken. Der Henkel war zu klein für seine dicken Finger.

»Ich sehe dich in der Rolle einer Art Beraterin. Einer, der ich Bälle zuwerfen kann. Für mich wäre es leichter, deine Ideen im Kollegenkreis vorzutragen. Dir würde nämlich ziemliche Skepsis entgegengebracht. Und da wäre ein Mittelsmann nicht schlecht. Ich eben.«

Er lächelte schief, als halte er es für nötig, seine Kollegen zu rechtfertigen.

»Ich brauche eine Person, der ich Bälle zuwerfen kann«, sagte er ehrlich. »Eine, die außerhalb des Systems steht. Außerhalb des Chaos, wenn du so willst.«

»Und wie stellst du dir das vor«, fragte sie trocken, »mich alle Unterlagen durcharbeiten zu lassen, solange ich in keinem förmlichen Arbeitsverhältnis zur Kripo stehe?«

»Das kannst du meiner Verantwortung überlassen.«

»Es fällt aber in meine Verantwortung, mir kein Material zeigen zu lassen, das der Schweigepflicht unterliegt.«

Er schüttelte resigniert den Kopf.

»Kannst du mir nicht lieber antworten? Jetzt frage ich dich zum letzten Mal. Selbst für mich gibt es irgendwo eine Grenze.«

Inger Johanne legte sich ein Stück Zucker auf die Zunge. Es schmolz unter ihrem Gaumen, der süße Geschmack ließ ihre Zähne knacken. Er würde jetzt gehen. Das konnte sie ihm anmerken. Sie würde ihn niemals wiedersehen.

»Ja«, sagte sie gelassen, als habe der Mann sie vorher noch nie gefragt. »Ich helfe dir, wenn ich kann.«

Inger Johanne dachte, er werde in die Hände klatschen. Zum Glück tat er das nicht. Er fing an den Tisch abzuräumen, als sei er in dieser Küche zu Hause.

Yngvar Stubø verließ Inger Johanne Viks Wohnung erst nach sieben Uhr an diesem Abend. Inger Johanne hatte schon die Wohnungstür geöffnet. Sie wußte nicht wohin mit ihren Händen. Sie schob die Daumen in den Hosenbund.

»Du erinnerst mich an sie«, sagte Yngvar ruhig und knöpfte sich die Jacke zu.

»An deine Tochter? Erinnere ich dich an … Trine?«

»Nein.«

Er klopfte sich kurz auf die Brust.

»Du erinnerst mich an meine Frau.«

Line kam die Treppe hochgelaufen.

»Ach. Hallo!«

Die Freundin musterte den Fremden voller Neugier.

»Yngvar Stubø«, murmelte Inger Johanne. »Line Skytter.«

»Freut mich.«

»Dann mach's gut.«

Yngvar Stubø streckte die Hand aus. Ehe Inger Johanne danach greifen konnte, ließ er sie unbeholfen in der Jackentasche verschwinden. Dann nickte er kurz und ging.

»Himmel«, sagte Line und zog die Tür zu. »Was für ein Mann! Aber er ist nichts für dich. Absolut nicht.«

»Da hast du recht«, sagte Inger Johanne irritiert. »Aber warum kommst du eigentlich?«

»Er ist zu stark für dich«, plapperte Line weiter und lief ins Wohnzimmer. »Nach dieser Warren-Geschichte kann Inger Johanne Vik keine harten Mannsbilder mehr brauchen.«

Sie ließ sich aufs Sofa fallen und zog die Füße an.

»Du brauchst solche Isaks. Niedliche Männlein, die nicht so clever sind wie du.«

»Hör doch auf.«

Line schnupperte in der Luft und rümpfte die Nase.

»Hast du ihn… Durfte er hier *rauchen*? Wo Kristiane morgen kommt und alles?«

»Hör auf, Line! Was willst du?«

»Mir von deiner Reise nach Amerika erzählen lassen, natürlich. Dich daran erinnern, daß sich am Mittwoch unsere Literaturgruppe trifft. Du bist schon dreimal hintereinander nicht aufgetaucht, ist dir das überhaupt klar? Die anderen fragen sich langsam, ob du keine Lust mehr hast. Nach fünfzehn Jahren. Ha!«

Inger Johanne gab auf und holte eine Flasche Wein aus dem Regal im kühlen Schlafzimmer. Zuerst griff sie nach einer Flasche Barolo. Dann schob sie sie vorsichtig wieder zurück. Neben dem Regal stand ein Tetrapack Wein.

Sie merkt den Unterschied ja doch nicht, dachte sie.

Als sie zu Line zurückging, fragte sie sich, ob Yngvar Stubø vielleicht Anti-Alkoholiker sein könne. Er sah ein bißchen so aus. Seine Haut war glatt und dicht, ohne grobe Poren. Das Weiße in seinen Augen war sehr weiß. Vielleicht trank Yngvar Stubø also nie.

»Hier hast du deinen Wein«, sagte sie zu Line. »Ich glaube, ich begnüge mich mit einer Tasse Tee.«

31

Das Fahren war angenehm. Auch wenn es kein besonders tolles Auto war, nur ein sechs Jahre alter Opel Vectra, saß man gut in ihm. Er hatte erst vor kurzem die Stoßdämpfer erneuert. Es war ein guter Wagen. Es war eine gute Anlage. Es war gute Musik.

»Gut. Gut. Gut.«

Er gähnte und strich sich über die Stirn. Durfte nicht einschlafen. Er war ununterbrochen gefahren und näherte sich jetzt Lavangsdalen. Vor fünfundzwanzig Stunden hatte er zu Hause die Garage verlassen. Na ja, Garage war vielleicht übertrieben. Aber die alte Scheune war ein brauchbarer Unterstand für sein Auto und für allerlei Kram, den er einfach nicht wegwerfen mochte. Man wußte schließlich nie, wann man ihn noch einmal brauchen würde. Jetzt zum Beispiel war er ungeheuer froh darüber, daß er sich nie von den alten Kanistern getrennt hatte, die der Vorbesitzer dort hinterlassen hatte. Auf den ersten Blick hatten sie rostig ausgesehen, aber nach einer Runde mit der Stahlbürste waren sie so gut wie neu. Er hatte seit vielen Wochen Benzin gehortet. Hatte unten bei Bob vor dem Supermarkt ganz normal getankt; nicht zu oft, nicht zu viel, weder mehr noch weniger als sonst in der ganzen Zeit, seit er die alte Kätnerstelle bezogen hatte. Wenn er dann nach Hause gekommen war, hatte er einige Liter in einen Kanister abgezapft. Auf diese Weise hatte er nach und nach einen Vorrat von zweihundert Litern angelegt. Er brauchte auf dem Weg nach Norden also nicht zu tanken. Er brauchte sich auch nichts zu kaufen. Brauchte keine Pausen einzulegen, bei denen er gesehen werden könnte. Brauchte kein Geld mit Fingerabdrükken zu hinterlassen. Sich keiner Videokamera zu stellen. Er war unterwegs in einem ziemlich verschmutzten dunkelblauen Opel Vectra, ganz normal. Ein Niemand, der einen Auflug unternahm. Die Nummernschilder waren verdreckt und kaum zu entziffern.

Was aber nicht weiter auffiel, denn in Nordnorwegen war der Frühling gerade erst angebrochen.

In Lavangsdalen lag noch immer schmutziggrauer Schnee zwischen den Bäumen. Es war sieben Uhr am Sonntag morgen. Ihm war schon seit mehreren Minuten kein Wagen mehr begegnet. In einer sanften Kurve drosselte er sein Tempo. Der Waldweg, den er nun erreichte, war feucht und vom Frost aufgebrochen. Trotzdem kam er gut voran. Hinter einer Felskuppe hielt er an. Stellte den Motor ab. Wartete. Horchte.

Niemand konnte ihn sehen. Er nahm die Armbanduhr ab. Eine große schwarze Taucheruhr. Mit Wecker. Er wollte zwei Stunden schlafen.

Zwei Stunden, mehr brauchte er nicht.

32

»Etwas anderes war wohl auch nicht zu erwarten.«

Alvhild Sofienberg nahm die Nachricht von Aksel Seiers Verschwinden überraschend gelassen hin. Sie hob leicht ihre schmalen Augenbrauen. Dann fuhr sie sich zerstreut mit dem Finger über ihre flaumige Oberlippe und schmatzte fast unhörbar, als sitze ihr Gebiß locker.

»Die Götter mögen wissen, wie ich auf eine solche Nachricht reagiert hätte. Es ist sicher schwer, sich da hineinzuversetzen. Unmöglich. Aber es schien ihm gutzugehen?«

»Auf jeden Fall. Obwohl… Nach dieser kurzen Begegnung kann ich ja eigentlich kaum etwas über sein Leben sagen. Aber er wohnt ganz fantastisch. Am Meer. An einem wunderschönen Strand. Sein Haus ist auch in Ordnung. Er scheint sich dort… eingefügt zu haben. In die Umgebung, meine ich. Die Nachbarn kennen ihn und mögen ihn. Mehr kann ich nicht sagen.«

»Fabelhaft«, murmelte Alvhild.

»Auf jeden Fall den Umständen nach«, sagte Inger Johanne.

»Ich meine diesen neuen Computerkram.«

Alvhild schwenkte vage die Finger.

»Daß es weniger als eine Woche gedauert hat, seinen Aufenthaltsort ausfindig zu machen. Fabelhaft. Einfach fantastisch.«

»Internet.«

Inger Johanne lächelte.

»Du hast keine Lust, dir einen Internetzugang zu beschaffen? Das wäre ganz toll für dich, wo du doch ...«

»Hier so ungefähr im Sterben liegst«, sagte Alvhild kurz. »Das fehlte gerade noch. Ich habe meine IBM-Kugelkopfschreibmaschine von 1982. Die ist leider ein wenig zu schwer, um sie auf den Schoß zu nehmen, aber wenn es gehen muß, dann geht es eben doch.«

Sie schaute zum Schreibtisch vor dem Fenster hinüber, auf dem eine himbeerrote Schreibmaschine mit einem eingespannten Blatt bereitstand.

»Ich führe keine großen Korrespondenzen mehr. Es spielt also keine Rolle. Ich habe mein Haus bestellt. Meine Kinder besuchen mich jeden Tag. Ihnen fehlt es an nichts, und soweit ich das beurteilen kann, sind sie einigermaßen glücklich. Die Enkelkinder machen sich offenbar gut. Sie schauen sogar manchmal vorbei, ohne allzu deutlich werden zu lassen, daß sie dazu abkommandiert worden sind. Ich brauche nicht mal ein Telefon. Aber wenn ich noch jünger wäre ...«

»Du hast so schöne Augen«, sagte Inger Johanne und schluckte. »Sie sind so ... blau. Sie sind so unbeschreiblich blau.«

Alvhilds Lächeln war neu, ein Lächeln, das Inger Johanne nicht verdient hatte. Sie senkte den Kopf und schloß die Augen. Alvhilds Finger strichen ihr über das Kinn, trocken und hart, wie die Zweige eines toten Baumes.

»Jetzt hast du mir eine Freude gemacht, Inger Johanne. Mein Mann hat das auch gesagt. Immer wieder.«

Es klopfte an der Tür. Inger Johanne erhob sich rasch und trat vom Bett zurück, als sei sie bei etwas Verbotenem erwischt worden.

»So, und jetzt wollen wir unser Nickerchen halten«, sagte die Krankenschwester.

»Man wird hier total entmündigt«, klagte Alvhild und verdrehte die Augen.

Inger Johanne durfte ihren Arm nicht zurückziehen. Alvhilds Hand hatte sich wie eine Klaue um ihr Handgelenk geschlossen.

»Du meinst, du könntest jetzt einfach verschwinden?«

Die Schwester stellte sich ungeduldig neben das Bett, stemmte die Hände in die Seiten und schaute grimmig drein.

»Noch einen Augenblick«, sagte Alvhild energisch. »Ich muß dieser jungen Dame noch etwas sagen. Wenn Sie für einen Moment draußen warten, bin ich gleich zur Mittagsruhe bereit.«

Die Weißgekleidete zog sich nur widerwillig zurück, so als ob sie Inger Johanne böse Absichten zutraute. Sie konnten hören, daß sie nicht weit ging, und die Tür ließ sie einen Spalt offen.

»Ich glaube nicht, daß ich jetzt noch viel mehr tun kann«, sagte Inger Johanne unsicher. »Ich habe die Unterlagen gelesen. Ich stimme dir zu. Alles spricht dafür, daß Aksel Seier ein gewaltiges Unrecht widerfahren ist. Ich habe den Mann gefunden, ich bin über den Ozean gereist und habe mit ihm gesprochen. Wenn hier überhaupt von einem Auftrag die Rede gewesen sein kann, dann ist der jetzt ausgeführt.«

Alvhild lachte, ein heiseres Lachen, das in einen trockenen Husten umschlug.

»So leicht geben wir uns doch nicht geschlagen, Inger Johanne.«

»Aber was ...«

»Es muß eine Todesanzeige geben.«

»Was?«

»Die ältere Frau, die sich 1965 an die Polizei gewandt hat. Die ihren Sohn für den wahren Täter hielt. Was zu Aksel Seiers Freilassung führte. Diese Frau ging erst zur Polizei, als ihr Sohn tot war. Ich weiß über diese Frau nur, daß sie in Lillestrøm gewohnt hat. Du und dein Internet... Kannst du eine Todesanzeige finden, die im Juni 1965 in einer Lokalzeitung gestanden hat? Es muß sich um eine Anzeige handeln, bei der nur eine Angehörige aufgeführt ist.«

Inger Johanne sah verstohlen zur Tür hinüber. Draußen bewegte sich ungeduldig etwas Weißes hin und her.

»Nur eine Angehörige? Woher weißt du das?«

»Ich weiß es nicht«, sagte Alvhild. »Ich nehme es an. Es handelte sich um einen erwachsenen Sohn, der bei seiner Mutter wohnte. Meiner einzigen Quelle zufolge, dem Gefängnispastor, war der Sohn offenbar geistig zurückgeblieben. Mir kommt das vor wie eins von diesen traurigen...«

Sie winkte ab.

»Genug davon. Versuch es.«

Die Geduld der Schwester war am Ende.

»Jetzt muß ich aber energisch werden. Frau Sofienberg braucht soviel Ruhe wie möglich.«

Inger Johanne lächelte Alvhild zaghaft an.

»Wenn ich Zeit dazu habe, gern...«

»Die Zeit hast du, meine Liebe. In deinem Alter hast du alle Zeit der Welt.«

Inger Johanne konnte sich nicht einmal richtig verabschieden. Erst auf der Straße fiel ihr ein, daß es in Alvhilds Schlafzimmer nicht mehr nach Zwiebeln roch. Und ihr fiel etwas ein, woran sie seit ihrer Rückkehr aus den USA nicht mehr gedacht hatte. Sie hatte bei Aksel Seier etwas gesehen, etwas, das ihre Aufmerksamkeit erregt hatte, nur eben zu spät. Aus irgendeinem Grund hatte etwas sie daran erinnert, oben bei Alvhild, im Laufe ihres Gesprächs mit der alten Dame. Etwas, das gesagt worden war, oder etwas, das sie gesehen hatte.

Auf dem Heimweg bekam sie Kopfschmerzen.

»Er heißt König von Amerika.«

»Was?«

Es war das häßlichste Tier, das Inger Johanne jemals gesehen hatte. Seine Farbe hatte Ähnlichkeit mit Kristianes Windelinhalt damals, als sie so krank gewesen war, gelbbraun mit dunkleren, undefinierbaren Flecken. Ein Ohr war aufgerichtet, das andere hing schlaff herunter. Der Kopf war zu groß für den Rumpf. Der Schwanz peitschte hin und her, und es sah aus, als lache der Köter. Seine Zunge fegte fast über den Boden.

»Wie heißt der, sagst du?«

»König von Amerika. Mein Hund. Ein Hundefund.«

Kristiane wollte das Biest hochheben, das für seine drei Monate ungewöhnlich groß aussah. Der Welpe mochte nicht hochgehoben werden. Es endete damit, daß Kristiane hinter ihm her ins Wohnzimmer kroch, auf allen vieren und mit hängender Zunge.

»Wie kommt sie denn auf diesen Namen?«

Isak zuckte mit den Schultern.

»Wir lesen gerade ›Der Hut des Zauberers‹. Wo Mumin in den Kaiser von Kalifornien verwandelt wird, weißt du. Deshalb vielleicht. Keine Ahnung.«

»Jack«, rief Kristiane aus dem Wohnzimmer. »Er heißt auch Jack.«

Inger Johanne zuckte leicht zusammen.

»Was ist los?«

Isak streichelte ihren Oberarm.

»Stimmt was nicht?«

»Nein. Ja. Ich verstehe dieses Kind einfach nicht.«

»Es ist doch nur ein Name. Herrgott, Inger Johanne, das ist doch kein Grund …«

»Vergiß es. Wie war es denn hier so?«

Sie kehrte ihm den Rücken zu. Der König von Amerika pißte auf den Wohnzimmerteppich. Kristiane holte gerade eine Plätzchendose aus dem oberen Küchenregal, sie stand in der obersten Schublade und konnte jeden Moment runterfallen.

»Hoppla!«

Inger Johanne fing sie auf und versuchte sie zu umarmen.

»Jack mag Cornflakes«, sagte Kristiane und riß sich los.

Der Deckel ging auf. Die Dose fiel ihr aus der Hand. Der Hund kam angerannt. Kind und Köter wälzten sich in Maisflocken. Die zerbrachen knirschend, und Kristiane wollte sich ausschütten vor Lachen.

»Jedenfalls *sie* hat ihren Spaß«, sagte Inger Johanne mit resigniertem Lächeln. »Warum hast du bloß so ein … häßliches Tier genommen!«

»Schht!«

Isak legte ihr den Finger auf den Mund, und sie wich zurück.

»Jack ist schön. Ist etwas passiert? Du bist so … Irgendwas ist doch los mit dir.«

»Hilf mir«, sagte sie kurz und holte den Staubsauger.

Sie konnte sich einfach nicht vorstellen, wie Kristiane auf die Idee gekommen war, den Hund Jack, König von Amerika, zu nennen.

33

Er fühlte sich seltsam nervös. Vielleicht war er ja nur müde. Die beiden Stunden auf dem Waldweg in Lavangsdalen, nur eine Dreiviertelstunde von Tromsø entfernt, hatten natürlich geholfen. Besonders toll in Form war er trotzdem nicht. Sein Kreuz schmerzte, seine Augen waren trocken, er kniff die Lider zusammen und gähnte heftig, um Tränen hervorzulocken. Die Nervosität schlug sich in einem Prickeln in den Fingerspitzen und einem seltsamen hohlen Gefühl im Bauch nieder. Er trank in langen Schlucken Wasser aus einer Flasche. Sein Wagen stand hinter den Studentenwohnungen am Prestvann. Studenten kommen und gehen. Sie leihen sich Autos. Sie haben Besuch. Er mußte einfach hier halten. Aber er konnte nicht mehr sehr lange im Auto sitzenbleiben. So etwas fiel auf. Vor allem vielleicht in einer Gegend, in der viele alleinstehende Frauen lebten. Er schraubte die Flasche zu und atmete tief durch.

Er brauchte keine fünf Minuten, um zu der kleinen Stichstraße oben am Langnesbakken zu gehen. Das wußte er natürlich, er war ja nicht zum ersten Mal hier. Er kannte ihre Gewohnheiten. Wußte, daß sie am letzten Sonntag im Monat immer zu Hause war. Ihre Mutter würde kommen, um Punkt fünf. Wie sie es immer machte. Um zu kontrollieren. Um ihr Eigentum zu überprüfen. Das Ganze getarnt als gemütliches Familienessen. Hammeleintopf, ein gutes Glas Rotwein, ein forschender Blick. Sauber genug? Schön genug? Hat der Wasserhahn im Badezimmer eine neue Dichtung bekommen?

Er wußte, was jetzt passieren würde. Dreimal war er im Laufe dieses Frühlings hier gewesen. Hatte sich umgeschaut. Notizen gemacht. Es war fünf vor drei. Er bog um die Kurve und schaute sich um. Niemand zu sehen. Es regnete, aber nicht sehr. Die Wolken hingen tief über den Bergen von Kvaløya; im Westen wurde der Himmel schwarz, und das Wetter würde sich zum Abend hin verschlechtern. Mit leichten Schritten durchquerte er einen Garten und versteckte sich in einem Gebüsch. Das war weniger dicht, als ihm lieb war. Obwohl er graue und dunkelblaue Kleidung trug, würde er entdeckt werden, wenn jemand genau hinschaute. Ohne sich umzusehen lief er zum Haus hinüber. Auf der Nordwestseite gab es keine Nachbarn, nur frühlingsmüde kleine Birken und übriggebliebene schmutzige Schneeflecken. Er atmete schwer. Er hatte nicht das Gefühl, das er haben sollte. Die Nervosität schnürte ihm die Kehle zusammen und ließ ihn mehrere Male ganz schnell schlucken. So hatte er das noch nie erlebt. Krampfhaft hielt er sich an seiner kleinen Gürteltasche fest. Hochstimmung. Die müßte er jetzt fühlen. Eine Sicherheit, die ihn innerlich jubeln ließe. Jetzt war seine Zeit gekommen.

Seine Zeit war da.

Er konnte sie nur mit Mühe hören. Ohne auf die Uhr zu sehen, wußte er, daß sie drei zeigte. Er hielt den Atem an. Es wurde still. Er warf einen Blick um die Hausecke und sah, daß er mehr Glück hatte, als er sich hätte träumen lassen. Sie hatte den Kinderwagen unten vor dem Haus abgestellt. Auf der Terrasse stand eine alte Hollywoodschaukel, da war für den Kinderwagen kein Platz mehr. Es gab keine anderen Geräusche mehr auf der Welt als seine eigenen raschen Atemzüge und ein Flugzeug, das zur Landung auf Langnes ansetzte. Er öffnete die Tasche. Machte sich bereit. Näherte sich dem Wagen.

Der stand unter dem Dachvorsprung, geschützt vor dem Nieselregen. Trotzdem war das Kind zugedeckt, als heulten noch die Winterstürme um das Haus. Das Klappverdeck war hochgezogen. Der Wagenkasten war mit einem Regenschutz bedeckt. Außerdem hatte die Mutter noch eine Art Netz über alles gespannt, vielleicht um das Kind vor streunenden Katzen zu schützen. Er mühte sich mit dem Katzennetz ab. Knöpfte den Regenschutz auf und zerrte daran. Das Kind lag in einem blauen Schlafsack und hatte eine Mütze auf. Es war Ende Mai, und das Kind trug eine Mütze! Eine engsitzende Mütze. Das Band unter dem Kinn verschwand in einer Falte des molligen Halses. Es war eng im Wagen. Das Kind schlief tief und mit offenem Mund.

Er durfte es nicht wecken.

Er würde es niemals schaffen, dem Kind genügend Kleider auszuziehen.

»Scheiße!«

Die Panik erfaßte ihn wie eine Riesenwelle, von unten, von den Füßen her, sie raste durch seinen Körper nach oben und verschlug ihm den Atem. Er verlor die Spritze. Er brauchte die Spritze. Das Kind riß den Mund auf und gurgelte. Das Kind war ein großes atmendes Loch. Die Spritze. Er bückte sich, hob sie auf, steckte sie in die Tasche, zog den Zettel hervor, mit zitternden Händen, ließ die Plastikhülle fallen. Bückte sich, hob sie hoch und steckte sie in die Tasche. Der Schlafsack war mit Daunen gefüllt. Er zog ihn über das atmende Loch. Hielt den dunkelblauen Stoff fest zwischen den Fingern, zwischen den Handschuhfingern, das

Kind wand sich, wollte sich von dem Druck befreien, es war erstaunlich leicht, das zu verhindern, er hielt fest, drückte zu und ließ nicht los, und endlich war da unter Daunen und blauem Stoff nichts mehr, was sich wehrte. Aber er ließ nicht los. Noch nicht. Hielt fest und drückte. Das Flugzeug war gelandet, und überall herrschte Stille.

Zum Glück dachte er an den Zettel.

»Ich habe an den Zettel gedacht«, sagte er sich, als er ins Auto stieg. »Ich habe an den Zettel gedacht.«

Obwohl er zweimal am Steuer einnickte – er wurde beide Male gerade noch rechtzeitig davon wach, daß der Wagen auf dem unbefestigten Straßenrand ins Schleudern kam –, schaffte er es doch bis Majavatn, ohne anzuhalten, außer zum Pinkeln und um auf einsamen Waldwegen Benzin nachzufüllen. Er mußte schlafen. An einer Stichstraße, die zu einem stillgelegten Campingplatz führte, fand er ein Versteck für sein Auto.

So hätte es nicht passieren dürfen.

Er hätte alles unter Kontrolle haben müssen. Er hätte alles nach Plan durchführen müssen. Plötzlich konnte er nicht schlafen, obwohl ihm vor Schlafmangel schlecht war. Er brach in Tränen aus. So hätte es nicht passieren dürfen. Das hier war doch seine Zeit. Endlich. Sein Plan, sein Ziel. Er weinte heftiger und schämte sich, er fluchte und schlug sich ins Gesicht.

»Zum Glück habe ich an den Zettel gedacht«, murmelte er und wischte sich den Rotz mit den Fingern ab.

34

Die Türklingel riß sie aus einem Traum. Es klingelte nur ganz kurz, als versuche jemand sie zu wecken, ohne Kristiane aus dem Schlaf zu reißen. Der König von Amerika fiepte kläglich im Zimmer der Kleinen, und sie ließ ihn heraus, ehe sie zur Tür ging. Zum Glück schien ihre Tochter ungestört weiterzuschlafen, im schweren Geruch von Schlaf und Hundepisse. Der Hund sprang immer wieder an ihr hoch, seine Krallen schrammten schmerzhaft über ihre nackten Waden. Sie versuchte ihn wegzuschieben, stolperte jedoch und stieß sich den kleinen Zeh an der Türschwelle zum Flur. Voller Angst, dieser Wer-auch-immer könne noch einmal klingeln, hinkte sie fluchend zur Wohnungstür.

Es war schwierig, seine Augen zu sehen. Die ganze Gestalt kam ihr kleiner vor, seine Schultern hingen vornüber, und sie nahm leichten Schweißgeruch wahr, als er abwehrend die Hand hob. Unter dem Arm trug er einen Pilotenkoffer. Der Griff war zerbrochen, und er hielt ihn wie einen Karton, unförmig und mit offenem Deckel.

»Unverzeihlich«, murmelte er. »Aber ich konnte nicht früher.«

»Wie spät ist es?«

»Ein Uhr. Nachts, meine ich.«

»Das ist mir schon klar«, sagte sie trocken. »Komm rein. Ich zieh mir nur schnell etwas über.«

Er saß in der Küche. Der König von Amerika knabberte an seiner Hand herum. Er sabberte und fiepte und hatte vermutlich Hunger.

»Du meine Güte. Hast du den neu?«

Sie murmelte eine Art Bestätigung und machte sich an der Kaffeemaschine zu schaffen. Sie hätte wissen müssen, daß es Yngvar war. Als sie wach wurde, hatte sie nur gedacht, daß das Klingeln aufhören mußte. Wenn Kristiane um diese Zeit aufwachte, war die Nacht vorbei. Sie zupfte an ihrem verschossenen Sweatshirt. In ihrem Schrank lagen weiß Gott bessere Pullover.

»Wenn du wieder mal nachts aufkreuzt, dann sei so gut und klingel nicht. Ruf an. Ich schalte nachts den Apparat im Wohnzimmer aus. Der andere …«

Sie nickte kurz zu ihrem Schlafzimmer hinüber und schüttete Kaffeepulver in den Filter.

»Der bei mir ist leise gestellt. Er weckt mich und läßt Kristiane schlafen. Das ist wichtig für sie. Und für mich.«

Sie versuchte zu lächeln, doch es wurde ein Gähnen daraus. Müde schloß sie die Augen und schüttelte energisch den Kopf.

»Ich werde es mir merken«, sagte Yngvar. »Tut mir leid. Er hat wieder zugeschlagen.«

Langsam hob sie die Hand zu ihren Haaren, ließ sie dann aber sinken und packte statt dessen einen Schubladengriff.

»Was«, fragte sie tonlos. »Was meinst du mit zugeschlagen?«

Yngvar schlug die Hände vors Gesicht. Seine Stimme klang dadurch gedämpft.

»Einen elf Monate alten Jungen aus Tromsø. Glenn Hugo. Elf Monate. Weißt du das noch nicht?«

»Ich … Ich habe heute abend nicht ferngesehen und kein Radio gehört. Wir … Kristiane und ich haben mit dem Hund gespielt und einen Spaziergang gemacht und … Elf Monate. *Elf Monate!«*

Dieser Ausruf hing zwischen ihnen in der Luft, lange, als gebe es für den sinnlosen Mord eine verborgene Erklärung, einen Code oder ein Bilderrätsel, versteckt hinter dem Alter des kleinen Opfers. Inger Johanne spürte die Tränen kommen und kniff die Augen zusammen.

»Aber …«

Sie ließ die Schublade los und setzte sich an den Tisch. Er hatte die Hände auf der Tischplatte gefaltet, und sie merkte, daß sie sie gern mit ihren eigenen bedeckt hätte.

»Hat man ihn schon gefunden?«

»Er wurde nicht entführt. Er wurde in seinem Kinderwagen erstickt, während er im Garten seinen Mittagsschlaf hielt.«

Der Hund hatte sich in der Ecke neben der Heizung niedergelassen. Er lag auf der Seite. Inger Johanne versuchte den Blick auf den schmalen Brustkasten zu richten, der sich hob und senkte, hob und senkte. Die Rippen zeichneten sich unter dem weichen kurzen Fell deutlich ab. Die Augen hatte er halb geschlossen, seine Zunge schimmerte feucht und hellrosa durch das gelbbraune Fell.

»Dann war er es nicht«, sagte sie kurz und tonlos, sie mußte nach Luft ringen. »Er erstickt niemanden. Er… er entführt und mordet auf eine Weise, die wir… die wir nicht verstehen. Aber er bringt keine schlafenden Babys um. Es handelt sich nicht um denselben Mann. In Tromsø, hast du gesagt? Hast du Tromsø gesagt?«

Sie schlug leicht mit der Faust auf den Tisch, als liefere die geographische Entfernung ihr den benötigten Beweis: Sie hatten es hier mit einem tragischen, aber doch natürlichen Todesfall zu tun. Mit einem Baby, das an plötzlichem, unerklärlichem Kindstod gestorben war, entsetzlich, das schon, aber man konnte doch damit leben. Sie zumindest. Und alle anderen, außer der Familie. Der Mutter. Dem Vater.

»Tromsø! Das kann nicht sein!«

Sie beugte sich über den Tisch und versuchte, ihm in die Augen zu sehen. Er drehte sich zur Kaffeemaschine um. Kraftlos und langsam stand er auf. Öffnete einen Hängeschrank und nahm zwei Becher heraus. Blieb einen Moment stehen und sah sich die Becher an. Der eine zeigte einen Ferrari, den die Spülmaschine zu blaßrosa hatte verbleichen lassen. Der andere war geformt wie ein klobiger Drache, mit einem zerbrochenen Flügel und dem Schwanz als Henkel. Er füllte beide mit Kaffee und reichte Inger Johanne den Ferrari-Becher. Der Kaffeedampf ließ ihr Gesicht feucht werden. Sie umschloß den Becher mit beiden Händen und wartete auf Yngvars Zustimmung. Tromsø war zu weit entfernt. Die Vorgehensweise stimmte nicht. Der Täter hatte kein viertes Opfer gefunden. Das konnte einfach nicht sein. Der Hund fiepte im Schlaf.

»Der Zettel«, sagte er müde und nippte an der glühendheißen Flüssigkeit. »Er hat wieder einen Zettel hinterlassen. *Du hast bekommen, was du verdienst.*«

»Aber…«

»Dieses Detail haben wir noch nicht an die Presse weitergegeben. In den Zeitungen ist es mit keinem Wort erwähnt worden. Wir haben es bis jetzt für uns behalten können. Er muß es sein.«

Inger Johanne schaute auf die Uhr.

»Fünf vor halb zwei«, sagte sie. »Wir haben vier Stunden und fünfunddreißig Minuten, bis der Wecker nebenan losgeht. Also ans Werk. Ich gehe davon aus, daß dein Pilotenkoffer irgend etwas enthält. Her damit. Wir haben viereinhalb Stunden.«

»Die einzige Gemeinsamkeit besteht also aus der Mitteilung?«

Sie lehnte sich resigniert im Sessel zurück und verschränkte die Hände im Nacken. Überall lagen gelbe Zettel. Am Kühlschrank hing ein großes Plakat, es war aufgerollt gewesen und mußte mit Klebeband befestigt werden, um nicht herunterzufallen. Die Namen der Kinder standen ganz oben, gefolgt von allerlei Informationen, von Lieblingsgerichten bis zu früheren Krankheiten. Die Spalte »Glenn Hugo« war spärlich gefüllt. Das einzige, was sie bisher über den kleinen Jungen wußten, der noch keine vierundzwanzig Stunden tot war, war eine äußerst vorläufige Todesursache. Ersticken. Dazu kamen Alter und Gewicht. Ein normaler, gesunder Junge von elf Monaten.

Auf einem A4-Blatt über dem Herd stand außerdem, daß die Eltern May Berit und Frode Benonisen hießen, fünfundzwanzig und achtundzwanzig Jahre alt waren und im Haus von May Berits Mutter wohnten, die nicht ganz unvermögend war. Beide waren bei der Gemeinde angestellt, er bei der Stadtreinigung, sie als Sekretärin im Vorzimmer des Bürgermeisters. Frode besaß den mittleren Schulabschluß und hatte eine mäßig erfolgreiche Karriere als Fußballer in der Regionalliga hinter sich. May Berit hatte an der Universität Oslo das Grundstudium in den Fächern Religionsgeschichte und Spanisch absolviert. Sie waren fast auf den Tag genau seit zwei Jahren verheiratet.

»Der Zettel. Und alle sind Kinder. Und alle sind tot.«

»Nein. Emilie vielleicht nicht. Darüber wissen wir nichts.«

»Richtig.«

Er rieb sich mit den Fingerknöcheln über den Kopf.

»Das Papier, auf dem diese Mitteilungen geschrieben sind, stammt von zwei verschiedenen Blocks. Oder Papierstapeln, um genau zu sein. Es ist normales Kopierpapier, von der Sorte, die alle Computerbesitzer für Ausdrucke benutzen. Keine Fingerabdrücke. Obwohl...«

Wieder rieb er sich den Kopf, und im Licht der starken Stehlampe, die sie aus dem Wohnzimmer geholt hatte, war eine ganz schwache Schuppenwolke zu erkennen.

»Es ist noch zu früh, um darüber etwas Definitives sagen zu können. Der letzte Zettel ist noch im Labor. Aber ich glaube, wir sollten uns keine allzu großen Hoffnungen machen. Dieser Bursche ist vorsichtig. Sehr vorsichtig. Seine Handschrift sieht von Zettel zu Zettel anders aus, jedenfalls auf den ersten Blick. Das kann Absicht sein. Ein Sachverständiger wird die Zettel vergleichen.«

»Aber dieser Zeuge... dieser...«

Inger Johanne stand auf und ließ ihren Zeigefinger über eine Serie von gelben Zetteln laufen, die neben dem Fenster an einer Schranktür befestigt waren.

»Hier. Ein Mann im Soltunvei. Was hat der eigentlich genau gesehen?«

»Ein emeritierter Professor. An sich ein sehr glaubwürdiger Zeuge. Das Problem ist nur, daß er...«

Yngvar füllte seine Tasse zum sechsten Mal. Er versuchte ein saures Aufstoßen zu unterdrücken und preßte sich die Faust auf den Mund.

»Er sieht nicht sehr gut. Trägt eine ziemlich starke Brille. Aber jedenfalls... Er hat an seiner Terrasse irgendwelche Ausbesserungsarbeiten vorgenommen. Und von dort hat er die Straße hier unten gut im Blick.«

Yngvar nahm einen Holzlöffel als Zeigestock und richtete ihn auf die grob skizzierte Karte, die am Fenster klebte.

»Er sagt, daß ihm im aktuellen Zeitraum drei Personen aufgefallen sind. Eine Frau mittleren Alters in einem roten Mantel, die er zu kennen glaubt. Ein kleiner Junge auf einem Fahrrad, den wir wohl ausschließen können. Beide waren auf dem Weg die Straße hinunter, also in Richtung Tatort. Aber der Professor hat auch einen Mann gesehen, einen Typen, den er auf fünfundzwanzig bis fünfunddreißig schätzt. Der kam aus der Gegenrichtung...«

Wieder wanderte der Löffel über das Papier.

»...auf Langnesbakken zu. Das war kurz nach drei. Unser Zeuge weiß das so gut, weil seine Frau gleich darauf aus dem Haus kam und fragte, wann es Essen geben sollte. Er schaute auf die Uhr und meinte, er werde mit der Arbeit bis fünf Uhr fertig sein.«

»Und ihm fiel also etwas an dem Gang dieses Mannes auf...«

Inger Johanne musterte die Karte aus zusammengekniffenen Augen.

»Ja. Dieser Professor hat das so beschrieben...«

Yngvar wühlte in seinen Papierstapeln.

»...›jemand, der sich beeilt, ohne zeigen zu wollen, daß er sich beeilt.‹«

Inger Johanne nickte skeptisch in Richtung des Notizzettels.

»Und woran sieht man das?«

»Er meinte, daß der Mann langsamer ging, als er wirklich wollte, daß er wohl lieber gerannt wäre, sich aber nicht traute. Scharf beobachtet, ich muß schon sagen. Wenn es zutrifft. Ich habe auf dem Weg hierher versucht, so zu gehen, und es kann schon stimmen. Die Bewegungen bekommen dann sozusagen etwas Stakkatohaftes, etwas Gefesseltes und Unfreiwilliges.«

»Kann er den Mann noch näher beschreiben?«

»Leider nicht.«

Die Drachentasse hatte sich während der Nacht auch noch den letzten Flügel gebrochen. Jetzt sah sie jämmerlicher aus denn je, wie ein zahmer, flügellahmer Hahn. Yngvar goß sich einen Schuß Milch in den Kaffee.

»Abgesehen vom ungefähren Alter. Und davon, daß er graue oder blaue Kleidung trug. Oder beides. Sehr neutral.«

»Vernünftig von ihm. Wenn es sich wirklich um *unseren* Mann handelt.«

»Und dann hatte er Haare. Dichte, kurzgeschnittene Haare. Mehr kann der Professor nicht garantieren. Wir werden natürlich alle, die in der Gegend waren, auffordern, sich zu melden. Und dann sehen wir weiter.«

Inger Johanne rieb sich das Kreuz und schloß die Augen. Sie fühlte sich ziemlich zerschlagen. Am Himmel zeigte sich das erste Morgenlicht. Plötzlich fing sie an, alle Zettel zusammenzuraffen, die Plakate von der Wand zu reißen, Karten und Tabellen einzusammeln. Sorgfältig brachte sie alles in ein offenbar durchdachtes System. Die Zettel kamen in Umschläge. Die großen Blätter wurden ordentlich aufeinandergelegt. Schließlich schob sie alle in den alten Pilotenkoffer und nahm eine Dose Cola aus dem Kühlschrank. Sie schaute Yngvar fragend an, und der schüttelte den Kopf.

»Ich gehe schon«, versicherte er. »Natürlich.«

»Nein«, sagte sie. »Jetzt fangen wir doch erst an. Wer tötet Kinder?«

»Diese Übung haben wir schon hinter uns«, sagte er zögernd. »Wir sind übereingekommen, daß Autofahrer und Sexualverbrecher das tun. Wenn ich es mir richtig überlege, kommt es mir ungeheuer albern vor, in diesem Zusammenhang die Autofahrer zu erwähnen.«

»Und doch sind es vor allem die Autofahrer, die hierzulande Kinder umbringen«, erwiderte sie trocken. »Aber egal. Hier geht es um Haß. Um irgendeine Form von verquerem Gerechtigkeitssinn.«

»Woher weißt du das?«

»Ich weiß gar nichts. Ich denke nach, Yngvar.«

Das Weiß in seinen Augen war nicht mehr weiß. Yngvar Stubø sah aus wie nach einer dreitägigen Zechtour, und sein Geruch verstärkte diesen Eindruck von Verfall noch.

»Man muß ziemlich intensiv hassen, um das, was dieser Mann

tut, rechtfertigen zu können«, sagte Inger Johanne. »Vergiß nicht, er muß damit leben. Muß nachts schlafen. Muß essen. Muß sich vermutlich in einer Gesellschaft bewegen, in der die Verdammung aller ihn von jeder Zeitungsseite herab anschreit, aus jeder Nachrichtensendung, aus den Läden, in denen er einkaufen geht, am Arbeitsplatz vielleicht ...«

»Aber er kann doch nicht ... Er kann doch die Kinder nicht hassen!«

»Schhschh!«

Inger Johanne hob die Handfläche.

»Wir reden hier von jemandem, der sich rächt. Sich rächt.«

»Wofür?«

»Das weiß ich nicht. Aber hat er sich Kim und Emilie, Sarah und Glenn Hugo ganz zufällig ausgesucht?«

»Natürlich nicht.«

»Jetzt ziehst du Schlußfolgerungen, für die wir keine Grundlage haben. Natürlich *kann* es sich um eine ganz zufällige Auswahl handeln. *Wahrscheinlich* ist das aber nicht. Daß der Mann plötzlich und ganz ohne Grund beschließt, daß jetzt Tromsø an der Reihe ist ... wohl kaum. Zwischen diesen Kindern besteht zweifellos irgendein Zusammenhang.«

»Oder zwischen ihren Eltern.«

»Genau«, sagte Inger Johanne. »Noch mehr Kaffee?«

»Der kommt mir gleich wieder hoch.«

»Tee?«

»Heiße Milch wäre vielleicht keine schlechte Idee.«

»Dann schläfst du nur ein.«

»Wäre gar nicht so verkehrt.«

Es war halb sechs. Der König von Amerika hatte einen Alptraum, seine kurzen Beine ruderten heftig auf der Flucht vor einem geträumten Feind. Die Luft in der Küche war stickig. Inger Johanne öffnete ein Fenster.

»Das Problem ist, daß wir keinen Zusammenhang finden zwischen den verdamm ... zwischen den Eltern.«

Yngvar breitete resigniert die Arme aus.

»Das heißt natürlich nicht, daß es keinen gibt«, wandte Inger Johanne ein, setzte sich auf den Küchentisch und stellte die Füße auf eine halb herausgezogene Schublade.

»Laß uns doch für einen Moment einfach mal mit dem Gedanken spielen«, sagte sie dann. »Daß wir es mit einem Psychopathen zu tun haben. Ganz einfach, weil er so grausame Taten begeht, daß er einer sein muß. Was suchen wir dann eigentlich?«

»Einen Psychopathen«, murmelte Yngvar.

Sie überhörte das.

»Psychopathen sind nicht so selten, wie wir glauben. Nach manchen Schätzungen machen sie ein Prozent der Bevölkerung aus. Die meisten von uns bezeichnen mit diesem Wort Leute, deren Nase uns nicht paßt, und es trifft also häufiger zu, als wir glauben möchten. Obwohl ...«

»Ich dachte, das hieße heutzutage desoziale Persönlichkeitsstörung«, sagte Yngvar.

»Das ist etwas anderes. Die Diagnosekriterien überlappen sich bisweilen, aber ... egal. Jetzt hör mir doch mal zu, Yngvar. Ich versuche zu denken.«

»Sicher. Das Problem ist nur, daß ich einfach nicht mehr denken kann.«

»Dann überlaß das mir. Aber hör mir wenigstens zu! Gewalt ... Gewalt kann generell in zwei Arten eingeteilt werden, in die instrumentale und die reaktive.«

»Weiß ich«, murmelte Yngvar.

»Unsere Fälle sind ganz eindeutig das Resultat instrumentaler Gewalt, also zielgerichteter, geplanter Gewaltausübung.«

»Im Gegensatz zur reaktiven Gewalt«, sagte Yngvar langsam. »Die eher die Folge einer äußeren Bedrohung oder Frustration ist.«

»Instrumentale Gewalt ist für Psychopathen viel typischer als für uns andere. Sie setzt in gewisser Hinsicht eine Art ... eine Art

Bosheit voraus, könnten wir vielleicht sagen. Oder, wissenschaftlicher, eine mangelnde Fähigkeit zur Empathie.«

»Ja, die macht ihm nicht übermäßig zu schaffen, dem Guten …«

»Die Eltern«, sagte Inger Johanne langsam.

Sie sprang vom Tisch und öffnete den ramponierten Pilotenkoffer. Dann suchte sie den Umschlag mit der Aufschrift »Eltern« heraus und legte die darin enthaltenen Zettel nebeneinander auf den Boden. Hund Jack hob den Kopf, legte sich dann aber ruhig wieder hin.

»Hier muß es einfach etwas geben«, sagte sie verbissen. »Zwischen diesen Menschen besteht irgendeine Verbindung. Es ist einfach nicht möglich, einen dermaßen intensiven Haß auf vier Kinder von neun, acht, fünf und knapp einem Jahr zu entwikkeln.«

»Geht es denn überhaupt um die Kinder«, sagte Yngvar in leicht fragendem Ton und beugte sich über die Zettel.

»Vielleicht nicht. Vielleicht sowohl als auch. Um Kinder und Eltern. Um die Väter. Die Mütter. Was weiß ich?«

»Emilies Mutter ist tot.«

»Und Emilie ist die einzige, die wir noch nicht gefunden haben.«

Es wurde totenstill im Zimmer. Die Stille ließ die Wanduhr lauter ticken, die unerbittlich auf sechs Uhr zuging.

»Alle Eltern sind weiß«, sagte Inger Johanne plötzlich. »Alle stammen aus Norwegen. Sie kennen sich untereinander nicht. Keine gemeinsamen Freunde. Keine gemeinsamen Arbeitsplätze. Das ist gelinde gesagt …«

»Auffällig. Hat er sich diese Kinder ausgesucht, gerade *weil* sie nichts gemeinsam haben?«

»Gemeinsam, gemeinsam, gemeinsam …«

Immer wieder murmelte sie dieses Wort, wie ein Mantra.

»Das Alter. Das Alter reicht von fünfundzwanzig, Glenn Hugos Mutter, bis zu neununddreißig, Emilies Vater. Das Alter der Mütter reicht von …«

»Fünfundzwanzig bis einunddreißig«, sagte Yngvar. »Eine Spanne von sechs Jahren. Nicht viel.«

»Andererseits sind alle diese Frauen Mütter von kleinen Kindern. Der Unterschied kann also nicht riesig sein.«

»Glaubst du, es besteht ein Zusammenhang zwischen der Tatsache, daß Emilies Mutter tot ist, und der, daß die Kleine noch immer verschwunden ist?«

Yngvar seufzte tief und erhob sich. Er schaute die Zettel auf dem Boden an und begann, Tassen und Kaffeekanne wegzuräumen.

»Ich habe keine Ahnung. Vielleicht hat Emilie in diesem Fall gar nichts zu suchen. Das meine ich wirklich, Inger Johanne. Ich kann nicht mehr klar denken.«

»Ich glaube, es geht ihm im Moment sehr schlecht«, sagte sie vage. »Ich glaube, er hat in Tromsø einen Fehler gemacht. Dieses Kind sollte genau wie alle anderen ums Leben kommen. Auf rätselhafte Weise. Er hat sich irgendeine nicht nachvollziehbare Tötungsart ausgedacht, die ...«

»... keine Spuren hinterläßt«, fügte er düster hinzu. »Die unserem ganzen Heer von angeblichen Fachleuten nur ein Schulterzucken entlockt. Tut uns leid, sagen sie. Keine bekannte Todesursache.«

Inger Johanne kniete mit geschlossenen Augen auf dem Boden.

»Er wollte Glenn Hugo nicht ersticken«, sagte sie leise. »So sollte es nicht passieren. Er freut sich über die Kontrolle, die er im Moment über alles und alle ausübt. Er spielt ein Spiel. Auf irgendeine Weise hat er das Gefühl, daß er ... eine Ordnung wiederherstellt. In Tromsø hat er Angst bekommen. Die Kontrolle verloren. Und jetzt ist er verstört. Vielleicht wird ihn das unvorsichtig machen.«

»Eine Bestie«, sagte Yngvar verbissen. »Eine verdammte Bestie.«

»Nicht in seinen eigenen Augen«, sagte Inger Johanne, die noch immer kniete und ihren Hintern auf den Fersen ruhen ließ.

»Er ist ein relativ angepaßter Mensch, oder wirkt zumindest so. Vermutlich nicht vorbestraft. Kontrolle ist ihm ungeheuer wichtig. Er ist peinlich ordentlich. Pedantisch. Sauber. Was er jetzt tut, tut er, weil es richtig ist. Er hat etwas verloren. Er hat etwas überaus Wichtiges verloren, worauf er seiner Ansicht nach ein Anrecht hatte. Wir suchen einen Menschen, der glaubt, jedes Recht auf dieses Vorgehen zu haben. Die Welt hat sich gegen ihn verschworen. An allem, was in seinem Leben schiefgegangen ist, sind andere schuld. Er hat die Jobs nicht bekommen, die ihm zugestanden hätten. Sollte er beim Examen durchgefallen sein, dann nur, weil die Aufgaben mißverständlich formuliert waren. Wenn er zu wenig verdient, dann nur, weil der Chef ein Idiot ist, der seine Arbeit nicht zu schätzen weiß. Aber er wird damit fertig. Nimmt all das in Kauf, die Frauen, die ihn verschmähen, die Beförderung, die sich nicht einstellt. Bis eines Tages …«

»Inger Johanne …«

»Bis eines Tages etwas passiert, das …«

»Inger Johanne! Hör jetzt auf!«

»Bis er nicht mehr kann. Bis er die Ungerechtigkeit nicht mehr erträgt. Bis der Moment der Rache gekommen ist.«

»Ich meine das wirklich! Hör auf! Das ist doch pure Spekulation!«

Ihre Beine waren eingeschlafen, und sie schnitt eine Grimasse, als sie sich an der Tischkante festhalten mußte, um aufstehen zu können.

»Kann schon sein. Aber du hast mich doch schließlich um Hilfe gebeten.«

»Hier stinkt's!«

Kristiane hielt sich die Nase zu. Unter ihrem Arm klemmte Sulamit. Der König von Amerika leckte ihr das Gesicht ab.

»Hallo, mein Schatz. Guten Morgen. Wir lassen gleich frische Luft rein!«

»Der Mann stinkt.«

»Ich weiß!«

Yngvar rang sich ein Lächeln ab.

»Und jetzt gehe ich zum Duschen nach Hause. Vielen Dank, Inger Johanne.«

Kristiane stapfte in ihr Zimmer zurück, der Hund lief schwanzwedelnd hinterdrein.

Yngvar Stubø zog sein Jackett an und versuchte dabei beschämt, die Schweißflecken unter seinen Armen zu verbergen. Als er die Wohnungstür erreicht hatte, schien er Inger Johanne umarmen zu wollen. Doch dann hielt er ihr lieber die Hand hin. Sie war überraschend warm und trocken. Ihre Handfläche brannte nach der Berührung, noch lange nachdem er hinter dem roten Haus an der Straßenecke verschwunden war. Inger Johanne registrierte, daß die Fenster geputzt werden mußten, überall auf dem Glas hatte das Klebeband seine Spuren hinterlassen. Außerdem mußte sie sich ein Pflaster auf ihren kleinen Zeh kleben. Obwohl sie ihn kaum gespürt hatte, seit sie ihn fünf Stunden zuvor auf dem Weg zur Tür gegen die Schwelle geknallt hatte, war der Zeh geschwollen, und der Nagel hatte sich fast abgelöst. Eigentlich tat es ziemlich weh.

»Jack hat gekackt«, rief Kristiane triumphierend aus dem Wohnzimmer.

35

Obwohl Aksel Seier sich nie wirklich glücklich fühlte, war er manchmal sekundenlang mit seinem Dasein doch zufrieden. An Tagen wie diesem empfand er eine Art Zugehörigkeit; eine Verankerung in der Geschichte, die es trotz allem zwischen ihm und Harwichport gab, zwischen Aksel Seier und seinem grauen, mit Zedernholz verkleideten Haus am Strand. Der Regen färbte den löchrigen Asphalt der Ocean Avenue dunkel. Der Wagen ruckelte langsam auf das Haus zu, als sei sein Fahrer doch nicht ganz sicher, ob er wirklich nach Hause wollte. Das graue Meer ging in den grauen Himmel über, und das intensive Grün der Eichen, die sich schwer einander zuneigten und die Straße stellenweise in einen botanischen Tunnel verwandelten, war gedämpft. Aksel mochte dieses Wetter. Es war warm, die Luft, die durch das offene Autofenster über sein Gesicht strich, kam ihm neu vor. Er ließ den Pritschenwagen über die Auffahrt schaukeln. Dann blieb er noch eine Weile sitzen, zurückgelehnt auf dem Fahrersitz. Schließlich zog er den Zündschlüssel ab und stieg aus.

Das Signalfähnchen an seinem Briefkasten war oben. Mrs. Davis mochte Aksels Briefkasten nicht. Ihr eigener war von Björn, einem angeblichen Schweden, der auf der Main Street naiven Touristen imitierte Dalarna-Pferde andrehte, mit Rosenmustern bemalt worden. Björn sprach kein Schwedisch und hatte außerdem schwarze Haare und braune Augen. Aber wenn er malte, hielt er sich an die schwedischen Farben Blau und Gelb. Das mußte man ihm lassen. Mrs. Davis' Briefkasten war geschmückt mit Huflattich auf geschwungenen blauen Stengeln. Aksels Briefkasten war tiefschwarz. Das Signalfähnchen war einmal rot gewesen, doch das war schon lange her.

»*You're back!*«

Ab und zu fragte Aksel sich, ob Mrs. Davis in ihrer Küche wohl ein Radargerät aufgebaut hatte. Sie war zwar seit vielen Jahren Witwe und nicht berufstätig – sie lebte von einer kümmerlichen Rente, seit ihr Mann 1975 auf See geblieben war – und konnte deshalb alle ihre Zeit der Aufgabe widmen, alles und jeden in der kleinen Ortschaft im Blick zu behalten. Aber ihre Effektivität war trotzdem beeindruckend. Aksel konnte sich nicht erinnern, jemals nach Hause gekommen zu sein, ohne von der in Rosa gekleideten Frau herzlich willkommen geheißen zu werden.

Er hielt ihr eine in braunes Packpapier gewickelte Flasche hin.

»*Oh dear! Liquor! For me, honey?*«

»*Maple syrup*«, sagte er kurz. »*From Maine. Thanks for taking care of the cat. How much do I owe you?*«

Mrs. Davis wollte kein Geld, auf keinen Fall. Er war doch nur einen Moment weggewesen. War er nicht erst vor vier Tagen losgefahren? Vor fünf? Er sollte das einfach vergessen. Bei so einer schönen und wohlerzogenen Katze war es doch das reinste Vergnügen. Sirup aus Maine. Tausend Dank! Was für ein schöner Staat, dieses Maine. Frisch und noch immer unberührt. Sie sollte wirklich auch einmal einen Abstecher dahin machen, es war sicher zwanzig Jahre her, daß sie ihre Schwägerin in Bangor besucht hatte, die war dort Schulleiterin, eine ungeheuer tüchtige Frau, auch wenn sie in ihrem Umgang mit den starken Getränken manchmal vielleicht ein bißchen unvorsichtig war. Aber das war ihre Sache, Mrs. Davis ging das nun wirklich nichts an, und hatte Aksel nicht nach New Jersey fahren wollen?

Aksel zuckte mit den Schultern, eine Geste, die alles und nichts bedeuten konnte. Er hob den Koffer von der Ladefläche und ging auf seine Haustür zu.

»*But you've got mail, Aksel! Don't forget to check your mailbox! And the young lady, who visited you last week, she came back. Her card is in the box, I think. What a sweet girl! Cute as a button.*«

Dann schaute sie schräg zum Himmel hoch und trippelte in ihr Haus zurück. Der Regen lag wie Perlen auf ihrem Angorapullover und klebte ihr die Haare platt an den Kopf.

Aksel stellte den Koffer auf die Vortreppe. Er bekam nicht gern Post. Es waren doch immer nur Rechnungen. Es gab nur eine, die Aksel Seier Briefe schrieb, und diese Briefe trafen jedes halbe Jahr ein, zu Weihnachten und im Juli, treu und regelmäßig, so war es immer schon gewesen. Er schielte zu Mrs. Davis' Haus hinüber. Mrs. Davis war unter dem Dachvorsprung stehengeblieben und zeigte eifrig auf seinen Briefkasten. Er gab auf. Mit langen Schritten lief er auf den schwarzen Kasten zu und öffnete die Klappe. Der Umschlag war weiß. Das war keine Rechnung. Er schob ihn unter seinen Pullover, als könnte er etwas Verbotenes enthalten. Eine Visitenkarte fiel zu Boden. Er bückte sich, warf einen Blick darauf und steckte sie in seine hintere Hosentasche.

Die Luft im Haus war stickig, ein süßlicher, staubiger Geruch, bei dem er niesen mußte. Der Kühlschrank war verdächtig still. Langsam öffnete er die Tür, doch kein Licht leuchtete über dem Sixpack Bier auf, der einsam auf der obersten Schiene stand. Darunter schimmelte ein Teller Eintopf, bedeckt von einer grünen, widerlichen Haut. Erst vor zwei Monaten hatte Frank Malloy den Kühlschrank repariert, gegen ein besticktes Sofakissen für seine Frau. Bald würde es nichts mehr zu reparieren geben, hatte Frank gesagt. Wohl oder übel war demnächst ein neuer Kühlschrank fällig. Aksel nahm sich eine Dose Bier. Sie war lauwarm.

Der Brief war von Eva. Dabei sollte jetzt noch gar kein Brief von Eva kommen. Sondern erst im Juli. Mitte Juli einer und ein paar Tage vor dem Heiligen Abend einer. So sollte es sein. So war es immer gewesen. Aksel setzte sich in den Sessel unter der Haifischlampe. Mit einem Brieföffner aus Zinn, verziert mit Wikingermuster, schlitzte er den Umschlag auf. Die Bögen mit der vertrauten, nach rechts oben fliehenden Handschrift rutschten ihm entgegen; die Schrift war undeutlich und schwer zu lesen. Er faltete die Bögen auseinander, legte sie auf seine Knie und hielt sie dann vor seine Augen.

Als die Bierdose leer war, hatte er sich durch alles hindurchbuchstabiert. Um ganz sicher zu sein, las er den Brief ein weiteres Mal.

Danach saß er da und starrte ins Leere.

36

Einerseits fand Inger Johanne es gar nicht schlecht, daß alle davon ausgingen, sie werde einen Kuchen besorgen. Sie war die Kuchenbeauftragte, in ihren eigenen Augen und in denen der anderen. Sie war diejenige, die dafür sorgte, daß es im Besprechungszimmer immer Kaffee gab. Wenn Inger Johanne länger als drei Tage nicht zur Arbeit gekommen war, gab es im Kühlschrank kein Mineralwasser und keine Limonade, und die Obstschüssel enthielt nur zwei verschrumpelte Äpfel und eine braune Banane. Es war unvorstellbar, diese Aufgaben den Büroangestellten zu überlassen. Noch immer schwebte der Geist der siebziger Jahre irgendwo in den Räumen, und Inger Johanne war das im Grunde nur recht. Normalerweise.

Jetzt war sie ziemlich genervt.

Daß Fredrik fünfzig wurde, war schon seit einer Ewigkeit bekannt. Nicht zuletzt hatte er selbst sie immer wieder an den großen Tag erinnert, in regelmäßigen Abständen und mit ziemlich lauter Stimme. Vor mehr als drei Wochen hatte Inger Johanne Geld gesammelt, zweihundert Kronen pro Nase, und war ganz allein zu Ferner Jacobsen gegangen, um für den versnobtesten Professor am ganzen Institut einen teuren Kaschmirpullover zu kaufen. Aber den Kuchen hatte sie vergessen. Und niemand hatte daran gedacht, sie zu erinnern. Trotzdem starrten alle sie verblüfft an, als sie aus der Bibliothek zurückkam. Die Mittagspause war vorbei, und es hatte keine grüne Walnußtorte auf dem Tisch gestanden. Es hatte keinen Gesang gegeben und keine Reden. Fredrik war stocksauer. Die anderen wirkten beleidigt, als habe Inger Johanne die ganze Abteilung im entscheidenden Moment im Stich gelassen.

»Ab und zu können sich ja auch andere mal um solche Sachen kümmern«, sagte sie und zog sich in ihr Büro zurück.

Es sah ihr aber wirklich nicht ähnlich, so etwas zu vergessen. Die anderen hatten Grund gehabt, sich auf sie zu verlassen. Das war immer schon so gewesen, und sie hatte nicht gesagt, daß es diesmal anders sein würde. Wenn sie sich nur an diesen verdammten Geburtstag erinnert hätte, wären Tine oder Trond ganz sicher eingesprungen und hätten den Kuchen besorgt. Es war doch immerhin ein fünfzigster Geburtstag. Und sie konnte die Schuld auch nicht Yngvar zuschieben. Er hatte ihr zwar eine schlaflose Nacht bereitet, aber schlaflose Nächte war sie schließlich gewohnt. Schon seit den ersten Jahren mit Kristiane.

Sie zog die Kopie aus der Tasche. In der Universitätsbibliothek waren alle Jahrgänge der Lokalzeitungen auf Mikrofilm gespeichert. Sie hatte weniger als eine Stunde gebraucht, um die Anzeige zu finden. Diese mußte es sein. Wie durch eine Ironie des Schicksals, oder vielleicht aufgrund des Feingefühls eines ortskundigen Setzers, war die Anzeige unten auf der Seite plaziert worden, unauffällig und fast ganz für sich.

Mein geliebter Sohn
Anders Mohaug
geb. 27. 3. 1938
ist am 12. Juni von mir gegangen.
Die Beisetzung hat in aller Stille stattgefunden.
Agnes Dorothea Mohaug

Der Mann war bei seinem Tod also siebenundzwanzig gewesen. 1956, als die kleine Hedvig entführt, vergewaltigt und ermordet worden war, war er achtzehn.

»Achtzehn Jahre …«

Es gab keinen Nachruf. Inger Johanne hatte danach gesucht, dann aber aufgegeben, als sie die Zeitungen der nächsten vier Wochen nach der Beisetzung durchgesehen hatte. Niemand hatte etwas über Anders Mohaug zu sagen gehabt. Seine Mutter hatte nicht einmal darum bitten müssen, von Blumengrüßen doch freundlichst abzusehen.

Wie alt mochte sie wohl sein? Inger Johanne zählte an den Fingern ab. Wenn sie bei der Geburt ihres Sohnes fünfundzwanzig gewesen wäre, dann müßte sie jetzt fast die Neunzig erreicht haben. Achtundachtzig wäre sie. Falls sie noch lebte. Sie konnte auch älter sein. Sie konnte den Jungen ja erst spät bekommen haben.

»Sie ist tot«, murmelte Inger Johanne und steckte die Kopie der Todesanzeige in eine Plastikmappe.

Trotzdem beschloß sie, einen Versuch zu machen. Es war leicht gewesen, in einem Telefonbuch aus dem Jahre 1965 die Adresse zu finden. Die Auskunft konnte mitteilen, daß unter Agnes Mohaugs alter Adresse jetzt eine Dame mit einem ganz anderen Namen wohnte. Agnes Mohaug sei nicht länger als Inhaberin eines Telefonanschlusses registriert, erklärte die metallische Stimme am anderen Ende.

Aber vielleicht erinnerte sich noch jemand an sie. Oder an ihren Sohn. Bestenfalls fand sie jemanden, der sich an Anders erinnerte.

Es war einen Versuch wert, und die alte Adresse in Lillestrøm konnte immerhin als Ausgangspunkt dienen. Alvhild würde sich freuen. Aus irgendeinem Grund war es Inger Johanne inzwischen wichtig, Alvhild eine Freude zu machen.

37

Emilie kam ihm kleiner vor. Sie schien geschrumpft zu sein, und darüber ärgerte er sich. Er preßte die Kiefer aufeinander, hörte die Backenzähne knacken und versuchte sich zu entspannen. Emilie konnte sich über ihre Verpflegung nicht beklagen. Sie bekam doch genug.

»Warum ißt du nicht?« fragte er wütend.

Das Kind gab keine Antwort, versuchte aber zu lächeln. Das war doch schon was.

»Du mußt essen.«

Das Tablett war glatt. Der Suppenteller rutschte hin und her, als er sich bückte, um alles auf den Boden zu stellen.

»Kannst du mir versprechen, daß du das hier essen wirst?«

Emilie nickte. Sie zog sich die Decke bis unters Kinn; er konnte nicht mehr sehen, wie mager sie war. Besser so. Sie roch nicht gut. Schon in der Tür konnte er den Uringeruch wahrnehmen.

Ekelhaft. Für einen Moment spielte er mit dem Gedanken, zum Waschbecken zu gehen und nachzusehen, ob sie noch Seife hatte. Dann entschied er sich dagegen. Sie trug jetzt zwar schon seit Wochen dieselbe Kleidung, aber sie war schließlich kein kleines Kind mehr. Sie konnte sich jederzeit ihre Unterhose waschen. Wenn sie noch Seife hatte.

»Wäschst du dich?«

Sie nickte zaghaft. Lächelte. Ein seltsames Lächeln hatte diese Kleine. Irgendwie unterwürfig. Weiblich. Sie war erst neun, aber dieses unterwürfige Lächeln hatte sie schon gelernt. Dieses Lächeln, das keinerlei Bedeutung hatte. Außer Verrat. Frauenlächeln. Wieder verspürte er ganz hinten im Kiefer diesen Schmerz, er mußte sich zusammenreißen. Sich entspannen. Er mußte die Kontrolle wiedergewinnen. Die ihm in Tromsø entglitten war. Fast entglitten. Die Sache dort war nicht plangemäß verlaufen. Das war nicht sein Fehler. Das Wetter war schuld. Er hatte nicht damit gerechnet, daß es regnen könnte. Daß es so kalt war. Mai! Mai, und der Kleine war eingemummelt wie im bittersten Winter. Das konnte doch nicht gesund sein. Aber egal. Das Kind war tot. Er war wieder zu Hause. Das war das wichtigste. Er hatte noch immer die Kontrolle. Er atmete schwer und zwang seine Gedanken in die gewünschte Richtung. Dahin, wo sie hingehörten. Warum war dieses Kind in seinem Haus?

»Nimm dich in acht«, sagte er leise.

Er fand den Geruch des Kindes grauenhaft. Er selbst duschte jeden Tag mehrere Male. War niemals unrasiert. Seine Kleidung war immer frisch gebügelt. Seine Mutter roch manchmal so wie Emilie, wenn die Pflegerin sich verspätete. Er fand das unerträglich. Menschliche Verwesung. Erniedrigende Körpergerüche, die von mangelnder Kontrolle herrührten. Er schluckte energisch, sein Mund füllte sich mit Speichel, und das Schlucken fiel ihm schwer und tat weh.

»Soll ich das Licht ausmachen«, fragte er und trat einen kleinen Schritt zurück.

»Nein!«

Sie lebte also doch noch.

»Nein! Das nicht!«

»Dann mußt du essen.«

In gewisser Hinsicht fand er es erregend, hier zu stehen. Er hatte die Eisentür an der Wand festgehakt. Trotzdem könnte sie zufallen. Wenn er unvorsichtig war. Wenn er zum Beispiel stürzte, wenn er für einen Moment das Gleichgewicht verlor und gegen die Tür stolperte, dann würde der Haken sich aus dem Ring lösen und die Tür würde hinter ihm ins Schloß fallen. Und dann wären sie verloren. Alle beide. Er und die Kleine. Er atmete heftig. Er könnte ins Zimmer hineingehen und sich auf den Haken verlassen. Der war solide, er hatte ihn selbst angebracht. Er hatte einen großen Ring tief in die Mauer eingeschraubt und festgegipst. Einen großen Ring. Der war solide und würde niemals von selbst nachgeben. Er ging weiter ins Zimmer hinein.

Kontrolle.

Das Wetter hatte ihn im Stich gelassen. Er hatte das Kind ersticken müssen. So hatte er sich das nicht gedacht. Er hatte den Jungen allerdings auch nicht entführen wollen, so wie die drei anderen. Es lohnte sich, jedesmal etwas anders vorzugehen. Das war verwirrend. Nicht für ihn natürlich, sondern für die anderen. Er hatte genau gewußt, daß der Junge jeden Nachmittag mindestens zwei Stunden im Garten stand. Nach einer Stunde war alles zu spät gewesen. Nicht für ihn, sondern für die anderen.

Es wäre besser, wenn Emilie ein Junge wäre.

»Ich habe einen Sohn«, sagte er.

»Mmm.«

»Er ist jünger als du.«

Das Kind machte ein verängstigtes Gesicht. Er trat noch einen Schritt auf das Bett zu. Emilie preßte sich gegen die Wand. Ihr Gesicht bestand nur noch aus Augen.

»Du stinkst«, sagte er langsam. »Hast du noch nicht gelernt, wie man sich sauber hält? Du darfst nicht zum Fernsehen nach oben kommen, wenn du weiter so stinkst.«

Noch immer starrte sie ihn nur an. Ihr Gesicht war jetzt weiß, nicht hautfarben, nicht rosa. Weiß.

»Du bist doch eine kleine Dame, du.«

Emilies Atem ging ungeheuer schnell. Er lächelte, wurde ruhiger.

»Iß«, sagte er. »Besser, du ißt.«

Dann ging er rückwärts auf die Tür zu. Der Haken war kalt unter seinen Fingern. Er hob ihn vorsichtig aus dem Wandring. Dann ließ er die Tür langsam zwischen sich und dem Kind ins Schloß gleiten. Er legte die Hand auf den Lichtschalter und verspürte eine tiefe Befriedigung bei dem Gedanken daran, wie umsichtig es gewesen war, den Schalter draußen anzubringen. Er drückte darauf, und dieses Klicken hatte etwas ganz Besonderes, einen angenehmen Widerstand, der ihn veranlaßte, es einige Male zu wiederholen. An und aus. An und aus und an.

Am Ende ließ er das Licht brennen, ging nach oben und setzte sich vor den Fernseher.

38

»Wir haben die Liste aller, die in der Zeit vor und nach dem Mord an Glenn Hugo in Tromsø gelandet oder abgeflogen sind. Die Polizei da oben sammelt in einer Großaktion die Überwachungsvideos aller Tankstellen im Umkreis von dreihundert Kilometern ein. Die Busgesellschaften versuchen Aufstellungen ihrer Fahrgäste anzulegen, was sehr viel schwieriger ist. Die Fährgesellschaften versuchen das ebenfalls.«

Sigmund Berli kratzte sich im Nacken und zupfte an seinem Kragen.

»Und viele andere Möglichkeiten, um in das Paris des Nordens zu gelangen, gibt es nicht. Bisher haben wir die Hotels noch nicht um Hilfe gebeten. Der Kerl wird ja wohl kaum in einem Hotel abgestiegen sein... nachdem er ein Baby umgebracht hat, meine ich.«

»Bei dieser Aktion muß es doch um... viele hundert Namen gehen.«

»Mehrere tausend, fürchte ich. Die Jungs da oben arbeiten wie besessen, um alle in die Computer einzugeben. Sie werden verglichen mit...«

Berli warf einen Blick auf Yngvar Stubøs Pinnwand, an der die Fotos von Emilie, Kim, Sarah und Glenn Hugo mit großen blauen Heftzwecken befestigt waren. Nur Kim lächelte verlegen, die anderen Kinder starrten ernst in die Kamera.

»...mit den Aufstellungen, die die Eltern über ihre Bekannten und Kontaktpersonen angelegt haben. Verdammt... diese Listen sind doch total absurd, Yngvar.«

Seine Stimme versagte, und er räusperte sich.

»Ich weiß, daß sie notwendig sind. Es ist nur so...«

»Frustrierend. Jede Menge Namen und keinerlei Zusammenhang.«

Yngvar gähnte ausgiebig und lockerte seinen Schlipsknoten.

»Was ist mit dem Mann, der im...«

Er kniff die Augen zusammen, um sich besser konzentrieren zu können.

»Im Soltunvei«, fiel ihm dann ein. »Der im Soltunvei gesehen wurde. Der grau- oder blaugekleidete Mann.«

»Gemeldet hat sich keiner«, sagte Sigmund Berli, seine Stimme klang jetzt ein wenig lebhafter. »Was diese Beobachtung nur noch interessanter macht. Der Zeuge hatte übrigens recht, bei der Frau in dem roten Mantel handelt es sich um eine Nachbarin. Sie selbst glaubt, gegen zehn vor drei von Langnesbakken hergekommen zu sein. Der Junge auf dem Fahrrad ist ebenfalls identifiziert worden, er hat sich heute morgen zusammen mit seinem Vater gemeldet und hat offenbar nichts zu verbergen. Keiner von den beiden hatte etwas Verdächtiges gehört oder gesehen. Der Mann, der es so eilig hatte, ohne es zeigen zu wollen, hat sich nicht gemeldet. Er könnte also …«

»Unser Mann sein.«

Yngvar Stubø erhob sich.

»Er war zwischen fünfundzwanzig und fünfunddreißig. Hatte Haare. Und sonst?«

Er stand jetzt vor den Bildern der Kinder. Seine Blicke wanderten über die Fotoreihe, hin und her.

»Nicht sehr viel, fürchte ich. Dieser Zeuge, mir fällt im Moment sein Name nicht ein, nimmt sich offenbar ungeheuer in acht, nur nicht zuviel zu sagen. Er beschreibt Gang und Gestalt, weigert sich aber, bei der Erstellung einer Phantomzeichnung zu helfen.«

»Eigentlich vernünftig, wenn er glaubt, nicht genug gesehen zu haben. Warum tippt er auf dieses Alter?«

»Wegen der Gestalt. Der Haare. Der Art zu gehen. Fest und federnd, aber nicht jugendlich. Wegen der Kleider. Wegen allem. Aber zwischen fünfundzwanzig und fünfunddreißig ist nicht gerade präzise.«

Yngvar Stubø wippte auf den Absätzen.

»Aber wenn …«

Er fuhr herum und sah seinen Kollegen an.

»Wenn sich nicht bald jemand meldet, auf den diese Beschreibung paßt, und der an diesem Sonntag nachmittag dort nachweislich etwas zu suchen hatte, dann sind wir auf jeden Fall einen Schritt weiter.«

»Einen Schritt«, wiederholte Berli und nickte. »Aber nicht sehr viel mehr. Wir sind doch die ganze Zeit davon ausgegangen, daß wir es mit einem Mann zu tun haben. Strenggenommen kann er auch zwischen zwanzig und vierzig sein. Und in Norwegen gibt es ziemlich viele Männer in dieser Altersgruppe. Selbst wenn wir nur die mit Kopfhaaren rechnen. Außerdem kann er durchaus eine Perücke getragen haben.«

Das Telefon klingelte. Für einen Moment sah es so aus, als wollte Yngvar Stubø nicht abnehmen. Er starrte den Apparat an, dann riß er plötzlich den Hörer von der Gabel.

»Stubø«, sagte er kurz.

Sigmund Berli ließ sich im Sessel zurücksinken. Yngvar sagte wenig, hörte meist zu. Sein Gesicht war ziemlich ausdruckslos, nur das leichte Heben der linken Augenbraue deutete auf ein gewisses Erstaunen über das Gehörte hin. Sigmund Berli ließ die Finger über ein Zigarrenetui wandern, das vor ihm auf dem Tisch lag. Das Holz war glatt poliert und fühlte sich angenehm an. Er verspürte plötzlich ein hohles und unangenehmes Gefühl von Hunger; sein Magen brannte, obwohl er eigentlich keinen Appetit hatte. Yngvar beendete sein Gespräch.

»Etwas Neues?«

Yngvar gab keine Antwort. Er ließ den Stuhl halbwegs um seine eigene Achse wirbeln, um abermals die Kindergesichter an der Wand betrachten zu können.

»Kims Eltern wohnen zusammen. Sind verheiratet. Die von Glenn Hugo ebenfalls. Sarahs Mutter ist alleinstehend, aber die Kleine hat jedes zweite Wochenende bei ihrem Vater verbracht. Emilies Mutter ist tot. Emilie wohnte bei ihrem Vater.«

»Wohnt«, korrigierte Berli. »Emilie kann durchaus noch am Leben sein. Diese Kinder repräsentieren mit anderen Worten einen normalen Querschnitt durch Norwegens kindliche Bevölkerung. Die Hälfte hat Eltern, die zusammenleben, die andere Hälfte lebt bei einem Elternteil.«

»Nur daß Emilies Vater eigentlich nicht ihr richtiger Vater ist.«

»Wie bitte?«

Die Klimaanlage stellte unvermittelt ihre Arbeit ein.

»Das eben war Hermansen von Asker und Bærum«, sagte Yngvar und zeigte aufs Telefon. »Bei ihnen hat sich ein Arzt gemeldet. Er wußte nicht, wie bedeutend – oder ob überhaupt – das, was er zu erzählen hatte, für die Ermittlungen wäre. Nach allem, was am Wochenende passiert ist, hat er sich jedoch im Einvernehmen mit seinen Vorgesetzten entschieden, die Schweigepflicht zu brechen und uns mitzuteilen, daß Emilies Vater nicht ihr biologischer Vater ist.«

»Und Tønnes Selbu hat uns das verschwiegen?«

»Er weiß es nicht.«

»Er weiß nicht, daß … Weiß er nicht, daß er nicht der Vater seines Kindes ist?«

Beide starrten Emilies Foto an. Es war größer als die anderen, es war von einem professionellen Fotografen aufgenommen worden. Das Kind hatte ein schmales Kinn mit der Andeutung eines Grübchens. Der Mund war klein, hatte aber volle Lippen, und um die blonden Haare wand sich ein Kranz aus Huflattich. Eine Blüte hatte sich gelöst und hing der Kleinen in die Stirn.

»Tønnes Selbu und Grete Harborg waren verheiratet, als Grete schwanger wurde. Tønnes wurde automatisch als Kindsvater registriert. Niemand hat je daran gezweifelt, daß er das auch wirklich ist. Abgesehen von der Mutter, sie muß doch … egal. Vor zwei Jahren beschlossen Grete und Tønnes, sich für Knochenmarkspenden zur Verfügung zu stellen. Es ging um einen Vetter, der krank geworden war, und die ganze Familie … Also, zur großen Überraschung des Arztes ergaben die Tests, daß Tønnes kaum der Vater seines Kindes sein kann. Das wurde aus purem Zufall entdeckt. Der Arzt hatte schon früher von Emilie eine Probe genommen, in einem anderen Zusammenhang, und …«

»Aber haben sie den Mann denn nicht informiert?«

»Wozu hätte das denn gut sein sollen?«

Yngvar stand jetzt dicht vor Emilies Bild, er studierte es ausgiebig und ließ seinen Zeigefinger über den Kranz aus gelben Frühlingsblüten wandern.

»Tønnes Selbu ist ein absolut akzeptabler Vater. Sogar ein besserer als die meisten anderen, wenn die Berichte zutreffen. Ich kann die Ärzte gut verstehen. Warum sollten sie dem Mann eine Information aufzwingen, um die er sie nicht gebeten hatte? Und für die er keine Verwendung hatte?«

Sigmund Berli starrte ungläubig das Bild der Neunjährigen an.

»Ich hätte das wissen wollen! Ja verdammt, wenn Sture und Snorre nicht meine Kinder sind, dann ...«

»Dann was? Dann willst du sie nicht mehr?«

Berli klappte seinen Mund wieder zu. Und zwar so laut, daß Yngvar kurz auflachte.

»Denk jetzt nicht daran, Sigmund. Wir müssen feststellen, ob diese Information für uns von Bedeutung sein kann. Für die Ermittlungen.«

»Und was sollte das für eine Bedeutung sein?« fragte der andere unkonzentriert.

Snorre war dunkel, wie Sigmund Berli selber. Eckig. War ihm wie aus dem Gesicht geschnitten, das hörte er immer wieder. Obwohl er eigentlich keinen besonderen Blick für solche Dinge hatte, konnte er doch klare Ähnlichkeiten zwischen den Bildern von Klein-Sigmund mit fünf Jahren und dem jetzigen Aussehen seines Sohnes erkennen.

»Das weiß ich doch nicht. Reiß dich zusammen!«

Yngvar schnippte mit den Fingern vor seinem Gesicht.

»Als erstes müssen wir herausfinden, ob das noch bei anderen zutrifft.«

»Ob die anderen Kinder wirklich die Kinder ihrer Väter sind? Sollen wir das vor der Beisetzung überprüfen, sollen wir anrufen und sagen, Verzeihung, guter Mann, aber wir haben den Verdacht, daß Sie gar nicht der Vater des Kindes sein können, das Sie soeben verloren haben, dürften wir deshalb um eine Blutprobe bitten? Was? *Was? Das meinst du doch nicht im Ernst!«*

»Was ist denn in dich gefahren?«

Yngvars Stimme war leise und ruhig. Sigmund Berli bewunderte ihn normalerweise dafür, er bewunderte die Fähigkeit des älteren Kollegen, sich zu beherrschen, immer klar zu denken, sich präzise auszudrücken. Jetzt war Berli wütend.

»Verdammte Pest, Yngvar! Willst du diesen Männern auch noch den letzten Sargnagel verpassen, oder was?«

»Nein. Ich habe vor, das diskret durchzuführen. Absolut diskret. Ich will durchaus nicht, daß Tønnes Selbu erfährt, worüber wir eben gesprochen haben. Was die anderen Väter angeht, so ist es deine Aufgabe, irgendeinen plausiblen Grund für eine Blutprobe zu erfinden. Und zwar ganz schnell.«

Sigmund Berli holte tief Luft. Dann legte er die Fingerspitzen gegeneinander und drehte Däumchen.

»Vorschläge«, sagte er kurz.

»Nein. Das ist deine Sache.«

»Na gut.«

»Ich bin mir sicher«, setzte Yngvar an, in seiner Stimme lag etwas Versöhnliches, wie bei einem Vater, der seinem ungezogenen Sohn eine Hand hinreicht. »Oder, um es anders zu sagen: Es gibt zwei Dinge, die wir so schnell wie möglich ins reine bringen müssen. Das eine ist die Frage, ob die Kinder Abkömmlinge ihrer Väter sind. Die andere ist ...«

Sigmund Berli erhob sich.

»Ich bin noch nicht fertig«, sagte Yngvar.

»Dann sieh zu, daß du fertig wirst. Ich habe viel zu tun.«

»Wir müssen feststellen, woran Kim und Sarah gestorben sind.«

»Die Ärzte sagen, daß sie das nicht wissen.«

»Dann müssen sie sorgfältiger suchen. Neue Untersuchungen anstellen. Was weiß ich. Wir müssen wissen, woran die Kinder gestorben sind, und wir müssen wissen, ob sie irgendwo draußen einen unbekannten Vater haben.«

»Einen unbekannten Vater?«

Sigmund Berli klang jetzt eher kleinlaut. Seine Fäuste öffneten sich, und er atmete freier.

»Meinst du, diese Kinder könnten ... Halbgeschwister sein?«

»Ich meine gar nichts«, sagte Yngvar Stubø. »Du mußt dir irgendeinen Grund für diese Tests aus den Fingern saugen. Viel Glück!«

Sigmund Berli murmelte irgendeine Bemerkung. Yngvar Stubø war vernünftig genug, nicht um Wiederholung zu bitten. Sigmund sagte bisweilen Dinge, die er nicht so meinte. Oder die er schon bald, nachdem er sie gesagt hatte, nicht mehr meinte. Außerdem wußte Yngvar nur zu gut, woran der Kollege gerade dachte. Sigmund Berlis ältester Sohn war ein blonder, zierlicher Junge. Seiner Mutter wie aus dem Gesicht geschnitten, sagte Sigmund selbst oft mit kaum verhohlenem Stolz.

Als die Tür sich hinter Sigmund geschlossen hatte, wählte Yngvar Stubø Inger Johannes Dienstnummer. Niemand meldete sich. Er ließ es lange klingeln. Das half auch nichts. Dann versuchte er es bei ihr zu Hause. Auch dort war sie nicht, und er ertappte sich dabei, daß er sich ärgerte, weil er nicht wußte, wo sie war.

39

Das Haus war offenbar gleich nach dem Krieg gebaut worden. Oder vielleicht auch in den fünfziger Jahren. Ein Kastenhaus mit vier Wohnungen, allem Anschein nach mit Bad und Küche. Das Grundstück war relativ groß; die Kleinstädte im Norwegen der Nachkriegszeit waren nicht von Wohnungsmangel geprägt gewesen. Das Haus war erst vor kurzem renoviert worden. Die Farbe klebte fett und gelb auf den Mauern und die Dachziegel sahen neu aus. Inger Johanne hielt auf der Straße, gleich vor dem Tor. Auch der Zaun war frisch gestrichen, die grüne Farbe glänzte so strahlend, daß sie sich für einen Moment fragte, ob sie wohl noch feucht war.

Es roch nach Kleinstadt.

Hin und wieder das Geräusch eines Autos, das Gemurmel aus einem Kindergarten hinter einem hohen Zaun, das Hämmern von einer Baustelle auf der anderen Straßenseite, die derben Zurufe der Zimmerleute, das plötzliche Lachen einer Frau hinter einem offenen Fenster. Die Geräusche einer Kleinstadt. Der Duft von frisch gebackenem Brot. Das Gefühl, beobachtet zu werden, als sie sich dem kleinen Vorbau über der Haustür näherte, ohne zu wissen, wer sie anstarrte, was diese Person sah oder ob sie überhaupt mehr dachte als nur, hier kommt eine Fremde, eine, die nicht hergehört.

Inger Johanne Vik war in Oslo geboren und aufgewachsen. Sie hatte keine Ahnung von Kleinstädten und sah das auch ein. Trotzdem hatten solche Orte für sie etwas Anziehendes. Die Übersichtlichkeit. Die Durchsichtigkeit. Das Gefühl, ein Teil von etwas zu sein, das nicht riesig und undurchschaubar war. Inzwischen kam dieser Gedanke ihr immer häufiger: Die moderne Computertechnologie zwang sie nicht mehr dazu, in Oslo zu wohnen. Sie könnte wegziehen, aufs Land ziehen, in einen Ort mit fünf Läden und einer Autowerkstatt, einem verräucherten Café und einer Bushaltestelle, mit billigen Wohnungen und einer Schule mit nur fünfzehn Kindern pro Klasse für Kristiane. Natürlich könnte sie das nicht, da Isak und ihre Eltern ja in der Stadt wohnten, da Kristiane Menschen um sich herum brauchte, immer und in nächster Nähe. Trotzdem ließ dieser Gedanke sich nicht verdrängen. Sie spürte die Blicke aus dem ersten Stock des gelben Hauses, aus dem Panoramafenster in der Villa auf der anderen Straßenseite, die Augen, die hinter Jalousien und Gardinen alles verfolgten; sie wurde gesehen und beobachtet und fand darin eine seltsame Geborgenheit.

Lillestrøm. Herrgott! Jetzt mache ich mir schon romantische Vorstellungen von Lillestrøm!

Für neue Klingeln hatten die Renovierungsrücklagen der Wohnungsgenossenschaft offenbar nicht mehr gereicht. Die alten hingen lose aus der Wand, befleckt von der gelben Farbe. Inger Johanne versuchte auf eine zu drücken. Sie mußte die Klingel mit der einen Hand festhalten und mit der anderen kräftig pressen. In der Ferne konnte sie ein schrilles Geräusch hören. Niemand reagierte, und sie versuchte es mit der nächsten Klingel. Die Frau im ersten Stock, die sie durch das Küchenfenster beobachtet hatte, ohne sich klarzumachen, daß sie von der Einfahrt her selbst sehr gut zu sehen war, steckte den Kopf durch das Fenster.

»Hallo?«

»Hallo. Ich bin Inger Johanne Vik, ich würde gern ...«

»Einen Moment bitte!«

Die Frau kam die Treppe heruntergestapft. Sie lächelte abwartend, als sie die Haustür einen Spaltbreit öffnete.

»Worum geht es?«

»Wie gesagt, mein Name ist Inger Johanne Vik. Ich arbeite an der Universität Oslo, und ich suche eigentlich nach Leuten, die vielleicht wissen könnten, was aus einer Frau geworden ist, die früher hier gewohnt hat. Vor ziemlich langer Zeit, um ehrlich zu sein.«

»Ach?«

Die Frau war sicher schon weit über sechzig. Sie hatte ihre Haare unter einem Chiffontuch versteckt. Unter dem blaugrünen, halb durchsichtigen Stoff konnte Inger Johanne dicke Lockenwickler sehen, die ebenfalls grün und blau waren.

»Ich bin 1967 hergezogen«, sagte die Frau, ohne Inger Johanne ins Haus lassen zu wollen. »Also kann ich vielleicht behilflich sein? Wen suchen Sie denn eigentlich?«

»Agnes Mohaug«, sagte Inger Johanne.

»Die ist tot«, sagte die Frau und lächelte breit, als sei das eine wirklich erfreuliche Nachricht. »Sie ist in dem Jahr gestorben, als ich hier eingezogen bin. Gleich darauf, genauer gesagt. Sie hat dort gewohnt.«

Die Frau hob träge die Hand. Inger Johanne nahm an, daß sie auf die linke Seite des Erdgeschosses zeigte.

»Haben Sie sie gekannt?«

Die Frau lachte. Ihre Zahnhälse leuchteten grau aus kränklich rosafarbenem Zahnfleisch.

»Agnes Mohaug hat wohl kaum jemand gekannt. Sie wohnte hier, seit das Haus gebaut worden war. Seit 1951, glaube ich. Trotzdem hat niemand sie ... Sie hatte einen Sohn. Wissen Sie das?«

»Ja, ich suche ...«

»Einen … einen *Trottel,* wenn Sie verstehen, was ich meine. Nicht, daß ich ihn gekannt hätte, auch er ist gestorben …«

Wieder lachte sie, heiser und herzlich, als halte sie die Auslöschung der kleinen Familie Mohaug für einen Heidenspaß.

»Er soll kein guter Mensch gewesen sein. Das nun wirklich nicht. Aber Agnes Mohaug selbst … an der hatte wohl niemand etwas auszusetzen. Sie blieb für sich. Immer. Schlimme Geschichte, das mit dem Jungen, der …«

Die Frau unterbrach sich.

»Mit dem Jungen, der was?« fragte Inger Johanne vorsichtig.

»Ach …«

Die andere zögerte mit der Antwort. Dann fuhr sie sich rasch mit der Hand über die Lockenwickler.

»Das ist so lange her. Und ich habe Frau Mohaug nun einmal nicht sehr gut gekannt. Sie ist ja schon wenige Monate nach meinem Einzug hier gestorben. Ihr Sohn war damals seit mehreren Jahren tot. Jedenfalls schon lange.«

»Ja, genau …«

»Aber …«

Das Gesicht der Frau erhellte sich. Wieder lächelte sie so energisch, daß ihr schmales Gesicht sich dabei zu teilen schien.

»Versuchen Sie es bei Hansvold in Nummer 44. Da hinten!«

Sie zeigte auf das grüne Doppelhaus, das hundert Meter weiter stand, von Nummer 46 getrennt durch einen breiten Rasen und einen hüfthohen Metallzaun.

»Hansvold wohnt länger hier als alle anderen. Er ist sicher schon über achtzig Jahre alt, aber im Kopf ist er immer noch kristallklar. Wenn Sie einen Moment Zeit haben, dann bringe ich Sie gern zu ihm …«

Sie beugte sich vertraulich vor, ohne die Tür jedoch weiter zu öffnen.

»… um Sie mit ihm bekannt zu machen, meine ich. Einen Moment nur.«

»Das ist doch gar nicht nötig«, sagte Inger Johanne rasch. »Das schaffe ich schon selber. Aber vielen Dank. Tausend Dank!«

Ehe die Frau mit dem Chiffontuch sich umziehen konnte, lief Inger Johanne auch schon zum Tor. Im Kindergarten schrie ein Kind los. Der Zimmermann auf dem Gerüst auf der anderen Straßenseite fluchte wütend und drohte einem Mann in einem Anzug mit Klage, während der Mann resigniert mit den Händen in der Luft herumfuchtelte und auf einen umgestürzten Zementmixer zeigte. Ein Wagen bretterte über einen Straßenbuckel, als Inger Johanne durch das Tor ging; sie zuckte zusammen und trat in eine Pfütze.

Die Kleinstadt hatte bereits ein kleines bißchen von ihrem Charme eingebüßt.

»Aber ich begreife noch immer nicht so ganz, warum Sie das wissen wollen.«

Harald Hansvold klopfte den Pfeifenkopf in einem großen Kristallaschenbecher aus. Feine Flocken aus verbranntem Tabak rieselten über die blanke Oberfläche. Der alte, gut angezogene Mann hatte offenbar Probleme mit den Augen. Ein mattgrauer Schleier ließ die Konturen der einen Pupille verschwimmen, er hatte es offenbar aufgegeben, eine Brille zu tragen. Inger Johanne hatte den Verdacht, daß er nur noch Schatten sah. Er hatte sie, eine Wildfremde, aus der Küche Traubenlimonade und Kekse holen lassen. Ansonsten schien er gesund zu sein; die Hand, mit der er die Pfeife ein weiteres Mal stopfte, war ruhig. Auch seine Stimme klang ruhig, und er konnte sich sofort an Agnes Mohaug erinnern, die Nachbarin mit dem begrenzt begabten Sohn, wie er sich auszudrücken beliebte.

»Er war leicht zu lenken. Ich glaube, das war das eigentliche Problem. Es fiel ihm natürlich nicht gerade leicht, Freunde zu finden. Echte Freunde, meine ich. Vergessen Sie nicht, daß wir von einer ganz anderen Zeit reden, einer Zeit, in der ... die Toleranz für Menschen, die anders sind ...«

Er lächelte verkniffen. »... sich durchaus nicht mit der von heute vergleichen ließ.«

Inger Johanne wußte nicht, ob der Mann ironisch sein wollte. Sie spürte einen Stich in der Brust und trank einen großen Schluck Limonade. Die war viel zu süß, und vor Schreck ließ sie fast alles aus ihrem Mund zurück ins Glas fließen.

»Anders war wirklich kein böser Junge«, sagte Hansvold, der das alles nicht bemerkt hatte. »Meine Frau hat ihn ab und zu hergeholt. Manchmal hat mir das Sorgen gemacht, ich war beruflich doch viel unterwegs. Ich war früher Lokführer, müssen Sie wissen.«

Harald Hansvold drückte sich für sein Alter erstaunlich gewählt aus. Der alte Herr hatte etwas unerwartet Vornehmes an sich, ebenso wie seine Wohnung mit den Bücherregalen bis zur Decke und den drei modernen Lithographien an den Wänden. Das alles schien nicht so recht zu einem langen Eisenbahnerleben zu passen. Aus Angst, ihre Vorurteile könnten zu deutlich durchscheinen, nickte sie voller Interesse, als sei Lokomotivführer ein Beruf, über den sie immer schon gern mehr gewußt hätte.

»Als er noch klein war, machte das natürlich nicht so viel. Aber als er dann in die Pubertät kam ... Er wurde ein stattlicher Mann. Groß und kräftig. Aber, wissen Sie ...«

Er tippte sich vielsagend mit dem Zeigefinger an die Schläfe.

»Und dann war da noch dieser Asbjørn Revheim.«

»Asbjørn Revheim?«

»Ja, den kennen Sie doch?«

Inger Johanne nickte verwirrt.

»Natürlich«, murmelte sie.

»Er ist hier um die Ecke aufgewachsen. Haben Sie das nicht gewußt? Sie sollten die Biographie lesen, die im vergangenen Herbst erschienen ist. Seltsamer Mann. Hochinteressantes Buch. Verstehen Sie, Asbjørn war schon als kleiner Junge ein Rebell. Zog sich auffällig an. Benahm sich absolut sonderbar. Er war wirklich nicht wie alle anderen.«

»Nein«, sagte Inger Johanne unsicher. »Das war er wohl nie.«

Harald Hansvold schmunzelte und schüttelte den Kopf.

»An einem Sonntag, das muß 1957 oder 58 gewesen sein... es war 57! Gleich nach dem Tod von König Haakon, nur einige Tage später, es herrschte landesweite Trauer und...«

Er nuckelte an seiner Pfeife, die nicht richtig brennen wollte.

»Damals hat der Junge vor dem Kindergarten eine Hinrichtung inszeniert. Nur war das damals noch kein Kindergarten. Früher stand dort das Pfadfinderhaus. Damals.«

»Eine... Hinrichtung? Eine Exekution?«

»Ja. Er hatte eine streunende Katze eingefangen und sie königlich gekleidet. Mit Hermelin und Krone. Der Umhang bestand aus einem alten Kaninchenfell mit aufgemalten Tupfen. Die Krone hatte er auch selber gebastelt. Das arme Katzenvieh jammerte und strampelte wild, aber es mußte doch an einem selbstgebauten Galgen sein Leben lassen.«

»Das war doch... ich muß schon... das war Tierquälerei!«

»Ja, sicher.«

Er konnte sein Lächeln aber trotzdem nicht unterdrücken.

»Das hat Aufsehen erregt, das kann ich Ihnen sagen. Die Polizei rückte an, und die Damen hier in der Straße machten einen Höllenlärm. Asbjørn hat das natürlich weidlich ausgenutzt und das Ganze als politische Demonstration gegen die Königsfamilie bezeichnet. Er wollte die tote Katze verbrennen und hatte sogar schon ein Feuer gemacht, als die Ordnungshüter eingriffen und der Sache ein Ende machten. Sie können sich das doch vorstellen, gerade erst war ein so beliebter Monarch wie König Haakon gestorben...«

Plötzlich verschwand sein Lächeln. Sein graues Auge wurde matter, als schaue der Mann in sich hinein, rückwärts durch die Zeit.

»Das schlimmste war wohl«, sagte er dann leise und mit einer ganz anderen Stimme. »Das schlimmste war sicher, daß er Anders als Henker verkleidet hatte. Mit bloßem Oberkörper und schwarzer Kapuze. Agnes Mohaug ist das ungeheuer nahegegangen. Aber so war es eben.«

Es war so still in der Wohnung. Keine Uhr, kein Radio. Harald Hansvolds Wohnung war nicht die eines alten Mannes. Die Möbel waren neutral, die Vorhänge weiß, und auf den Fensterbänken standen keine Blumentöpfe.

»Haben Sie Revheim gelesen?«, fragte Hansvold freundlich.

»Ja. Fast alles von ihm, glaube ich. Er ist wohl einer von denen, auf die man in der Schulzeit so richtig abfährt. Bei mir war das jedenfalls so. Er war so… direkt. Aufrührerisch, das haben Sie ja selbst gesagt. So stark… in seiner Einsamkeit. Ganz allein mit dem, woran er glaubte. Das macht Eindruck, in dem Alter.«

»Es lag wohl noch mehr darin«, sagte der Mann. »In dem, was er geschrieben hat, meine ich. Was junge Leute in diesem Alter beschäftigt. Junge Leute im Gymnasialalter.«

»Ja. Anders Mohaug, war der…«

»Wie gesagt«, sagte Hansvold und seufzte tief. »Anders Mohaug ließ sich leicht lenken. Während die anderen Jugendlichen in der Nachbarschaft ihm aus dem Weg gingen, war Asbjørn Revheim ihm freundlicher gesonnen. Oder…«

Wieder schaute er ins Leere, schien seine Erinnerungen zurücklaufen zu lassen und nicht so recht zu wissen, wo er anhalten sollte.

»Er war übrigens nicht freundlich. Er hat Anders ausgenutzt. Daran kann es keinen Zweifel geben. Außerdem war er ziemlich boshaft, das hat er immer wieder unter Beweis gestellt. Auch in seinen Büchern. Anders Mohaug, ein schwerfälliger, langsam denkender Junge. In jeder Hinsicht. Das ist keine Freundschaft.«

»Sagen Sie das nicht«, sagte Inger Johanne.

»Doch, das sage ich.«

Zum ersten Mal lag in seiner Stimme eine gewisse Schärfe.

»Haben Sie jemals«, fragte Inger Johanne schnell, »davon gehört, daß er mit der Polizei zu tun hatte, 1956?«

»Was? Mit der Polizei?«

»Ja. Ist Anders je mit der Polizei in Konflikt geraten?«

»Tja ... er wurde ja immer wieder auf die Wache geholt, wenn Asbjørn irgend etwas ausgefressen und den armen Kerl in die Sache hineingezogen hatte. Aber ernst war das alles nie.«

»Sind Sie sich da ganz sicher?«

»Sagen Sie ...«

Jetzt hätte sie schwören können, daß er so scharf sehen konnte wie ein Adler. Die mattgraue Hornhaut ließ das linke Auge größer aussehen als das rechte, sie konnte ihren Blick nicht davon lösen.

»Könnten Sie ein wenig präziser sein?«

»Ich habe Grund zu der Annahme, daß Frau Mohaug 1965, nach dem Tod ihres Sohnes, Kontakt zur Polizei aufgenommen hat. Sie glaubte, ihr Sohn habe sich viele Jahre zuvor eines Verbrechens schuldig gemacht. Eines schwerwiegenden Verbrechens. Für das ein anderer verurteilt worden war.«

»Agnes Mohaug? Frau Mohaug soll ihren eigenen Sohn bei der Polizei angezeigt haben? Ausgeschlossen.«

Er schüttelte energisch den Kopf.

»Aber ihr Sohn war doch schon tot.«

»Das spielt keine Rolle. Diese Frau hat für Anders gelebt. Sie hatte doch nur ihn. Und wir können sie nur dafür bewundern, daß sie ihn bis zuletzt gepflegt und sich um ihn gekümmert hat. Ihn aus irgendeinem Grund anzuzeigen ... auch nachdem ...«

Er gab seine Versuche mit der Pfeife auf und legte sie auf den Rand des Aschenbechers.

»Ich kann mir das einfach nicht vorstellen.«

»Und Sie haben niemals ... irgendwelche Gerüchte gehört?«

Hansvold schmunzelte und faltete die Hände über seinem Bauch.

»Ich habe viel mehr Gerüchte gehört, als mir lieb ist. Das hier ist eine Kleinstadt. Aber wenn Sie Gerüchte über Anders meinen, dann ... nein. Nicht in der Richtung, die Sie andeuten.«

»Und welche Richtung ist das?«

»Daß der Junge ein schlimmeres Verbrechen begangen haben könnte, als sich zur Beihilfe an einem Katzenmord verleiten zu lassen.«

»Dann will ich Sie nicht länger stören.«

»Sie stören mich durchaus nicht. Es war nett, Besuch zu bekommen.«

Als er sie zur Tür brachte, fiel ihr an der Wand in der Diele das große Foto einer Frau von Mitte Fünfzig auf. Die auffällige Brille ließ darauf schließen, daß das Bild aus den siebziger Jahren stammte.

»Meine Frau«, sagte Hansvold und nickte kurz zu dem Porträt hinüber. »Randi. Wunderbare Frau. Sie konnte mit Anders auf eine ganz besondere Art umgehen. Frau Mohaug hat sich da nie Sorgen gemacht. Wenn Anders hier war, konnten sie sich stundenlang mit Puzzlespielen oder Canasta beschäftigen. Randi ließ ihn immer gewinnen. Wie ein kleines Kind.«

»Was er ja wohl auch war«, sagte Inger Johanne. »In gewisser Hinsicht.«

»Ja. In gewisser Hinsicht war er ein kleiner Junge.«

Er drehte sich zu ihr um und fuhr sich über den Nasenrücken.

»Aber er war auch ein Mann. Ein großer kräftiger Mann. Vergessen Sie das nicht.«

»Das werde ich nicht«, sagte Inger Johanne. »Tausend Dank für Ihre Hilfe.«

Auf der Rückfahrt nach Oslo hörte sie ihre Mobilbox ab. Zwei Mitteilungen von Yngvar, er bedankte sich für ihre Hilfe während der vergangenen Nacht und wollte wissen, wo sie steckte. Inger Johanne drosselte ihr Tempo und hängte sich in sicherer Entfernung an einen Lastwagen. Hörte sich die Mitteilungen noch einmal an. Aus der letzten schien etwas zu sprechen, das Ähnlichkeit hatte mit Verärgerung oder vielleicht auch Besorgnis. Inger Johanne versuchte zu entscheiden, ob ihr das gefiel oder ob es sie eher provozierte.

Ihre Mutter hatte dreimal angerufen. Sie würde auch nicht aufgeben, deshalb wählte Inger Johanne ihre Nummer und blieb auf der rechten Fahrspur der Autobahn.

»Hallo, Mama.«

»Hallo. Wie schön, daß du anrufst. Dein Vater hat eben nach dir gefragt, er…«

»Dann kann er einfach anrufen, richte ihm das doch bitte aus.«

»Anrufen? Du bist doch nie zu Hause, mein Kind! Wir haben uns ziemliche Sorgen gemacht, daß wir nichts von dir gehört haben, wo du doch verreist warst und überhaupt. Hast du es geschafft, Marion zu besuchen? Wie geht es ihr, mit diesem neuen…«

»Ich habe niemanden besucht, Mama. Ich war beruflich unterwegs.«

»Ja, sicher, aber wo du schon einmal in der Gegend warst, konntest du doch…«

»Ich habe im Moment wirklich schrecklich viel zu tun. Als ich alles erledigt hatte, bin ich nach Hause gefahren.«

»Schön. Gut gemacht, mein Kind.«

»Du hattest auf meinem Anrufbeantworter eine Nachricht hinterlassen. Mehrere sogar. Wolltest du etwas Bestimmtes?«

»Ich wollte nur wissen, wie es dir geht. Und außerdem dich und Kristiane für Freitag zum Essen einladen. Es ist doch sicher nett für dich, wenn du dir keine Gedanken um…«

»Freitag… Das muß ich noch kurz überlegen…«

Der Lastwagen hatte Probleme mit der leichten Steigung unterhalb von Karihaugen. Inger Johanne beschleunigte und überholte. Dabei fiel ihr der Telefonstöpsel aus dem Ohr.

»Warte«, rief sie ins Nichts hinein. »Nicht auflegen, Mama!«

Als sie den Stöpsel auffangen wollte, rutschte ihr das Lenkrad aus der Hand. Der Wagen schlingerte in die Nachbarspur hinüber, und ein Volvo bremste quietschend, um einen Zusammenstoß zu vermeiden. Inger Johanne packte das Steuer mit beiden Händen und starrte geradeaus.

»Nicht auflegen«, wiederholte sie verbissen. Ohne die Augen von der Straße zu lösen, schnappte sie sich den Stöpsel.

»Was ist los«, schrie ihre Mutter am anderen Ende der Leitung. »Telefonierst du etwa beim Autofahren?«

»Nein, ich fahre Auto, während ich telefoniere. Es ist nichts passiert.«

»Eines schönen Tages wirst du dich auf diese Weise noch umbringen. Du mußt doch nicht immer alles auf einmal tun!«

»Wir kommen am Freitag, Mama. Ach, noch was ...«

Ihr Herz hämmerte noch immer hart und schmerzhaft. Ihr fiel ein, daß sie seit dem Frühstück nichts mehr gegessen hatte.

»Meinst du, ich könnte Kristiane bis irgendwann am Samstag bei euch lassen?«

»Aber sicher. Könnt ihr nicht beide hier übernachten?«

»Ich habe andere Pläne, Mama, aber es wäre ...«

»Pläne? Für die Nacht auf den Samstag?«

»Kann Kristiane bei euch bleiben, ja oder nein?«

»Natürlich kann sie das, meine Liebe. Sie ist uns immer willkommen. Und du auch. Das weißt du.«

»Ja. Dann sehen wir uns gegen sechs.«

Sie unterbrach die Verbindung, ehe ihre Mutter noch mehr sagen konnte. Inger Johanne hatte durchaus keine Pläne für die Freitagnacht. Sie begriff auch nicht, warum sie ihre Mutter gefragt hatte. Isak und sie hatten doch vereinbart: Wenn sie für Kristiane Betreuung brauchten, dann fragten sie einander immer zuerst.

Wieder wählte sie die Nummer ihrer Mobilbox. Yngvars Mitteilungen waren gelöscht. Offenbar hatte sie aus Versehen den falschen Knopf gedrückt. Während des Gesprächs mit ihrer Mutter hatte Line angerufen.

»*Hallo, hier ist Line. Wollte dich nur an die Literaturgruppe am Mittwoch erinnern. Bei dir, nicht vergessen. Und gnade dir Gott, wenn du nicht kannst. Mach einfach etwas, was keine Mühe macht. Wir bringen Wein mit. Wir sehen uns so gegen acht. Bis dann, Wuschel. Ich freu mich!*«

»Scheiße!«

Inger Johanne verfügte über gute Simultanfähigkeiten. Ihr Alltag funktionierte, weil sie viele Dinge auf einmal erledigen konnte.

Sie konnte Kristianes Geburtstagsfest planen, während sie Kleider wusch und zugleich telefonierte. Sie hörte Radio, las dabei in der Zeitung und konnte sich hinterher an alles erinnern. Auf dem Weg zum Kindergarten plante sie das Abendessen und entschied, wie sie Kristiane am folgenden Tag anziehen würde. Sie putzte sich die Zähne, kochte Haferbrei und las Kristiane vor, alles gleichzeitig. Wenn sie sich ein seltenes Mal mit anderen amüsieren wollte, lieferte sie ihre Tochter bei Isak oder ihren Eltern ab und schminkte sich unterwegs im Rückspiegel. So waren Frauen eben. Vor allem sie selbst.

Nur nicht bei der Arbeit.

Inger Johanne war in die Forschung gegangen, weil sie sich gern vertiefte. Aber das war nicht der einzige Grund. Sie hätte niemals Anwältin oder Büroleiterin werden können. Forschen hieß, gründlich sein zu dürfen. Eins nach dem anderen erledigen. Breit und tief blicken, sich Zeit für die Zusammenhänge nehmen. Die Forschung gab ihr die Möglichkeit zu zweifeln. Während der Alltag aus blitzschnellen Entscheidungen und mittelmäßigen Lösungen bestand, aus Kompromissen und raffinierten Tricks, gab der Beruf ihr die Möglichkeit, Dinge noch einmal zu machen, wenn sie nicht zufrieden war.

Jetzt ging alles durcheinander.

Sie hatte sich zögernd dazu bereit erklärt, den möglichen Justizirrtum zu untersuchen, dem Aksel Seier zum Opfer gefallen sein konnte, weil das für ihr Projekt von Bedeutung war. Zu irgendeinem Zeitpunkt – sie wußte selber nicht, wann – hatte der Fall begonnen, sich selbständig zu machen. Er hatte nichts mehr mit ihrer Arbeit im Institut oder mit der Forschung zu tun. Aksel Seier war ein Mysterium, das sie mit einer alten Dame teilte, das sie bisweilen anzog und unter das sie zu anderen Zeiten am liebsten einen dicken schwarzen Strich gezogen hätte.

Und dann hatte sie sich in Yngvars Arbeit hineinziehen lassen.

Ich kann mit vielen Bällen gleichzeitig jonglieren, dachte sie und nahm die Abfahrt bei Tåsenlokket. *Aber nicht mit so großen. Nicht bei der Arbeit. Und nicht mit zwei anstrengenden Projekten auf einmal.*

40

Es war erst elf Uhr abends, am Montag, dem 29. Mai, aber Inger Johanne lag schon seit einer Stunde im Bett. Sie hätte eigentlich todmüde sein müssen. Doch eine gewisse Unruhe, deren Ursprung sie nicht kannte, hielt sie wach. Sie schloß die Augen und dachte daran, daß an diesem Tag der Memorial Day gefeiert wurde. Cape Cod erlebte sein erstes sommerliches Wochenende. Die Fensterläden waren abmontiert worden. Die Zimmer ausgelüftet. Das Sternenbanner wehte an frisch angestrichenen Fahnenmasten, rot, weiß und blau knatterte der Nationalstolz im Wind, während die Segelboote zwischen Martha's Vineyard und dem Festland kreuzten.

Warren war vermutlich in Orleans gewesen, um Frau und Kinder in dem Haus mit dem Blick auf Nauset Beach abzuliefern, wo sie den Sommer verbringen würden. Die Kinder mußten jetzt schon erwachsen sein. Oder doch zumindest fast. Ohne es zu wollen, fing sie an nachzurechnen. Dann zwang sie sich dazu, an Aksel Seier zu denken. Vor ihr lag die Liste der Angestellten, die zwischen 1964 und 1966 im Justizministerium beschäftigt gewesen waren. Die Liste war lang und sagte ihr nichts. Identitäten. Menschen. Leute, die sie nicht kannte und deren Namen für sie keine Bedeutung hatten.

Auf Cape Cod hatte sie sich die ganze Zeit umgeblickt. Natürlich würden sie einander nicht begegnen. Zum einen lagen Harwichport und Orleans eine gute Viertelstunde Autofahrt voneinander entfernt. Zum anderen gab es kaum einen Grund, von Orleans nach Harwichport zu fahren, der Verkehr strömte in die andere Richtung. Orleans war groß. Oder zumindest größer. Hatte mehr Läden. Restaurants. Der gewaltige Nauset Beach am Atlantik ließ den Nantucket Sound aussehen wie ein Planschbecken. Sie wußte, daß sie ihm nicht begegnen würde. Trotzdem schaute sie sich immer wieder um.

Noch einmal ließ sie ihren Finger über die Liste wandern. Die Liste sagte ihr noch immer nichts. Der Abteilungsleiter, Alvhilds Chef im Jahre 1965, war seit fast dreißig Jahren tot. Strich durch seinen Namen, leider. Alvhilds nächste Kollegen hatten nichts zu sagen. Alvhild hatte längst festgestellt, ob sie sich an etwas erinnern konnten, ob sie etwas über Aksel Seiers auffällige Freilassung wußten. Also durchstreichen.

Inger Johanne fiel der Filzstift aus der Hand. Er verschwand in einer Falte des Bettbezugs. Rasch breitete sich im weißen Stoff ein schwarzer Fleck aus. Das Telefon klingelte.

Anonym, sagte das Display.

Inger Johanne kannte niemanden mit geheimer Telefonnummer.

Es mußte Yngvar sein.

Yngvar und Warren haben wohl ungefähr dasselbe Alter, dachte sie.

Das Telefon klingelte noch immer, als sie sich hinlegte und die Decke über den Kopf zog.

Am nächsten Morgen glaubte sie sich zu erinnern, daß es noch zweimal geschellt hatte. Aber sicher war sie nicht, sie hatte die ganze Nacht hindurch tief und traumlos geschlafen.

41

Obwohl aufgrund der besonderen Umstände das Personal durch zwei junge Mädchen von der Berufsschule verstärkt worden war, machte die Leiterin sich Sorgen. Schließlich trug sie die Verantwortung. Der Ausflug ins Technische Museum war ihrer Ansicht nach leichtsinnig und unnötig. Die anderen hatten sie überredet. Sie konnten zu Fuß hingehen, und sie waren immerhin vier Erwachsene, um die zehn Kinder zu hüten. Die Kinder freuten sich schon lange, und es mußte doch Grenzen dafür geben, wie weit dieser verrückte Kidnapper ihr Leben einengen durfte. Es war hellichter Tag, noch nicht einmal zwölf Uhr.

Die Kinder waren zwischen drei und fünf. Sie hielten einander immer zu zweit an den Händen. Die Kindergartenleiterin ging vorweg, mit ausgebreiteten Armen, als könne sie die Kleinen auf diese Weise besser beschützen. Ganz hinten ging eine der Berufsschülerinnen, während der einzige Mann in diesem Kindergarten am Rand nebenherlief und Soldatenlieder schmetterte, die die Kinder im Takt gehen ließen. Auf der anderen Seite begleitete die Köchin Bertha den kleinen Zug.

»Links, rechts, eins, zwei, drei, aus dem Glied wär' Sauerei«, brüllte der Mann. »Ein' Fuß, zwei Fuß, hoch damit, hoch den Arsch und haltet Schritt!«

»Schh!« mahnte die Leiterin.

»Arsch!« jubelten die Kinder. »Der hat Arsch gesagt!«

Bertha stolperte über ein Loch im Asphalt und blieb zurück. Ein kleines Mädchen riß sich von seiner Freundin los, um zu helfen.

»Arsch«, wiederholten zwei Jungen. »Arsch, Arsch!«

Sie kamen an der Einfahrt zu einem großen Supermarkt vorbei. Ein Kastenwagen versuchte auf den Kjelsåsvei hinauszufahren. Die Kindergartenleiterin drohte dem Fahrer mit der Faust, und der stieß als Antwort mit dem Mittelfinger gegen die Wagendecke. Langsam rollte der Wagen rückwärts. Bertha schrie auf, die kleine Eline stand wie gebannt vor der Stoßstange. Ein Hund kam über die Straße auf sie zugerannt. Er wedelte mit dem Schwanz und sprang um drei Kinder herum, und die Kinder versuchten eifrig, sein grünes Halsband zu fassen. Der Besitzer des Hundes brüllte vom Wanderweg unten am Akerselv zu ihnen hoch. Der Hund spitzte die Ohren und rannte wieder los. Die Bremsen eines Volvo kreischten auf. Der rechte Kotflügel streifte den Hund, der heulte auf und humpelte auf drei Beinen weiter. Eline weinte. Der Fahrer des Kastenwagens kurbelte sein Fenster herunter und fluchte vulgär. Die Mädchen von der Berufsschule packten jeweils ein Kind am Kragen und versuchten, die anderen von der Fahrbahn wegzuhalten, indem sie sich breitbeinig an den Straßenrand stellten. Bertha nahm Eline auf den Arm. Der Kastenwagen fuhr über den Bürgersteig und beschleunigte Richtung Frysjavei. In der Ferne fiepte der Hund. Sein Herrchen hockte vor ihm und versuchte ihn zu beruhigen. Die Fahrerin des grünen Volvo hatte mitten auf der Straße angehalten, sie hatte die Tür geöffnet und wußte offenbar nicht so recht, ob sie aussteigen sollte. Hinter ihr standen bereits vier Wagen, zwei davon hupten wütend.

»Jacob«, rief die Kindergartenleiterin, »wo ist Jacob?«

Später, als der einzige Kindergärtner, Marius Larsen, der Polizei erzählen sollte, was am Mittwoch, dem 31. Mai, kurz vor zwölf bei dem Supermarkt im Kjelsåsvei nun wirklich passiert war, brachte er die richtige Reihenfolge der Ereignisse nicht mehr zusammen. An alle Einzelheiten konnte er sich erinnern. Ein Hund hatte eine Rolle gespielt, ein Volvo auch. Der Fahrer des Kastenwagens war Ausländer gewesen. Der Besitzer des Hundes hatte einen roten Pullover getragen. Eline hatte schrecklich geweint, und Bertha war über irgend etwas gestolpert. Da sie ziemlich übergewichtig war, hatte sie sich nicht sofort wieder aufrappeln können. Der Volvo war grün gewesen. Sie hatten Soldatenlieder gesungen. Sie waren ins Technische Museum unterwegs gewesen. Der Hund war ein Jagdhund, grau und braun.

Marius Larsen hatte alle Einzelteile, aber sie paßten nicht zusammen. Am Ende bat er, alles aufschreiben zu dürfen. Ein geduldiger Beamter reichte ihm gelbe Klebezettel. Einen für jedes Ereignis. Marius Larsen legte die Zettel hintereinander, tauschte aus, dachte nach, grübelte, beschrieb mit steifen, bandagierten Fingern neue Zettel, machte einen neuen Versuch.

Das einzige, was er wirklich im Griff hatte, war das Ende der Geschichte.

»Jacob«, rief die Kindergartenleiterin. »Wo ist Jacob?«

Marius Larsen ließ zwei Kinder los. Er fuhr herum und stellte fest, daß Jacob sich schon hundertfünfzig Meter weiter befand, unter dem Arm eines Mannes, der soeben, weiter oben auf der Straße, nach Osten zu, vor einer Garagenanlage die Tür eines Autos öffnete.

Marius rannte los.

Dabei verlor er einen Schuh.

Als er das Auto fast erreicht hatte, es fehlten höchstens noch zehn, zwölf Meter, sprang der Motor an. Mit einem Satz schoß der Wagen über den Bürgersteig und hinaus auf die Straße. Marius blieb nicht stehen. Jacob war nicht zu sehen. Er lag wohl auf dem Rücksitz. Marius warf sich gegen den Türgriff. Eine zerbrochene Bierflasche zerschnitt seine Fußsohle. Die Autotür wurde aufgestoßen, Marius verlor das Gleichgewicht, der Fahrer stieg auf die Bremse. Die Tür knallte hin und her. Jacob weinte. Marius ließ die Tür nicht los, er hatte sich festgeklammert, um das Fenster, er krallte die Finger daran fest und würde nicht loslassen. Das Auto bewegte sich wieder, ruckhaft und springend, dann beschleunigte es plötzlich, und Marius rutschte ab, seine Hände waren wie taub, und sein verletzter Fuß blutete heftig. Er lag mitten auf dem Kjelsåsvei auf dem Asphalt.

Jacob lag neben ihm und heulte.

Der Junge hatte sich beim Sturz das Schienbein gebrochen, wie sich später herausstellte. Sonst ging es ihm gut. Alles in allem betrachtet.

Ziemlich genau fünf Stunden später, um zehn vor fünf am Mittwoch nachmittag, standen Yngvar Stubø, Sigmund Berli und vier Kollegen vom Polizeirevier Asker und Bærum vor einer Wohnungstür in einem Block bei Rykkinn. Im Treppenhaus roch es nach feuchtem Beton und billigem Essen. Keine neugierigen Nachbarn lugten durch die Türen. Keine Kinder waren angelaufen gekommen, als sie ihre drei schwarzen Wagen vor dem Block abgestellt hatten, drei Autos mit schlecht getarntem Blaulicht am Kühlergrill. Alles war ruhig. Sie brauchten drei Minuten, um das Türschloß aufzustochern.

»Ich gehe davon aus, daß die Formalitäten in Ordnung sind«, sagte Yngvar Stubø und betrat die Wohnung.

»Ehrlich gesagt, das ist mir im Moment scheißegal.«

Ein Kollege aus Asker und Bærum folgte ihm. Yngvar drehte sich um und vertrat ihm den Weg.

»Im Moment müssen wir das aber ganz besonders wichtig nehmen«, sagte er.

»Sicher, sicher. Alles klar. Weg da.«

Yngvar wußte nicht, was er erwartet hatte. Nichts, nahm er an. Das war besser so. Nichts sollte ihn überraschen, nie. Er hatte sein eigenes Ritual für solche Momente. Ehe er ins Haus ging, einen kurzen, kontemplativen Moment mit geschlossenen Augen, um sein Gehirn zu leeren, sich von vorgefaßten Meinungen und mehr oder weniger fundierten Annahmen zu befreien.

Jetzt wünschte er, er hätte sich besser vorbereitet.

Norwegen befand sich in einem inoffiziellen Ausnahmezustand.

Die Nachricht verbreitete sich nur Minuten, nachdem das Ereignis stattgefunden hatte: Ein weiteres Kind hatte entführt werden sollen. Diesmal verfügte die Polizei über eine Autonummer und eine gute Personenbeschreibung. Die Fernsehsender schaufelten Sendezeit frei. Die zunächst geplanten vielen kleinen Sondersendungen entwickelten sich bald zu einer einzigen langen. In beeindruckend kurzer Zeit holten die Redaktionen Experten ins Studio, Fachleute aus allen Gebieten, die auch nur die entfernteste Relevanz für den Fall haben konnten. Nur zwei von ihnen spielten die Hase-und-Igel-Rolle: Ein bekannter Kinderpsychologe und ein pensionierter Chef der Kripo waren immer schon im Studio, egal, welche Sendung gerade begann. Ansonsten erwiesen die Sender sich als überaus erfinderisch. Manchmal sogar zu sehr, TV2 brachte ein viertelstündiges Interview mit einem Bestattungsunternehmer. Mager, in Trauerkleidung und mit tiefem Einfühlungsvermögen beschrieb der die Trauerreaktionen von Eltern, die unter traumatischen Umständen ihre Kinder verlieren, und illustrierte das mit nur vage anonymisierten Beispielen. Die Zuschauerreaktionen fielen dermaßen heftig aus, daß der Chefredakteur noch vor Ende der Sendezeit sein persönliches Bedauern aussprechen mußte.

Ein Zeuge im Kjelsåsvei hatte beim Kidnapper einen eingegipsten Arm registriert.

Leicht verärgert über das unbefriedigende Interesse der Polizei – sie hatten seinen Namen und seine Adresse notiert und versprochen, sich am nächsten oder übernächsten Tag bei ihm zu melden –, rief er das Hinweistelefon des Fernsehsenders an. Er lieferte eine dermaßen präzise Beschreibung, daß ein Polizeireporter sich an eine Festnahme erinnerte, die vor nicht allzu langer Zeit in Asker und Bærum erfolgt war. Es hatte sich um einen geistig Zurückgebliebenen gehandelt, da war er sich sicher, als er in seinen Notizen blätterte. Eine spontan gebildete Bürgerwehr hatte dem Mann den Arm gebrochen, aber der Fall war bald in Vergessenheit geraten, da der Mann sich geweigert hatte, mit der Presse zu sprechen. Die Polizei war außerdem davon überzeugt gewesen, daß er mit den Entführungen nichts zu tun haben konnte.

Der Kindermörder, der Norwegen plagte wie ein Alptraum und der bisher drei oder vielleicht sogar vier Kinderleben auf dem Gewissen hatte, war schon einmal verhaftet worden! Und nach nur wenigen Stunden Arrest gleich wieder auf freien Fuß gesetzt! Noch schlimmer wurde die Sache dadurch, daß der Bursche auch diesmal entkommen war. Die Polizei war sofort über die Vorkommnisse informiert worden, von einem geistesgegenwärtigen Fahrer, der ein Handy bei sich gehabt hatte. Trotzdem war der Täter spurlos verschwunden. Ein Skandal von gewaltigen Ausmaßen!

Der Osloer Polizeipräsident verweigerte jegliche Stellungnahme. Die Justizministerin verwies in einer kurzen Pressemeldung an den Polizeipräsidenten. Der Polizeipräsident saß weiterhin in seinem Büro und hatte nichts zu vermelden.

Der Sender TV2 hatte jetzt einen Vorsprung, den der Konkurrent NRK nicht wieder aufholen konnte. Der Anrufer kam ins Fernsehen. Ihm wurde zwar nicht die sprichwörtliche Viertelstunde des Ruhmes zuteil, aber das Interview dauerte doch immerhin zwei Minuten. Außerdem konnte er sich auf zehntausend Kronen freuen, die bald sein Bankkonto füllen würden. Sehr bald sogar, wie der Interviewer versicherte, sowie die Kameras abgeschaltet wären.

Das schlimmste waren nicht einmal die Zeitschriften voller brutaler Pornos, die überall herumlagen.

Es gab nicht viel, was Yngvar Stubø in seinem Leben noch nicht gesehen hatte. Die Zeitschriften waren zwar auf billigem Papier gedruckt, aber im Vierfarbverfahren. Yngvar wußte, daß die Fotos zumeist aus Ländern der dritten Welt stammten, wo Kinder für billiges Geld zu kaufen waren, und die Polizei für eine Handvoll Dollar beide Augen zudrückte. Das schlimmste war auch nicht, daß einige der Kinder, die ihn mit leerem Blick von den scheußlichen Bildern her anstarrten, kaum mehr als zwei Jahre alt sein konnten. Yngvar Stubø hatte mit eigenen Augen ein sechs Monate altes Vergewaltigungsopfer gesehen und machte sich keine Illusionen mehr. Daß der Wohnungsinhaber einen Computer besaß, überraschte ihn da schon eher.

»Ich habe den Mann falsch eingeschätzt«, murmelte er und streifte Plastikhandschuhe über.

Das schlimmste waren aber doch die Wände.

Alles, was die Presse über die Entführungsfälle geschrieben hatte, war sorgfältig ausgeschnitten und dort aufgehängt worden. Von dem ersten, zurückhaltenden Bericht über Emilies Verschwinden bis zu einem doppelseitigen Essay, das Jan Kjærstad für die jüngste Morgenausgabe der Zeitung *Aftenposten* verfaßt hatte.

»Alles«, sagte Hermansen. »Meine Fresse, der hat wirklich alles aufbewahrt.«

»Und noch mehr«, sagte der jüngere Kollege und nickte zu den Fotos der Kinder hinüber.

Es waren die gleichen Aufnahmen, wie sie in Yngvars Büro hingen. Er trat an die Wand und betrachtete die Kopien aus zusammengekniffenen Augen. Sie steckten in Plastikhüllen. Trotzdem konnte er sofort sehen, daß sie nicht aus einer Zeitung stammten.

»Kopien aus dem Internet«, sagte der junge Beamte unaufgefordert.

»Kann also kein totaler Idiot sein«, murmelte Hermansen und sah Yngvar ganz bewußt nicht an.

»Ich habe das schon zugegeben«, erwiderte Yngvar mit harter Stimme.

Bei dem Zimmer handelte es sich ganz einfach um eine Art Büro. Um die Operationszentrale einer Ein-Mann-Armee. Yngvar wanderte langsam durch den Raum. In diesem Irrsinn gab es eine Art System. Sogar die Pornozeitschriften waren zu einer perversen Chronologie geordnet. Er sah, daß die Hefte, die dem Fenster am nächsten lagen, Szenen mit Kindern von dreizehn oder vierzehn Jahren enthielten. Je weiter er ins Zimmer vordrang, um so jünger wurden die Opfer. Wahllos griff er nach einer Zeitschrift, die neben der Küchentür auf einem Beistelltisch lag. Er schaute sich das Bild an und merkte, wie sein Hals sich zusammenschnürte, ehe er sich dazu zwang, die Zeitschrift zurückzulegen, ohne sie in Fetzen zu reißen. Einer der Kollegen aus Asker und Bærum sprach mit leiser Stimme in ein Handy. Als er das Gespräch beendet hatte, schüttelte er den Kopf.

»Sie haben noch nicht mal das Auto gefunden. Von dem Kerl ganz zu schweigen. Und so wie das hier aussieht ...«

Er machte eine vage Handbewegung,

»... habe ich keine große Lust, ins Schlafzimmer zu gehen.«

Sechs Polizisten schauten sich um. Keiner sagte etwas. Vor dem Block passierte jetzt etwas. Sie hörten Autos anhalten. Rufe. Das Klappern von Absätzen über den Asphalt. Noch immer schwiegen sie alle. Der Polizist, der nicht ins Schlafzimmer gehen wollte, drückte sich Daumen und Zeigefinger gegen die Augen. Seine Grimasse veranlaßte seinen Nebenmann, ihm unbeholfen auf die Schultern zu klopfen. Es stank nach altem, ungewaschenem Sex. Es stank nach Sperma und dreckiger Kleidung. Ein Dunst von Sünde und perversen Heimlichkeiten. Yngvar sah zu Emilies Bild hinüber. Sie war noch immer ganz ernst; der Huflattich kitzelte ihre Stirn, und sie machte ein Gesicht, als wüßte sie alles.

»Er ist es nicht«, sagte Yngvar.

»Häh?«

Die anderen schauten ihn an. Der Jüngste glotzte mit törichter Miene, seine Augen waren feucht.

»Ich habe die mentalen Kapazitäten dieses Mannes falsch eingeschätzt«, gab Yngvar zu und räusperte sich heftig. »Offenbar kann er mit einem Computer umgehen. Er kann sich mit den Vertreibern dieses Drecks in Verbindung setzen ...«

Er unterbrach sich und versuchte eine passendere Bezeichnung zu finden; eine schlimmere, zutreffendere Bezeichnung für die Druckerzeugnisse, die überall in Stapeln und Haufen herumlagen.

»... dieses Drecks«, wiederholte er dann resigniert. »Er hält sich auf dem laufenden. Und wir wissen mit nahezu hundertprozentiger Sicherheit, daß er heute diesen Versuch im Kjelsåsvei unternommen hat. Sein Wagen. Der gebrochene Arm. Die Beschreibung paßt in allen Punkten. Aber er ist nicht … *das hier* ist nicht der Mann, der die anderen Kinder entführt und ermordet hat.«

»Und das hast du so ganz allein herausgefunden.«

Sigmund Berlis Gesichtsausdruck mochte andeuten, daß er Yngvar Stubø nicht mehr als Partner betrachtete. Er war auf dem Weg ins andere Lager. In das der Kollegen aus Bærum, die wußten, daß sie den Fall gelöst hatten. Wenn sie nur den Mann fanden, der zwischen Zeitungsausschnitten und Pornos und schmutziger Kleidung in dieser Wohnung hauste. Sie wußten, wer er war, und sie würden ihn sich holen.

»Dieser Mann hat sich einmal schnappen lassen. Von zwei Amateuren! Heute wäre er um ein Haar noch einmal gefangen worden. Unser Mann, der Mann, den wir suchen, der Mann, der Kim und Glenn Hugo und Sarah umgebracht hat …«

Yngvar ließ Emilies Bild nicht aus den Augen.

»… und der Emilie vielleicht irgendwo gefangenhält … Er läßt sich nicht erwischen. Nicht auf diese Weise. Er versucht nicht, ein Kind aus einer Ausflugsgruppe heraus zu entführen, vor den Augen von vier Erwachsenen, am hellichten Tag, mit seinem eigenen Auto. Und einem dicken Gipsverband um den Arm. Das kann einfach nicht sein. Und ihr wißt das auch. Wir sind nur so darauf versessen, dieses Schwein zu erwischen, daß wir …«

»Dann kannst du mir vielleicht erzählen, was das hier ist«, fiel Hermansen ihm ins Wort.

Der Polizist triumphierte dabei nicht. Seine Stimme klang tonlos, fast resigniert. Er hatte einen Ordner aus einer Schublade gezogen. Der Ordner enthielt einen dünnen Stapel A4-Bögen. Yngvar Stubø wollte den Inhalt nicht sehen. Er konnte sich schon denken, daß er die gesamte Ermittlungsarbeit auf den Kopf stellen würde. Mehr als hundert Fahnder, die bisher von der Theorie ausgegangen waren, daß nichts Handfestes vorlag und alle Möglichkeiten offengehalten werden mußten – tüchtige Polizisten, die immerhin versucht hatten, sich nach allen Seiten umzusehen, und die wußten, daß jede gute Polizeiarbeit das Resultat einer geduldigen Systematik ist – würden jetzt allesamt in eine einzige Richtung gelenkt werden.

Emilie, dachte er. *Es geht hier um Emilie. Sie ist irgendwo. Sie lebt.*

»Verdammte Scheiße«, sagte der Jüngste.

Sigmund Berli stieß einen Pfiff aus.

Draußen hörten sie weitere Autos. Rufe und Wortwechsel. Yngvar ging zum Fenster und ließ vorsichtig das Rollo hoch. Die Presse war eingetroffen. Natürlich. Sie drängten sich unten um die Haustür. Zwei schauten hoch, und Yngvar ließ das graue Rollo los. Er drehte sich zu den anderen um. Die hatten sich um Hermansen geschart, der noch immer den roten Plastikordner in der einen Hand hielt. In der anderen hatte er einen kleinen Papierstapel. Als er Yngvar ein Blatt hinhielt, konnte er die Schrift lesen, noch vom Fenster aus.

DU HAST BEKOMMEN, WAS DU VERDIENST.

»Das ist mit der Maschine geschrieben«, sagte Yngvar.

»Hör jetzt auf«, sagte Sigmund. »Jetzt mußt du aufhören, Yngvar. Woher sollte dieser Kerl denn *wissen* ...«

»Die Zettel, die wir bei den Kindern gefunden haben, waren mit der Hand geschrieben. Mit der Hand, Leute!«

»Willst du mit denen da draußen reden, oder soll ich das tun?«, fragte Hermansen und steckte die Papiere vorsichtig wieder in den Ordner. »Wir können ja nicht viel sagen, aber es wäre wohl natürlicher, wenn ich ... wo wir doch in Bærum sind und überhaupt.«

Yngvar Stubø zuckte mit den Schultern. Er sagte kein Wort, als er sich einen Weg durch die Menschenmenge bahnte, die sich vor dem niedrigen Wohnblock in Rykkinn zusammengedrängt hatte.

Endlich erreichte er sein Auto und stieg ein. Er hatte schon fast die Hoffnung aufgegeben, daß Sigmund Berli noch kommen würde, als der Kollege sich atemlos auf den Beifahrersitz fallen ließ. Auf der Rückfahrt nach Oslo wechselten sie kaum ein Wort.

42

»Ich begreife nicht, wie du das alles schaffst«, sagte Bente begeistert. »Das hat ja so gut geschmeckt!«

Kristiane schlief. Sie war sonst immer unruhig, wenn Inger Johanne Gäste erwartete. Schon am frühen Nachmittag begann dann eine lange unansprechbare Phase. Sie irrte von einem Zimmer zum anderen, wollte nichts essen. Wollte nicht schlafen. An diesem Abend jedoch war sie ins Bett gefallen, mit Sulamit in dem einen Arm und einem zufrieden sabbernden Jack in dem anderen. Der König von Amerika hatte etwas in Kristiane ausgelöst, das mußte Inger Johanne sich eingestehen. An diesem Morgen hatte ihre Tochter bis halb acht geschlafen.

»Das Rezept«, sagte Kristin. »Ich muß das Rezept haben.«

»Gibt es nicht«, sagte Inger Johanne. »Ich habe mir einfach etwas aus den Fingern gesogen.«

Der Wein schmeckte ihr. Es war halb neun am Mittwoch abend. Ihr Kopf kam ihr leicht vor. Ihre Schultern taten nicht weh. Die Frauen am Tisch redeten wild durcheinander. Nur Tone hatte abgesagt; sie wagte unter den gegebenen Umständen nicht, ihre Kinder allein zu lassen. Und nach dem, was an diesem Tag passiert war, schon gar nicht.

»Sie war immer schon so ein schrecklicher Angsthase«, sagte Bente und kleckerte Wein auf die Tischdecke. »Diese Kinder haben doch einen Vater. Huch! Salz her! Mineralwasser! Tone ist so… sie hat eine so übertriebene Angst vor allem möglichen. Ich meine, wir können uns doch nicht einmauern, auch wenn dieses Ungeheuer umgeht.«

»Jetzt schnappen sie ihn«, sagte Line. »Jetzt wissen wir ja, wer er ist. Es muß Grenzen dafür geben, wie lange er sich noch verstecken kann. Weit wird er nicht kommen. Habt ihr gesehen, daß die Polizei die Fahndung schon ausgelöst hat, mit Bild und allem Möglichen? Jetzt gieß doch nicht das ganze Wasser aus!«

Yngvar hatte nicht angerufen. Nicht, seit Inger Johanne in der Nacht nicht ans Telefon gegangen war. Sie wußte nicht, ob ihr das leid tat. Sie hatte keine Ahnung, warum sie nicht mit ihm hatte sprechen wollen. Neulich. Jetzt wollte sie. Jetzt könnte er anrufen. Er könnte kommen, in einigen Stunden, wenn die Mädels genug gekichert hätten und aus der Wohnung geschwankt wären. Dann könnte Yngvar kommen. Sie könnten am Küchentisch sitzen und Reste aufessen und Milch trinken. Er könnte bei ihr duschen und danach ein altes Footballhemd aus den USA ausleihen. Inger Johanne könnte seine Arme anschauen, wenn er sich vorbeugte, auf die Tischplatte gestützt; das Hemd hatte kurze Ärmel und er hatte helle Haare an den Armen, als sei schon Sommer.

»...oder was?«

Plötzlich lächelte Inger Johanne.

»Was?«

»Jetzt schnappen sie ihn, oder was?«

»Das weiß ich doch nicht!«

»Aber dieser Typ«, Line ließ nicht locker. »Der, der mir am Samstag hier begegnet ist. Ist der nicht bei der Polizei? Das hast du doch gesagt, oder nicht? Sicher doch... bei der Kripo!«

»Wollten wir heute nicht über ein Buch reden«, fragte Inger Johanne und holte mehr Wein aus der Küche, die Damen hatten wie immer zuviel mitgebracht.

»Das du natürlich nicht gelesen hast«, sagte Line.

»Ich auch nicht«, gestand Bente. »Ich hatte ganz einfach keine Zeit. Tut mir leid.«

»Ich auch nicht«, schloß Kristin sich an. »Wenn das Salz wirken soll, dann mußt du es in den Stoff einreiben. So!«

Sie beugte sich über den Tisch und bohrte den Finger in den Brei aus Mineralwasser und Salz.

»Warum bezeichnen wir das hier als Literaturgruppe?«

Line hielt anklagend das Buch hoch.

»...wenn außer mir keine etwas liest? Sagt mal, ändert sich

etwas, wenn eine Kinder kriegt? Verliert eine dann die Lesefähigkeit?«

»Man verliert Zeit«, nuschelte Bente. »Zeit, Line. Die verschwindet.«

»Weißt du, das provoziert mich ja doch so ziemlich«, legte Line los. »Ihr redet immer davon wie vom Alleinseligmachenden ... als brauchte man nur Kinder zu kriegen, um dann mit gutem Gewissen ... «

»Kannst du nicht lieber etwas über das Buch erzählen«, bat Inger Johanne hastig. »Das interessiert mich. Wirklich. Als ich jünger war, habe ich alles von Asbjørn Revheim gelesen. Wollte mir sogar ein Exemplar kaufen von ... wie heißt das?«

Sie griff nach dem Buch. Line riß es ihr aus der Hand.

»*Revheim. Bericht über einen angekündigten Selbstmord«,* las Halldis vor. »Außerdem hast du mich nicht gefragt. Ich habe es nämlich gelesen.«

»Groteschk«, nuschelte Bente. »Du hascht keine Kinder, Halldisch.«

»Passender Titel«, sagte Line, noch immer mit pikiertem Unterton. »Alles, was er geschrieben und getan hat, können wir doch deuten als ... Todesdrang. Ja, als einen Hang zum Tod.«

»Klingt wie ein Kriminalroman«, sagte Kristin. »Sollen wir ganz einfach die Tischdecke wegnehmen?«

Bente hatte ihr Glas umgestoßen. Statt noch mehr Salz auf die Decke zu schütten, legte sie ungeschickt ihre Serviette über den roten Fleck. Das Glas lag noch immer da. Der rote Fleck wurde unter der Papierserviette immer größer.

»Scheiß drauf«, sagte Inger Johanne und hob ihr Glas. »Das macht doch nichts. Wann ist er eigentlich gestorben?«

»1983. Das weiß ich noch genau.«

»Mmm. Ich auch. Es war ja auch eine aufsehenerregende Art und Weise, sich das Leben zu nehmen.«

»Gelinde gesagt.«

»Lascht hören«, sagte Bente kleinlaut.

»Vielleicht solltest du einen Schluck Wasser trinken.«

Kristin holte aus der Küche mehr Mineralwasser. Bente kratzte an dem Fleck herum, den sie verursacht hatte. Line schenkte Wein nach. Halldis blätterte in dem Buch über Asbjørn Revheim.

Inger Johanne fühlte sich wohl.

Sie hatte kaum mehr geschafft, als mit dem Staubsauger durch die Wohnung zu eilen, Kristianes Spielzeug in den großen Kasten in ihrem Zimmer zu stopfen und das Badezimmer zu putzen. Für das Kochen hatte sie eine halbe Stunde Zeit gehabt. Und keine Lust. Natürlich hatte sie sich an die Verabredung gehalten. Die Mädels amüsierten sich. Sogar Bente lächelte glücklich unter ihren schweren Augenlidern. Inger Johanne konnte am nächsten Morgen später zur Arbeit gehen. Sie konnte zwei Stunden mit Kristiane herumpusseln und alles ruhig angehen lassen. Inger Johanne freute sich darüber, die Mädels zu sehen, und protestierte nicht, als Kristin ihr Glas noch einmal füllen wollte.

»Ich habe gehört, daß alle, die sich das Leben nehmen, eigentlich in einer akuten Psychose stecken.«

»Was für ein Unsinn«, sagte Halldis.

»Nein, das stimmt!«

»Daß du das gehört hast, ja. Aber der Rest stimmt nicht.«

»Was weißt du denn darüber?«

»Bei Asbjørn Revheim könnte es aber durchaus zutreffen«, sagte Inger Johanne. »Andererseits, der Typ hatte es doch schon mehrere Male versucht. Glaubt ihr, daß er dabei jedesmal psychotisch war?«

»Er war verrückt«, murmelte Bente. »Einfach knatschverrückt.«

»Das ist nicht dasselbe wie psychotisch«, wandte Kristin ein. »Ich kenne zwei Leute, die ich durchaus als knatschverrückt bezeichnen würde. Aber ein psychotischer Mensch ist mir noch nie über den Weg gelaufen.«

»Mein Chef ischt Psychopath«, sagte Bente laut. »Er ischt verdammt böse. *Böse!*«

»Und du bekommst noch mehr Wasser«, sagte Line und reichte ihr die Anderthalbliter-Flasche.

»Psychopath und psychotisch ist nicht dasselbe, Bente. Hat eine von euch *Versunkene Stadt, das Meer steigt* gelesen?«

Alle nickten. Alle außer Bente.

»Das ist zwei Jahre nach dem Urteil erschienen«, sagte Inger Johanne. »Stimmt das nicht? Und dann muß es doch auch ...«

»Ist es nicht das, in dem er den Selbstmord beschreibt?« fiel Kristin ihr ins Wort. »Obwohl es viele, viele Jahre vorher geschrieben wurde, ehe er ihn dann wirklich begangen hat... eigentlich eine schreckliche Vorstellung.«

Sie deutete auf dramatische Weise ein Schaudern an.

»Jetzt antwortet schon«, quengelte Bente. »Könnt ihr nicht einfach sagen, was passiert ist?«

Keine antwortete. Inger Johanne fing an, den Tisch abzuräumen. Alle waren satt.

»Ich finde, wir könnten über etwas Angenehmeres reden«, sagte Halldis behutsam. »Was habt ihr denn so für Pläne für den Sommer?«

Als die Freundinnen endlich aus der Wohnung stolperten, war es schon nach eins. Bente hatte zwei Stunden geschlafen und verwirrt gewirkt angesichts des Vorschlags, jetzt nach Hause zu fahren. Halldis versprach, ihr Taxi einen Umweg über Blindern machen zu lassen, um Bente sicher zu Hause abzuliefern. Inger Johanne lüftete gründlich. Während der letzten Stunde war das Rauchverbot aufgehoben worden, sie wußte allerdings nicht, wer diesen Beschluß getroffen hatte. Sie stellte vier flache Schalen mit Essig auf. Dann ging sie auf die Terrasse hinaus.

Es war die zweite Stunde des ersten Tages im Juni. Ein tiefblaues Sommerlicht war im Westen zu ahnen, während der nächsten zwei Monate würde es nachts nicht mehr richtig dunkel werden. Die Luft war scharf, aber sie konnte sich gut auch ohne Mantel draußen aufhalten. Inger Johanne lehnte sich an den Blumenkasten. Eine Reihe von Stiefmütterchen ließ die Köpfe hängen.

Während der vergangenen drei Tage hatte sie zweimal über Asbjørn Revheim gesprochen.

Asbjørn Revheim war allerdings auch eine zentrale Gestalt in der norwegischen Literatur, ebenso wie in der neueren norwegischen Geschichte. 1971 oder 72, sie wußte es nicht mehr genau, war er verurteilt worden, weil er einen blasphemischen, unsittlichen Roman geschrieben haben sollte; mehrere Jahre nach dem albernen Prozeß gegen Jens Bjørneboe, der eigentlich einen Schlußstrich unter die belletristischen Ambitionen der Anklagebehörden hätte setzen müssen. Revheim hatte sich dadurch nicht entmutigen lassen und sich zwei Jahre darauf mit *Versunkene Stadt, das Meer steigt* wieder zu Wort gemeldet. Dieses Buch war derber und gotteslästerlicher gewesen als alles, was vorher oder nachher in Norwegen gedruckt worden war. Manche hatten schon vom Nobelpreis gesprochen. Die meisten waren jedoch der Meinung gewesen, der Mann habe einen weiteren Prozeß verdient. Die Anklagebehörden aber hatten ihre Lektion gelernt; der Generalstaatsanwalt hatte viele Jahre später zugegeben, das Buch gar nicht erst gelesen zu haben.

Revheim war ein wichtiger Autor gewesen. Aber er war tot, und das schon lange. Inger Johanne konnte sich nicht erinnern, wann sie zuletzt an ihn gedacht, geschweige denn über ihn gesprochen hatte. Als im vergangenen Herbst die Biographie erschienen war und ziemliches Aufsehen erregt hatte, hatte sie das Buch nicht gekauft. Revheim schrieb Bücher, die ihr vor langer Zeit etwas bedeutet hatten. Jetzt hatte er ihr nichts mehr zu sagen. Für ihr Leben, so, wie es heute aussah.

Zweimal in drei Tagen.

Anders Mohaugs Mutter hatte geglaubt, Anders sei 1956 in den Mord an der kleinen Hedvig verwickelt gewesen. Anders Mohaug war entwicklungsgestört. Er war leicht zu lenken und hing dauernd mit Asbjørn Revheim zusammen.

Das ist zu einfach, dachte Inger Johanne. *Das ist einfach viel zu einfach.*

Sie fror, wollte jedoch noch nicht wieder ins Haus gehen. Der Wind zupfte an ihren Blusenärmeln. Sie müßte sich neue Kleider kaufen. Die anderen Mädels sahen jünger aus als sie. Selbst Bente, die bald eine Entziehungskur wegen eines Alkoholkonsums machen müßte, über den man nicht mehr mit einem Lachen hinweggehen konnte, und die jeden Tag dreißig Zigaretten rauchte, sah besser aus als Inger Johanne. Moderner jedenfalls. Line hatte schon längst den Versuch aufgegeben, sie zu Einkaufsbummeln mitzuschleifen.

Es war zu einfach.

Außerdem, wer sollte ein Interesse daran haben, Asbjørn Revheim vor Verfolgung und Strafe zu bewahren?

1956 war er erst sechzehn, dachte sie und füllte ihre Lunge mit Nachtluft; sie wollte vor dem Schlafengehen noch einen klareren Kopf bekommen.

Aber 1965? Als Anders Mohaug starb und seine Mutter zur Polizei ging? Als Aksel Seier ohne eine andere Erklärung freigelassen wurde, als daß er sich freuen sollte?

Damals war Asbjørn Revheim fünfundzwanzig Jahre alt und bereits ein anerkannter Autor. Zwei Bücher, wenn sie das richtig in Erinnerung hatte. Schon etabliert, nach nur zwei Büchern. Beide hatten heftige Diskussionen ausgelöst. Asbjørn Revheim war damals eine Bedrohung gewesen. Er hatte keinen Schutz verdient.

Inger Johanne hielt noch immer die Biographie in der Hand. Sie schaute sie an, fuhr mit der Hand über den Einband. Line hatte darauf bestanden, ihr das Buch dazulassen. Es war ein gutes Bild. Revheim hatte ein schmales, aber maskulines Gesicht. Er lächelte ein wenig. Fast arrogant. Seine Augen waren klein, doch er hatte auffällig lange Wimpern.

Sie ging ins Haus, ließ die Terrassentür aber einen Spaltbreit offenstehen. Ein schwacher Essiggeruch stach ihr in die Nase. Sie ertappte sich bei einem Gefühl der Enttäuschung darüber, daß Yngvar nicht angerufen hatte. Als sie ins Bett ging, beschloß sie, das Buch anzufangen. Noch bevor ihr Kopf das Kissen berührte, schlief sie tief.

43

Aksel Seier war nie ein Mann der schnellen Entschlüsse gewesen. In der Regel wollte er alles überschlafen. Gern eine Woche oder mehr. Sogar für kleine und belanglose Entscheidungen, wie die, ob er sich einen neuen oder einen gebrauchten Kühlschrank zulegen sollte, da der alte nun endgültig seinen Geist aufgegeben hatte, ließ er sich ausgiebig Zeit. Bei allem gab es Vor- und Nachteile. Er mußte sich alles genau überlegen. Sicher sein. Der Entschluß, im Jahre 1966 Norwegen zu verlassen, hätte bereits ein Jahr früher getroffen werden müssen. Er hätte einsehen müssen, daß seine Zukunft nicht in einem Land lag, das ihn ins Gefängnis gesteckt und ihn ohne Grund neun Jahre dort festgehalten hatte und das so klein war, daß es ihn oder andere niemals vergessen lassen würde. Aber Eile lag ihm nun einmal nicht. Vielleicht war das eine Nachwirkung seiner Jahre im Gefängnis, wo die Zeit so langsam verstrich, daß er sie nur mit Mühe verbrauchen konnte.

Er hatte sich auf das Mäuerchen unterhalb des Hauses gesetzt, zwischen dem kleinen Garten und dem Strand. Der Granit war rot und sonnenwarm, er spürte die Hitze durch seinen Hosenboden. Es war Ebbe. Halbtote Hufeisenkrebse lagen auf dem Wattstreifen. Einige mit dem Panzer nach oben, wie richtige kleine Militärpanzer mit Schwanz. Andere waren von der Brandung auf den Rücken geworfen worden, sie starben in der Sonne einen langsamen Tod und reckten dabei die Scheren in die Luft. Die Krebse sahen aus wie winzige Urzeitungeheuer, wie ein vergessenes Glied in einer Evolution, die ihnen eigentlich schon längst den Garaus hätte machen müssen.

So kam er sich auch selbst vor.

Sein ganzes Leben hatte er auf Genugtuung gewartet.

Patrick, der einzige in den USA, der von seiner Vergangenheit wußte, hatte ihm vorgeschlagen, sich an einen Anwalt zu wenden. Oder vielleicht an einen Detektiv, hatte er gesagt und dabei an einem goldbeschlagenen Pferdehalfter herumgerieben. Patricks Karussell war das prächtigste in ganz Neu-England. In Amerika gab es jede Menge Detektive. Und viele waren ungeheuer tüchtig, sagte Patrick. Wenn dieses Frauenzimmer schon den ganzen Weg von Europa hergekommen war, um ihm zu erzählen, daß sie ihn für unschuldig hielt, nach so vielen Jahren, die lange Reise von Norwegen her, ja, dann mußte es sich doch lohnen, der Sache genauer auf den Grund zu gehen. Anwälte waren nicht billig, glaubte Patrick zu wissen, aber es gab ja auch solche, die nur Honorar forderten, wenn sie den Rechtsstreit gewannen.

Das Problem war, daß Aksel keinen Rechtsstreit hatte.

Jedenfalls nicht hier in den USA.

Er hatte keinen Rechtsstreit, aber im Grunde hatte er immer gewartet. Still und resigniert hatte er die Hoffnung niemals aufgegeben, daß irgendwer erkennen würde, welches Unrecht da begangen worden war. Seine Kräfte reichten nur für ein stilles Gebet vor dem Schlafengehen, daß der morgige Tag gute Nachrichten bringen möge. Daß jemand ihm Glauben schenkte. Jemand anderes als Eva und Patrick.

Inger Johanne Viks Besuch hatte etwas zu bedeuten.

Zum ersten Mal in all diesen Jahren spielte er mit dem Gedanken an Heimkehr.

Noch immer dachte er an Norwegen als an sein Zuhause. Sein Leben bestand aus Harwichport. Aus seinem Haus, den Nachbarn, den wenigen Menschen, die er als Freunde bezeichnen konnte. Alles, was er besaß, befand sich hier, in einem kleinen Ort auf Cape Cod. Trotzdem war immer Norwegen sein Zuhause gewesen.

Wenn Eva ihn damals gebeten hätte, zu Hause zu bleiben, wäre er vielleicht niemals an Bord der MS Sandefjord gegangen. Wenn sie ihn später, in den ersten Jahren nach seiner Ankunft in den USA, gebeten hätte zurückzukehren, hätte er auf dem erstbesten Boot angeheuert. Er hätte sich in Norwegen um alle Arten von Arbeit beworben und billig gelebt. Wäre in eine andere Stadt gezogen, wo er dann ein oder zwei Jahre hätte arbeiten können, bis er von seiner Geschichte eingeholt und weitergetrieben worden wäre. Mit Eva wäre er überall hingegangen. Aber er hatte nur sich selbst bieten können, und Eva war nicht stark genug gewesen. Aksels Schande war zu groß. Nicht für ihn, sondern für sie. Sie wußte, daß er unschuldig war. Daran hatte sie offenbar nie gezweifelt. Aber sie hatte die bohrenden Blicke der anderen nicht ertragen können. Freunde und Nachbarn tuschelten und warfen sich vielsagende Blicke zu, und die Mutter machte alles noch schlimmer. Eva beugte den Nacken und fügte sich. Mit Eva zusammen hätte Aksel alles hinnehmen können, aber Eva war zu schwach gewesen, um dieses Leben mit ihm zu teilen.

Später, als sie frei war, war es für sie beide zu spät gewesen.

Jetzt war die Zeit vielleicht gekommen. Das Schicksal hatte einen Sprung in eine unerwartete Richtung gemacht, und jemand zu Hause brauchte ihn. Eva hatte ihn in dem Brief, den sie ihm gegen ihre Gewohnheit außer der Reihe geschickt hatte, zwar nicht um sein Kommen gebeten. Aber sie war zutiefst verzweifelt.

Aksel hatte Inger Johanne Viks Visitenkarte. Wenn er nach Norwegen führe, könnte er sich an sie wenden. Patrick hatte recht: Diese Frau war aus Norwegen hergekommen, um mit ihm zu reden, sie mußte also wirklich von seiner Sache überzeugt sein. Der Traum von Genugtuung könnte Wahrheit werden. Diese Vorstellung machte ihm angst, und er erhob sich mit steifen Bewegungen und rieb sich den Hintern.

Der Immobilienmakler hatte von einer Million gesprochen. Das war schon eine ganze Weile her. Cape Cod zeigte sich jetzt von seiner schönsten Seite. Da ein eventueller Käufer wohl sicher nicht am Haus interessiert sein würde, brauchte er nicht zu putzen und keine Reparaturen vorzunehmen.

Aksel Seier drehte mit der Stiefelspitze einen Hufeisenkrebs um. Der blieb liegen wie ein an Land getriebener deutscher Helm aus dem Ersten Weltkrieg. Er hob den Krebs am Schwanz hoch und warf ihn ins Wasser. Obwohl er noch nie ohne gründliche Überlegungen einen Entschluß gefaßt hatte, ging ihm auf, daß er sich einer wichtigen Entscheidung näherte. Er hätte gern gewußt, ob er die Katze mitnehmen könnte.

44

»Du hast dich geirrt, was die Halbgeschwister-Theorie angeht«, sagte Sigmund Berli.

»Gut«, sagte Yngvar Stubø. »Hast du die Blutproben ohne allzu große Umstände bekommen?«

»Frag lieber nicht. Ich habe während der letzten Tage mehr gelogen als in meinem ganzen bisherigen Leben. Frag lieber nicht. Vorläufig haben wir nur die Ergebnisse von altertümlichen Vaterschaftstests. Die DNS-Analysen dauern länger. Aber alles weist darauf hin, daß die anderen Väter in diesem Fall ihre Kinder wirklich selbst gezeugt haben.«

»Gut«, sagte Yngvar noch einmal. »Das höre ich gern.«

Sigmund Berli stutzte.

»Also wirklich«, sagte er und legte seinem Chef die Unterlagen hin. »Besonders überrascht siehst du ja nicht aus. Warum wolltest du das eigentlich unbedingt überprüfen lassen, wenn du im Grunde gar nichts anderes erwartet hast?«

»Es ist schon lange her, daß mich irgend etwas überrascht hat. Und du weißt so gut wie ich, daß wir alles untersuchen müssen. Das, was wir glauben, und das, was wir nicht glauben. Im Moment scheinen alle hier einen kollektiven Kurzschluß zu haben, bei dem sich alles um …«

»Yngvar! Jetzt laß mal gut sein!«

Die Jagd auf Olaf »Laffen« Sørnes aus Rykkinn war zu einem nationalen Anliegen geworden. Es war von nichts anderem mehr die Rede, in den Medien, am Mittagstisch, am Arbeitsplatz. Yngvar konnte verstehen, daß die meisten Leute Laffen schon zum Kindsmörder abgestempelt hatten. Daß Yngvars Kollegen aber offenbar ebenfalls dieser übereilten Schlußfolgerung zum Opfer gefallen waren, zumindest ziemlich weitgehend, machte ihm angst. Laffen war doch höchstens ein armseliger Trittbrettfahrer. Sein Vorstrafenregister berichtete von einer verkorksten Sexualität, die erst jetzt zu dem Versuch geführt hatte, ein Kind zu rauben. Sowohl in der Literatur als auch im wirklichen Leben gab es zahllose traurige Parallelen. Wenn ein Verbrechen genügend Aufmerksamkeit erregte, hatten gleich auch andere Blut geleckt.

»Das mußt du doch sehen!« sagte Yngvar und schüttelte den Kopf. »Hier stimmt nichts. Nimm doch zum Beispiel die Art, wie Sarah von einem Kurierdienst abgeliefert werden sollte. Hätte Laffen das geschafft? Hätte ein Mann mit einem IQ von *einundachtzig* sich so etwas ausdenken können? Ganz zu schweigen von der Durchführung!«

Er schlug mit der Faust auf Laffen Sørnes' Dossiers vom Sozialamt und dem Krankenhaus Bærum, wo er zur Beobachtung einer möglichen Epilepsie eingewiesen worden war.

»Ich bin dem Typen begegnet, Sigmund! Der ist ein armer Teufel, der seit Erreichen der Geschlechtsreife nur gewichst hat. Autos und Sex. Das ist Laffen Sørnes' Leben. Traurig, aber wahr!«

Sigmund Berli saugte an seinen Zähnen.

»Wir haben uns doch nicht total darin verbissen. Jetzt hör endlich auf. Das hier muß von allen Seiten untersucht werden. Aber du mußt mir doch zustimmen, daß wir diesen Kerl stoppen müssen, er hat schließlich versucht …«

Yngvar hob die Hände und nickte heftig.

»Auf jeden Fall«, fiel er dem Kollegen ins Wort. »Auf jeden Fall muß der Mann gestoppt werden.«

»Außerdem«, fügte Sigmund hinzu. »Wie erklärst du die Tatsache, daß er über den Zettel Bescheid wußte? Über die Mitteilung *Du hast bekommen, was du verdienst?* Wir haben den Zettel untersucht, und du hattest recht. Es ist nicht dieselbe Sorte Papier wie bei den anderen. Aber im Grunde muß das nichts bedeuten. Auch die anderen Zettel stammten doch von unterschiedlichen Papierchargen, wie du weißt. Und ...«

Er wurde lauter, um nicht wieder unterbrochen zu werden.

»... Laffens Zettel war ein Computerausdruck. Die anderen per Hand geschrieben. Aber woher hat er davon gewußt? Woher in aller Welt konnte er von diesem grotesken Detail wissen, wenn er nichts mit dem Fall zu tun hat?«

Inzwischen war es Nachmittag am Donnerstag, dem 1. Juni. Der Hausmeister hatte die Zentralheizung offenbar für den Sommer abgestellt. Draußen prasselte der Regen. Es war kühl, fast kalt im Zimmer. Yngvar zog sehr langsam eine Zigarre aus einer Stahlhülse. Ebenso langsam fischte er einen Zigarrenschneider aus seiner Brusttasche.

»Ich habe keine Ahnung«, sagte er. »Aber inzwischen wissen ja allerlei Leute davon. Viele von uns. Einige Ärzte. Die Eltern. Auch wenn wir sie um Stillschweigen gebeten haben, wäre es doch nicht verwunderlich, wenn sie zumindest ihrer nächsten Umgebung davon erzählt hätten. Alles in allem wissen inzwischen an die hundert Menschen davon.«

Darunter auch Inger Johanne, dachte er. Er steckte sich die Zigarre an.

»Ich habe keine Ahnung«, sagte er noch einmal und ließ eine Rauchwolke zur Decke aufsteigen.

»Kann er ...«

Wieder saugte Sigmund an seinen Zähnen. Yngvar hielt ihm eine Schachtel Zahnstocher hin.

»Könnten wir es vielleicht mit zwei Tätern zu tun haben«,

fragte Sigmund Berli. »Könnte Laffen eine Art… Handlanger für einen anderen sein, einen, der mehr Grips hat als er? Nein, danke.«

Er hob angesichts der Zahnstocher abwehrend die Hand.

»Nicht unvorstellbar, natürlich«, gab Yngvar zu. »Aber ich glaube es nicht. Ich habe so eine Ahnung, daß der wirkliche Verbrecher, der eigentliche Kindsmörder, den wir suchen, ein Mann ist, der allein handelt. Allein gegen den Rest der Welt, sozusagen. Aber die Kombination wäre nichts Neues. Cleverer Mann mit dummem Helfer, meine ich. Bekanntes Konzept.«

»Es ist eigentlich unbegreiflich, daß Laffen sich noch immer auf freiem Fuß befindet. Sein Wagen wurde hinten in Maridalen bei Skar gefunden. Von dort ist kein Autodiebstahl gemeldet worden, und wenn er keinen Fluchtwagen bereitstehen hatte, dann…«

»Er hat sich im Wald verkrochen.«

»Aber um diese Jahreszeit in Nordmarka… da wimmelt es doch nur so von Leuten!«

»Er kann sich tagsüber ruhig verhalten und sich nachts fortbewegen. Im Wald kann er sich auf jeden Fall besser verstecken als in dichtbesiedelten Gegenden. Und er ist ja passend gekleidet, um das mal so zu sagen. Wenn er sich seit unserer letzten Begegnung nicht umgezogen hat…«

Vorsichtig klopfte er sich Asche in die hohle Hand.

»…dann kann er da draußen einen Guerillakrieg führen. Wie viele Hinweise sind eigentlich eingegangen?«

Sigmund grinste.

»Über dreihundert. Aus Trondheim und Bergen, aus Sykkylven und Voss. Allein hier in Oslo ist er über fünfzigmal gesehen worden. Auf der Polizeiwache Grønland sind heute morgen vier Leute mit gebrochenen Armen abgeliefert worden. Und einer mit einem eingegipsten linken Bein. Allesamt von pflichtbewußten Mitbürgern angezeigt.«

Yngvar schaute schnell auf seine Armbanduhr.

»Kann ich mir vorstellen. Ich habe eine Verabredung. Hattest du noch mehr?«

Name und Stellung	Bezug zu	wie	wann und wo	letzter Kontakt
Arzt Fridtjof Salvesen, Bærum	Lena Baardsen	Gynäkologe	Oslo 1993–94	1994
	Turid S. Øksøy	Gynäkologie	Bærum seit 1995	22. März d.J.
Fotograf Helge Melvær, Rena	Tønnes Selbu	Familien-fotos	Sandefjord 1997	1997
	Lena Baardsen	Bekannte	Sandefj. seit 1995	Sommer 99
Jugend-betreuer Karsten Åsli, Adresse unbekannt	May Berit Benonisen	Freund	Oslo 1994–95	Frühjahr 1995
	Lena Baardsen	Liebhaber	Oslo 1991	23. Juli 1991
Klempner Cato Sylling, Lillestrøm	Lasse Oksøy	frühere Kollegen	Oslo 1993–1995	unsicher
	Tønnes Selbu	beruflicher Kontakt in Verb. m. Roman-über-setzung	Telefon- und Brief-kontakt Herbst 1999	verm. November 1999
Kranken-schwester Sonja Værøy Johnsen, Elverum	Grete Harborg (lt. Witwer Tønnes Selbu)	gute Freundin	mehrere Orte, 1975–1999	1999
	Turid S. Øksøy	Gemeinde-schwester, in Verb. m. Geburt v. Zwillingen	1998	unsicher
	Frode Benoni-sen	Ex-Lieb-haber, guter Freund	Tromsø 1992	unsicher

Sigmund Berli zog einen Computerausdruck aus der Hosentasche. Der Ausdruck hatte die Form seiner Hinterbacke angenommen, und Sigmund lächelte bedauernd, als er ihn auseinanderfaltete.

»Das ist nur eine Kopie. Mit meinen Kritzeleien. Ich habe einen sauberen für dich bestellt. Wir haben endlich einige Berührungspunkte zwischen den Familien gefunden. Wir haben alles eingegeben, was wir haben, absolut alles. Und das hier ist dabei herausgekommen.

Yngvar sah sich den Ausdruck an.

»Wurde aber auch Zeit«, sagte Yngvar. »Irgendeine Verbindung mußte es zwischen diesen Menschen doch einfach geben. Aber ...«

Für die nächsten Minuten vertiefte er sich abermals in den Ausdruck.

»Diese Sonja Værøy Johnsen können wir wohl ausschließen«, sagte er endlich. »Der Klempner kommt mir auch nicht sonderlich interessant vor. Warum ist Karsten Åslis Adresse unbekannt? Könnt ihr ihn beim Einwohnermeldeamt nicht finden?«

»Nein, aber das ist wohl das häufigste Vergehen, das wir Norweger uns zuschulden kommen lassen. Uns bei einem Umzug nicht umzumelden, meine ich. Eigentlich soll das ja innerhalb von acht Tagen passieren. Ein großes Problem ist das sicher nicht. Wir haben der Sache nur noch nicht richtig nachgehen können.«

Yngvar faltete den Bogen zusammen und steckte ihn in die Jackentasche.

»Dann tut das. Ich behalte diese Übersicht hier, bis ich selbst eine bekomme, okay?«

Sigmund zuckte mit den Schultern.

»Ich will Åslis Adresse«, sagte Yngvar, »Und ich will mehr über diesen Fotografen erfahren. Und den Gynäkologen. Außerdem will ich ...«

Er zog an seiner Zigarre und erhob sich. Als er die Tür hinter sich abschloß, klopfte er seinem Kollegen leicht auf die Schulter.

»Ich will soviel wie möglich über diese drei wissen«, sagte er. »Den Jugendbetreuer, den Fotografen und den Gynäkologen. Alter, Familienverhältnisse, Vorstrafen … alles. Und noch was …«

Sigmund Berli hatte die Hand schon auf der Klinke seiner Bürotür.

»Danke«, sagte Yngvar. »Vielen Dank. Das war gute Arbeit.«

45

»Du kannst so gut mit ihr umgehen«, sagte Inger Johanne leise. »Sie mag dich. Normalerweise ignoriert sie andere Menschen. Wenn sie die nicht schon lange kennt, meine ich.«

»Sie ist wirklich ein seltsames Kind«, sagte Yngvar und deckte Kristiane, Sulamit und den König von Amerika zu.

Inger Johanne erstarrte. Er fügte hinzu:

»Ein seltsames und irgendwie wunderbares Kind. Sie ist ungeheuer clever.«

»Das ist meistens nicht das erste, was über sie gesagt wird. Aber du hast recht. Für ihre Verhältnisse ist sie clever und schnell. Nur merkt man das nicht immer sofort.«

Yngvar trug jetzt ihr Hemd. New England Patriots, blau, mit einer großen 82 vorn und dem weißen Schriftzug VIK oben auf dem Rücken. Er war direkt von der Arbeit gekommen. Als er fragte, ob er bei ihr duschen dürfe, hatte er sie nicht angesehen. Sie hatte ihm wortlos ein Handtuch geholt. Und das Footballhemd, das zu groß für sie war. Er hielt es hoch und lachte.

»Warren meint, ich hätte das Zeug zu einem guten Spieler«, sagte er.

»Warren meint soviel«, sagte Inger Johanne und stellte die Teller auf den Tisch. »In fünfzehn Minuten gibt es Essen. Du solltest dich also ein bißchen beeilen.«

Der Auszug war verschmutzt und bedeckt von unleserlichen Kritzeleien. Trotzdem konnte sie den Inhalt der Tabelle problemlos entziffern. Er saß neben ihr auf dem Sofa und beugte sich über den Bogen, der auf ihrem Knie lag, dem Knie, das Yngvar am nächsten war und ab und zu seinen Oberschenkel streifte. Sie hielten dampfende Tassen in den Händen.

»Findest du etwas Interessantes?« fragte er.

»Nicht viel. Abgesehen davon, daß ich dir darin zustimme, daß die Krankenschwester wohl kaum in Frage kommt.«

»Weil sie eine Frau ist?«

»Vielleicht. Ja. Ebenso der Klempner. Abgesehen von ...«

Ein kalter Schauer lief ihren Rücken entlang, und sie legte eine Hand in den Nacken. Der Klempner wohnte in Lillestrøm.

Reiß dich zusammen, dachte sie. *Das ist natürlich reiner Zufall. In Lillestrøm wohnen sehr viele Menschen. Das liegt ganz in der Nähe von Oslo. Dieser Klempner hat nichts mit Aksel Seiers Fall zu tun. Reiß dich zusammen!*

»Was ist los?« fragte er.

»Nichts«, murmelte sie. »Ich untersuche nur derzeit einen anderen Fall, einen alten Kriminalfall von ... egal. Das hat wirklich nichts miteinander zu tun. Ich glaube, den Klempner kannst du vergessen.«

»Das glaube ich auch«, nickte er. »Dann sind wir uns einig. Warum eigentlich?«

»Weiß ich nicht so recht.«

Sie ließ ihren Finger noch einmal über den Bogen wandern. Unter der Überschrift »Bezug« hielt sie inne.

»Vielleicht, weil er mit den Vätern zu tun hatte. Er ist der einzige von allen hier, der nur mit den Vätern zu tun hatte. Mit Tønnes Selbu, Emilies Vater. Mit Lasse Øksøy, Kims Vater. Aus irgendeinem Grund glaube ich eher, daß es bei unserem Fall um die Mütter geht. Oder ... ich weiß nicht. Schau her. Er hat Tønnes Selbu bei einer Übersetzung geholfen, und sie sind einander nicht einmal persönlich begegnet. Eine reichlich vage Verbindung.«

»Komisch, mit einem Klempner über einen Roman zu reden«, sagte Yngvar in seinen Becher hinein.

»Vielleicht spielt ein Klempner darin die Hauptrolle«, sagte sie trocken. »Wer weiß. Aber sieh dir das an! 23. Juli 1991!«

»Was denn? Wo?«

»Lena Baardsen hat angegeben, daß sie 1991 ein Verhältnis mit Karsten Åsli hatte. Dieses Verhältnis muß ja einen tiefen Eindruck hinterlassen haben. Sie weiß sogar noch, an welchem Tag sie ihn zuletzt gesehen hat, obwohl es fast zehn Jahre her ist. Am 23. Juli 1991. Kannst *du* dich an so was erinnern?«

Er saß zu dicht neben ihr. Sie spürte seinen Atem in ihrem Gesicht, Kaffeeatem mit warmer Milch. Sie setzte sich gerade hin.

»Ich war tatsächlich nur mit meiner Frau zusammen«, sagte er. »Schon auf dem Gymnasium. Also …«

Er lächelte, und sie hielt es auf diesem Sofa einfach nicht mehr aus.

»… in dieser Hinsicht kann ich nicht mitreden«, sagte er jetzt und sah ihr nach, als sie in die Küche ging. »Aber ich glaube, Frauen können sich solche Details ohnehin immer besser merken. Glaube ich eben.«

Als sie zurückkam, ohne etwas geholt zu haben, setzte sie sich auf der anderen Seite des Glastisches in einen Sessel. Sein Gesichtsausdruck war nicht zu deuten.

Sie begriff ihn nicht. Einerseits legte er ein fast zudringliches Interesse an den Tag. Das nicht nur fachlich begründet sein konnte. Nicht so, wie er sie bedrängte: Zuerst, indem er sie fast mit Gewalt in sein Büro hatte bringen lassen, dann, wie er sie in den USA ausfindig gemacht hatte, und schließlich, daß er sie ausgerechnet im Supermarkt aufspürte. Er hatte Interesse. Aber weil er dann nie etwas unternahm, einfach nur kam, sie aufsuchte, redete, kam sie sich …

… blöd vor, dachte sie. *Ich begreife dich nicht. Ich lade dich zum Essen ein. Du läufst in meinem Hemd mit meinem Namen durch meine*

Wohnung, du deckst mein Kind zu, Yngvar. Warum passiert eigentlich nichts?

»Ich finde das seltsam«, sagte sie leichthin. »Sich an so ein Datum zu erinnern.«

Die Tabelle lag zwischen ihnen.

»Ich habe Fotografen schon immer zutiefst mißtraut«, sagte Yngvar lächelnd. »Sie verdrehen die Wirklichkeit und nennen das dann echt.«

»Und ich den Gynäkologen«, sagte sie, ohne ihn anzusehen. »Denen fehlt es oft an der elementarsten Form von Mitmenschlichkeit. Die Gynäkologinnen sind meistens ein wenig besser.«

»Aus deinem Mund klingt das ziemlich nach einem Vorurteil. Und was hältst du von Jugendbetreuern?«

Sie lachten beide ein wenig. Es war gut, daß sie für sich allein saß. Er machte kein Aufhebens davon. Machte es sich einfach etwas bequemer, als finde er es angenehm, das ganze Sofa für sich zu haben.

»Seid ihr in bezug auf die Todesursachen bei Kim und Sarah weitergekommen?«

»Nein.«

Er leerte seinen Becher.

»Wenn wir davon ausgehen, daß es wirklich eine Todesursache gibt«, sagte Inger Johanne, »dann …«

»Natürlich gibt es eine Todesursache. Hier ist die Rede von zwei gesunden, kräftigen Kindern!«

Wenn er die Stirn runzelte, sah er älter aus. Viel älter. Als sie.

»Könnten sie … vor Angst gestorben sein oder so?«

»Nein. Meines Wissens nicht. Glaubst du überhaupt, daß das möglich ist? Menschen mit gesundem Herzen zu Tode zu erschrecken?«

»Keine Ahnung. Aber wenn unser Mann eine Tötungsart gefunden haben sollte, die keinerlei Spuren hinterläßt …«

Wieder überzog kalte Gänsehaut ihren Nacken. Sie raffte ihre Haare zusammen und fuhr sich mit den Fingern durch den Pony.

»Dann bedeutet das, daß er die ultimative Kontrolle hat. Was zu seinem Profil passen würde.«

»Zu welchem Profil?«

»Warte.«

Sie starrte den Ausdruck an. Von ihr aus gesehen stand der Text auf dem Kopf, die Schrift war so klein, daß sie sie so nicht entziffern konnte. Sie hob einen Finger, als brauche sie absolute Stille, um ihren Gedanken zu Ende führen zu können.

»Dieser Mann ist ein … Rächer«, sagte sie angespannt. »Er leidet an einer ernsthaften anti-sozialen Persönlichkeitsstörung oder ist ein Psychopath. Er macht das hier alles, weil er es für richtig hält. Oder für gerecht. Er glaubt, irgendwelche Ansprüche zu haben. Auf irgend etwas. Das er nie bekommen hat. Oder das ihm weggenommen worden ist. Etwas, das ihm gehört. Er nimmt es sich zurück … das, was ihm gehört.«

Ihr Finger erhob sich zwischen ihnen wie ein Ausrufezeichen. Yngvar verzog keine Miene.

»Könnte er … ist der Mörder vielleicht der Erzeuger dieser Kinder?«

Ihre Stimme zitterte; das hörte sie selber und räusperte sich. Yngvar war blaß geworden.

»Nein«, sagte er endlich. »Das ist er nicht.«

Langsam ließ Inger Johanne ihren Finger sinken. »Das habt ihr überprüft«, sagte sie tonlos. »Ob die Kinder die Abkömmlinge ihrer Väter sind.«

»Ja.«

»Wäre ja nett gewesen, das zu erfahren«, sagte sie. »Wo du doch meinst, ich sollte dir helfen.«

»Ich bin einfach noch nicht dazu gekommen. Wir wissen, daß Tønnes Selbu nicht Emilies leiblicher Vater ist. Er weiß es selber aber offenbar nicht. Die anderen Kinder …«

Er ließ sich langsam auf dem Sofa zurücksinken.

»Alles weist darauf hin, daß es mit der Vaterschaft seine Richtigkeit hat.«

Inger Johanne ließ den Ausdruck nicht aus den Augen. Der König von Amerika fiepte hinter Kristianes geschlossener Zimmertür. Inger Johanne blieb sitzen. Das Fiepen wurde lauter.

»Soll ich …«, begann Yngvar.

»Ich hatte gestern hier eine Art Frauenfest«, fiel sie ihm ins Wort. »Wir waren am Ende allesamt beschwipst.«

Jack heulte jetzt.

»Ich lasse ihn raus«, sagte Yngvar. »Bestimmt muß er pinkeln.«

»Er ist noch nicht stubenrein«, sagte sie matt. »Er will nur Gesellschaft. Jetzt wird Kristiane wach. Jetzt ist es passiert.«

Trotzdem blieb sie weiter sitzen. Yngvar ließ den Hund aus dem Kinderzimmer. Der strullte auf den Boden. Yngvar holte Wischlappen und Eimer. Das ganze Zimmer roch nach Ajax, als er dann ins Badezimmer ging und mit dem Hund auf dem Arm zurückkehrte.

»Ein Fest«, sagte er mit aufgesetzter Munterkeit. »Am Mittwoch!«

»Das ist eigentlich eine Art Lesegruppe. Nur haben wir selten Zeit zum Lesen. Auf jeden Fall lesen wir nicht dieselben Bücher. Aber wir machen das seit dem Gymnasium. Einmal im Monat. Und waren am Ende, wie gesagt, ein wenig …«

Sie errötete. Sie war froh darüber, daß sie am Vorabend nicht zuviel getrunken hatte. Yngvar gingen ihre Unternehmungen nichts an. Er breitete sich in ihrer Wohnung aus, saß mit ihrem Hund auf dem Schoß auf ihrem Sofa. Seine Hände waren noch naß von ihrem Wasser und ihrem Putzmittel.

»Später am Abend wollte eine von uns um jeden Preis wissen, mit wie vielen Männern die anderen …«

Yngvar war immer nur mit seiner Frau zusammengewesen. Inger Johanne hatte nicht geglaubt, jemals so etwas von einem Mann zu hören.

Sagst du die Wahrheit, dachte sie. *Oder willst du auch damit Eindruck schinden? Damit, daß du anders wirkst?*

»…geschlafen hatten«, vollendete sie ihren Satz.

»Jetzt kann ich nicht…«

»…so ganz folgen?«

Sie bereute das alles sofort.

»Ich erzähle das nicht einfach so«, beteuerte sie schnell. »Wir haben natürlich viel gejuxt und gelacht. Es ist so ein Gesellschaftsspiel, mit dem gute Freundinnen sich ab und zu amüsieren. Ungefähr wie Jungs, wenn sie die fünf besten Rockplatten aller Zeiten aufzählen. Die zehn besten Fußballstürmer. So ungefähr.«

Yngvar hatte einen breiten Schoß. Seine Oberschenkel waren kräftig, und dazwischen war Platz für den ganzen König von Amerika. Der Hund hatte das Maul geöffnet, die Augen halb geschlossen und war sehr zufrieden.

»Wir haben allesamt ein bißchen geschwindelt. Was ich meine, ist …«

»Na, jetzt bin ich wirklich gespannt.«

Seine Worte waren sarkastisch. Seine Stimme freundlich. Sie wußte nicht, was sie glauben sollte.

»Wir verschweigen etwas«, sagte sie. »Wir alle haben Dinge, zu denen wir nicht so ganz stehen mögen.«

Er hob den Blick von dem Hund und schaute ihr voll ins Gesicht.

»Na ja, nicht alle«, sagte sie und zeigte auf den Eßtisch, als könne der erklären, von wem sie hier sprach. »Aber wir. Wir hier, gestern. Wir haben verschwiegen. Im Laufe der Jahre sind wir an allerlei Menschen geraten, bei denen wir bald festgestellt haben, daß wir sie nicht leiden konnten, oder wo wir es richtig unangenehm finden, daran denken zu müssen, daß wir… mit ihnen zusammen waren. Dann vergeht die Zeit, und wir vergessen das Ganze. Bewußt oder unbewußt. Auch wenn in der Regel in unserer Hirnrinde gewisse Namen auf der Lauer liegen, sprechen wir sie nicht aus. Nicht einmal guten Freundinnen gegenüber.«

Vorsichtig setzte er den Hund auf den Boden. Der fiepte und wollte wieder hoch. Yngvar schob ihn energisch weg und zog den

Computerausdruck zu sich heran. Der Hund schlenderte in eine Ecke und ließ sich dort fallen.

»Hier ist nur ein Liebhaber vertreten«, sagte er. »Karsten Åsli. Er ist als Freund angeführt oder eigentlich als früherer Freund, von einer anderen. Meinst du, dieser Åsli könnte in Wirklichkeit mit mehreren Müttern zusammengewesen sein?«

»Nicht unbedingt. Es kann auch um einen ganz anderen gehen. Um einen, den keine erwähnt hat. Entweder, weil sie den Typen komplett verdrängt haben, oder weil sie nicht dazu stehen wollen...«

»Aber diese Mütter erkennen doch sicher den Ernst der Lage«, fiel er ihr ins Wort. »Sie wissen, wie wichtig es ist, daß sie die Wahrheit sagen, daß diese Listen, um die wir sie gebeten haben, korrekt sein müssen.«

»Ja«, sie nickte. »Sie lügen nicht. Sie verdrängen. Möchtest du etwas trinken? Einen Whisky? Einen GT?«

Als er auf die Uhr schaute, wirkte das wie eine automatische Geste, als könne er dieses Angebot nicht annehmen oder ablehnen, ohne sich zuerst über die Tageszeit zu informieren. Vielleicht hatte Inger Johanne recht gehabt, vielleicht trank Yngvar überhaupt nie.

»Ich fahre«, sagte er zögernd. »Also nein danke. Obwohl es verlockend klingt.«

»Du kannst deinen Wagen stehenlassen«, sagte sie leichthin und fügte rasch hinzu: »Ich will dich nicht drängen. Ich weiß ja nicht, ob diese Damen einen gemeinsamen Liebhaber gehabt haben können. Ich wollte diesen Gedanken nur zur Sprache bringen. Es hat etwas mit der Wut in den Verbrechen dieses Mannes zu tun. Mit seiner Verbitterung. Der Bosheit. Ich kann mir leichter vorstellen, daß es als Folge einer Zurückweisung durch eine Frau dazu kommen kann, durch mehrere Frauen, vielleicht durch alle Frauen, als dadurch, daß jemand auf... zum Beispiel das Finanzamt sauer ist.«

»Sag das nicht«, sagte Yngvar. »In den USA...«

»In den USA gibt es auch Leute, die morden, weil ihnen ein lauwarmer Big Mac serviert worden ist«, sagte Inger Johanne. »Ich glaube, wir halten uns besser an die hiesigen Verhältnisse.«

»Was ist eigentlich zwischen dir und Warren gelaufen?«

Inger Johanne staunte darüber, daß sie nicht heftiger reagierte. Seit Yngvar verraten hatte, daß er Warren kannte, hatte sie auf diese Frage gewartet. Als die nicht kam, hatte sie sich damit zufriedengegeben, daß es ihn nicht interessierte. Was sie enttäuschte und zugleich freute. Sie wollte nicht über Warren sprechen. Daß Yngvar bisher noch nicht gefragt hatte, konnte trotzdem auf eine Gleichgültigkeit hinweisen, die ihr nicht zusagte.

»Ich will nicht über Warren sprechen«, sagte sie ruhig.

»Gut. Wenn ich dir auf irgendeine Weise zu nahe getreten bin, dann tut mir das leid. Es war nicht so gemeint.«

»Du bist mir noch nie zu nahe getreten«, sagte sie und rang sich ein Lächeln ab.

»Dann trinke ich doch etwas.«

»Und wie kommst du dann nach Hause?«

»Mit dem Taxi. GT, wenn du hast.«

»Das habe ich doch gesagt.«

Die Eiswürfel klirrten laut, als sie mit zwei Gläsern Gin-Tonic aus der Küche kam.

»Zitrone hab ich leider nicht«, sagte sie. »Warren hat mich auf üble Weise im Stich gelassen. Beruflich und gefühlsmäßig. Und weil ich so jung war, hat mich letzteres am meisten getroffen. Heute bin ich eher wütend wegen ersterem.«

Im Drink war zuviel Gin. Sie schnitt eine Grimasse und fügte hinzu:

»Soweit ich überhaupt noch daran denke. Es ist ja eine Ewigkeit her. Und wie gesagt: Ich möchte nicht darüber reden.«

»Prost. Ein andermal, vielleicht.«

Er hob sein Glas und trank.

»Nein«, sagte sie. »Ich will nicht darüber sprechen. Nicht jetzt und später auch nicht. Ich bin fertig mit Warren.«

Die Stille, die jetzt folgte, war aus irgendeinem Grund nicht peinlich. Im Garten rannten ein paar halbwüchsige Kinder lärmend einem verirrten Fußball hinterher. Es war ein Sommergeräusch, das beide lächeln ließ, wenn sie sich auch nicht anlächelten. Inzwischen war es halb zehn. Inger Johanne spürte, wie der Gin ihr sofort zu Kopf stieg. Ein leichter und angenehmer Schwindel schon nach dem ersten Schluck. Sie entspannte sich. Dann sagte sie:

»Wenn wir mit dem Gedanken spielen, daß wir einen Exliebhaber suchen oder einen, der gern mit diesen Müttern zusammengewesen wäre, dann stimmt der Zettel ziemlich gut. *Du hast bekommen, was du verdienst.* Man kann eine Frau nicht schlimmer treffen, als wenn man ihr ein Kind wegnimmt.«

»Einen Mann auch nicht.«

Inger Johanne musterte ihn zerstreut. Dann begriff sie.

»Oh... Tut mir leid. Entschuldigung, Yngvar, ich hatte nicht daran gedacht...«

»Ist schon gut. Die meisten scheinen das zu vergessen. Vermutlich, weil das Unglück dermaßen... grotesk war. Ein Kollege von mir hat vor einem Jahr bei einem Autounfall einen Sohn verloren. Darüber reden alle mit ihm. Mit einem Autounfall können wir irgendwie umgehen. Von einer Leiter zu fallen und sich und die eigene Mutter umzubringen ist eher...«

Er lächelte verkniffen und trank einen Schluck.

»...wie aus einem Roman von John Irving. Deshalb schweigen alle. Was eigentlich in Ordnung ist. Du wolltest etwas sagen.«

Sie wollte nicht weitermachen. Etwas in seinem Blick zwang sie aber zu sagen:

»Angenommen, wir reden von einem scheinbar normalen Menschen. Sieht vielleicht gut aus. Ist nett. Kann vielleicht charmant sein und kommt leicht mit Frauen in Kontakt. Weil er sehr gut manipulieren kann, bleiben sie vielleicht einige Zeit bei ihm. Aber nicht lange. Er hat etwas Böses an sich, etwas Unreifes und Selbstsüchtiges, das zusammen mit einer Paranoia, die schnell zum

Vorschein kommt, die Frauen in die Flucht treibt. Die Niederlagen häufen sich. Er glaubt nicht, daß es an ihm liegen könnte. Er macht doch alles richtig. Diese Frauen sind es, die ihn im Stich lassen. Sie sind schlau und berechnend. Auf sie ist kein Verlaß. Und dann passiert etwas.«

»Was zum Beispiel?«

Er leerte sein Glas. Inger Johanne wußte nicht, ob sie ihm mehr anbieten sollte. Deshalb sagte sie:

»Ich weiß es nicht. Noch eine Zurückweisung? Vielleicht. Vermutlich etwas Schwererwiegendes. Etwas, bei dem er einfach ausrastet. Dieser Mann, der in Tromsø gesehen worden ist, gibt es über den etwas Neues?«

»Nein. Niemand hat sich gemeldet. Das kann bedeuten, daß es sich um unseren Mann handelt. Es kann auch bedeuten, daß es ein ganz anderer war. Einer, der mit dem Fall nichts zu tun hat, der aber aus Gründen dort unterwegs war, die er der Polizei lieber nicht auf die Nase binden möchte. Es kann sich um etwas so Unschuldiges wie um den Besuch bei einer Geliebten handeln. Deshalb bringt uns das nicht weiter.«

»Emilie ruiniert das ganze Bild«, sagte sie. »Möchtest du noch einen?«

Er nahm das Glas in die Hand und musterte es ausgiebig. Die Eiswürfel waren geschmolzen. Plötzlich trank er und sagte:

»Danke, nein. Ja, Emilie ist ein Rätsel. Wo steckt sie? Da ihre Mutter seit fast einem Jahr tot ist, kann die Entführung ja wohl kaum ihr gegolten haben. Und das wirft deine Theorie über den Haufen.«

»Ja …«

Sie zögerte.

»Sie ist aber nicht zurückgebracht worden, so wie die anderen Kinder. Jedenfalls nicht zu ihrem Vater. Aber habt ihr …«

Ihre Blicke verschränkten sich ineinander.

»Der Friedhof«, sagte er leise, fast flüsternd. »Er kann sie ihrer Mutter zurückgebracht haben.«

»Ja. Nein!« Inger Johanne zog sich die Ärmel über die Hände. Sie fror und rief beinahe:

»Sie ist seit fast vier Wochen verschwunden! Das hätte jemand entdeckt. In der Zeit müssen doch viele Leute den Friedhof von Asker besucht haben.«

»Ich weiß nicht einmal, ob Grete Harborg dort liegt«, sagte er atemlos. »Verdammt! Warum habe ich eigentlich bisher nicht daran gedacht?«

Er sprang auf. Er nickte fragend zu Inger Johannes Arbeitszimmer hinüber.

»Ja, ruf an«, sagte sie. »Aber ist es nicht ein bißchen spät, um das festzustellen?«

»Viel zu spät«, sagte er und schloß die Tür hinter sich.

Sie hatten sich auf die Terrasse gesetzt. Auf seinen Wunsch hin. Mitternacht war vorbei. Die Nachbarn hatten endlich ihre Kinder ins Haus geholt. Von Osten kam ein vager Grillgeruch. Der Wind stand günstig, die Autos auf dem Store Ringvei waren nur als fernes Rauschen zu hören. Inger Johanne hatte ihm einen Schlafsack angeboten, als sie sich gegen elf eine Decke holte. Er lehnte dankend ab, hatte dann aber doch eine leichte Wolldecke um die Schultern akzeptiert. Sie konnte sehen, daß er fror. Seine Oberschenkel zitterten rhythmisch, und ab und zu hauchte er seine Hände an.

»Eine faszinierende Geschichte«, sagte er und überzeugte sich zum vierten Mal davon, daß das Handy wirklich eingeschaltet war. »Ich habe ihnen diese Nummer gegeben. Damit sie nicht ...«

Er nickte nach hinten. Kristiane schlief tief.

Inger Johanne hatte ihm von Aksel Seier erzählt. Es überraschte sie eigentlich, daß sie das erst jetzt tat. Innerhalb von nicht mal einer Woche waren Yngvar und sie einen ganzen Tag, einen langen Abend und eine durchwachte Nacht zusammengewesen. Mehrmals hatte sie mit dem Gedanken gespielt, diese Geschichte mit ihm zu teilen. Etwas hatte sie bisher zurückgehalten, vielleicht der ewige Widerwille dagegen, Beruf und Privates zu vermischen. Sie wußte nicht mehr, in welche Sparte Yngvar gehörte. Er trug noch immer ihr Hemd. Er hatte ihr voller Interesse zugehört. Seine kurzen, seltenen Fragen hatten Sinn gehabt. Waren klug gewesen. Sie hätte es früher tun sollen. Aus irgendeinem Grund hatte sie Asbjørn Revheim und Anders Mohaug ausgelassen. Und ihren Ausflug nach Lillestrøm hatte sie auch nicht erwähnt. Sie schien das alles erst in Ruhe durchdenken zu wollen.

»Glaubst du«, fragte sie nachdenklich, »daß die norwegischen Justizbehörden in gewissen Fällen vielleicht ...«

Sie wagte fast nicht, dieses Wort zu benutzen.

»Korrupt sein könnten«, sagte er hilfreich. »Nein. Wenn du unter korrupt verstehst, daß sie gegen Bestechungsgeld bereit wären, einen Fall zu einem bestimmten Ende zu bringen, dann halte ich das für so gut wie ausgeschlossen.«

»Das ist ja beruhigend«, sagte sie trocken.

Auf einem kleinen Teakholztisch zwischen ihnen stand eine Thermoskanne voll Tee mit Honig. Der Korken summte nervtötend vor sich hin, und sie versuchte, ihn richtig festzudrehen.

»Aber es gibt viele Varianten menschlicher Unzulänglichkeit«, sagte Yngvar jetzt und schloß die Hände um seinen Becher, um sie zu wärmen. »Korruption ist hierzulande fast unvorstellbar. Aus vielen Gründen. Zum einen fehlt uns einfach die entsprechende Tradition. Das mag seltsam klingen, aber Korruption setzt tatsächlich eine Art nationale Tradition voraus. In vielen afrikanischen Ländern zum Beispiel ...«

»Vorsicht, mein Lieber!«

Sie lachten beide ein wenig.

»Wir haben in den letzten Jahren auch in Europa Fälle von Korruption auf sehr hoher Ebene erlebt«, sagte Inger Johanne. »Belgien. Frankreich. So unvorstellbar ist das also nicht. Du brauchst nicht nach Afrika zu gehen.«

»Stimmt«, gab Yngvar zu. »Aber wir sind ein sehr kleines Land. Sehr überschaubar. Korruption ist hier nicht das Problem.«

»Sondern?«

»Unfähigkeit und Prestigedenken.«

»Meine Güte.«

Sie ließ von der Thermoskanne ab. Die jammerte noch immer, es war ein dünner Klagelaut. Yngvar drehte den Verschluß ganz auf und goß den restlichen Tee in seine Tasse. Dann legte er den Deckel vorsichtig auf den Tisch und fragte:

»Worauf willst du eigentlich hinaus?«

»Ich ... Wäre es grundsätzlich denkbar, daß Aksel Seier damals verurteilt worden ist, obwohl jemand im Justizapparat wußte, daß er unschuldig war?«

»Er wurde von einer Jury verurteilt«, sagte Yngvar. »Eine Jury besteht aus zehn Mitgliedern. Ich kann mir nun sehr schwer vorstellen, daß zehn Menschen beschließen können, ein derartiges Unrecht zu dulden, ohne daß das jemals durchsickert. In all den Jahren seither, meine ich.«

»Ja. Aber die Beweise werden von den Anklagebehörden vorgelegt.«

»Das schon. Meinst du, daß ...«

»Ich meine erst einmal gar nichts. Ich frage dich, ob du es für möglich hältst, daß Polizei und Staatsanwaltschaft 1956 Aksel Seier für ein Verbrechen hinter Gitter brachten, von dem sie wußten, daß er es nicht begangen hatte.«

»Weißt du, wer damals die Anklage vertreten hat?«

»Astor Kongsbakken.«

Yngvar ließ seinen Becher sinken und lachte.

»Den Zeitungsberichten zufolge hat er sich, gelinde gesagt, ziemlich engagiert«, sagte Inger Johanne jetzt.

»Das kann ich mir vorstellen. Ich bin zu jung ...«

Er lächelte breit und blickte ihr ins Gesicht. Sie betrachtete einen Teefleck auf ihrer Decke und zog sie dichter um sich zusammen.

»... um ihn vor Gericht erlebt zu haben«, sagte Yngvar. »Aber er war legendär. Ein richtiger Medienstar, kann man wohl sagen. Engagiert und ungeheuer tüchtig. Anders als viele der großen Verteidiger war Kongsbakken klug genug, rechtzeitig aufzuhören. Ich weiß gar nicht genau, was danach aus ihm geworden ist.«

»Er muß doch längst tot sein«, sagte sie leise.

»Ja, entweder tot oder steinalt. Und ich glaube, eins kann ich dir mit Sicherheit sagen: Staatsanwalt Kongsbakken hätte sich niemals dazu hergegeben, einen Unschuldigen verurteilen zu lassen.«

»Aber 1965 … als Aksel einfach so auf freien Fuß gesetzt wurde und …«

Das Mobiltelefon stimmte eine digitale Version von »Für Elise« an. Yngvar hob es an sein Ohr. Das Gespräch dauerte keine Minute, und er sagte kaum mehr als ja und nein und vielen Dank.

»Nichts«, sagte er laut und schaltete das Gerät wieder aus. »Grete Harborg liegt hier in Oslo auf dem Østre Gravlund, neben ihren Großeltern. Drei Streifen von der Osloer Polizei haben die Umgebung des Grabes durchkämmt. Nichts. Keine verdächtigen Pakete, keine Mitteilungen. Sie suchen morgen, wenn es hell geworden ist, weiter, aber sie sind ziemlich überzeugt davon, daß dort nicht mehr zu holen ist.«

»Gott sei Dank«, flüsterte Inger Johanne; sie empfand eine physische Erleichterung. »Wie gut. Aber …«

Er sah sie an. Im Nachtlicht wirkten ihre Augen dunkel, fast schwarz. Er hätte sich rasieren müssen. Die Schlummerdecke war von seinen Schultern geglitten. Als er sich umdrehte, um sie hochzuheben, sah sie auf seinem breiten Rücken ihren Namen. Sie schluckte und wollte nicht auf die Uhr schauen.

»… das bedeutet auch, daß wir noch immer nicht ganz sicher wissen, ob Emilie von derselben Person entführt worden ist wie die anderen Kinder«, sagte sie. »Es könnte auch jemand ganz anderes gewesen sein.«

»Ja«, er nickte. »Aber ich glaube das nicht. Du glaubst es nicht. Und *ich hoffe bei Gott,* daß es nicht der Fall ist.«

Die Intensität dieser Beteuerung überraschte sie.

»Warum... wie meinst....«

»Emilie lebt. Sie kann noch leben. Wenn unser Mann sie hat, dann hat er einen *Grund*, sie am Leben zu erhalten. Deshalb hoffe ich, daß er es ist. Wir müssen nur...«

»...ihn finden.«

»Ich muß los«, sagte Yngvar.

»Das mußt du wohl«, erwiderte Inger Johanne. »Ich rufe dir ein Taxi.«

Yngvar war kräftig gebaut, und der Gin Tonic lag drei Stunden zurück. Sicher könnte er jetzt fahren, und das wußten sie beide.

»Ich hole den Wagen morgen«, sagte er. »Dann bringe ich dir auch das Hemd zurück. Wenn es dir recht ist, daß ich es vorher nicht wasche.«

Vor der Tür streichelte er Jack noch einmal.

Dann tippte er mit der Hand an die Stirn, lächelte und ging zu dem wartenden Taxi.

46

Ein Mann kroch vor einer Hauswand in sich zusammen. Er war für die Jahreszeit warm angezogen. Trotzdem fror er. Seine Zähne klapperten, und er versuchte seine Jacke dichter um sich zu schließen. Er hatte keine Ahnung, wo er war. Die Bäume umstanden dicht an dicht einen freien Platz vor dem kleinen baufälligen Gebäude. Er könnte das Haus leicht aufbrechen. Vielleicht war die Tür ja nicht einmal abgeschlossen. Ein kleiner rosa Lichtstreifen zog sich über den Osthimmel. Er mußte ein Versteck finden. Ferienhäuser waren keine besonders gute Idee. Sie konnten von Leuten aufgesucht werden. Dieses hier wirkte unbewohnt. Es roch nach altem Teer und Plumpsklo.

Der Mann versuchte, sich zu erheben. Seine Beine schienen ihn nicht tragen zu wollen. Er schwankte und erkannte, daß er dringend etwas zu essen brauchte.

»Essen«, murmelte er. »Essen.«

Die Tür war ein Witz. Sie bestand aus locker zusammengehauenen Brettern, die an einer Angel hin und her schlugen. Er stolperte hinein.

Es war dunkel, noch dunkler als draußen. Irgendwer hatte die Fenster mit Brettern vernagelt. Der Mann tastete sich an der Wand entlang. Seine Hand stieß gegen einen Schrank. Zum Glück hatte er ein Feuerzeug bei sich. Seinen Tabak hatte er längst aufgebraucht. Er spürte den Hunger wie einen scharfen Schmerz unter seinem Brustbein. Hunger und Sehnsucht nach Tabak. Er brauchte Tabak und Lebensmittel, wußte aber nicht, wie er sich die beschaffen sollte. Im Licht des Feuerzeugs konnte er den Schrank öffnen. Der war leer. Der daneben war auch leer. Er enthielt nur Spinnweben und ein nicht mehr funktionierendes Kofferradio.

Das Haus hatte nur einen einzigen großen Raum. Auf dem Tisch stand eine Art Topf. Ein großer Aschenbecher. Im Aschenbecher lagen vier Kippen. Seine Finger zitterten, als er eine davon hochhob. Der Tabak war so trocken, daß er aus dem Papier rieselte. Vorsichtig stopfte er die Tabakkrümel wieder hinein. Das dauerte. Er mußte die Öffnung nach oben halten. Als er sich dann Feuer gab, legte er den Kopf in den Nacken. Nach vier Kippen hatte er keinen Hunger mehr. Statt dessen verspürte er eine leichte Übelkeit. Das war besser. Er kroch unter den groben Tisch und schlief ein.

47

Die Kleine schien sterben zu wollen. Er begriff nicht, warum. Sie bekam genug zu essen. Genug Wasser. Genug Luft. Er gab ihr alles, was sie zum Überleben brauchte. Trotzdem lag sie einfach nur da. Sie gab keine Antwort mehr, wenn er sie ansprach. Das ärgerte ihn. Es war eine Frechheit. Und da er ihren Gestank nicht mehr aushalten konnte, hatte er an einer seiner alten Unterhosen den Schlitz zugenäht. Er konnte schließlich keine Mädchenunterhosen kaufen, ohne aufzufallen. Im Dorf kannten ihn alle. Natürlich könnte er in die Stadt fahren, aber er wollte lieber sichergehen. Er war bisher immer sichergegangen, die ganze Zeit. Sie würden ihn niemals finden, und er wollte nicht alles dadurch kaputtmachen, daß irgendwer sich fragte, warum ein kinderloser Mann Mädchenunterwäsche kaufte. Die Leute waren einfach hysterisch. Es war von nichts anderem die Rede. Im Supermarkt, bei Bob an der Tankstelle. Bei der Arbeit konnte er Ohrenschützer aufsetzen und die anderen aussperren, aber in der Mittagspause mußte er sich ihr Gequengel anhören. Zweimal hatte er seine Brote hinten bei der Säge gegessen. Worauf der Chef erschienen war, um zu fragen, ob er verrückt geworden sei. Die Mittagspause sei für alle heilig. Sie habe in der Baracke verbracht zu werden. So sei es nun mal, und er hatte gelächelt und war hinterhergetrottet.

Als er sie zwei Tage zuvor zum Waschen aus dem Bett kommandiert hatte, war sie ihm steif wie ein Roboter vorgekommen. Aber sie hatte gehorcht. War zum Waschbecken gewackelt. Hatte sich nackt ausgezogen. Hatte sich mit den Waschlappen gereinigt, die er mitgebracht hatte. Hatte die saubere Unterhose angezogen, eine ausgewaschene grüne, auf der vorn ein frecher Elefant saß. Er hatte gelacht. Die Hose war viel zu weit, und Emilie sah einfach lächerlich aus, als sie sich dann umdrehte; mager und bleich, die rechte Hand um den Rüssel und um eine Handvoll Unterhosenstoff geballt.

Dann hatte er ihre Kleider gewaschen. Er hatte sie in die Maschine gesteckt und Weichspüler hineingegeben. Er hatte zwar keine Lust gehabt, alles auch noch zu bügeln, aber trotzdem hätte sie dankbarer sein können. Noch immer trug sie nur die Unterhose. Die Kleider lagen zusammengefaltet neben dem Bett.

»He«, sagte er schroff von der Tür her. »Lebst du noch?«

Keine Antwort.

Diese kleine Drecksgöre wollte ihm nicht antworten.

Sie erinnerte ihn an ein Mädchen, mit dem er auf die Grundschule gegangen war. Damals hatten sie ein Theaterstück aufführen sollen. Seine Mutter wollte kommen. Sie hatte ihm ein Kostüm genäht. Er sollte eine Graugans spielen und hatte nur zwei Sätze zu sagen. Das Kostüm war nicht besonders schön. Die Flügel waren aus Pappe, und einer war schon arg zerknickt. Die anderen Kinder lachten. Das hübsche Mädchen spielte einen Schwan. Ihre Federn umbrausten sie, kreideweiße Federn aus Seidenpapier. Sie stolperte über irgend etwas und fiel von der Bühne.

Seine Mutter ließ sich nicht blicken. Er erfuhr nie, warum nicht. Als er nach Hause kam, saß sie in der Küche und las. Sie blickte nicht einmal auf, als er gute Nacht sagte. Die Großmutter gab ihm ein Brot und ein Glas Wasser. Am nächsten Tag zwang sie ihn dazu, den Schwan im Krankenhaus zu besuchen und um Entschuldigung zu bitten.

»He«, sagte er noch einmal. »Jetzt antworte schon!«

Unter der Decke war eine Bewegung zu ahnen, doch sie blieb stumm.

»Nimm dich in acht«, sagte er verbissen und knallte die Eisentür zu.

Es war stockdunkel.

Emilie wußte, daß sie nicht blind war. Der Mann hatte das Licht ausgeschaltet.

Ihr Papa suchte jetzt sicher nicht mehr. Vielleicht hatte es eine Beerdigung gegeben.

Vielleicht war sie tot und begraben.

»Mama«, sagte sie in Gedanken.

48

Am Freitag morgen erwachte Kristiane mit Fieber. Das heißt, sie erwachte nicht. Als Inger Johanne um zehn nach acht aufstand, nachdem Jack sie geweckt hatte, schlief die Kleine noch immer. Mit offenem Mund und übelriechendem Atem; ihre Wangen waren rot, ihre Stirn heiß.

»Weh«, murmelte sie, als Inger Johanne sie weckte. »Durst im Bauch.«

Inger Johanne hatte eigentlich nichts dagegen, zu Hause bleiben zu können. Sie streifte einen alten Trainingsanzug über und rief ihr Büro an. Dann wählte sie die Nummer ihrer Mutter.

»Kristiane ist krank, Mama. Wir können heute abend nicht kommen.«

»Wie schade. Wirklich jammerschade. Ich habe ganz vorzüglichen Gravedlachs auftreiben können, dein Vater kennt doch … Soll ich auf sie aufpassen?«

»Nein, das ist nicht nötig. Oder vielleicht doch …«

Inger Johanne konnte einen Tag zu Hause gut brauchen. Sie könnte vor dem Wochenende die Wohnung putzen. Sie könnte den einen Küchenstuhl reparieren, er war unter Yngvars Gewicht aus dem Leim gegangen. Kristiane war ein seltsames Kind. Sie schlief sich gesund, im wahrsten Sinne des Wortes. Bei ihrer letzten Grippe hatte sie vier Tage fast durchgeschlafen, bis sie dann eines Nachts um zwei Uhr aufgestanden war und erklärt hatte:

»Gesund. Rundbuntgesund.«

Inger Johanne könnte endlich die Haarkur ausprobieren, die sie von Lise bekommen hatte. Sie könnte in aller Ruhe in der Badewanne liegen. Aber sie mußte vor dem Wochenende noch zwei Dinge erledigen.

»Kannst du später kommen? Sagen wir ... gegen zwei?«

»Natürlich kann ich kommen, meine Liebe. Kristiane ist doch so pflegeleicht, wenn sie krank ist. Ich bringe meine Stickerei mit und ein Video, das deine Schwester mir neulich mitgebracht hat, einen alten Film, sie meint, daß er mir sicher gefallen wird. *Steel Magnolias* mit Shirley MacLaine und ...«

»Mama, hier liegen doch haufenweise Videos.«

»Das schon, aber du hast so einen ... aparten Geschmack.«

Inger Johanne schloß die Augen.

»Ich habe überhaupt keinen aparten Geschmack. Ich habe Filme von ...«

»Schon gut, meine Liebe. Du hast einen etwas ausgefallenen Geschmack. Das mußt du einfach zugeben. Warst du schon beim Friseur? Deine Schwester sieht so toll aus, sie war bei diesem neuen Friseur unten in der Prinsens gate, von dem überall die Rede ist, er heißt ...«

Die Mutter kicherte.

»Er ist allerdings ein wenig ... Das sind sie ja oft, diese Friseure. Aber Marie sieht einfach *todschick* aus.«

»Sicher. Du kommst also gegen zwei?«

»Um Punkt zwei. Soll ich für uns drei Mittagessen einkaufen?«

»Nein, danke. Ich habe eine Gemüsesuppe in der Tiefkühltruhe. Das ist das einzige, was ich Kristiane einflößen kann, wenn sie krank ist. Und für uns reicht es auch.«

»Schön. Also bis dann.«

»Bis dann.«

Das Badewasser war genau zwei Grad zu warm. Inger Johanne lehnte den Kopf an das Plastikkissen und sog in langen Zügen den Dampf in sich hinein. Zitrone und Kamille aus einer teuren Glasflasche, die Isak aus Frankreich mitgebracht hatte. Noch immer kaufte er ein Geschenk für sie, wenn er im Ausland war. Inger Johanne begriff nicht so recht, warum, aber es war schön. Er hatte einen guten Geschmack. Und viel Geld.

»Ich habe auch einen guten Geschmack«, murmelte sie.

Am Haken hingen drei abgenutzte Frotteehandtücher. Das eine zeigte ein großes Bild von Tiger aus »Pu der Bär«, die beiden anderen waren zu einer Art rosa Pastellton verwaschen.

»Neue Handtücher«, sagte sie zu sich. »Heute noch.«

Ihre Freundinnen beneideten sie um ihre Mutter. Line war hin und weg von ihr. Sie ist so lieb, sagten die anderen. Sie ist doch immer für dich da. Und sie hält sich auf dem laufenden. Liest und geht ins Kino und ins Theater, und wie sie sich kleidet!

Ihre Mutter war wirklich lieb. Zu lieb. Ihre Mutter war eine Heerführerin im Dienste des Guten, sie betreute Häftlinge und war Ehrenmitglied des Norwegischen Frauen-Sanitätsvereins, sie war geschickt und unfähig zur direkten Kommunikation. Vielleicht lag das daran, daß sie niemals berufstätig gewesen war. Ihr Leben hatte aus Mann und Kindern und Freiwilligkeit bestanden, aus einer endlosen Reihe von Ehrenämtern und Aufträgen, die ohne eine positive Einstellung allen und allem gegenüber nicht zu bewältigen gewesen wären. Ihre Mutter war die geborene Diplomatin. Sie war fast unfähig, einen Satz zu bilden, dessen Wortlaut sich mit dem deckte, was sie eigentlich sagen wollte. *Dein Vater macht sich Gedanken deinetwegen* bedeutete, *ich komme um vor Angst. Marie sieht im Moment umwerfend gut aus* teilte Inger Johanne mit, daß sie selber einem Müllhaufen ähnele. Wenn die Mutter einen Stapel Frauenzeitschriften mitbrachte, wußte Inger Johanne auch ohne hineinzusehen, daß es darin um neue Mode ging und um zwanzig Methoden, sich einen Mann zu angeln.

»Du hast einen anstrengenden Beruf, Kind«, sagte die Mutter und streichelte kurz ihren Arm.

Dann wußte Inger Johanne, daß ihre Mutter Jeans, Sweatshirt und eine vier Jahre alte Brille nicht gerade schmeichelhaft fand.

Lines Haarkur war eigentlich recht angenehm. Die Kopfhaut

prickelte, und Inger Johanne spürte geradezu, wie die erschöpften Haarwurzeln unter der Plastikhaube Nährstoffe aufsaugten. Das Wasser hatte ihre Haut gerötet. Jack schlief, und aus Kristianes Zimmer war nichts zu hören. Sie hatte sicherheitshalber die Türen offenstehen lassen.

Fast wäre das Buch über Asbjørn Revheim ins Wasser gefallen. Sie konnte es im letzten Moment noch retten, nahm ihre Kaffeetasse vom Wannenrand und stellte sie auf den Boden.

Das erste Kapitel handelte von Revheims Tod. Johanne fand es etwas seltsam, damit eine Biographie zu eröffnen. Sie wußte nicht so recht, ob sie über Revheims Abgang lesen wollte, und deshalb blätterte sie eilig weiter. Das zweite Kapitel handelte von seiner Kindheit. In Lillestrøm.

Das Buch fiel ins Wasser. Blitzschnell fischte sie es wieder heraus. Einige der Seiten klebten aneinander. Sie brauchte eine Weile, um die Stelle zu finden, bei der es ihr entglitten war.

Da.

Asbjørn Revheim hatte sich bereits mit dreizehn Jahren einen Namenswechsel ertrotzt. Der Biograph ließ sich lang und breit darüber aus, wie ein Elternpaar es im Jahre 1953 zulassen konnte, daß ein blutjunger Knabe seinen Familiennamen verwarf. Aber seine Eltern waren auch nicht irgendwer.

Asbjørn Revheims Geburtsname war Kongsbakken gewesen. Seine Eltern waren Unni und Astor Kongsbakken, sie eine namhafte Teppichkünstlerin, er ein berühmter, um nicht zu sagen berüchtigter Staatsanwalt.

Das Wasser war inzwischen lauwarm geworden. Fast hätte sie vergessen, die Haarkur auszuspülen. Als ihre Mutter um zwei Uhr kam, hatte Inger Johanne kaum Zeit, ihr mitzuteilen, daß sie Kristiane in einer Stunde eine halbe, in lauwarmer Cola aufgelöste Aspirintablette geben sollte und die Kleine ansonsten trinken durfte, was sie wollte.

»Ich bin gegen fünf wieder hier«, sagte sie. »Du kannst Jack im Garten anbinden. Und tausend Dank, Mama.«

Sie vergaß zu erklären, warum an einer Leine zwischen zwei Eßzimmerstühlen eine Biographie zum Trocknen aufgehängt war.

Alvhild ging es wieder schlechter. Der Zwiebelgeruch war zurückgekehrt. Die alte Frau lag im Bett, und die Krankenschwester mahnte Inger Johanne mit strenger Miene, ja nicht zu lange zu bleiben.

»Ich komme in einer Viertelstunde wieder«, drohte sie.

»Hallo«, sagte Inger Johanne. »Ich bin's. Inger Johanne.«

Alvhild versuchte mühsam, die Augen zu öffnen. Inger Johanne zog ihren Stuhl näher und legte vorsichtig ihre Hand auf die der Kranken. Sie war kalt und trocken.

»Inger Johanne«, wiederholte Alvhild. »Ich habe auf dich gewartet. Erzähl.«

Sie hustete trocken und versuchte sich wegzudrehen. Ihr Kissen war zu tief, ihr Kopf schien darin festzustecken, und sie schaute zur Decke hoch. Inger Johanne nahm eine Papierserviette aus einer Schachtel auf dem Nachttisch und wischte ihr den Mund ab.

»Möchtest du einen Schluck Wasser?«

»Nein. Ich möchte hören, was du in Lillestrøm herausgefunden hast.«

»Bist du sicher … Ich kann doch morgen wiederkommen. Du bist jetzt zu müde, Alvhild.«

»Das entscheide ja wohl immer noch ich.«

Wieder kam dieser schreckliche Husten.

»Erzähl«, befahl Alvhild.

Inger Johanne erzählte. Zuerst wußte sie nicht genau, ob die alte Dame wach war. Dann öffneten Alvhilds Lippen sich zu einem Lächeln, und Inger Johanne erzählte weiter.

»Und dann, heute«, sagte sie endlich. »Heute habe ich entdeckt, daß Astor Kongsbakken Asbjørn Revheims Vater war.«

»Das wußte ich«, flüsterte Alvhild.

»Das wußtest du?«

»Ja. Kongsbakken war doch eine überragende Gestalt. Er erregte in den Juristenkreisen der fünfziger und frühen sechziger Jahre ungeheures Aufsehen. Es wurde ziemlich darüber getuschelt, wie peinlich es für ihn sein mußte, daß sein Sohn solche Bücher schrieb. Er... Aber ich hatte doch keine Ahnung, daß Revheim etwas mit dem Fall Seier zu tun haben könnte.«

»Das hat er vielleicht ja auch nicht.«

Alvhild kämpfte mit dem Kissen. Sie wollte sitzen. Ihre Hand tastete nach einem kleinen Schalter, mit dem man das Kopfende des Bettes höher stellen konnte.

»Bist du sicher, daß das gut für dich ist«, fragte Inger Johanne und drückte vorsichtig auf einen grünen Knopf.

Alvhild nickte kurz und dann noch einmal, als sie zufrieden war. Der Schweiß perlte in den Furchen auf ihrer Stirn.

»Als *Fieberkälte* erschienen ist...«

»1961«, sagte Inger Johanne, sie hatte den größten Teil der Biographie bereits gelesen.

»Das kann stimmen. Es erregte ungeheures Aufsehen. Nicht nur wegen der groben Pornographie, sondern vielleicht noch mehr wegen seiner heftigen Angriffe auf die Kirche. Ich glaube, in dem Jahr hat Astor Kongsbakken die Staatsanwaltschaft verlassen und ist ins Ministerium übergewechselt. Er...«

Alvhild rang nach Luft.

»... Wasser in der Lunge«, sagte sie mit schwachem Lächeln. »Dauert nur einen Moment.«

Die Krankenschwester war wieder da, ihre schweren Brüste hüpften im Takt ihrer Worte auf und ab.

»Ich meine das absolut ernst«, sagte sie. »Das ist wirklich nicht gut für Alvhild.«

»Astor Kongsbakken«, keuchte Alvhild mühsam, »war mit meinem Abteilungsleiter befreundet. Mit dem, der gesagt hat, ich sollte...«

»Gehen Sie«, sagte die Schwester und zeigte auf die Tür; mit geübtem Griff zog sie dann eine Spritze auf.

»Ich gehe schon«, sagte Inger Johanne. »Ich gehe jetzt.«

»Sie hatten zusammen studiert«, flüsterte Alvhild. »Komm wieder, Inger Johanne.«

»Ja«, sagte Inger Johanne. »Ich komme wieder, wenn es dir bessergeht.«

Der Blick der Krankenschwester schien sie aufzufordern, damit zu warten, bis die Hölle zu Eis gefror.

Als Inger Johanne nach Hause kam, roch es sauber. Kristiane schlief noch immer. Das Wohnzimmer war frisch gelüftet, und die Vorhänge waren abgenommen worden. Sogar das Bücherregal war aufgeräumt; die Bücher, die sie in aller Eile quer auf die anderen gelegt hatte, waren jetzt ordentlich in Reih und Glied aufgestellt. Der ansehnliche Stapel alter Zeitungen, der neben der Eingangstür gelegen hatte, war verschwunden. Zusammen mit Jack.

»Dein Vater konnte einen Spaziergang gut gebrauchen«, sagte die Mutter. »Sie sind noch nicht lange weg. Die Vorhänge mußten in die Wäsche, ganz einfach. Und hier …«

Sie reichte ihr die Biographie über Asbjørn Revheim. Sie wirkte zerlesen und abgegriffen, hing aber noch zusammen und war trocken.

»Ich hab den Föhn genommen«, sagte die Mutter und lächelte. »Es hat eigentlich Spaß gemacht, herauszufinden, ob es noch zu retten war. Und außerdem …«

Sie legte fast unmerklich den Kopf zur Seite und hob eine Augenbraue.

»Hier war ein Mann. Ein gewisser Yngvar Stubø. Er wollte ein Hemd abliefern. Es gehört offenbar dir, denn auf dem Rücken steht Vik. Hatte er es von dir geliehen? Wer ist er? Er hätte es aber immerhin waschen können, finde ich.«

49

Der Pathologe war allein bei der Arbeit. Inzwischen war Sonntag, der 4. Juni, und er war hoffnungslos im Rückstand. Er ging auf die Fünfundsechzig zu und hatte das Gefühl, in vieler Hinsicht im Rückstand zu sein. Während er sich in all den Jahren mit schlechten Arbeitsbedingungen, zu großer Arbeitsbelastung und einem Gehalt abgefunden hatte, das seiner Ansicht nach in keinem Verhältnis zu den Belastungen stand, die seine Arbeit mit sich brachte, ärgerte er sich inzwischen über das alles. Die fachliche Ausbeute war immer groß gewesen. Jetzt, wo er auf das Pensionsalter zuging, wünschte er sich, auch auf eine handfestere Entlohnung zurückblicken zu können. Er verdiente etwas weniger als sechshunderttausend Kronen pro Jahr, Lehrtätigkeit und Überstunden eingerechnet. Die Überstunden zählte er schon gar nicht mehr. Seine Frau tippte auf tausend Stunden pro Jahr. Daß die meisten anderen von seinem Gehalt mehr als nur beeindruckt waren, interessierte ihn nicht. Sein Zwillingsbruder, der ebenfalls Arzt war, hatte sich auf Chirurgie spezialisiert. Er besaß seine eigene Klinik, ein Haus in der Provence und laut der letzten Steuererhebung ein besteuerbares Vermögen von mehr als sieben Millionen Kronen.

Sonntag war Lesetag. Seine Stellung sollte ihm eigentlich die Möglichkeit geben, sich während der regulären Arbeitszeit fachlich auf dem laufenden zu halten. Aber während der vergangenen zehn Jahre hatte er in der Zeit zwischen neun und sechzehn Uhr kaum jemals auch nur einen Artikel gelesen. Deshalb stand er sonntags oft in aller Herrgottsfrühe auf, packte sich Brote und eine Thermosflasche in den Rucksack und legte die gute halbe Stunde zu seinem Büro zu Fuß zurück.

Er war absolut niedergeschlagen, als er Zeitschriften, Magazine und Dissertationen in zwei Haufen sortiert hatte: einen für *muß gelesen werden,* einen für *hat Zeit.* Der zweite Haufen war minimal.

Der erste ragte vom Boden fast bis zu Kniehöhe auf. Unbeholfen griff er zu dem Heft, das durch Zufall ganz oben lag, und schenkte sich eine Tasse schießpulverstarken Kaffee ein.

Excitation-contraction coupling in normal and failing cardiomyocytes.

Diese Dissertation stammte aus dem Januar 1999 und lag schon lange bei ihm herum. Der Doktorand war ihm unbekannt. Er konnte nicht entscheiden, ob der Inhalt der Arbeit wichtig war, ohne sie sich genauer anzusehen. Er spielte mit dem Gedanken, im Stapel weiter nach unten zu gehen. Dann riß er sich zusammen und fing an zu lesen.

Dem Pathologen zitterten die Hände. Er legte die Arbeit weg. Das Ganze war so erschreckend und zugleich so einleuchtend, daß er es im wahrsten Sinne des Wortes mit der Angst zu tun bekam. Die Antwort lag nicht in der Abhandlung. Die hatte ihm bloß als Denkanstoß gedient. Er spürte, wie sein Adrenalinspiegel stieg; sein Puls beschleunigte sich, sein Atem flachte ab. Er mußte einen Pharmazeuten sprechen. Das Telefonbuch fiel zu Boden, als er nach der Nummer der besten Freundin seiner Frau suchte; der Besitzerin einer in Tåsen gelegenen Apotheke. Sie war zu Hause. Das Gespräch dauerte zehn Minuten. Der Pathologe vergaß, sich für die Hilfe zu bedanken.

Yngvar Stubø hatte seine Karte hinterlassen. Der Pathologe suchte zwischen Briefbögen und Notizzetteln, Stiftbehältern und Berichten, die Karte war spurlos verschwunden. Endlich fiel ihm ein, daß er sie an seiner Pinnwand befestigt hatte. Er mußte die Mobiltelefonnummer zweimal wählen. Seine Finger waren wie betäubt.

»Stubø«, sagte eine schroffe Stimme am anderen Ende der Leitung.

Der Pathologe brauchte eine Minute, um zu erklären, warum er anrief. Dann herrschte Schweigen.

»Hallo?«

»Ich bin noch dran«, sagte Stubo. »Um welchen Stoff geht es?«

»Kalium.«

»Was ist Kalium?«

»Ein Grundstoff, der sich in unseren Zellen befindet.«

»Das begreife ich ganz einfach nicht. Wie ...«

Der Pathologe merkte, daß er noch immer zitterte. Er umklammerte den Telefonhörer und änderte seinen Griff, um sich zu entspannen.

»Um es so einfach zu sagen, daß es fast nicht mehr stimmt«, setzte er an und räusperte sich. »In den menschlichen Zellen gibt es einen gewissen Kaliumspiegel. Der ist für uns lebenswichtig. Wenn wir sterben, dann können wir das so ausdrücken, daß die Zellen ... lecken. Innerhalb von ein oder zwei Stunden steigt der Kaliumspiegel in der Flüssigkeit, die die Zellen umgibt, stark an. Das ist ein klares Anzeichen dafür, daß jemand ... ganz einfach tot ist.«

Der Pathologe schwitzte, sein Hemd klebte ihm am Leib, und er versuchte, langsamer zu atmen.

»Daß der Kaliumspiegel außerhalb jeder Zelle nach dem Tod ansteigt, ist also in keiner Hinsicht aufsehenerregend. Sondern normal.«

»Aber?«

»Das Problem ist, daß dieser Spiegel auch ansteigt, wenn jemand dem Körper Kalium zuführt. Einem lebenden Körper, meine ich. Und dann ... dann stirbt man. Ein erhöhter Kaliumspiegel führt zum Herzstillstand.«

»Aber es muß doch leicht sein, einen solchen Stoff nachzuweisen!«

Der Pathologe wurde lauter.

»Aber hörst du denn nicht zu? Wenn jemand eine Kaliuminjektion bekommt und daran stirbt, ist die Todesursache nicht nachweisbar, es sei denn, die Obduktion wird unmittelbar nach Eintritt des Todes durchgeführt. Eine Verspätung von einer Stunde oder so reicht schon aus. Danach wird der erhöhte Kaliumspiegel dem Tod an sich zugeschrieben. Die Obduktion wird gar nichts nachweisen, abgesehen davon, daß der Leichnam eben ein Leichnam ist und daß es keine erkennbare Todesursache gibt.«

»*Großer Gott …*«

Stubø schluckte so laut, daß der Pathologe es hören konnte.

»Aber woher nimmt man dieses Gift?«

»Das ist kein Gift, zum Henker!«

Der Pathologe war noch viel lauter geworden. Als er danach wieder den Mund öffnete, war seine Stimme leise und zitterte.

»Zum einen nehmen du und ich jeden Tag Kalium zu uns. Durch unsere ganz normale Ernährung. Nicht in großen Mengen zwar, aber dennoch … Kalium wird in Packungen von einem Kilo in der Apotheke verkauft. Das heißt, verkauft wird Kaliumchlorid. Wenn das in die Blutbahn injiziert wird, dann spaltet es sich in Kalium- und Chlor-Ionen, um es weiterhin einfach auszudrücken. Kaliumchlorid muß in eine Lösung gemischt werden, die nicht zu stark ist, da sie sonst Gewebe oder Blutgefäße zerstören könnte.«

»Wird in der Apotheke gekauft … aber wer …«

»Rezeptfrei.«

»*Rezeptfrei?*«

»Ja. Aber soviel ich weiß, haben es nur wenige Apotheken auf Lager. Es kann bestellt werden. Es gibt außerdem ein rezeptpflichtiges Kaliumchlorid-haltiges Infusionspräparat. Damit werden Patienten mit Kaliummangel behandelt. Ich nehme an, daß die meisten Intensivstationen es vorrätig haben.«

»Habe ich das jetzt richtig verstanden«, fragte Stubø langsam. »Wenn jemand mir eine Spritze mit ausreichenden Mengen verdünnten Kaliums verpaßt, dann sterbe ich. Wenn du mich mehr als eine Stunde später auf dem Obduktionstisch liegen hast, kannst du nur feststellen, daß ich tot bin, nicht aber, warum. Wolltest du mir das sagen?«

»Ja. Aber ich würde natürlich die Einstichstelle sehen.«

»Die Einstichstelle … Aber Kim und Sarah hatten doch keine?«

»Ich habe jedenfalls keine gesehen.«

»Keine gesehen? Du hast die Kinder doch auf Einstichstellen hin untersucht?«

»Natürlich.«

Der Pathologe war erschöpft. Sein Puls raste noch immer, und er atmete schwer.

»Aber ich muß zugeben, daß ich sie nicht rasiert habe.«

»Rasiert? Wir reden hier doch von zwei kleinen Kindern.«

»Auf dem Kopf. Wir versuchen immer, bei den Obduzierten so wenig Eingriffe vorzunehmen wie möglich. Die Angehörigen sollen nach Möglichkeit nicht von dem, was wir tun müssen, abgestoßen oder verletzt werden. Eine Spritze kann man in die Schläfe geben. Das ist nicht leicht, aber möglich. Ich muß zugeben ...«

Er konnte Stubøs Atem durch die Leitung hindurch hören.

»... ich habe die Schläfen nicht auf Einstichstellen hin untersucht. Ich habe einfach nicht so weit gedacht.«

Beide hatten denselben Gedanken. Keiner brachte ein Wort heraus. Sarahs Leichnam war für den Pathologen weiterhin zugänglich. Kim war bereits begraben.

»Gott sei Dank haben wir die Einäscherung untersagt«, sagte Yngvar endlich.

»Tut mir leid«, sagte der Pathologe. »Es tut mir wirklich leid. Von ganzem Herzen.«

»Mir auch«, sagte Yngvar. »Wenn ich das richtig verstanden habe, dann hast du eben den perfekten Mord beschrieben.«

50

»Mein Schwiegersohn ist in Kopenhagen«, sagte Yngvar und setzte einen kleinen Jungen auf den Boden.

Der Kleine mochte zwischen zwei und drei Jahre alt sein. Er hatte braune Augen und schwarze Haare und lächelte Inger Johanne verlegen an, während er sich am Bein seines Großvaters festklammerte.

»Er kommt morgen vormittag zurück. Normalerweise ist Amund jeden Dienstag und jedes zweite Wochenende bei mir, aber so, wie die Lage in der letzten Zeit war… Ich habe mich einfach nicht um ihn kümmern können. Und jetzt, in diesem Notfall, konnte ich einfach nicht nein sagen.«

Er ging in die Hocke. Der Junge wollte seine Jacke nicht ausziehen. Yngvar öffnete den Reißverschluß und ließ den Kleinen ansonsten gewähren. Dann gab er ihm einen Klaps auf den Po und sagte:

»Inger Johanne hat bestimmt spannende Spielsachen. Da bin ich mir sicher.«

Warum hast du mich nicht zu dir kommen lassen, dachte sie. *Ich war noch nie bei dir, und es ist schon nach acht. Du hast gewußt, daß Kristiane bei Isak ist, und dieses Kind hier gehört ins Bett. Ich hätte zu dir kommen können.*

»Schau mal«, sagte sie und nahm den Jungen an die Hand. »Mal sehen, was wir finden.«

Amund strahlte, als sie ihn zu dem Karton mit den Autos führte. Er griff nach einem Trecker und hielt ihn hoch.

»Roter Trecker«, sagte er. »Roter Lastwagen. Roter Bus.«

»Er interessiert sich im Moment sehr für Farben«, sagte Yngvar.

»Dann hat er hier Gelegenheit genug«, sagte Inger Johanne und half Amund mit einem Bulldozer, der die Vorderräder eingebüßt hatte. »Emilie ist seit genau einem Monat verschwunden. Hast du dir das schon überlegt?«

»Nein«, sagte er. »Aber du hast recht. Am 4. Mai. Wo ist Jack?«

»Ich glaube«, begann Inger Johanne, der Junge ließ den Bulldozer los und vertiefte sich in den Anblick eines Krankenwagens, den Isak knallrot lackiert hatte.

»Roter Krankenwagen«, sagte der Junge skeptisch.

Inger Johanne setzte sich an den Eßtisch. »Ich halte es für richtig, daß der Hund da ist, wo Kristiane ist. Und um ehrlich zu sein, das ist auch gut so. Ich habe eine Stunde gebraucht, um den Gestank von Welpe und Hundepisse loszuwerden. Ohne den ganz großen Erfolg, fürchte ich.«

Sie schnupperte in der Luft herum und rümpfte leicht die Nase, dann fügte sie hinzu:

»Du scheinst irgendwelche Probleme zu haben.«

Yngvar Stubø sah größer aus. Es konnte nicht nur Einbildung sein, er hatte offenbar während der letzten Wochen zugenommen. Seine Wangen waren runder, und sein Hemd spannte am Hals. Immer wieder steckte er einen Finger hinter seinen Kragen. Sein Schlips hing auf halb zwölf. Inger Johanne war schon aufgefallen, daß er zuviel und zu schnell aß.

»Darf ich fragen, ob du etwas zu essen hast«, fragte er müde. »Ich habe solchen Hunger.«

Amund lag in Inger Johannes Bett. Sie hatten eine Stunde gebraucht, um ihn zum Schlafen zu bringen. Endlich kam Yngvar aus dem Schlafzimmer. Jetzt hatte er den Schlips in die Tasche gesteckt und die beiden oberen Hemdknöpfe geöffnet. Er krempelte die Ärmel hoch und ließ sich aufs Sofa sinken. Das ächzte unter seinem Gewicht. Er nahm sich einen Heißwecken aus der Glasschüssel und hatte ihn mit drei Bissen verzehrt.

»Diese Kaliumtheorie ist wirklich erschreckend«, sagte er und wischte sich Krümel aus dem Mundwinkel. »Ich meine, sie ist in unserem Fall ja schon unheimlich genug, aber wenn sie erst mal bekannt wird …«

»Das Problem ist die Einstichstelle«, sagte Inger Johanne nachdenklich. »Aber wenn das Opfer vorher… Wenn es krank ist oder drogensüchtig oder aus anderen Gründen Einstichstellen haben kann, ohne daß das Verdacht erregt, dann ist das absolut…«

»Beängstigend.«

»Aber du hast doch gesagt, daß diese Injektionsflüssigkeit aus Kalium und noch etwas anderem besteht?«

»Aus Kaliumchlorid. Das wird in der Blutbahn in Kalium und Chlor aufgespalten.«

Inger Johanne rümpfte die Nase.

»Und hinterläßt das Chlor keine Spuren?«

Yngvar schien noch einen Heißwecken nehmen zu wollen. Dann aber rieb er sich die Hände und verschränkte sie in seinem Nacken.

»Ich weiß nicht so recht, ob ich das alles ganz begriffen habe, aber es geht darum, daß der Chlorspiegel im Körper viel höher ist als der Kaliumspiegel.«

Yngvar kniff die Augen zusammen und dachte nach. Dann öffnete er sie wieder, beugte sich vor und zeichnete mit dem Finger auf der Glasplatte.

»Möglicherweise habe ich mir die Zahlen nicht richtig gemerkt, aber sie können immerhin als Erklärung dienen. Sagen wir, dein Kaliumspiegel beträgt nach irgendeiner Maßeinheit drei.«

»Gut. Drei Maßeinheiten Kalium.«

»Außerdem hast du hundert Maßeinheiten Chlor. Eine Steigerung auf hundertfünf Chloreinheiten ist weder gefährlich noch auffällig. Ein entsprechender Anstieg von drei auf acht Kaliumeinheiten dagegen ist tödlich. Und das ist wirklich eine Möglichkeit für den perfekten Mord.«

»Das erklärt, warum er die Kinder entführen mußte«, sagte Inger Johanne. »Er mußte sie an einen Ort bringen, wo er sie mit Valium beruhigen konnte, um ihnen dann eine Spritze in die Schläfe zu geben.«

»Wenn er es denn so getan hat.«

»Mmm. Wenn er es denn so getan hat. Wann wissen wir mehr?«

»Der Pathologe wird morgen früh sofort Sarah untersuchen. Und wir werden tun, was wir können, um Kims Grab nicht öffnen zu müssen.«

Beide schauten zum Schlafzimmer hinüber. Die Tür war angelehnt.

»Wenn das richtig ist, dann wissen wir immerhin mehr über den Mörder.«

»Was denn?«

»Wir wissen, daß er Zugang zu Kalium hat.«

»Das haben wir aber alle.«

»Aber du hast doch gesagt, daß nur die wenigsten Apotheken Kalium vorrätig haben.«

»Wir können uns natürlich alle Apotheken im Land vornehmen. Der Pathologe meint, eine Kaliumbestellung wäre so außergewöhnlich, daß sie auf jeden Fall auffallen würde. Aber der Mörder kann ja im Ausland eingekauft haben. Die Götter wissen, daß er vorsichtig genug ist. Und wir haben das Problem mit den Krankenhäusern. Die Intensivstationen haben das Zeug auf Lager. Und in Norwegen gibt es ganz schön viele Intensivstationen.«

»Aber wir wissen noch mehr«, sagte Inger Johanne langsam. »Wir wissen, daß unser Mörder nicht nur ein intelligenter Mann ist. Er hat auch Kenntnisse über eine Mordmethode, von der, wie du sagst, überhaupt nur die allerwenigsten Ärzte ...«

Yngvar fiel ihr ins Wort.

»Der Pathologe war zutiefst erschüttert. Er geht auf die Fünfundsechzig zu und sagt, daß er in seinem Leben noch nicht über diese Methode nachgedacht hat. Nie! Und dabei ist er Pathologe!«

Er hob ein wenig den Hintern vom Sofa und suchte in seiner Hosentasche nach der Tabelle mit Sigmund Berlis Kritzeleien. Die war eingerissen und wollte auf dem Tisch nicht flach liegen.

»Das macht unseren Gynäkologen ja wieder interessanter«, sagte er nachdenklich und zeigte auf den Namen des Arztes. »Und die Krankenschwester eigentlich auch. Abgesehen davon, daß sie eine Frau ist. Das bringt einige unserer Theorien ins Wanken ...«

»Wir suchen nicht nach einer Frau«, sagte Inger Johanne. »Und vermutlich auch nicht nach einem Arzt.«

Yngvar schaute auf und fragte:

»Wieso bist du dir da so sicher?«

»Wir dürfen wegen dieser neuen Informationen nicht alles vergessen, was wir bisher überlegt haben«, sagte sie energisch. »Hier ist weiterhin die Rede von einer beschädigten Persönlichkeit. Von einem Psychopathen oder von einem Menschen mit eindeutig psychopathischen Zügen. Ich glaube, wir suchen einen Mann, der eine lange Reihe von gescheiterten Beziehungen hinter sich hat. Auch, was seine Ausbildung angeht. Er kann vielleicht studiert haben, ist aber wohl kaum fähig, eine Ausbildung zu Ende zu führen, mit allen Verpflichtungen und Mühen, die dazu gehören. Er kann durchaus intelligent sein, möglicherweise auch hochintelligent, und sich aufgeschnappte Kenntnisse zunutze machen. Während der letzten Jahre hat sich im Internet eine ganze Informationswelt eröffnet. Du findest Anleitungen zum Bombenbasteln und Selbstmordvereine; es würde mich überhaupt nicht überraschen, wenn es auch eine Seite mit raffinierten Mordtips gäbe. Unser Mann kann aber auch durchaus clever genug sein, um sich das alles selber auszudenken, einfach aufbauend auf den zahllosen medizinischen Websites. Er ist zweifellos intelligent. Aber ein Staatsexamen könnte er nie im Leben ablegen. Und wie lange dauert heute eine Ausbildung zum Krankenpfleger? Vier Jahre? Ich halte es für fast unmöglich, daß dieser Mann so etwas schaffen könnte.«

»Aber warum diese Raffinesse?«

»Mit Kalium, meinst du?«

»Ja. Warum eine dermaßen … ausgeklügelte Mordmethode? Er hätte sie doch erwürgen können, sie erschießen, sie von mir aus auch ertränken.«

»Kontrolle«, sagte Inger Johanne. »Überlegenheit. Er will sich als souverän erweisen. Vergiß nicht, dieser Mann fühlt sich beleidigt. Zutiefst beleidigt. Nicht von einer Person, nicht von einem Ereignis. Er hat einen ganzen Vorrat von Niederlagen angehäuft, für die er sich rächen will. Den Kindern das Leben zu nehmen, ohne daß wir auch nur begreifen können, wie er das bewerkstelligt hat …«

»Opa«, sagte eine dünne Stimme.

Inger Johanne erschrak darüber, daß sie den Jungen nicht gehört hatte. Er stand bereits mitten im Zimmer, mit einem Teddy unter dem Arm. Sein T-Shirt wies einen großen Ketchupfleck auf. Yngvar hatte das Angebot ausgeschlagen, einen alten Schlafanzug von Kristiane auszuleihen. Der obere Rand der Nachtwindel war dem Jungen tief unter den Nabel gerutscht, und ein nicht mißzuverstehender Geruch ließ Inger Johanne aufspringen und ihn ins Badezimmer bringen. Aus irgendeinem Grund hoffte sie, daß Yngvar ihr nicht folgen würde. Amund war ungewöhnlich zutraulich. Als sie sich auf den Klodeckel setzte, um den Jungen von der schmutzigen Windel zu befreien, lachte er strahlend.

»Ingejonne«, sagte er und fuhr mit seinem Patschhändchen über ihre Wange.

Yngvar hatte im Badezimmer eine Tasche mit neutraler Seife, drei Windeln und einem Schnuller abgestellt.

Du bist davon ausgegangen, daß der Junge hier schlafen würde, dachte sie. *Ein mitgebrachter Schlafanzug hätte das aber zu deutlich werden lassen. Drei Windeln dagegen?*

»Dein Opa ist ein schlauer Fuchs«, sagte sie und hob den Jungen ins Waschbecken.

»Nicht den Po waschen«, forderte Amund und strampelte mit den Beinen. »Nicht den Po.«

»Aber sicher«, erklärte Inger Johanne. »Den hast du dir doch vollgekackt. Weg mit der Kacke!«

Sie verpaßte ihm einen Klaps auf seinen runden Po. Amund lachte.

»Das nicht«, schluchzte er auf, als sie das lauwarme Wasser über seine Haut fließen ließ.

»Du mußt schön sauber sein, wenn du gut schlafen willst.«

»Krankenwagen sind weiß«, sagte Amund. »Nicht rot.«

»Da hast du wirklich recht, Amund. Krankenwagen sind weiß.«

»Bulanz.«

»Ambulanz. Du bist ja vielleicht tüchtig.«

Der Junge schmiegte sich in das Handtuch.

»Fertig mit Schlafen«, sagte er und lachte.

»Das glaube ich nicht«, sagte Yngvar von der Tür her. »Komm her, dann bringt Opa dich wieder ins Bett. Vielen Dank, Inger Johanne.«

Es ging nicht. Nach einer halben Stunde kam Yngvar mit dem Kleinen auf dem Arm wieder zum Vorschein.

»Er schläft hier«, sagte er halb entschuldigend und schaute den Jungen grimmig an, der lächelte und sich den Schnuller in den Mund steckte. »Er kann auf meinem Schoß liegen.«

Der kleine Junge verschwand fast in den Armen seines Großvaters. Seine Nasenspitze schaute nur gerade eben über der grünen Schlummerdecke hervor. Seine Augen fielen nach wenigen Minuten zu, und er nuckelte nicht mehr so heftig. Yngvar zog ihm die Decke vom Gesicht. Die dunklen Haare sahen vor Yngvars weißem Gesicht fast schwarz aus. Die Wimpern des Kindes waren feucht und so lang, daß sie sich ineinander verhakten.

»Kinder«, sagte Inger Johanne leise und konnte ihren Blick nicht von Amund abwenden. »Ich werde den Gedanken nicht los, daß der Schlüssel zu dem Fall bei den Kindern liegt. Zuerst … zuerst dachte ich, es gehe hier vor allem um die Kindheit des Mörders. Verlust. Sehnsucht. Sehnsucht nach der eigenen Kindheit. Und vielleicht …«

Sie holte tief Luft.

»Vielleicht habe ich recht. Aber das ist nicht alles. Etwas ist mit diesen Kindern. Obwohl es nicht seine sind. Es kommt mir vor, als …«

Sie versank in Gedanken.

Yngvar schwieg. Amund schlief tief. Inger Johanne schüttelte plötzlich den Kopf, riß sich aus ihren Gedanken los und sagte:

»Hat er vielleicht ein Kind, das er nicht sehen darf?«

»Jetzt gehst du ein bißchen zu weit, finde ich«, sagte Yngvar leise und legte den Kopf des Jungen bequemer hin. »Wie kommst du auf diese Idee?«

»Sie würde passen. Zu allem. Sagen wir, dieser Mann kommt bei den Frauen gut an, kann sie aber nie lange an sich binden. Eine Frau wird schwanger. Sie will das Kind behalten. Aber die Vorstellung, daß er mit dem Kind zusammen ist, macht ihr angst. Sie könnte ...«

»Aber warum gerade diese Kinder? Wenn es stimmt, daß er sich Glenn Hugo, Kim, Sarah und Emilie bewußt ausgesucht hat, was ist dann mit ihnen? Wenn dieser Bursche seit Jahren alle möglichen Frauen geschwängert hätte und alle Opfer seine Kinder wären ... aber das sind sie nun einmal nicht. Meines Wissens nach nicht. Warum also hat er sich gerade sie ausgesucht?«

»Ich weiß nicht«, sagte sie müde. »Ich weiß nur, daß es einen Grund gibt. Dieser Mann hat einen Plan. In allem, was er tut, liegt eine Art absurde Logik. Obwohl er sich in mehrerer Hinsicht vom typischen Serienmörder unterscheidet. Zum Beispiel darin, daß die Entführungen offenbar keinem Muster folgen. Keinem Rhythmus, keinem erkennbaren System. Wir wissen nicht einmal, ob er fertig ist.«

Wieder schwiegen sie beide. Yngvar wickelte Amund besser ein und legte die Lippen an den dunklen Kopf. Der Atem des Kindes war leicht und regelmäßig.

»Das ist ja meine allergrößte Angst«, murmelte Yngvar. »Daß er noch nicht fertig ist.«

In dem weißgestrichenen Haus anderthalb Fahrstunden von Oslo entfernt war der Mörder soeben von einem Waldlauf zurückgekehrt. Sein Knie blutete. Draußen war es dunkel, und er war über eine Baumwurzel gestolpert. Es war keine tiefe Wunde, aber sie blutete heftig. Pflaster bewahrte er normalerweise in der dritten Schublade neben dem Spülbecken auf. Die Packung war leer. Ärgerlich zog er eine sterile Kompresse aus dem Medizinschränkchen im Badezimmer. Er mußte sie mit Mull umwickeln, und das

Heftpflaster war auch aufgebraucht. Natürlich hätte er so spät nicht mehr laufen sollen. Aber er war so unruhig. Er hinkte ins Wohnzimmer und schaltete den Fernseher ein.

An diesem Tag war er nicht im Keller gewesen. Emilie widerte ihn jetzt mehr an denn je. Er wollte sie loswerden. Das Problem war, daß er das verdammte Kind nirgendwo abliefern konnte.

»Am 19. Juni«, sagte er halblaut und zappte einmal quer durch das Senderangebot.

Dann würde alles zu Ende sein. Sechs Wochen und vier Tage nach Emilies Verschwinden. Er würde zuschlagen, das fünfte Kind holen und es noch am selben Tag abliefern. Das Datum hatte er nicht zufällig gewählt. Auf dieser Welt gab es keine Zufälle. Hinter allem steckte ein Plan.

Der Chef hatte ihn am Freitag ins Büro gerufen. Und ihm eine schriftliche Abmahnung verpaßt. Und dabei hatte er nur etwas Werkzeug mit nach Hause genommen. Er hatte es nicht stehlen wollen. Erstens war es alt. Und außerdem wollte er es zurückbringen. Der Chef glaubte ihm nicht. Wahrscheinlich hatte ihn jemand verpfiffen.

Er wußte, wer es auf ihn abgesehen hatte.

Alles gehörte zu einem Plan.

Aber auch er konnte Pläne machen.

»Am 19. Juni«, wiederholte er und schaltete auf die Textnachrichten um.

Bis dahin würde er Emilie loswerden müssen. Vielleicht war sie schon tot. Er würde ihr jedenfalls kein Essen mehr bringen.

Sein Knie tat unsäglich weh.

»Die Briefe«, sagte sie laut und unterbrach sich mitten im Satz.

Yngvar hielt noch immer Amund auf dem Schoß, als mache das Gespräch es unmöglich, ihn loszulassen.

»Die Briefe«, wiederholte sie und tippte sich an die Stirn. »Auf Aksels Schachtisch.«

»Jetzt kann ich dir nicht ganz folgen ...«

Inger Johanne hatte Yngvar endlich von ihrem Ausflug nach Lillestrøm erzählt. Von der Verbindung zwischen dem zurückgebliebenen Anders Mohaug und dem Schriftsteller Asbjørn Revheim. Dem jüngsten Sohn von Astor Kongsbakken, Staatsanwalt im Prozeß gegen Aksel Seier. Yngvars Reaktion war schwer zu deuten, aber Inger Johanne glaubte auf seiner Stirn eine Falte zu sehen, die anzudeuten schien, daß die Zufälligkeiten ihm zu auffällig erschienen, um eben als Zufälle abgetan zu werden.

»Die Briefe«, wiederholte er mit verwunderter Stimme.

»Ja! Als ich bei Aksel Seier war, hatte ich danach das Gefühl, etwas gesehen zu haben, das nicht in sein Haus gehörte. Jetzt weiß ich, was das war. Ein Stapel Briefe auf dem Schachtisch.«

»Aber Briefe … Wir bekommen doch alle ab und zu einen Brief.«

»Die Briefmarken«, sagte Inger Johanne. »Das waren norwegische. Die Briefe waren mit Bindfaden zusammengebunden.«

»Mit anderen Worten hast du nur den obersten gesehen«, sagte Yngvar.

»Stimmt.«

Sie nickte und fügte dann hinzu:

»Aber ich bin ganz sicher, daß diese Briefe von ein und derselben Person stammen. Sie kamen aus Norwegen, Yngvar. Aksel Seier bekommt Briefe aus Norwegen. Er hat zu jemandem hier Kontakt.«

»Na und?«

»Mir gegenüber hat er das nicht erwähnt. Er schien in all den Jahren überhaupt nichts mehr mit Norwegen zu tun gehabt zu haben.«

»Also ehrlich …«

Yngvar schob sich das Kind in die andere Armbeuge. Amund grunzte, schlief aber immer noch tief.

»Du hast doch nur kurz mit dem Mann gesprochen. Es ist doch nicht weiter verwunderlich, daß er mit irgendwem Kontakt gehalten hat, mit einem Freund, einem Familienmitglied …«

»Er hat keine Familie in Norwegen. Nicht, daß ich wüßte.«

»Jetzt machst du einen großen Wirbel um etwas, für das es vermutlich eine ganz einfache Erklärung gibt.«

»Kann er... kann er von irgendwem Geld bekommen? Wird er dafür bezahlt, daß er keinen Ärger macht? Hat er deshalb nie nach Gerechtigkeit verlangt? Kann das die Erklärung dafür sein, daß er verschwunden ist, als ich ihm helfen wollte?«

Yngvar lächelte. Johanne gefiel der Ausdruck in seinen Augen nicht.

»Vergiß es«, sagte er. »Das klingt zu verschwörerisch. Ich kann dir etwas viel Interessanteres erzählen. Astor Kongsbakken lebt noch.«

»Was?«

»Ja. Er ist jetzt zweiundneunzig und lebt mit seiner Frau auf Korsika. Sie haben dort einen Hof, eine Art Weingut, wenn ich das richtig verstanden habe. Ich habe angenommen, daß er noch lebt, seine Todesnachricht hätte ich sicher registriert. Deshalb habe ich mich umgehört. Er hat sich vor über zwanzig Jahren aus der Öffentlichkeit zurückgezogen und lebt seither dort unten.«

»Ich muß mit ihm sprechen.«

»Du kannst ja versuchen, ihn anzurufen.«

»Hast du auch seine Nummer?«

Yngvar schmunzelte.

»Irgendwo muß auch mal Schluß sein. Nein. Ruf die Auskunft an. Soviel ich gehört habe, ist er klar im Kopf, aber wackelig auf den Beinen.«

Yngvar erhob sich langsam und ohne den Jungen zu wecken. Er zog die Decke fester um ihn und schaute Inger Johanne fragend an. Sie nickte gleichgültig und holte Amunds Kleider aus dem Schlafzimmer.

»Ich bringe die Decke morgen zurück«, sagte er und gab sich Mühe, alles mit einem Griff zusammenzupacken.

»Ja, tu das«, sagte sie lahm.

Er stand vor ihr und sah sie an. Amund lag über seiner Schulter und murmelte im Schlaf. Der Schnuller war auf den Boden gefallen, und sie bückte sich danach. Als sie ihn Yngvar geben wollte, packte er ihre Hand und wollte sie nicht loslassen.

»Es ist wirklich nicht weiter auffällig, daß Astor Kongsbakken und Alvhilds Vorgesetzter eng befreundet waren«, sagte er eindringlich. »Viele Juristen kennen sich untereinander. Du weißt doch, wie das ist. Norwegen ist ein kleines Land. Und in den fünfziger und sechziger Jahren war es noch kleiner. Alle Juristen müssen sich damals gekannt haben.«

»Aber nicht alle Juristen waren in einen aufsehenerregenden Justizirrtum verwickelt«, sagte sie.

»Nein«, sagte Yngvar resigniert. »Wir wissen aber auch nicht, ob diese beiden das waren.«

Sie brachte ihn zum Auto, um ihm beim Einsteigen zu helfen. Sie wechselten kein Wort, bis Amund auf seinem Kindersitz angeschnallt war und alles andere neben ihm lag.

»Bis dann«, sagte Yngvar leichthin.

»Mmm«, sagte Inger Johanne und ging in ihre leere Wohnung zurück.

Und wünschte, daß wenigstens der König von Amerika zu Hause wäre.

51

Yngvar Stubø fühlte sich erbärmlich. Sein Hosenbund schnitt ihm in den Bauch, und der Sicherheitsgurt saß zu stramm. Das Atmen machte ihm Probleme. Vor zehn Minuten war er von der Europastraße abgebogen. Die neue Straße war schmal, und in den Kurven wurde ihm übel. Als er eine Busnische erreichte, fuhr er dort hinein und hielt. Er lockerte den Schlips, öffnete den Kragen und ließ sich gegen die Nackenstütze zurücksinken.

Yngvar Stubø war fünfundvierzig und fühlte sich alt. Mit sechzehn hatte er Elisabeth kennengelernt. Sie hatten geheiratet, sobald sie alt genug waren, und Trine war dann sofort gekommen. Viele Jahre später kam er von der Arbeit nach Hause und fand ein schlafendes Baby in einem ansonsten leeren Haus.

Es war mitten im Sommer gewesen. Jasminduft hing über den Häusern von Nordstrand. Trines Wagen, ein alter Fiesta, den sie ihr geschenkt hatten, stand mit den Vorderrädern auf dem Rasen; darüber ärgerte er sich. Er war gereizt, als er ins Haus ging. Er hatte Hunger. Er hatte um fünf zu Hause sein wollen, und jetzt war es schon Viertel vor sechs. Die Stille war auffällig, deshalb blieb er in der Diele stehen und horchte. Das Haus war leer; es fehlten die Geräusche, es fehlten die Menschen. Es roch nicht nach Essen, keine Gläser oder Teller klirrten. Er ertappte sich dabei, daß er weiterschlich, als wisse er schon, was ihn erwartete.

Er hatte sich früher am Tag die Hose mit Tinte bekleckert. Gleich bei der Tasche, ein Filzstift war ausgelaufen. Elisabeth hatte zwei Tage zuvor neue Kleidung für ihn gekauft. Als er sie anprobierte, hatte sie den Kopf geschüttelt und gemeint, wie lächerlich es doch sei, für jemanden wie Yngvar Khakihosen zu kaufen. Sie hatte ihn geküßt und gelacht.

Im Wohnzimmer blieb er stehen. Er konnte nicht einmal im Garten die Vögel zwitschern hören. Er schaute aus dem Fenster und sah sie umherfliegen, hörte jedoch nichts, obwohl die Fensterflügel offenstanden.

Im ersten Stock lag Amund. Er war zwei Monate alt und schlief.

Als Yngvar Elisabeth und Trine fand, blieb er einfach stehen. Er fühlte beiden nicht den Puls. Trine starrte ihn an. Ihre braunen Augen waren von einer matten Haut überzogen. Elisabeth riß unter dem Nachmittagshimmel den Mund auf, ihre Vorderzähne waren eingeschlagen, und ihre Nase war fast verschwunden.

Yngvar zuckte zusammen. Der Bus hupte.

Langsam ließ er den Motor wieder an und verließ die Nische.

Er mußte sich eine andere Stelle suchen. Er mußte sich übergeben.

Bei einer Abzweigung öffnete er die Tür und leerte seinen Magen, noch ehe der Wagen ganz zum Stillstand gekommen war. Zum Glück hatte er eine Flasche Wasser bei sich.

Er hatte die ganze Nacht in der Waschküche verbracht. Der Tintenfleck hatte sich als widerspenstig erwiesen. Er hatte alles versucht. Spiritus, Fleckentferner, grüne Seife. Am Ende, als der Morgen heraufzog, nahm er eine Schere und schnitt den Fleck weg.

Mehrere Kollegen hatten ihm ihre Gesellschaft angeboten. Er winkte nur ab. Sein Schwiegersohn war in Japan und kam mehr als vierzig Stunden zu spät nach Hause. Yngvar klammerte sich an Amund und konnte endlich weinen. Er wollte das Kind nicht hergeben. Der Schwiegersohn zog zu ihm und blieb über ein Jahr.

Die Wasserflasche war leer. Yngvar versuchte tief und gleichmäßig zu atmen.

Er hatte keine Ahnung, wie es mit Inger Johanne weitergehen sollte. Er wußte nicht, wie er sich zu verhalten hatte. Er begriff sie nicht. Er hatte Amund in der Hoffnung mitgenommen, daß etwas passierte, daß sie ihn sah und ihn vielleicht bat zu bleiben. Eine Kollegin hatte einmal gesagt, es sei reizend, wie er sich um den Enkel kümmerte. Sexy, hatte sie gesagt und ihn damit fast zum Erröten gebracht.

Er durfte nicht soviel essen. Seine Hand fuhr über seinen Bauch, nach dem Erbrechen tat sein Zwerchfell weh. Er wurde langsam fett.

Inger Johanne schien ihn für sechzig zu halten.

Yngvar trank den letzten Schluck Wasser und ließ den Motor wieder an. Er brachte es nicht über sich, den Sicherheitsgurt anzulegen.

Bei der erneuten Untersuchung von Sarah Baardsen hatte sich die unheimliche Theorie eines Mordes durch Kalium bestätigt. Gleich unter dem Haaransatz hatte der Pathologe auf der Schläfe des Kindes einen fast unsichtbaren Einstich gefunden. Eine Injektionswunde. Behutsam zugefügt, hatte er resigniert gesagt und aufgelegt. Es stand noch nicht fest, wie mit dem bereits begrabenen Kim verfahren werden sollte.

Der Gynäkologe, der sicher Spritzen setzen konnte, war trotzdem ziemlich uninteressant. Er war entgegenkommend. Begriff, warum Yngvar gekommen war. Beantwortete alle Fragen. Schaute ihm offen in die Augen. Schüttelte bedauernd den Kopf. Seine Stimme war dunkel und melodisch, die Reste eines halb vergessenen Dialektes hatten Yngvar an seine Frau erinnert. Der Arzt war verheiratet, hatte drei Kinder und zwei Enkelkinder. Halbe Stellung an einem Krankenhaus und außerdem seine eigene Praxis.

Cato Sylling, der Klempner aus Lillestrøm, arbeitete gerade in Fetsund. Am Telefon war er freundlich und hilfsbereit. Wollte am nächsten Tag nach Oslo kommen. Kein Problem. Die Sache sei einfach schrecklich, sein ganzes Mitgefühl gelte Lasse und Turid und er werde gern behilflich sein, wenn er irgend etwas tun könne.

»Hab selber Kinder, wissen Sie. O verdammt. Würd den Kerl mit eigenen Händen erwürgen, wenn ich ihn hier hätte. Bis morgen um eins, also.«

Es war nicht schwierig gewesen, Karsten Åslis Adresse und Telefonnummer ausfindig zu machen. Sein Haus zu finden war schon schwieriger. Yngvar mußte dreimal anhalten und nach dem Weg fragen. Endlich fand er eine Tankstelle, wo ein komischer Fettsack mit knallroten Haaren ihm weiterhelfen konnte.

»Die dritte Abzweigung von hier aus«, sagte er. »Erst nach rechts, dann zweimal nach links. Dann noch sechs- oder siebenhundert Meter, und Sie sehen das Haus. Aber fahren Sie vorsichtig. Sonst ruinieren Sie sich den Unterboden.«

»Danke«, murmelte Yngvar und fuhr wieder los.

Karsten Åsli hatte gerade beschlossen, Emilie noch eine letzte Mahlzeit zu bescheren. Nicht, daß das etwas bedeuten würde. Sie aß ja doch nichts mehr. Ob sie etwas trank, wußte er nicht. Sie rührte nichts von dem an, was er ihr hinstellte, aber auch im Hahn gab es ja Wasser.

Ein Wagen kam den Hang hoch.

Karsten Åsli schaute aus dem Küchenfenster und auf den holprigen Karrenweg hinunter.

Es war ein blaues Auto, ein dunkelblaues. Ein Volvo, soviel er sehen konnte.

Es kam nie jemand her. Außer dem Briefträger, aber der fuhr einen weißen Toyota.

52

Im voraus hatte sie gemeint, genau zu wissen, was sie sagen und wie sie ihre Fragen formulieren wollte. Trotzdem fehlten ihr die Worte, als Astor Kongsbakken sich am Telefon meldete. Plötzlich war er da, am anderen Ende der Leitung, und Inger Johanne hatte keine Ahnung, wie sie anfangen sollte.

Er redete laut. Das konnte auf eine gewisse Schwerhörigkeit hinweisen. Es konnte auch daran liegen, daß er in Wut geriet. Als sie ein wenig zu rasch den Namen Aksel Seier erwähnt hatte, war sie sicher, daß er auflegen würde. Das tat er jedoch nicht. Er lenkte statt dessen das Gespräch in eine Richtung, die sie einfach nicht vorhergesehen hatte: Er fragte, sie antwortete.

Astor Kongsbakkens Botschaft war immerhin kristallklar. Er konnte sich kaum an den Fall erinnern und hatte durchaus nicht vor, Inger Johanne Vik zuliebe sein Gedächtnis auf den Kopf zu stellen. Er machte sie dreimal auf sein gesegnetes Alter aufmerksam und drohte ihr zum Abschluß mit seinem Anwalt. Was sie allerdings von einem Anwalt zu befürchten haben könnte, blieb ungesagt.

Inger Johanne blätterte in *Asbjørn Revheim. Bericht über einen angekündigten Selbstmord.*

Astor Kongsbakkens Wutausbruch konnte viele Ursachen haben. Er war zweiundneunzig, und es war ja möglich, daß er immer schon wegen seiner Übellaunigkeit verschrien gewesen war. Bereits in den fünfziger Jahren waren Anekdoten über sein hitziges Temperament in Umlauf gewesen. Seine beiden Fotos in der Biographie zeigten einen untersetzten Mann mit breiten Schultern und vorstehendem Unterkiefer, eine ganz andere Erscheinung als die seines hochgeschossenen, fast schon leptosomen Sohnes. Auf dem einen Foto war der bekannte Staatsanwalt in schwarzer Robe und mit einer Gesetzessammlung in der rechten Hand zu sehen, in einer Haltung, als spiele er mit dem Gedanken, das Buch auf den Richtertisch zu schleudern. Seine Augen unter den buschigen Brauen waren dunkel, und er schien etwas zu rufen. Astor Kongsbakken war ein feuriger Mann gewesen. Und nicht alle wurden im Alter milder.

Es gab noch einen Bruder, einen älteren Sohn von Astor und Unni. Inger Johanne feuchtete sich die Finger an und blätterte zur entsprechenden Seite im Buch weiter. Geir Kongsbakken war Anwalt und hatte in der Øvre Slottsgate eine kleine Kanzlei. Ihm wurden kaum mehr als fünf Zeilen gegönnt. Inger Johanne beschloß, ihn anzurufen. Vielleicht könnte dieser Sohn ihr ja zu einem zweiten Gespräch mit dem Vater verhelfen. Es war immerhin den Versuch wert.

Sie rief in der Kanzlei an und machte einen Termin für Dienstag, den 6. Juni, um zehn Uhr aus. Als die Sekretärin fragte, worum es gehe, zögerte Inger Johanne einen Moment, ehe sie sagte:

»Es geht um einen Kriminalfall. Es wird vermutlich nicht lange dauern.«

»Morgen also«, bestätigte die freundliche Frauenstimme. »Ich reserviere eine halbe Stunde für Sie. Schönen Tag noch und bis dann.«

53

Karsten Åsli hielt den Atem an. Durch die Doppelfenster hörte er, wie der Volvo vom zweiten in den ersten Gang schaltete, während der Fahrer langsam den letzten Buckel unterhalb des Hauses hinter sich brachte.

Karsten Åsli wohnte seit einem knappen Jahr in Snaubu. Die alte Kätnerstelle war billig zu haben gewesen, sie war noch immer mit Wohnpflicht belegt, obwohl niemand von dem kleinen Grundstück und den wenigen dazugehörigen Dekar Wald leben konnte. Aber für ihn war es perfekt. Während der ersten Monate hatte er den Keller ausgebaut, der eigentlich nur ein geräumiger Anbau des alten Kartoffelverschlages gewesen war. Da der Keller auf der unteren Seite des Hauses an einem steilen Hang lag, war es nicht schwer, einen Raum zu erhalten, der groß genug war und dazu unter dem eigentlichen Keller lag. Er war stolz auf sein Werk. Niemand fragte ihn jemals, was er mit den vielen Baumaterialien vorhatte, die er einkaufte, mit Zement und Beton, mit Holz und Werkzeug, mit Rohren und Leitungen. Das Haus war heruntergekommen. Er erneuerte an zwei Außenwänden die Täfelung und fing an, die Mauern für eine neue Garage zu gießen, für den Fall, daß er bei der Arbeit gesehen würde. Snaubu war abgelegen, fünfzehn Minuten vom Ort entfernt. Frei und ungestört, so, wie er sich das gewünscht hatte. Niemand kam nach Snaubu.

Bis nun dieser dunkelblaue Volvo auf den Hof fuhr. Karsten Åsli blieb in der Küche stehen. Er wich nicht zurück, versuchte nicht, sich zu verstecken. Er blieb einfach still stehen und sah, wie die Wagentür geöffnet wurde. Ein Mann stieg aus. Er bewegte sich mit steifen Gliedern. Schien sich nicht wohl in seiner Haut zu fühlen. Zuerst rieb er sich energisch das Gesicht. Dann versuchte er, sich gerade aufzurichten. Schnitt eine Grimasse, er schien den ganzen Tag gefahren zu sein. Seine Autonummer war aus Oslo, was nur zwei Fahrtstunden entfernt lag. Der Mann sah sich um. Karsten

Åsli stand noch immer da. Als der Fremde ihn offenbar durch das Fenster entdeckt hatte – er hob die Hand zu einem zögernden Gruß –, ging Karsten Åsli in die Diele. Er nahm einen roten Pullover vom Haken und zog ihn an. Dann öffnete er die Haustür.

»Hallo«, sagte er.

»Hallo!«

Der Fremde kam mit ausgestreckter Hand auf ihn zu. Er war hochgewachsen. Fett, dachte Karsten Åsli. Müde und fett.

»Yngvar Stubø«, sagte der Mann.

»Karsten«, sagte Karsten Åsli und dachte an den Beton, der von den Ausbauarbeiten im Keller noch übrig war.

Das Werkzeug. Niemals kam irgendwer zu Besuch. Nur dieser Mann.

»Schön hier«, sagte der Fremde und schaute sich um. »Fabelhafte Aussicht. Wohnen Sie schon lange hier?«

»Eine Weile.«

»Sie müssen sich ummelden. Es war schwer, Sie zu finden. Darf ich reinkommen?«

Drinnen war nichts zu sehen. Karsten Åsli ließ seine Gedanken von Zimmer zu Zimmer wandern. Nichts. Keine Kinderkleider. Kein Spielzeug. Keine Bilder oder Zeitungsausschnitte. Ordentlich. Aufgeräumt. Tadellos.

»Sicher.«

Er ging voran. Hinter sich hörte er die Schritte des Fremden, schwere müde Schritte. Der Mann war erschöpft. Karsten war durchtrainiert und jung.

»Oha«, rief Stubø. »Ich muß schon sagen, Sie sind auf Ordnung bedacht.«

Karsten Åsli gefielen die Augen des Mannes nicht. Die liefen überall umher. Der Mann schien einen Fotoapparat im Kopf zu haben, und nichts blieb davon verschont. Nicht das Sofa, nicht der Fernseher, nicht das Plakat aus dem Griechenlandurlaub, den er mit Ellen unternommen hatte, ehe alles in den Teich gegangen war.

»Was wollen Sie eigentlich?«

»Ich komme von der Polizei.«

Karsten Åsli zuckte mit den Schultern und ließ sich in einem Sessel nieder. Der Polizist lief noch immer im Zimmer hin und her und sah sich alles genau an.

Aber er würde nichts finden. Einfach, weil es hier nichts gab.

»Und womit kann ich behilflich sein? Kann ich Ihnen vielleicht einen Kaffee anbieten?«

Der Mann hatte ihm den Rücken zugekehrt. Vielleicht war er in die Aussicht vertieft. Vielleicht dachte er nach.

»Nein, danke. Sie möchten sicher wissen, warum ich hier bin.«

Karsten Åsli hatte durchaus keine solchen Wünsche. Er wußte schließlich Bescheid.

»Ja«, sagte er. »Warum sind Sie hier?«

»Es geht um diese Kindesentführungen.«

»Ach ja?«

»Entsetzliche Geschichte«, sagte der Polizist und fuhr herum.

Die Kameraaugen fingen Karsten ein.

»Richtig«, sagte er und nickte langsam. »Wirklich grauenhaft.«

Er behielt den Blickkontakt bei. Atmete ruhig, Karsten hatte gewußt, daß das hier passieren könnte. Er hatte es in seine Berechnungen mit einbezogen. Es war nicht gefährlich. Überhaupt nicht. Außerdem war dieser Polizist älter als er. Alt. Nicht gut in Form.

»Die Ermittlungen sind ausgesprochen schwierig, und wir müssen einfach jeder Spur nachgehen. Und hier kommen Sie mit ins Spiel.«

Der Polizist lächelte zuviel. Er grinste ununterbrochen.

»Zwei der Angehörigen der Kinder behaupten, Sie früher einmal gekannt zu haben.«

Zwei. Zwei!

Karsten Åsli schüttelte leicht den Kopf.

»Um ganz ehrlich zu sein, bin ich über den Fall nicht sonderlich gut informiert«, sagte er. »Es läßt sich natürlich nicht vermeiden, das Wichtigste mitzubekommen, aber … Wer behauptet also, mich zu kennen?«

»Turid Sande Oksøy.«

Turid hätte das niemals zugegeben. Niemals. Nicht einmal jetzt, Karsten konnte es Stubø ansehen; das linke Auge des Polizisten wollte zucken, aber der Mann kämpfte dagegen an. Diese erzwungene Bewegung entlarvte die Lüge.

Wieder schüttelte er den Kopf.

»Ich bin ganz sicher, daß dieser Name mir nichts sagt«, erklärte er und griff sich an die Schläfe, ohne Stubø aus den Augen zu lassen. »Aber …«

Er schnippte kurz mit den Fingern der rechten Hand.

»Ich kenne den Namen natürlich aus den Fernsehnachrichten. Wie gesagt, ich bin nicht gerade auf dem laufenden, das wäre doch zuviel des Guten, finde ich, aber … sicher. Sie ist die Mutter von … diesem Jungen. Dem größeren Jungen. Oder irre ich mich da?«

»Nein.«

»Aber ich kenne sie nicht. Warum stellt sie solche Behauptungen auf?«

»Lena Baardsen.«

Der Polizist starrte ihn noch immer an. Sein linkes Auge war jetzt ruhig, unbeweglich.

»Lena Baardsen«, wiederholte Karsten Åsli langsam. »Lena. Ich hatte einmal eine Freundin namens Lena. Aber hieß sie Baardsen? Daran kann ich mich wirklich nicht mehr erinnern.«

Er lächelte den Polizisten an. Stubø lächelte nicht mehr zurück.

»Das muß … zehn Jahre her sein. Mindestens! Und ich habe zwei oder drei Frauen namens Lene gekannt. Mit E. Eine Kollegin von mir heißt Line. Aber das ist wohl nicht weiter wichtig.«

»Nein.«

Endlich nahm der Polizist auf dem Sofa Platz. Er sah sofort kleiner aus.

»Was machen Sie denn beruflich«, fragte er leichthin, fast uninteressiert, als hätten sie sich eben erst in einer Kneipe kennengelernt und nippten jetzt beide an ihren Bieren.

»Ich arbeite bei der Saga. In der Holzverarbeitungsfabrik. Im Dorf. Hier unten.«

»Ich dachte, Sie seien bei der Jugendfürsorge.«

»Das war ich. Ich habe allerlei gemacht. Dies und jenes.«

»Ausbildung?«

»Jede Menge.«

»Was denn?«

»Ach, auch so dies und jenes. Sind Sie sicher, daß Sie keinen Kaffee wollen?«

Stubø nickte und hob eine Hand.

»Stört es Sie, wenn ich mir einen hole?«

»Natürlich nicht.«

Es gefiel Karsten gar nicht, den Mann allein im Wohnzimmer zu lassen. Obwohl dort wirklich nichts zu sehen war, außer einigen ganz normalen Wohnzimmersachen, Möbeln und zwei Büchern und sonst kaum etwas, schien der Mann doch das ganze Haus zu besudeln. Er war ein Fremder und ungebeten gekommen. Der Polizist mußte verschwinden. Karsten hielt sich an der Tischkante fest, er hatte Durst. Seine Zunge klebte an seinem Gaumen und an der Rückseite seiner Zähne. Das Wasser strömte aus dem Hahn. Er bückte sich und trank begierig. Im Keller hatte er Beton und Werkzeug, und bald würde er sich von Emilie befreien. Sein Durst ließ sich nicht löschen. Seine Vorderzähne konnten das kalte Wasser nicht ertragen. Er jammerte leise und trank mehr. Mehr.

»Geht es Ihnen nicht gut?«

Der Polizist hatte sein Lächeln wieder aufgesetzt, ein abstoßender Riß in seinem Gesicht. Karsten hatte ihn nicht kommen hören. Langsam erhob er sich, sehr langsam, ihm war schwindlig, und er klammerte sich noch immer an die Tischkante.

»Doch, doch. Ich hatte nur Durst. Komme eben vom Joggen.«

»Sie halten sich fit.«

»Ja. Kann ich sonst noch … haben Sie noch weitere Fragen?«

»Sie kommen mir ein wenig angespannt vor, wenn ich ehrlich sein soll.«

Der Polizist hatte die Arme verschränkt. Seine Augen waren wieder zur Kamera geworden. Überall im Raum knipsten sie. Bei den Wandschränken. Der Kaffeemaschine. Dem Tranchiermesser. Bei ihm.

»Das nicht«, sagte Karsten Åsli. »Ich bin nur ein bißchen müde. Ich war anderthalb Stunden joggen.«

»Beeindruckend. Ich reite. Habe mein eigenes Pferd. Wenn ich so wohnen würde wie Sie …«

Stubø zeigte auf das Fenster.

»Dann hätte ich mehrere. Kennen Sie May Berit?«

Er drehte sich um, als er das sagte. Das Profil des Polizisten zeichnete sich dunkel vor dem Wohnzimmerlicht ab. Das linke Auge, das Lügendetektorauge, war verborgen. Karsten schluckte.

»Was für eine May Berit«, fragte er und wischte sich den Mund.

»Benonisen. Sie hieß früher Sæther.«

»Daran kann ich mich wirklich nicht erinnern.«

Der Durst wollte nicht weichen. Seine Mundhöhle schien von einem Pilz überwuchert zu sein; die Schleimhäute waren klebrig und geschwollen und hielten die Worte zurück, die er sagen wollte.

»Ihr Gedächtnis reicht ja wirklich nicht weit«, sagte der Mann, noch immer ohne ihn anzusehen. »Sie haben offenbar viele Frauen gehabt.«

»So einige.«

Ein Wort nach dem anderen. So. Einige. Das ging.

»Haben Sie Kinder, Åsli?«

Jetzt löste sich seine Zunge. Sein Puls verlangsamte sich. Das spürte er, hörte er, er hörte sein eigenes Herz, das in immer langsamer werdendem Tempo gegen seine Rippen schlug. Er atmete freier, der Würgegriff um seine Kehle lockerte sich, und er lächelte breiter, als er sich selbst sagen hörte: »Ja.«

Dieser Mann war nicht schlimmer als die anderen. Er war einfach genauso schlimm. Er war einer von ihnen. Polizist Stubø stand hier und machte sich wichtig, während das Kind, das er suchte, fünfzehn Meter von ihm entfernt war, zehn vielleicht? Der Mann hatte keine Ahnung.

Vermutlich war er nur von Ort zu Ort gefahren, von Haus zu Haus, um blöde Fragen zu stellen und sich aufzuspielen, ohne auch nur die geringste Ahnung zu haben. Das nannten sie dann Routine. In Wirklichkeit war es nur eine Methode, um die Zeit totzuschlagen. Auf der Liste, die er vermutlich in der Jackentasche stecken hatte, standen sicher viele Namen; der Mann griff sich immer wieder an die Brusttasche, als spiele er mit dem Gedanken, ihm etwas zu zeigen.

Er war wie alle anderen.

In seinen Gesichtszügen konnte Karsten Frauen und Männer sehen, alte und junge. Die Nase, gerade und ziemlich groß, erinnerte an die eines alten Schullehrers, der es witzig gefunden hatte, ihn in den Schrank mit Medizinbällen und Schwungkeulen einzusperren, bis der viele Staub ihn beinahe erstickte und er weinend flehte, herausgelassen zu werden. Stubøs Haare waren nach hinten gekämmt, wie damals beim Anführer der Pfadfinder; dem Mann, der ihm alle Abzeichen abgenommen hatte, weil er glaubte, Karsten habe geschummelt. In Stubøs Mund fand er Frauen, viele Frauen. Füllige Lippen, hellrot und weich. Mädchen. Frauen. Fotzen. Seine Augen waren blau, wie die der Großmutter.

»Ich habe einen Sohn«, sagte Karsten und schenkte sich Kaffee ein.

Seine Hände waren jetzt ruhig, solide Fäuste mit Holzsplittern, die sich in die Haut gebohrt hatten. Karsten fühlte sich stark. Er ließ einen Finger über den Schaft des Tranchiermessers fahren, die Klinge steckte zum Schutz in einem Holzblock.

»Im Moment ist er mit seiner Mutter im Ausland. In Ferien.«

»Ach. Sind Sie verheiratet?«

Karsten Åsli zuckte mit den Schultern und hob die Tasse an den Mund. Der bittere Geschmack tat ihm gut. Der Pilz war verschwunden. Seine Zunge fühlte sich dünn an. Scharf.

»Das nicht. Wir hatten nicht einmal eine richtige Beziehung. Sie wissen schon ...«

Er lachte kurz.

Stubøs Handy klingelte.

Das Gespräch dauerte nicht lange. Der Polizist klappte das Telefon wieder zu.

»Ich muß los«, sagte er kurz.

Karsten brachte ihn zur Tür. Ein leichter Regen ließ das Gras glitzern, in der Nacht würde es wieder kalt werden. Vielleicht sogar frieren, der Wind hatte eine Schärfe, die zumindest hier in den Bergen Frost ankündigte. Der Geruch des kalten Frühsommers füllte beißend die Nase. Karsten holte tief Luft.

»Ich kann ja nicht gerade behaupten, daß ich mich über Ihren Besuch gefreut hätte«, sagte er. »Aber kommen Sie gut nach Hause.«

Stubø öffnete die Wagentür und drehte sich zu ihm um.

»Ich würde gern in der Stadt mit Ihnen sprechen«, sagte er.

»In der Stadt? In Oslo, meinen Sie?«

»Ja. So bald wie möglich.«

Karsten Åsli dachte nach. Noch immer hielt er die Kaffeetasse in der Hand. Er schaute hinein und schien überrascht davon zu sein, daß nichts mehr drin war. Dann hob er den Blick, starrte Stubø an und sagte:

»In dieser Woche geht das nicht. Aber vielleicht Anfang der nächsten. Ich kann nichts versprechen. Haben Sie vielleicht eine Karte oder so? Damit ich mich melden kann?«

Stubø ließ seinen Blick nicht los. Karsten zuckte nicht mit der Wimper. Zwischen ihnen surrte eine verirrte Fliege hin und her. Hoch über der Wolkendecke war ein Flugzeug zu hören. Die Fliege flog zum Himmel hoch.

»Sie hören von mir«, sagte Stubø endlich. »Darauf können Sie sich verlassen.«

Der dunkelblaue Volvo ruckelte durch das offene Tor und rollte dann langsam den Hang hinunter. Karsten Åsli folgte ihm mit den Augen bis zu dem Wäldchen, hinter dem die Straße sich gabelte. Er wußte nicht mehr, wann das Tal zuletzt so schön ausgesehen hatte, so rein.

Es gehörte ihm. Der Ort hier gehörte ihm. Durch einen Riß in der Wolkendecke sah er den Kondensstreifen des Flugzeugs, das nach Norden unterwegs war.

Er ging ins Haus.

Yngvar Stubø hielt an, sowie er sich außer Sichtweite glaubte. Er umklammerte das Steuer. Das Gefühl der Nähe des Kindes war so stark gewesen, so aufdringlich, daß ihn nur seine fünfundzwanzig Jahre Erfahrung davon abgehalten hatten, das Haus in seine Bestandteile zu zerlegen. Zu einem solchen Vorgehen hatte er keine Befugnis. Er hatte nichts.

Nur dieses Gefühl. Kein einziger Jurist in ganz Norwegen würde ihm aufgrund seines Instinkts einen Durchsuchungsbefehl ausstellen.

»Denken«, fauchte er sich selber an. »Denken, zum Teufel.«

Er brauchte weniger als achtzig Minuten für die Rückfahrt nach Oslo. Er hielt vor dem Block an, in dem Lena Baardsen wohnte. Es war inzwischen Abend an diesem Montag, dem 5. Juni, und es war bereits nach halb neun. Er hatte Angst, daß die Zeit ihm davonlief.

54

Aksel Seier stand vor einem fleckigen Spiegel in seinem Wohnzimmer. Er fuhr sich über die Haare. Es roch nach Apfelsinen. Seine Stirnfransen waren verschwunden, und die Nackenhaare stachen seine Finger, wenn er gegen den Strich darüberfuhr. Mrs. Davis meinte, er sehe nun endlich einmal so aus wie jemand, der einer zivilisierten Gesellschaft angehört. Obwohl er sich auf eine lange Reise begeben würde, in ein Land, wo die Leute, wie Mrs. Davis annahm, Amerikaner als vulgäre Barbaren betrachteten. Das war oft der Fall bei diesen Europäern. Das hatte sie im *National Enquirer* gelesen. Er mußte diesen Leuten zeigen, daß er ein respektabler, gutbetuchter Mann war. Der lange graue Schopf mochte hier in Harwichport gut genug sein, aber jetzt würde er sich einer anderen Welt stellen. Sie hatte ihm übel ins Ohr geschnitten, aber seine Frisur sah immerhin gleichmäßig aus. Kurzgeschoren überall. Das Apfelsinenöl hatte einer ihrer sechs Schwiegersöhne bei ihr hinterlassen. Es war angeblich gut für die Kopfhaut. Aksel konnte den säuerlichen Geruch nicht leiden. Er würde erst am folgenden Tag fahren, und er beschloß ihn auszuwaschen, bevor er sich in den Bus zum Logan International Airport bei Boston setzte. Matt Delaware hatte angeboten, ihn zur Haltestelle nach Barnstable zu fahren. Das wäre ja auch noch schöner, schließlich hatte der Junge das Auto und das Boot für einen Spottpreis bekommen.

Das Grundstück in der Ocean Avenue dagegen hatte Aksel für 1,2 Millionen Dollar verkauft.

So, wie es jetzt war.

Er hatte nur eine Stunde gebraucht, um zu entscheiden, was er mitnehmen wollte. Die Glassoldaten, für deren Herstellung er vier Winter gebraucht hatte, bekam Mrs. Davis. Das Risiko, daß sie während der Reise übers Meer zerbrechen könnten, war einfach zu groß. Sie war zu Tränen gerührt und versprach, keines von ihren Enkelkindern damit spielen zu lassen. Die Katze werde sie wie ihre eigene lieben, erklärte sie lauthals. Matt war außer sich vor Dankbarkeit gewesen, als Aksel ihm das Schachbrett und den Wandbehang über dem Sofa vermacht hatte. Unter der Bedingung, daß er die Galionsfigur schickte, sowie Aksel eine Adresse in Norwegen gemeldet hatte.

Die Galionsfigur hatte Ähnlichkeit mit Eva, und um den Rest kümmerte er sich nicht weiter.

Die neue Frisur gefiel Aksel nicht. Er sah damit älter aus. Sein Gesicht wurde deutlicher. Die Runzeln, die Poren und die schlechten Zähne, an denen er schon längst etwas hätte machen müssen, fielen irgendwie mehr auf, jetzt wo sein Pony verschwunden war und sein Gesicht nackt und ungeschützt offenlag. Er versuchte, sich hinter einer alten Brille mit braunem Gestell zu verbergen. Die Gläser hatten nicht mehr die richtige Stärke, und ihm wurde davon schwindlig.

Er war in der Bank gewesen. Die Verkaufssumme ergab an die zehn Millionen norwegische Kronen. Cheryl, die in Harwichport aufgewachsen war und erst seit zwei Monaten in der Bank arbeitete, hatte strahlend gelächelt und ihn flüsternd *you lucky son of a gun* genannt, ehe sie ihm erklärt hatte, daß die restliche Summe vom Käufer innerhalb von sechs Wochen in Raten bezahlt werden würde. Aksel mußte in Norwegen zu einer Bank gehen, dort ein Konto eröffnen, und wenn die Behörden nicht zuviel Ärger machten, würde es keine Probleme geben. Aber sicher würde alles gutgehen, versicherte sie und lachte noch einmal.

Zehn Millionen Kronen.

Aksel kam diese Zahl astronomisch vor. Er versuchte sich vor Augen zu halten, daß er seit einer Ewigkeit schon nicht mehr wußte, was eine Krone wert war, und daß Norwegen schließlich als extrem teures Land galt. Das hatte er immerhin begriffen, wenn er ab und zu auf einen Artikel über seine alte Heimat gestoßen war. Aber eine gute Million Dollar war nun einmal eine gute Million Dollar, egal wie und wo auf der Welt. Sogar in Beacon Hill in Boston könnte er damit einen Unterschlupf mieten. Und Oslo konnte ja wohl nicht teurer sein als Beacon Hill.

Mrs. Davis war mit ihm nach Hyannis gefahren, um ihn neu einzukleiden. Er hatte sich dem nicht entziehen können. Aksel Seier war von ihrer Wahl nicht ganz überzeugt, vor allem die karierten Hosen aus dem K*mart fand er unbequem. Mrs. Davis meinte, daß Karos und Pastellfarben ihn reich aussehen ließen, und er war schließlich reich, und damit basta. Als er etwas von

Cape Cod Mall murmelte, hatte sie die Augen verdreht und behauptet, die Läden dort raubten ihre Kunden einfach nur aus. Was es nicht im K*mart gebe, sei des Einkaufs nicht wert. Jetzt besaß er einen Koffer voller Kleider, die ihm nicht gefielen. Mrs. Davis hatte seine alten Flanellhemden und Jeans beschlagnahmt, sie wollte alles waschen und dann der *Salvation Army* spenden.

Er durfte nicht vergessen, Patrick anzurufen.

Aksel trat einen Schritt vom Spiegel zurück. So, wie das Licht jetzt fiel, schräg vom Fenster her, konnte er sich in dem fleckigen Glas nur mit Mühe erkennen. Nicht nur seine Haare kamen ihm fremd vor. Er versuchte, sich gerade hinzustellen. Etwas in seinem Nacken und seinen Schultern hinderte ihn daran. Seit allzu vielen Jahren hatte er zu Boden geschaut. So war Aksel geworden, nach Tausenden von Tagen voll harter Arbeit, von allen anderen abgewandt, und langen Abenden, an denen er den Kopf über feine Handarbeiten und eigene Gedanken gebeugt hatte.

Wieder hob er den Kopf. Zwischen seinen Schulterblättern spürte er ein Stechen. Er sah jetzt dünner aus. Er zwang sich, so stehenzubleiben. Dann fuhr er mit der Hand über sein braunes Sakko und fragte sich, ob er auf der Reise einen Schlips tragen sollte. Ein Schlips flößte den anderen Respekt ein. Darin hatte Mrs. Davis immerhin recht.

Wenn sein Geld ausreichte, würde er Patrick eine Reise übers Meer spendieren. Obwohl sein Freund im Sommerhalbjahr gut verdiente, ging in den langen Wintermonaten ohne sonderliche Einnahmen fast alles für die Wartung des Karussells und den Lebensunterhalt drauf. Patrick war nie wieder in Irland gewesen. Er könnte nach Oslo kommen, eine oder zwei Wochen dort verbringen und über Dublin nach Hause fliegen, wenn er wollte.

Aksel spürte plötzlich, daß er sich fürchtete. Noch immer hatte er vor seiner Abreise viel zu erledigen. Er mußte sich zusammenreißen.

Er war noch nie geflogen, aber das war es nicht, was ihm angst machte.

Vielleicht wollte Eva ihn gar nicht sehen. Sie hatte ihn im Grunde nicht um sein Kommen gebeten. Aksel Seier streifte sein neues Sakko ab und fing an, die Glassoldaten in das Seidenpapier zu wickeln, das Mrs. Davis ihm besorgt hatte.

Er schnitt sich mit einer kleinen blauen Scherbe in den Finger. Das waren die Reste des Generals, den Inger Johanne Vik zerbrochen hatte. Aksel steckte den Finger in den Mund. Vielleicht hatte die junge Dame das Interesse an ihm verloren, als er einfach verschwunden war.

Er hatte sich seit 1993, als der Alptraum des triefäugigen Polizisten mit den Schlüsseln aufgehört hatte, ihn zu quälen, nicht mehr so gefürchtet.

55

»Er war total verrückt«, sagte sie. »Ganz einfach total verrückt.«

Lena Baardsen hatte ihn ängstlich angesehen, als sie auf sein Klingeln öffnete, obwohl es noch nicht besonders spät war. Sie hatte verweinte Augen, ihre Tränensäcke sahen in dem bleichen Gesicht fast lila aus. Ihre Wohnung wirkte vernachlässigt und ungelüftet, auch wenn sie offenbar versuchte, eine Art Ordnung beizubehalten. Sie bot ihm nichts zu trinken an, hatte selbst jedoch ein geräumiges Glas vor sich stehen, das Yngvars Meinung nach Rotwein enthielt. Als habe sie seine Gedanken erraten, hob sie das Glas und sagte:

»Auf ärztlichen Rat. Zwei Gläser vor dem Schlafengehen. Besser als Schlafmittel, behauptet er. Um ehrlich zu sein, hilft beides nichts. Aber das hier schmeckt immerhin besser.«

Sie leerte das Glas auf einen Zug.

»Karsten war charmant. Anfangs zumindest. Bemühte sich wirklich um mich. Ich war damals blutjung. War soviel Aufmerksamkeit nicht gewöhnt. Ich war ganz einfach …«

Ihre Augen schlossen sich. »... verliebt«, sagte sie langsam.

Ihr Lächeln sollte vermutlich ironisch sein. Aber es sah nur traurig aus, vor allem, als sie die Augen wieder öffnete.

»Aber als wir dann wirklich zusammen waren, drehte er durch. War tierisch eifersüchtig. Krank vor Besitzgier. Er hat mich nie geschlagen, aber am Ende hatte ich eine Sterbensangst vor ihm. Er ...«

Sie zog die Beine auf das Sofa und schien zu frösteln. Dabei war es in der Wohnung sicher fast dreißig Grad warm.

»Ich hatte bald erkannt, daß er in dieser Hinsicht nicht richtig tickte. Er wurde nachts wach, einfach weil ich auf dem Klo war. Und kam ins Badezimmer und sah mir beim Pinkeln zu. Als glaubte er, ich würde ... abhauen. Wir wohnten nicht zusammen. Nicht richtig. Ich hatte ein möbliertes Zimmer, das war zu klein für zwei. Er wohnte in einer Art WG, aber ich glaube, seine Mitbewohner konnten ihn im Grunde nicht ausstehen. Also ist er gewissermaßen bei mir eingezogen. Ohne zu fragen. Nicht, daß er seine Sachen mitgebracht hätte, soviel Platz war da nicht. Aber er riß alles an sich. Räumte weg und machte sauber und hatte alles unter Kontrolle. Er ist wild versessen auf Sauberkeit. War, meine ich. Ich weiß ja nicht, wie er jetzt ist. Er war *wahnwitzig* ichbezogen. Für ihn hieß es ich, ich, ich. Die ganze Zeit. Heute würde ich mir das nicht gefallen lassen. Aber er sah gut aus. Und war anfangs sehr aufmerksam. Und ich war eben noch so jung.«

Sie lächelte kurz und so, als wollte sie um Entschuldigung bitten.

»Wissen Sie«, fragte Yngvar und korrigierte sich dann. »Haben Sie damals etwas über seine Familienverhältnisse gewußt?«

»Seine Familienverhältnisse«, wiederholte Lena Baardsen tonlos. »Es gab auf jeden Fall eine Mutter. Der bin ich zweimal begegnet. Sie war lieb. Irgendwie. Aber total verhuscht. Karsten hat sie manchmal richtig schikaniert. Obwohl ich den Eindruck hatte, daß er ... daß er sie eigentlich liebte. Ab und zu wenigstens. Die einzige, vor der er sich zu fürchten schien, war die Großmutter. Die habe ich nicht kennengelernt, aber meine Güte, was er über die alles erzählt hat …«

Plötzlich sah sie überrascht aus.

»Wissen Sie, genau weiß ich das eigentlich gar nicht mehr. Ich kann mich nicht an Beispiele erinnern, meine ich. Seltsam. Ich weiß noch genau, daß er sie gehaßt hat. So kam mir das jedenfalls vor. Er hat sie richtig gehaßt.«

»Und sein Vater?«

»Sein Vater? Nein … seinen Vater hat er nie erwähnt, glaube ich. Er mochte eigentlich überhaupt nicht darüber reden. Über seine Kindheit und so. Ich hatte den Eindruck, daß er bei Mutter und Großmutter aufgewachsen war. Bei der Großmutter mütterlicherseits, meine ich. Aber ganz sicher bin ich nicht. Es ist ja so lange her. Karsten war verrückt. Ich habe mir alle Mühe gegeben, den Typen komplett zu vergessen.«

Wieder verzogen ihre Lippen sich zu etwas, das vielleicht ein Lächeln sein sollte. Yngvar starrte ein großes Bild an, das mitten auf dem Couchtisch stand, ein Foto von Sarah in einem silbernen Rahmen. Daneben standen eine rosa Stummelkerze und eine kleine Rose in einer dünnen Vase.

»Ich kann nicht schlafen«, flüsterte Lena. »Ich habe solche Angst davor, diese Kerze auszumachen. Sie soll die ganze Zeit brennen. Für immer. So, als sei das alles doch nicht ganz wahr, solange die Kerze noch brennt.«

Yngvar nickte fast unmerklich.

»Ich weiß«, sagte er ruhig. »Ich weiß, wie Ihnen zumute ist.«

»Nein«, wehrte sie heftig ab. »Sie wissen *nicht,* wie mir zumute ist.«

Hinter ihrem aufgelösten Gesicht, hinter ihren plötzlich wütenden Zügen sah er, daß Lena Baardsen es schaffen würde. Ihr selbst war das allerdings noch nicht klar. Der Tod ihrer Tochter war unfaßbar und würde das lange bleiben. Lena Baardsen klammerte sich an eine Trauer, die immer und überall vorhanden war. Ihr Dasein lag jenseits aller Realitäten, weil die Wirklichkeit derzeit unerträglich war.

Es würde noch schlimmer werden. Irgendwann, wenn die Zeit gekommen war, würde sie wieder leben können. Dann würde die eigentliche Trauer sich einstellen. Die, die niemals vorübergeht, die mit niemandem geteilt werden kann. Die sie lachen und leben lassen würde, die es ihr vielleicht sogar ermöglichen würde, noch weitere Kinder zu bekommen. Aber die sie niemals loslassen würde.

»Doch«, sagte Yngvar. »Ich weiß, wie Ihnen zumute ist.«

Es war zu warm. Er erhob sich und öffnete die Tür zu dem kleinen Balkon.

»War er es?«

Yngvar drehte sich halbwegs um. Ihre Stimme klang erschöpft, schien fast nicht mehr vorhanden zu sein. Er sollte besser gehen. Lena Baardsen würde es schaffen. Er hatte die Antworten erhalten, die er brauchte.

»Sie wissen noch genau, wann Sie ihn zuletzt gesehen haben«, sagte er.

»Ich bin abgehauen«, sagte Lena. »Ich bin nach Dänemark gefahren. Habe das Zimmer gekündigt, während er bei der Arbeit war, habe alle meine Habseligkeiten zu meiner Mutter gebracht, bin für unbestimmte Zeit verreist. Er hat meiner Mutter einige Wochen lang die Hölle heiß gemacht. Dann hat er aufgegeben. Hat er wirklich … hat er Sarah umgebracht?«

Yngvar ballte die Fäuste so hart, daß die Fingernägel sich in seine Handfläche bohrten.

»Das weiß ich nicht«, sagte er kurz.

Er ließ die Balkontür offenstehen und ging zur Diele. Mitten im Zimmer blieb er stehen und sah sich das Bild von Sarah noch einmal an. Die Rose war schon halb verwelkt, sie ließ den Kopf hängen und brauchte frisches Wasser.

Als er sein Auto erreicht hatte, drehte er sich um und zählte sich zum sechsten Stock hoch. Lena Baardsen stand auf dem Balkon, sie hatte sich eine Decke um die Schultern gelegt. Sie winkte nicht. Er senkte den Kopf und stieg in den Wagen. Das Radio schaltete sich ein, als er den Zündschlüssel umdrehte. Er hatte Høvik schon hinter sich, als ihm aufging, daß die Sendung von den Verwüstungen handelte, die der Schwarze Tod in Norwegen angerichtet hatte.

Am allerliebsten hätte er ihr eine heruntergehauen. Turid Sande Oksøy war keine gute Lügnerin. Vermutlich verbarg sie deshalb sorgfältig ihr Gesicht vor ihrem Ehemann, als sie wiederholte:

»Ich habe noch nie von einem Karsten Åsli gehört. Noch nie.«

Das Reihenhaus in Bærum war geprägt von einer anderen Sorte Trauer als die kleine Wohnung in Torshov. Hier gab es noch lebende Kinder. Auf dem Boden lag Spielzeug umher, und es roch nach Essen. Turid und Lasse Oksøy waren wenig Schlaf und viele Tränen anzusehen, aber in ihrem Haus war das Leben in gewisser Hinsicht weitergegangen. Das mußte so sein, die Zwillinge waren ja erst zwei Jahre alt. Turid Oksøy hatte versucht, sich zu schminken; Yngvar hatte sie von unterwegs angerufen und gefragt, ob er so spät noch bei ihnen vorbeischauen dürfe. Die Wimperntusche lagerte sich bereits als schwarze Kruste in ihren Augenwinkeln ab. Der Lippenstift ließ den Mund in ihrem weißen Gesicht zu groß aussehen. Ihr Zeigefinger rieb zerstreut an einem Kratzer über ihrer Nasenwurzel. Der Kratzer fing an zu bluten, und sie brach in Tränen aus.

»Ehrenwort«, schluchzte sie. »Sie müssen mir glauben, ich habe in meinem Leben noch keinen Karsten gekannt.«

Yngvar hätte unter vier Augen mit ihr sprechen müssen.

Es war ein gewaltiger Patzer gewesen, sie zu Hause aufzusuchen. Lasse, der Ehemann, wollte sie natürlich nicht allein lassen; sein Arm lag fest um ihre Schultern, auch dann, wenn sie sich von ihm abwandte. Yngvar hätte bis zum nächsten Morgen warten müssen, um sie dann zu sich ins Büro zu bestellen. Allein, ohne den Gatten. Er brauchte weitere Haken, an denen er Karsten Åsli festmachen könnte. Brauchte mehr als die instinktive Gewißheit, daß dieser Mann gefährlich war. Irgendeine Grundlage für weitere Untersuchungen. Bei seiner Erfahrung und seinem Ruf könnte er vielleicht einen Durchsuchungsbefehl erwirken, wenn er nachweisen konnte, daß Karsten Åsli als einziger alle betroffenen Mütter gekannt hatte. Vor allem, da er selbst das abstritt. Das hätte er Turid Oksøy erklären und sie damit zu einer Aussage zwingen können.

Sie hatte entsetzliche Angst. Yngvar begriff nicht, wieso. Ihr Sohn war tot; ermordet von einem Verrückten, über den diese Frau eine schützende Hand hielt. Yngvar hätte sie schlagen mögen. Er hätte sich ungeheuer gern über den Tisch vorgebeugt, ihren albernen rosa Pullover gepackt und ihr eine gescheuert. Er hätte gern die Wahrheit aus dem mageren Körper herausgeprügelt. Sie war häßlich. Ihre Haare waren stumpf, ihre Schminke verlief. Ihre Nase war zu groß, und ihre Augen saßen zu dicht beieinander. Turid Sande Oksøy sah aus wie ein Geier, und Yngvar hätte ihr gern die scheußliche Schminke aus dem Gesicht gekratzt und die Wahrheit aus dem dahinterliegenden Spatzengehirn ausgegraben.

»Und Sie sind sich da also ganz sicher«, sagte er ruhig und strich sich über die Haare.

»Ja«, beteuerte sie, schaute auf und rieb sich mit dem Daumen über die Tränensäcke.

»Dann entschuldigen Sie die Störung«, sagte er. »Ich finde allein zur Tür.«

»Scheiße, Scheiße!«

Yngvar schlug so hart mit der Faust gegen den Baumstamm, daß die Knöchel zu bluten anfingen. Seine Nackenmuskeln verspannten sich. Er zitterte; er konnte auf der Tastatur des Handys kaum die richtigen Ziffern finden. Er versuchte tiefer zu atmen, aber seine Lunge streikte. Er wußte nicht, wer die größere Angst hatte, er oder Turid Sande Oksøy.

Er lehnte sich an den Kiefernstamm, um sich besser entspannen zu können. In dem Haus, das er eben erst verlassen hatte, wurden in einem Zimmer nach dem anderen die Lampen gelöscht. Am Ende war nur noch ein Streifen gedämpftes gelbes Licht übrig, der im ersten Stock unter einem Rollo durchsickerte.

»Hallo?«

»Hallo.«

»Hab ich dich geweckt?«

»Ja.«

Er bat nicht um Entschuldigung. Als er ihre Stimme hörte, konnte er freier atmen. Er brauchte zehn Minuten, um zu erzählen, wie sein Tag verlaufen war. Ab und zu wiederholte er sich, aber er riß sich zusammen, versuchte sich zur Ruhe zu zwingen. Seine Erzählung in die richtige zeitliche Reihenfolge zu bringen. Sachlich zu sein. Genau. Endlich verstummte er. Inger Johanne schwieg.

»Hallo?«

»Ja, ich bin hier«, hörte er sie sehr weit weg.

Er hielt sich das Telefon dichter ans Ohr.

»Warum«, fragte er. »Warum lügt sie?«

»Das liegt doch auf der Hand«, sagte Inger Johanne. »Sicher hatte sie etwas mit Karsten Åsli, als sie schon mit Lasse verheiratet war. Einen anderen Grund kann es nicht geben. Falls sie nicht doch die Wahrheit sagt. Falls sie dem Mann wirklich nie begegnet ist.«

»Sie lügt. Sie hat gelogen! Ich weiß, daß sie gelogen hat!«

Wieder schlug er mit der Faust gegen die grobe Rinde. Blut lief über seinen Handrücken.

»Was soll ich tun? Was zum Teufel soll ich jetzt tun?«

»Nichts. Heute nacht gar nichts. Fahr nach Hause, Yngvar. Du mußt jetzt schlafen. Das weißt du. Morgen kannst du versuchen, unter vier Augen mit Turid zu sprechen. Du kannst Himmel und Hölle in Bewegung setzen, um alles über Karsten Åsli in Erfahrung zu bringen. Vielleicht kommt etwas dabei heraus. Etwas, das du mit einem Funken Kreativität dazu verwenden kannst, einen Durchsuchungsbefehl zu erwirken. Morgen. Fahr nach Hause.«

»Du hast recht«, sagte er kurz. »Ich rufe dich morgen an.«

»Tu das«, sagte sie. »Bis dann.«

Dann legte sie auf. Er starrte einige Sekunden lang das Telefon an. Seine rechte Hand tat weh. Inger Johanne hatte ihn nicht zu sich eingeladen. Yngvar stolperte zu seinem Auto und fuhr brav heim nach Nordstrand.

56

Endlich hatte er etwas zu essen gefunden. Laffen war schon in drei Ferienhäuser eingebrochen, hatte aber nie Erfolg gehabt. In diesem jedoch waren die Schränke reichhaltig mit Konserven gefüllt. Bestimmt war erst kürzlich jemand hier gewesen, in der Brottrommel lag sogar ein vergessenes Brot. Zuerst versuchte er den blauweißen Belag abzukratzen. Viel war danach nicht mehr übrig. Dann musterte er den kleinen zähen Klumpen und steckte ihn in den Mund. Er schmeckte nach Finsternis.

Das Holz lag sorgfältig aufgestapelt neben dem Kamin. Es war leicht, ein Feuer zu machen. Vom Wohnzimmerfenster aus hatte er den Weg im Blick, er könnte durch das rückwärtige Fenster abhauen, wenn jemand käme. Die Wärme, die das Feuer ausstrahlte, ließ ihn schläfrig werden. Er wollte noch mehr essen, ein wenig Suppe vielleicht, das wäre das einfachste. Dann wollte er schlafen. Es war nach vier Uhr morgens, bald würde es ganz hell sein. Er mußte nur noch mehr essen. Und etwas rauchen, auf dem Kaminsims lag eine halbvolle Packung Marlboro. Er brach den Filter von einer Zigarette, zündete sie an, nahm einen tiefen Zug. Er konnte nicht schlafen gehen, solange das Feuer noch nicht heruntergebrannt war.

Tomatensuppe mit Makkaroni. Gut.

Im Hahn war Wasser. Schönes Haus. Er hatte sich immer ein Haus im Wald gewünscht. Einen Ort, wo er seine Ruhe hätte. Nicht wie im Block in Rykkinn, wo die Nachbarn durchdrehten, wenn er auch nur an irgendeinem Samstag das Treppenputzen vergaß. Obwohl er nie jemanden in seine Wohnung ließ, fühlte er sich immer überwacht. Ein Haus wie dieses hier wäre etwas anderes. Wenn er weiterging, weiter, tief in den Wald, würde er vielleicht eine Stelle finden, an der er den ganzen Sommer hindurch allein sein konnte. Im Sommer fuhren Leute, die im Wald Häuser besaßen, ans Meer. Und dann könnte er nach Schweden weiterziehen. Im Herbst. Sein Vater war im Krieg nach Schweden geflohen. Sein Vater hatte für seine Heldentaten viele Orden bekommen.

Er würde sich von der Polizei jedenfalls nicht schnappen lassen.

Die Zigarette schmeckte teuflisch gut. Die beste, die er je geraucht hatte. Frisch und fein. Als er gegessen hatte, nahm er sich noch eine. Dann schüttelte er die anderen aus der Packung und zählte sie. Elf Zigaretten. Er mußte sparsam damit umgehen.

Die Polizei hielt ihn für einen Idioten. Als sie ihn eingebuchtet hatten, unterhielten sie sich miteinander, als wäre er taub oder was. Das passierte immer wieder. Die Leute glaubten, er könne nicht hören.

Der Typ, der sich die Kinder geholt hatte, war clever. Die Zettel waren clever. *Du hast bekommen, was du verdienst.* Die beiden Bullen hatten dicht neben ihm gestanden und darüber geredet. Als sei er ein Idiot ohne Ohren. Laffen hatte sich den Satz sofort gemerkt. *Du hast bekommen, was du verdienst.* Spitze. Klasse. Andere waren schuld. Er war nicht sicher, wer bekommen hat, was er verdient. Aber es waren andere, er war es nicht. Der Typ, der sich die Kinder geholt hatte, mußte ein schlauer Fuchs sein.

Laffen war auch schon früher eingebuchtet worden.

Sie behandelten ihn immer wie Dreck.

Wenn die Kinder nackt über den Strand tobten, konnten sie

doch nichts anderes erwarten. Sie boten sich an. Vor allem die Mädchen. Sie gingen in Positur und boten sich an. Zeigten alles, was es zu sehen gab. Aber ihm wurde die Schuld zugeschoben, immer. So gesehen war das Internet besser. Das Sozialamt hatte den Computer bezahlt. Ihm Kurse spendiert.

Die Hubschrauber waren gefährlich.

Er war noch immer zu dicht bei Oslo und hörte den ganzen Tag die Hubschrauber. Weil es abends spät dunkel und morgens früh hell wurde, konnte er sich nur während einiger Stunden mitten in der Nacht fortbewegen. Das war nicht genug. Er mußte weiterkommen, das war ihm klar. Er würde ein Auto klauen. Das konnte er, das gehörte zu den ersten Dingen, die er gelernt hatte. Die Polizei hielt ihn für einen Idioten, aber er brauchte nur drei Minuten, um ein geknacktes Auto in Gang zu bringen. Bei den neuen schaffte er das allerdings nicht, die mit der Zündsperre würde er stehenlassen. Aber er konnte sich ein älteres Modell suchen. Er würde ein gutes Stück fahren. Nach Norden. Der Norden war leicht zu finden. Tagsüber konnte er sich an der Sonne orientieren. Und nachts wußte er, wie er den Polarstern fand.

Das Essen machte ihn schläfrig. Die Wärme stand vor dem Kamin wie eine Wand. Er durfte erst einschlafen, wenn das Feuer ganz und gar heruntergebrannt war. Die Brandgefahr war ihm schnurz, aber solange der Rauch Leute herbeilocken konnte, mußte er sich wach halten. Bereit.

»Bereitsein ist alles«, murmelte Laffen und schlief ein.

57

Karsten Åsli versuchte sich mit aller Kraft einzureden, daß er nichts zu befürchten hatte.

»Routine«, sagte er verbissen und wäre fast gestolpert. »Routine. Rou-ti-ne. Rou-ti-ne.«

Seine Turnschuhe waren naß, der Schweiß lief ihm in die Augen. Er versuchte sich die Stirn mit dem Pulloverärmel abzuwischen, aber der war schon feucht vom Tau auf den Bäumen, die er unterwegs gestreift hatte.

Yngvar Stubø hatte nichts gesehen. Er hatte nichts gehört. Er konnte überhaupt nichts Verdächtiges bemerkt haben. Verdammt, der Typ hatte es doch selber gesagt: Er war gekommen, weil er routinemäßig alle aufsuchen mußte, die irgendeinen Kontakt zu den Angehörigen gehabt hatten. Natürlich war das eine Routine. Die Polizei glaubte doch schon zu wissen, wen sie suchte. Die Zeitungen schrieben über fast nichts anderes als über die große Menschenjagd.

Karsten Åsli steigerte sein Tempo. Er hätte fast die Kontrolle verloren. Yngvar Stubø war schlau. Obwohl er kein so guter Lügner war, wie Karsten das von einem Polizisten erwartete, war er schlau. Turid hatte damals schreckliche Angst gehabt. Schreckliche Angst, Lasse könne etwas erfahren. Angst vor der Mutter. Vor der Schwiegermutter. Vor allem. Als Stubø behauptet hatte, Turid habe ausgesagt, ihn zu kennen, hatte er gelogen. Und doch hätte Karsten um ein Haar die Kontrolle verloren.

Yngvar Stubø hätte niemals fragen dürfen, ob er Kinder habe.

Bis zu diesem Moment hatte Karsten das Gefühl gehabt zu ertrinken. Als Stubø nach dem Kind fragte, war ihm, als werfe man ihm einen Rettungsring zu. Das Meer beruhigte sich. Land in Sicht.

Das Kind. Der Junge. Karstens Sohn. Er würde am 19. Juni drei Jahre alt werden. Und an diesem Tag wollte Karsten seine Aktion vollenden. In dieser Welt gab es keine Zufälle.

Der Bach stand jetzt hoch, frühlingshoch, fast ein kleiner Fluß.

Karsten blieb stehen, rang nach Luft. Streifte seinen Rucksack ab, nahm den Kaliumbehälter heraus. Er hatte bereits einige Gramm in eine Plastiktüte gefüllt, mehr als genug für den letzten Einsatz. Natürlich hatte er das draußen gemacht, Karsten Åsli wußte nur zu gut, daß noch das winzigste Stäubchen dieser Substanz ihn verraten konnte. Nicht, daß die Polizei das überprüfen würde, aber Karsten ging auf Nummer Sicher. Die ganze Zeit. Er hatte noch nie einen Behälter im Haus geöffnet.

Das Pulver vermischte sich mit dem Wasser. Milchwasser. Es floß davon, die Lösung wurde dünner, verwässerter, durchsichtig. Anderthalb Meter von ihm entfernt, war schließlich nichts mehr übrig. Vorsichtig schlug er mit dem Behälter gegen einen Stein. Dann machte er ein kleines Feuer. Reisig hatte er im Rucksack gehabt. Der Pappbehälter brannte nicht sehr gut, doch als Karsten eine Zeitung zerriß und die Streifen auf das Feuer legte, loderten endlich richtige Flammen auf. Hinterher zertrampelte er alles.

Er hatte das Kalium in Deutschland gekauft, vor mehr als sieben Monaten. Sicherheitshalber hatte er drei Wochen gewartet und sich einen Vollbart stehenlassen, ehe er in einem Hamburger Vorort in die Apotheke gegangen war. Noch am selben Abend hatte er sich den Bart in einem billigen Motel abrasiert und war dann nach Kiel gefahren, um die Fähre nach Norwegen zu nehmen.

Jetzt war kein Kalium mehr übrig. Bis auf das, was er am 19. Juni brauchen würde.

Karsten Åsli fühlte sich erleichtert. Den Heimweg legte er in einer knappen Viertelstunde zurück.

Als er auf der Treppe stand und seine Muskeln dehnte, fiel ihm ein, daß er seit Tagen nicht mehr nach Emilie gesehen hatte. Am Vortag, ehe Stubø aufgetaucht war, hatte er ihr eine letzte Mahlzeit bringen wollen. Sie mußte weg. Er hatte noch nicht entschieden, wie sie verschwinden sollte. Nach Stubøs Besuch mußte er noch vorsichtiger sein als geplant. Emilie mußte warten. Einige Tage zumindest. Sie hatte Wasser und aß ja doch nichts. Es gab keinen Grund, in den Keller zu gehen.

Absolut keinen. Er lächelte und machte sich bereit, zur Arbeit zu gehen.

Der Mann war verschwunden. Er existierte einfach nicht mehr.

Sie hatte die ganze Zeit Durst. Im Hahn gab es Wasser. Sie versuchte aufzustehen. Ihre Beine waren so dünn geworden. Sie versuchte zu gehen. Das schaffte sie nicht, obwohl sie sich gegen die Wand stützte.

Der Mann war verschwunden. Vielleicht hatte Papa ihn umgebracht. Papa hatte ihn gefunden und in kleine Stücke geschnitten. Aber Papa wußte nicht, daß sie hier war. Er würde sie nie finden.

Der Durst war schrecklich. Emilie kroch zum Waschbecken. Dann lehnte sie sich an die Wand und drehte den Hahn auf. Die Unterhose fiel ihr über die Füße. Es war eine Jungenhose, auch wenn der Schlitz zugenäht war. Sie trank.

Ihre Kleider lagen noch immer zusammengefaltet neben dem Bett. Sie schwankte zurück, konnte sich jetzt immerhin auf den Beinen halten. Die Unterhose lag vor dem Waschbecken. Ihr Magen war zu einem großen Loch geworden, in dem es keinen Hunger mehr gab. Später wollte sie ihre Kleider anziehen. Sie gehörten ihr, und sie wollte sie anziehen. Zuerst mußte sie schlafen.

Schlafen war das beste.

Papa hatte den Mann in Stücke geschnitten und die Stücke ins Meer geworfen.

Vielleicht war auch Papa tot. Er kam ja nicht.

58

Schlagartig wurde Inger Johanne klar, daß dieser Mann immer das fünfte Rad am Wagen gewesen war.

Nach den ersten einleitenden Floskeln drängte sich diese Erkenntnis geradezu auf. Geir Kongsbakken hatte keinerlei Ausstrahlung, keinen Charme. Obwohl sie seinem Bruder und seinem Vater nie begegnet war, hatte Inger Johanne die klare Vorstellung, daß es sich bei beiden um Menschen handelte, deren Faszination sich niemand entziehen konnte, im guten wie im schlechten.

Asbjørn Revheim war ein arroganter Aufwiegler gewesen, ein großer Künstler; ein auffälliger und ausufernder Mensch, bis in den Selbstmord hinein. Astor Kongsbakken lebte noch immer in einer Aura von Anekdoten über Engagement und Raffinesse. Geir, der ältere Sohn, hatte in der Øvre Slottsgate eine kleine Anwaltskanzlei, eine Einmannfirma, von der Inger Johanne noch nie gehört hatte. Die Wände waren mit imitierter Holztäfelung verkleidet. Die Bücherregale waren schwer und braun. Der Mann hinter dem riesigen Schreibtisch war ebenfalls schwer, ohne jedoch fett zu sein. Er wirkte konturlos und uninteressant. Schüttere Haare. Ein weißes Hemd. Eine langweilige Brille. Eine monotone Stimme. Der ganze Mann schien aus den Teilen zusammengesetzt worden zu sein, die sonst niemand in seiner Familie hatte haben wollen.

»Und womit kann ich behilflich sein«, sagte er lächelnd.

»Ich ...«

Inger Johanne räusperte sich und fing noch einmal an.

»Erinnern Sie sich an den Fall Hedvig, Herr Kongsbakken?«

Er dachte nach. Die Lider senkten sich halb über die Augen.

»Nein ...«

Er zögerte mit der Antwort.

»Sollte ich das? Könnten Sie mir ein Stichwort geben?«

»Der Fall Hedvig«, wiederholte sie. »1956.«

Noch immer wirkte er leicht verwirrt. Das war auffällig. Als sie ihrer Mutter gegenüber die Sache erwähnt hatte, so ganz nebenbei, ohne weiter auf ihre Beschäftigung mit diesem Fall einzugehen, war Inger Johanne überrascht gewesen, wie genau sich ihre Mutter noch an den Mord an der kleinen Hedvig erinnern konnte.

»Ach ja.«

Er hob ganz leicht das Kinn.

»Schreckliche Sache. Das war doch das kleine Mädchen, das vergewaltigt und später in ... einem Sack gefunden wurde? Kann das stimmen?«

»Genau.«

»Doch. Das weiß ich noch. Ich war damals noch sehr jung… 1956, sagen Sie? Ich war damals erst achtzehn. In dem Alter liest man ja nicht gerade aufmerksam die Zeitungen.«

Er lächelte, wie um sich für dieses mangelnde Interesse zu entschuldigen.

»Vielleicht nicht«, sagte Inger Johanne. »Das kommt sicher darauf an. Da Ihr Vater jedoch die Anklage gegen den mutmaßlichen Täter vertrat, hätte ich angenommen, daß Sie sich noch gut erinnern würden.«

»Hören Sie«, sagte Geir Kongsbakken und strich sich über den Schädel. »1956 war ich achtzehn, wie gesagt. Ich stand kurz vor dem Abitur. Mich interessierten ganz andere Dinge als die Arbeit meines Vaters. Unsere Beziehung war auch nicht gerade herzlich, wenn ich ehrlich sein soll. Auch wenn ich nicht so recht weiß, was Sie das überhaupt angeht. Worauf wollen Sie eigentlich hinaus?«

Er warf einen Blick auf seine Armbanduhr.

»Lassen Sie mich gleich zur Sache kommen«, sagte Inger Johanne eilig. »Ich habe einigen Grund zu der Annahme, daß Ihr Bruder…«

Zur Sache zu kommen war nicht so einfach, wie sie sich das vorgestellt hatte. Sie schlug die Beine übereinander und machte noch einen Versuch.

»Ich glaube, daß Asbjørn Revheim irgend etwas mit Hedvigs Tod zu tun hatte.«

Auf Geir Kongsbakkens Stirn zeigten sich drei tiefe Furchen. Inger Johanne musterte sein Gesicht. Trotz seiner verdutzten Miene war es überraschend neutral, sie hätte nicht mit Sicherheit sagen können, ob sie ihn bei einer späteren Begegnung auf der Straße wiedererkennen würde.

»Asbjørn«, sagte er und rückte seinen Schlips gerade. »Wie in aller Welt kommen Sie denn auf die Idee? 1956? Himmel, da war er… da war er sechzehn! Sechzehn! Und außerdem hätte Asbjørn nie…«

»Erinnern Sie sich an Anders Mohaug«, fiel sie ihm ins Wort.

»Natürlich erinnere ich mich an Anders«, erwiderte er, sichtlich irritiert. »Den Trottel. Heutzutage ist es wohl nicht mehr politisch korrekt, solche Bezeichnungen zu verwenden, aber so wurde er eben genannt. Damals. Natürlich kann ich mich an Anders erinnern. Er hing eine Zeitlang viel mit meinem Bruder zusammen. Warum fragen Sie?«

»Anders' Mutter, Agnes Mohaug, hat sich 1965 an die Polizei gewandt. Unmittelbar nachdem Anders gestorben war. Ich weiß nur, daß sie glaubte, ihr Sohn habe 1956 den Mord an Hedvig begangen. Sie hatte ihren Sohn seither beschützt, wollte nun aber ihr Gewissen erleichtern, jetzt, wo er nicht mehr bestraft werden konnte.«

Geir Kongsbakken sah aufrichtig verwirrt aus. Er öffnete seinen obersten Hemdknopf und beugte sich dann über den Tisch.

»Na gut«, sagte er langsam. »Aber was hat das alles mit meinem Bruder zu tun? Hat Frau Mohaug behauptet, Asbjørn sei in die Sache verwickelt gewesen?«

»Nein. Das nicht. Nicht, daß ich wüßte. Ich weiß im Grunde nur sehr wenig darüber, was sie damals gesagt hat und …«

Er schnaubte und schüttelte wütend den Kopf, als er ihr ins Wort fiel:

»Ist Ihnen eigentlich klar, was Sie hier machen? Diese Beschuldigungen, die Sie hier vorbringen, erfüllen absolut den Tatbestand der Verleumdung …«

»Ich beschuldige niemanden«, sagte Inger Johanne ruhig. »Ich bin hergekommen, um Ihnen einige Fragen zu stellen und Sie um Hilfe zu bitten. Und da ich ganz normal einen Termin bestellt habe, werde ich Sie natürlich auch für Ihre Zeit bezahlen.«

»Bezahlen? Sie wollen mich dafür bezahlen, daß Sie herkommen und Anschuldigungen gegen einen nahen Verwandten von mir erheben, der noch dazu tot ist und sich nicht verteidigen kann? Bezahlen!«

»Wäre es nicht besser, wenn Sie mir ganz einfach zuhörten?« fragte Inger Johanne.

»Ich habe mehr als genug gehört, danke.«

Um seine Nasenflügel herum zeichneten sich weiße Ringe ab. Er schnaubte noch immer empört. Trotzdem hatte sie in dem Mann irgendeine Form von Neugier geweckt. Das sah sie seinen Augen an, die jetzt wachsam waren, schärfer als bei ihrem Kommen, als er, ohne sie wirklich zu registrieren, sie gebeten hatte, Platz zu nehmen.

»Anders Mohaug hätte kaum auf eigene Faust handeln können«, sagte sie energisch. »Nach allem, was ich über den Jungen gehört habe, wäre er ohne Hilfe nicht einmal nach Oslo gekommen. Sie wissen sehr gut, daß er in allerlei … knifflige Situationen gelockt wurde. Von Ihrem Bruder.«

»Knifflige Situationen? Ist Ihnen klar, was Sie da sagen?«

Ein feiner Speichelregen ergoß sich über den Schreibtisch.

»Asbjørn war *lieb* zu Anders. Lieb! Alle anderen haben diesen Gorilla gemieden wie die Pest. Asbjørn war der einzige, der mit ihm zusammensein mochte.«

»Um zum Beispiel eine Katze als Protest gegen das Königshaus an den Galgen zu bringen?«

Geir Kongsbakken verdrehte wild die Augen.

»Eine Katze. Eine Katze! Natürlich war es nicht richtig, dieses arme Tier zu mißhandeln, aber er wurde ja schließlich auch festgenommen und mußte eine Buße bezahlen. Wurde also bestraft. Nach dieser Episode hat Asbjørn niemandem jemals etwas getan. Nicht einmal einer Katze. Asbjørn war … «

Aus dem grauen Anwalt schien alle Luft zu entweichen. Er sank in sich zusammen, und Inger Johanne glaubte zu sehen, daß seine Augen feucht wurden.

»Sicher ist das schwer zu verstehen«, sagte er und erhob sich mit steifen Bewegungen. »Aber ich habe meinen Bruder geliebt.«

Er stand jetzt vor dem Bücherregal. Seine Finger wanderten über die Rücken von sechs in Leder gebundenen Büchern.

»Das, was er geschrieben hat, habe ich nie gelesen«, sagte Geir Kongsbakken leise. »Es hat alles viel zu weh getan. Das ganze Gerede der Leute. Trotzdem habe ich diese Erstausgaben einbinden lassen. Jetzt sehen sie schöner aus, finden Sie nicht? Schön von außen, aber von innen ziemlich häßlich, wenn ich das richtig verstanden habe.«

»Das würde ich nicht behaupten«, sagte Inger Johanne. »Mir haben sie viel bedeutet, als ich sie gelesen habe. Vor allem *Fieberkälte.* Obwohl er darin alle Grenzen überschreitet und …«

»Asbjørn war loyal allem gegenüber, woran er glaubte«, fiel Geir Kongsbakken ihr ins Wort.

Er schien mit sich selbst zu sprechen. Er hielt eines der Bücher in der Hand. Es war groß und schwer. Inger Johanne tippte auf *Versunkene Stadt, das Meer steigt.* Der Goldschnitt glänzte im Schein der Deckenlampe. Der Ledereinband war dunkel, fast wie poliertes Holz.

»Das Problem war am Ende aber, daß er nichts mehr hatte, woran er glauben konnte«, sagte er. »Es gab nichts mehr, dem gegenüber er hätte loyal sein können. Und da konnte er nicht mehr. Doch bis dahin …«

Jetzt schluchzte er fast, dann straffte er die Schultern.

»Asbjørn hätte einem anderen Menschen niemals etwas antun können. Nicht körperlich. Niemals. Weder mit sechzehn Jahren noch später. Das kann ich Ihnen garantieren.«

Er hatte sich zu ihr umgedreht. Er schob sein Kinn vor. Er starrte ihr in die Augen und hatte die rechte Hand flach auf das Buch gelegt, wie auf eine Bibel, auf die er schwören wollte.

Wie gut kennen wir unsere Nächsten, dachte Inger Johanne. *Du sagst die Wahrheit. Du weißt, daß Asbjørn niemandem etwas antun konnte. Weil du ihn geliebt hast. Weil er dein einziger Bruder war. Du glaubst, es zu wissen. Du weißt, daß du es weißt. Aber ich weiß es nicht. Ich habe ihn nicht gekannt. Ich habe nur seine Bücher gelesen. Wir alle sind mehrere Menschen. Asbjørn kann ein Mörder gewesen sein, auch wenn du das nie im Leben erkennen wirst.*

»Ich würde gern mit Ihrem Vater sprechen«, sagte sie.

Geir Kongsbakken stellte das Buch zurück ins Regal.

»Von mir aus«, sagte er gleichgültig. »Aber dann müssen Sie nach Korsika fahren. Ich glaube nicht, daß er je wieder nach Hause kommen wird. Im Moment geht es ihm auch nicht gut.«

»Ich habe ihn gestern angerufen.«

»Ihn angerufen? Wegen dieses Blödsinns? Ist Ihnen eigentlich klar, wie alt er ist?«

Wieder zeichneten sich um seine Nase herum weiße Ringe ab.

»Ich habe Asbjørn nicht erwähnt«, sagte Inger Johanne rasch. »Im Grunde habe ich kaum etwas sagen können. Er wurde wütend. War richtig außer sich vor Zorn, wenn ich das ehrlich sagen soll.«

»Wundert mich nicht«, murmelte Geir Kongsbakken und schaute wieder auf seine Armbanduhr.

Inger Johanne fiel auf, daß er keinen Ehering trug. In dem braunen Büroraum gab es auch keine Fotos. Es gab überhaupt keine Hinweise auf andere persönliche Bindungen als die an einen toten Bruder, einen Autor, der sorgsam in kostbar eingebundenen Büchern aufbewahrt war, die nie gelesen wurden.

»Ich dachte, Sie könnten vielleicht mit ihm reden«, sagte Inger Johanne. »Ihm erklären, daß ich niemandem schaden will. Ich möchte nur wissen, was damals wirklich passiert ist.«

»Was meinen Sie mit *wirklich passiert*? Wenn ich das richtig in Erinnerung habe, ist wegen des Mordes an Hedvig jemand verurteilt worden. Verurteilt von einem Geschworenengericht! Damit sollte doch auf der Hand liegen, was damals passiert ist. Der Mann war schuldig!«

»Das glaube ich nicht«, sagte Inger Johanne. »Und wenn ich die zehn Minuten, die von meiner halben Stunde noch bleiben, nutzen könnte, um Ihnen darzustellen, warum ich das nicht ...«

»Sie haben keine zehn Minuten mehr«, wehrte er ab. »Ich betrachte dieses Gespräch als beendet. Sie können gehen.«

Er griff zu einem Ordner und fing an zu lesen, als sei Inger Johanne bereits verschwunden.

»Vermutlich ist damals ein Unschuldiger verurteilt worden«,

sagte sie. »Er heißt Aksel Seier und hat dadurch alles verloren. Zumindest als Anwalt sollten Sie das besorgniserregend finden. Als Jurist.«

Ohne von seinen Papieren aufzublicken, sagte er:

»Sie können mit Ihren Spekulationen einen nicht wiedergutzumachenden Schaden anrichten. Gehen Sie jetzt bitte.«

»Wem könnte ich schaden? Asbjørn ist tot. Seit siebzehn Jahren!«

»Gehen Sie!«

Inger Johanne blieb nichts anderes übrig, als sich zu fügen. Ohne ein weiteres Wort erhob sie sich und ging zur Tür.

»Vergessen Sie die Bezahlung«, sagte Geir Kongsbakken mit harter Stimme. »Und kommen Sie nie wieder her.«

Ein warmer Wind strich durch Oslo. Inger Johanne blieb vor Geir Kongsbakkens Kanzlei einen Moment lang zögernd stehen, dann beschloß sie, zu Fuß ins Büro zu gehen. Sie zog ihre Kostümjacke aus und stellte fest, daß ihre Achselhöhlen schweißnaß waren.

Dieser Fall hätte schon vor langer Zeit geklärt werden müssen. Jetzt war es zu spät. Mutlosigkeit überkam sie. Jemand hätte Aksel Seier rehabilitieren sollen, als das noch möglich war. Als die Beteiligten noch lebten. Als die Leute sich noch erinnerten. Jetzt lief sie nur mit dem Kopf gegen die Wand; überall, wo sie es versuchte.

Sie hatte die ganze Sache satt. Und eigentlich hatte ja auch Aksel Seier sie abgewiesen. Der Gedanke an Alvhild Sofienberg versetzte ihr einen Stich in die Brust, aber rasch verdrängte sie diesen Anflug von schlechtem Gewissen. Inger Johanne hatte keine wirklichen Verpflichtungen, weder Aksel noch Alvhild gegenüber.

Sie hatte wirklich mehr als genug getan, mehr als irgendwer verlangen konnte.

59

»Und das ist alles, was wir haben«, sagte Yngvar Stubø mißmutig.

»Jawohl.«

Sigmund Berli schniefte und wischte sich die Nase mit dem Ärmel ab.

»Nicht viel, fürchte ich. Keine Vorstrafen. Falls jemals irgendeine Anzeige gegen ihn vorgelegen hat, dann muß das lange her sein. Er hat weder in Oslo noch an einer anderen norwegischen Universität irgendein Examen abgelegt, die Ausbildung, mit der er geprotzt hat, muß er also irgendwo im Ausland gemacht haben, oder ...«

»Er hat sein Studium abgebrochen. Sie hat recht.«

»Wer?«

»Vergiß es.«

Wieder schniefte Sigmund und fischte in seiner engen Jeanstasche nach einem Papiertaschentuch.

»Erkältet«, murmelte er. »Total verrotzt. Karsten Åsli ist sehr oft umgezogen, das kann ich immerhin erzählen. Kein Wunder, daß er inzwischen auf das Einwohnermeldeamt pfeift. Eine Vagabundennatur, das ist er. Er hat übrigens den Taxischein gemacht. Für Oslo. Falls man das als Ausbildung bezeichnen kann.«

»Kaum. Was ist das hier?«

Yngvar zeigte auf einen gelben Klebezettel.

»Was denn?«

Sigmund beugte sich über die Tischplatte.

»Ach, das. Er hat vor einigen Jahren einen Kurs als Krankenwagenfahrer gemacht. Du hast doch gesagt, ich sollte wirklich alle Einzelheiten zusammentragen.«

»Was ist mit dem Jungen?«

Yngvar kämpfte mit der Zellophanverpackung einer neuen Zigarrenkiste.

»Daran arbeite ich noch. Aber warum sollten wir bezweifeln,

daß der Typ gerade in dem Fall die Wahrheit sagt? Gibt es irgendeinen vorstellbaren Grund, warum er sich einen Sohn ausdenken sollte?«

Yngvar ließ vorsichtig eine Zigarre in eine silberne Hülse gleiten und steckte sie in seine Brusttasche.

»Ich glaube nicht, daß er lügt«, sagte er dann. »Ich möchte nur wissen, wieviel Kontakt er wirklich zu dem Jungen hat. Sein Haus sieht nicht gerade so aus, als hielte sich da häufiger ein Kind auf. Was ist mit Tromsø? War er da?«

Sigmund Berli schaute die Kiste aus hellem Balsaholz an.

»Bedien dich«, nickte Yngvar.

»Das beste wäre doch gewesen, Karsten Åsli zu fragen! Ich habe alle Passagierlisten überprüft, und zumindest im fraglichen Zeitraum ist er nicht nach Tromsø geflogen. Ich habe mir eine Kopie von seinem Paßbild machen lassen. Das ist nach Tromsø geschickt worden. Wir müssen also abwarten, was dieser Professor sagt. Vermutlich gar nichts. Er besteht darauf, daß er das Gesicht nicht gut genug gesehen hat. Diese *Ermittlung*...«

Er zeichnete wütende Gänsefüßchen in die Luft, ehe er sich eine Zigarre nahm.

»... wird nicht gerade einfacher dadurch, daß Karsten Åsli nichts merken darf. Könnten wir ihn nicht einfach zu einer normalen Vernehmung vorladen? Himmel, das tun wir doch mit Gott und der Welt, ohne daß...«

»Karsten Åsli ist weder Gott noch die Welt«, fiel Yngvar ihm ins Wort. »Wenn ich recht habe, dann hält er irgendwo ein Kind gefangen. Und deshalb soll er nicht einmal den *allergeringsten Grund* zu der Vermutung haben, daß wir hinter ihm her sind.«

Sigmund Berli hielt sich die Zigarre unter die Nase.

»Du, Yngvar«, sagte er, ohne dem Hauptkommissar in die Augen zu schauen.

»Ja.«

»Hast du noch mehr, etwas anderes als dieses... dieses... Hast du etwas Konkreteres, irgendwie, als dieses...«

»Nein. Nur ein Gefühl. Ein sehr starkes Gefühl.«

Es wurde ganz still im Zimmer. Vom Flur her waren rasche Schritte zu hören, und weit weg schrillte ein Telefon. Jemand nahm ab. Vor der Tür lachte eine Frau. Yngvar starrte Sigmunds Zigarre an, die er noch immer zwischen Nase und Oberlippe hielt.

»Intuition ist nichts anderes als die Bearbeitung bekannter Fakten durch das Unterbewußtsein«, sagte er, und erst dann fiel ihm ein, woher er das hatte.

Abrupt beugte er sich über den Tisch.

»Der Mann war außer sich vor Angst«, sagte Yngvar verbissen. »Er war total fertig, als ich aufgetaucht bin. Ich war *so* ...«

Er zeigte mit Daumen und Zeigefinger eine Strecke von einem Zentimeter.

» ... *so* dicht davor, ihn vollständig zusammenbrechen zu lassen. Aber dann ist irgend etwas passiert, ich weiß nicht, jedenfalls ...«

Langsam ließ er sich wieder in seinen Sessel sinken.

»Auf irgendeine Weise hat er sich wieder in den Griff bekommen. Ich weiß nicht, wie oder warum. Ich weiß nur, daß er sich auf eine Weise verhalten hat, die ... Verdammt noch mal, Sigmund! Du ... Von allen Kollegen hier im Haus müßtest gerade *du* Vertrauen zu meinem Instinkt haben! Das Kind ist da oben! Karsten Åsli hält Emilie gefangen, und wir schwirren mit Hubschraubern und weiß Gott wie vielen Leuten und Autos durch die Gegend und suchen einen schwachsinnigen Trottel auf Waldwanderung!«

Sigmund lächelte, fast verlegen.

»Aber sicher bist du dir nicht«, sagte er. »Das mußt du immerhin zugeben. Du kannst nicht ganz sicher sein. Das kannst du nicht.«

»Nein«, sagte Yngvar endlich. »Ganz sicher kann ich natürlich nicht sein. Aber geh der Sache mit dem Sohn nach. Bitte.«

Sigmund nickte kurz, dann ging er. Die Zigarre ließ er liegen. Yngvar nahm sie und musterte sie lange. Dann warf er sie in den Papierkorb, wobei ihm einfiel, daß er den Klempner aus Lillestrøm anrufen mußte. Es gab keinen Grund, Cato Sylling mit einer unnötigen Reise nach Oslo zu belasten.

Turid Sande Oksøy hatte sich noch nicht gemeldet. Obwohl er dreimal angerufen und auf ihren Anrufbeantworter gesprochen hatte.

60

Aksel Seier saß im Theatercafé und betrachtete das kunstfertige Butterbrot, das der Kellner vor ihm auf den Tisch gestellt hatte. Er hatte total vergessen, daß Brote in Norwegen nie von einer zweiten Brotscheibe bedeckt waren, und er fragte sich, wie er es essen sollte. Verstohlen schaute er sich um. Eine ältere Frau am Nachbartisch aß mit Messer und Gabel, obwohl ihr Brot längst nicht so üppig belegt war wie seins. Zögernd griff er zum Besteck. Die Tomate fiel auf den Teller. Vorsichtig zog er das Salatblatt unter der Leberpastete hervor. Aksel Seier mochte keinen Salat. Aber der Rest schmeckte gut. Das Bier auch. Er trank begierig und bestellte gleich noch eins.

»Mit Vergnügen«, sagte der Kellner.

Aksel Seier versuchte sich zu entspannen. Er faßte an seine Brusttasche. Zweimal hatte er seine Kreditkarte bisher benutzt. Das ging wunderbar. Er hatte in seinem Leben noch nie eine Kreditkarte besessen. Cheryl von der Bank hatte darauf bestanden. VISA und American Express. Dann könne ihm nichts mehr passieren, meinte sie. Und sicher wußte sie, wovon sie sprach. Die VISA-Karte war silberfarben. Platin, hatte Cheryl geflüstert. *You're rich, you know!* Eigentlich dauerte es über eine Woche, eine solche Karte zu besorgen, aber sie hatte es innerhalb von weniger als zwei Tagen geschafft.

Alles war so schnell gegangen.

Ihm war schwindlig. Aber er hatte auch seit anderthalb Tagen nicht mehr geschlafen. Der Flug war glatt verlaufen, aber im Motorenlärm hatte er nicht schlafen können. In Keflavik hatte er zuerst geglaubt, bereits am Ziel zu sein. Als er sich auf die Suche nach seinem Gepäck machte, hatte eine freundliche Frau in Uniform ihn zum Schalter für den Weiterflug gebracht. Er schaute auf die Armbanduhr, die Mrs. Davis in Hyannis für ihn ausgesucht hatte. Langsam zählte er sechs Stunden zurück. In Cape Cod war es jetzt neun Uhr morgens. Die Sonne stand hoch über dem Sund vor Nantucket Island, und es war Ebbe. Bei gutem Wetter war vor dem Südwesthimmel Monomoy zu erkennen. Ein guter Tag zum Fischen. Vielleicht war Matt Delaware schon mit dem Boot hinausgefahren.

»Darf's noch etwas sein?«

Aksel schüttelte den Kopf. Er tastete nach seiner Kreditkarte, doch als er endlich seine Brieftasche hervorgezogen hatte, war der Kellner verschwunden. Er würde sich schon wieder einstellen.

Er mußte versuchen, sich zu entspannen.

Niemand starrte ihn an. Niemand erkannte ihn.

Davor hatte er sich am meisten gefürchtet. Daß jemand begreifen könnte, wer er war. Als er in Gardermoen gelandet war, hatte er alles bereut. Am liebsten wäre er mit dem nächsten Flugzeug zurückgeflogen. Um den Handel rückgängig zu machen. Um wieder nach Hause zu ziehen, um sich Boot, Katze und Glassoldaten zurückzuholen. Alles könnte wieder so sein wie vorher. Eigentlich hatte er es doch gut gehabt. Er hatte sich auf jeden Fall sicher gefühlt, vor allem, nachdem in einer Märznacht des Jahres 1993 die Alpträume verschwunden waren.

Norwegen hatte sich verändert.

Und die Leute redeten anders. Im Bus nach Oslo hatten vor ihm ein paar Jugendliche gesessen, von deren Sprache er kaum ein Wort verstanden hatte. Es wurde besser, als er im Hotel Continental eintraf. Aksel Seier konnte sich nur an die Namen von zwei der vornehmen Osloer Hotels erinnern, Grand und Continental. Continental hörte sich eleganter an. Es kostete sicher ein Vermögen, aber er hatte Geld und eine Platinkarte. Als er seinen US-Paß vorlegte, hatte die Dame an der Rezeption Englisch mit ihm gesprochen. Als er auf norwegisch antwortete, hatte sie gelächelt. Sie war freundlich. Alle waren freundlich, und hier im Theatercafé sprach der Kellner das Norwegisch, das Aksel Seier kannte und verstand.

»Sind Sie auf der Durchreise?« fragte der magere Mann und legte die Rechnung auf den Tisch.

»Ja. Nein. Durchreise.«

»Sie wohnen vielleicht hier im Hotel«, sagte der Kellner und griff nach der Karte. »Dann darf ich Ihnen einen angenehmen Aufenthalt wünschen. Jetzt geht es wirklich dem Sommer entgegen. Schön, nicht?«

Aksel Seier wollte auf sein Zimmer gehen und ein paar Stunden schlafen. Er mußte sich daran gewöhnen, daß er jetzt hier war. Danach wollte er einen Spaziergang durch die Stadt machen. Gegen Abend. Er wollte sehen, woran er sich noch erinnern konnte. Er wollte Norwegen beschnuppern. Feststellen, ob Norwegen ihn noch erkannte. Aksel glaubte das nicht. Es war alles so lang her. So ungeheuer lange. Morgen wollte er Eva besuchen. Aber erst morgen. Er wollte bei diesem Wiedersehen ausgeruht sein. Er wußte, daß sie krank war, und er rechnete mit allem.

Vor dem Einschlafen wollte er Inger Johanne Vik anrufen. Es war schließlich erst drei Uhr nachmittags. Sie war sicher noch bei der Arbeit. Vielleicht war sie noch böse über sein Verschwinden. Aber immerhin hatte sie die weite Reise in die USA unternommen, um ihn zu treffen. Sie hatte ihre Visitenkarte in seinen Briefkasten geworfen und an seiner Haustür befestigt.

Sie hatte sicher noch immer Interesse an einem Gespräch mit ihm, das doch zumindest.

61

Inger Johanne hatte das seltsame Gefühl, es sei bereits Freitag. Als sie um zwei Uhr, unter dem halbwegs zutreffenden Vorwand, in den Buchladen gehen zu müssen, das Büro verlassen hatte, mußte sie sich mehrmals daran erinnern, daß die Woche noch immer nicht weiter als bis zum Mittwoch, dem 7. Juni, vorgerückt war. Im Buchladen Norli hatte sie eine Taschenbuchausgabe von *Sündenfall, 14. November* gefunden, dem letzten von Asbjørn Revheims sechs Romanen. Inger Johanne meinte, ihn früher bereits gelesen zu haben. Nach dreißig Seiten kam sie zu dem Schluß, daß ihre Erinnerung sie getäuscht hatte. Es war eine Art Zukunftsroman, und sie wußte nicht so recht, ob er ihr überhaupt gefiel.

Inzwischen war es Zeit für die Fernsehnachrichten. Sie schaltete den Apparat ein.

Laffen Sørnes war auf einer Hauptstraße im Nordwesten von Oslo gesehen worden. Er war zu Fuß unterwegs. Drei unabhängige Zeugenaussagen stimmten bis ins Detail überein, von der Tarnkleidung bis zu dem eingegipsten Arm. Noch ehe jemand den Flüchtling hatte anhalten können, war er wieder im Wald verschwunden. Die Polizei hatte zwei finnische Bärenjäger zur Verstärkung hinzugezogen. TV2 hatte in der Umgebung einen Hubschrauber im Einsatz, während NRK sich bisher an die inständige Bitte der Polizei hielt, auf dem Erdboden zu bleiben. Dort warteten dafür gleich fünf Reporterteams, die im Grunde alle nicht viel zu berichten hatten.

Inger Johanne schauderte es, während sie zwischen den beiden Sendern hin- und herschaltete.

Das Telefon klingelte. Sie konnte den Fernseher noch schnell leiser stellen, ehe sie abnahm. Die Stimme am anderen Ende der Leitung war ihr unbekannt.

»Spreche ich mit Inger Johanne Vik?«

»Ja …«

»Es tut mir leid, daß ich Sie am Abend störe. Ich bin Unni Kongsbakken.«

»Ach.«

Inger Johanne schluckte und nahm den Hörer in die linke Hand.

»Sie haben doch am Montag mit meinem Mann gesprochen, nicht wahr?«

»Ja, ich ...«

»Astor ist heute morgen gestorben«, sagte die Stimme.

Inger Johanne versuchte, den Fernseher auszuschalten, aber aus Versehen drückte sie auf den Lautstärkeregler. Ein Moderator brüllte, daß die gesamte Sendezeit von *Redaktion 21* der großen Menschenjagd gewidmet sein würde. Inger Johanne fand endlich die richtige Taste, und alles war still.

»Verzeihung«, stammelte sie. »Mein ... mein Beileid.«

»Danke«, sagte die Stimme. »Ich rufe an, weil ich Sie sehr gern treffen würde.«

Unni Kongsbakkens Stimme klang erstaunlich ruhig, in Anbetracht der Tatsache, daß sie erst vor wenigen Stunden Witwe geworden war.

»Mich treffen ... ja. Wieso ... natürlich.«

»Mein Mann war nach Ihrem Anruf ungeheuer verstört. Gestern rief dann mein Sohn an und erzählte von Ihrem Besuch in seiner Kanzlei. Astor ... Nun ja. Er ist heute am frühen Morgen gestorben.«

»Es tut mir wirklich leid, falls ... Ich meine, ich wollte wirklich nicht ...«

»Es war ein undramatischer Tod, Frau Vik. Sie können ganz unbesorgt sein. Astor war zweiundneunzig, und seine Gesundheit war schon arg angegriffen.«

»Nun gut. Aber ich ...«

Inger Johanne wußte wirklich nicht, was sie sagen sollte.

»Ich selbst bin ja auch nicht mehr die Jüngste«, sagte Unni Kongsbakken. »Und morgen bringe ich meinen Mann nach Hause.

Er wollte in Norwegen beigesetzt werden. Es wäre nett, wenn Sie sich schon morgen nachmittag die Zeit für ein Gespräch nehmen könnten. Die Maschine landet gegen zwölf. Paßt es Ihnen um drei Uhr?«

»Aber... das hat doch Zeit! Bis nach der Beisetzung, meine ich.«

»Nein. Es ist schon lange genug aufgeschoben worden. Bitte, Frau Vik.«

»In Ordnung«, murmelte Inger Johanne.

»Um drei Uhr also. Im Grand, ist Ihnen das recht? Da ist es normalerweise ruhig.«

»Gut. Um drei. Grand Café.«

»Bis dann. Adieu.«

Die alte Dame hatte aufgelegt, ehe Inger Johanne noch etwas sagen konnte. Sie hielt noch lange den Hörer in der Hand. Sie wußte nicht so recht, was sie so schnell und flach atmen ließ, Schuldbewußtsein oder Neugier.

Was in aller Welt willst du von mir, dachte sie und legte endlich den Hörer auf die Gabel. *Was ist schon lange genug aufgeschoben worden?*

Dann spürte sie, wie ihr die Röte in die Wangen stieg.

Ich habe Astor Kongsbakken umgebracht!

Yngvar Stubø saß allein in seinem Büro und las zum zweiten Mal eine Mail. Die Polizei in Tromsø hatte von May Berit Benonisen nur erfahren, daß sie Karsten Åsli früher einmal gekannt hatte, ziemlich oberflächlich, wie sie schon ausgesagt hatte. Die Mail war kurz und nüchtern. Der Kollege hatte offenbar die Wichtigkeit von Yngvars Frage nicht begriffen. Er hatte Frau Benonisen telefonisch vernommen.

Tønnes Selbu hatte nie von einem Karsten Åsli gehört.

Grete Harborg war tot.

Turid Sande Oksøy war nicht zu erreichen. Als Yngvar später am Nachmittag endlich ihren Mann an der Strippe hatte, war

Turid ins Ferienhaus gefahren. Ohne Telefon. Nach Telemark, sagte Lasse schroff und vage, und dann verlangte er, in Ruhe gelassen zu werden, bis die Polizei konkrete Ergebnisse vorlegen könnte.

Sigmund Berli hatte noch nicht mehr über Karsten Åslis Sohn in Erfahrung bringen können. Yngvar hatte den Verdacht, daß er diesen Auftrag auch nicht mit sonderlichem Eifer verfolgte. Obwohl Sigmund bei der Arbeit sein engster Vertrauter war, schien auch er ihm jetzt zu entgleiten.

Nach dem Unglück war alles anders geworden. Elisabeth und Trine zu verlieren war wie gebrandmarkt zu werden, mit einem Stigma, das andere Menschen in Verlegenheit stürzte. In der Kantine verstummten alle, wenn er sich zu ihnen setzte. Erst nach vielen Monaten gestattete es sich jemand, in seiner Anwesenheit zu lachen. In gewisser Hinsicht wurde ihm noch immer Respekt entgegengebracht, aber seine Intuition, die früher bewundert und sagenumwoben gewesen war, galt jetzt als seltsame Grille eines hart geprüften und unglücklichen Mannes.

Yngvar war nicht unglücklich.

Er steckte sich eine Zigarre an und horchte in sich hinein.

»Ich bin nicht unglücklich«, sagte er halblaut und ließ eine Rauchwolke hochsteigen.

Die Zigarre war zu trocken, und er machte sie ärgerlich aus.

Wenn er bis zum Feierabend des nächsten Tages nicht genug gegen Karsten Åsli vorliegen hatte, um einen Durchsuchungsbefehl zu erwirken, würde er möglicherweise auf eigene Faust hinfahren. Emilie war dort. Da war er ganz sicher. Vielleicht würde er danach gefeuert werden. Aber vielleicht konnte er die Kleine retten.

Noch knapp vierundzwanzig Stunden, dachte er und verließ sein Büro. Mehr Zeit wage ich der Sache nicht zu geben.

62

Sie erkannten sich sofort.

Vor über einem Menschenalter hatte sie im Hafen gestanden und ihm zum Abschied zugewinkt. Er hatte versucht, sie im Auge zu behalten, als sie sich fester in ihren Schal gehüllt und das Fahrrad an dem Kai entlanggeschoben hatte, während die MS Sandefjord ablegte. Der Wind ließ ihren Rocksaum flattern. Das Rad war frisch lackiert und rot. Sie war schlank und hatte blaue Augen.

Jetzt war Eva bereits seit über zehn Jahren bettlägerig.

Ihre leblosen Arme lagen neben dem Körper. Langsam hob sie die rechte Hand und hielt sie ihm entgegen, als er das Krankenzimmer betrat. In einem Brief hatte sie geschrieben, Gott in Seiner Güte habe ihr die Herrschaft gerade über die rechte Hand erhalten. Damit sie noch immer Briefe schreiben könne. Ihre Beine waren gelähmt. Der linke Arm unbrauchbar.

»Aksel«, sagte sie leise und gelassen, als habe sie ihn erwartet. »Mein Aksel.«

Er zog einen Stuhl an das Bett heran. Dann fuhr er sich verlegen mit der Hand über seinen kurzgeschorenen Schädel und versuchte zu lächeln. Ihre Finger waren kalt, als sie seine Wange berührten. Früher waren sie immer warm gewesen, trocken, verspielt und warm. Trotzdem war es dieselbe Hand; er erkannte sie und mußte weinen.

»Aksel«, sagte Eva noch einmal. »Danke dafür, daß du gekommen bist.«

63

Karsten Åsli hatte seit Montag schlecht geschlafen. Tagsüber konnte er sich immerhin einreden, daß kein Grund zur Sorge bestehe. Yngvar Stubø war ja schließlich nicht wiedergekommen. Im Dorf wirkte alles normal. Niemand hatte sich dort unten nach ihm erkundigt.

Nachts war alles schlimmer. Obwohl er jeden Abend eine lange Strecke lief, um seinen Körper zu ermüden, lag er bis zur Morgendämmerung wach. An diesem Morgen hatte er sich krank gemeldet. Das bereute er jetzt. Es war schlimmer, hier zu Hause untätig herumzulungern. Er hatte nichts zu tun. Sein Plan für den 19. Juni war fertig. Nichts stand mehr aus, bis auf die Durchführung.

Er könnte die Westwand anstreichen.

Aber er konnte nicht ins Dorf, um Farbe zu kaufen, dort könnte er schließlich von einem Kollegen gesehen werden. Besser wäre es, bis nach Elverum zu fahren. Wenn ihm dort, was unwahrscheinlich war, jemand begegnete, könnte er behaupten, beim Arzt gewesen zu sein.

Es war wirklich eine gute Idee. Als er sich ins Auto setzte, fühlte er sich gleich ruhiger.

Laffen Sørnes fand endlich ein Auto, das für ihn in Frage kam. Einen Mazda 323, 1987er Modell. Irgendwer hatte es auf einem Waldweg abgestellt, halbwegs im Graben. Die Türen standen sogar offen. Laffen lächelte. Der Tank war noch voll. Der Motor hustete ein wenig, sprang aber schließlich doch an. Zum Glück kam er ohne Probleme hinauf auf die Straße. Einige hundert Meter tiefer im Wald gab es eine kleine Abzweigung, deshalb mußte er drehen.

Besser war es, sofort nach Schweden zu fahren.

Die Hubschrauber waren überall. Laffen hatte sich zu Fuß langsam bewegt, im Schutz der Bäume. Eigentlich hatte er nur nachts unterwegs sein wollen, aber auf diese Weise kam er nicht schnell genug vorwärts, deshalb mußte er den Tag zu Hilfe nehmen. Zweimal hatte er Leute gesehen, als er dumm genug gewesen war, ein Stück weit der Straße zu folgen. Er war so müde und auf dem glatten Asphalt war das Gehen leichter. Danach verschwand er wieder im Wald, und die Hubschrauber zogen sich zurück. Um offene Flächen mußte er auf jeden Fall einen Bogen machen. Ab und zu verirrte er sich ein wenig und mußte eine lange Ruhepause einlegen.

Im Auto fühlte er sich sicherer, aber dennoch galt es, so weit wie möglich wegzukommen.

Schweden lag im Osten. Und da die Sonne schien, wußte er, in welche Richtung er fahren mußte.

Im Auto lag eine Sputnik-Kassette. Laffen sang mit. Bald hatte er eine größere Straße erreicht. Er war jetzt ruhig. Es tat gut, hinter einem Lenkrad zu sitzen. Beim letzten Mal hatten sie ihm den Arm gebrochen. Diesmal würden sie ihn sicher umbringen. Wenn er nicht schnell genug nach Schweden gelangte. Und das würde er schaffen. Sehr weit konnte es nicht mehr sein. Zwei Stunden vielleicht noch. Höchstens. Als er zuletzt in Schweden gewesen war, hatte er in einer Raststätte einen Heringsauflauf verzehrt. Etwas so Köstliches hatte er vorher noch nie gegessen.

Außerdem war der Tabak billig in Schweden. Oder jedenfalls billiger als in Norwegen.

Er beschleunigte sein Tempo.

Karsten Åsli konzentrierte sich darauf, nicht zu schnell zu fahren. Er durfte keine Aufmerksamkeit erregen. Fünf, sechs Stundenkilometer über der zulässigen Geschwindigkeit waren das beste. Das normalste.

Er bereute den ganzen Ausflug.

Vermutlich hatte Bob ihn gesehen, als er an der Tankstelle vorbeigekommen war. Er winkte eifrig, obwohl Karsten so tat, als habe er nichts bemerkt. Bob würde gegenüber jemandem von der Holzfabrik wohl kaum etwas erwähnen, aber Karsten fühlte sich trotzdem nicht wohl in seiner Haut. Nachdem er schon schriftlich wegen Diebstahls abgemahnt worden war, würde das hier sicher ausreichen, um ihn zu feuern. Sich krank zu melden und dann zum Einkaufen nach Elverum zu fahren war nicht gerade clever gewesen. Natürlich könnte er einen Arztbesuch vorschützen, aber es war dem Chef zuzutrauen, daß er Beweise verlangte. Der Chef war der totale Arsch, der würde alles tun, um ihn loszuwerden.

Er fuhr jetzt hundertzehn, und Karsten Åsli fluchte langsam, als er vom Gas ging und sein Tempo drosselte.

Vielleicht sollte er ganz einfach umkehren.

»Der Verdächtige fährt einen dunkelblauen Mazda 323«, sagte der Hubschrauberpilot laut und deutlich, seine Stimme hatte einen Unterton von tiefer Dramatik. »Kennzeichen weiterhin unbekannt. Sollen wir ihm folgen? Ich wiederhole: Sollen wir ihm folgen?«

»Auf Abstand«, kam es knackend aus seinen Kopfhörern. »Folgt ihm auf Abstand. Drei Wagen sind unterwegs.«

»Verstanden«, sagte der Pilot und zog den Hubschrauber in einem Bogen über die Baumwipfel, bevor er auf die Höhe von siebenhundert Metern stieg.

Dabei ließ er den Wagen nicht aus den Augen.

64

Inger Johanne saß bereits seit einer Viertelstunde im Grand Café. Ihr grauste, und sie versuchte, nicht an ihren Nägeln zu kauen. Ein Finger blutete schon. Um Punkt drei betrat die alte Dame das Restaurant. Sie hob abwehrend die Hand, als der Ober auf sie zutrat, und schaute sich um. Inger Johanne erhob sich halb und winkte.

Unni Kongsbakken kam auf sie zu, hochgewachsen und breit. Sie trug eine bunte, gewebte Jacke und einen knöchellangen Rock. Inger Johanne konnte gerade noch ein Paar solide dunkle Schnürschuhe registrieren, bevor die alte Dame an den Tisch trat.

»Sie sind also Inger Johanne Vik. Guten Tag.«

Die Hand war schwer und trocken. Frau Kongsbakken setzte sich. Auf den ersten Blick war es unvorstellbar, daß diese Frau über achtzig sein sollte. Ihre Bewegungen waren ruhig, und ihre Hände lagen gelassen vor ihr auf dem Tisch. Erst als Inger Johanne sie genauer musterte, sah sie, daß die Augen die blasse Mattigkeit hatten, die sich erst einstellt, wenn ein Mensch so alt ist, daß ihn im Grunde nichts mehr überraschen kann.

»Ich danke Ihnen, daß Sie bereit waren, sich mit mir zu treffen«, sagte Unni Kongsbakken ruhig.

»Ich bitte Sie, das ist doch selbstverständlich«, sagte Inger Johanne und leerte ihr Wasserglas. »Wollen wir etwas zu essen bestellen?«

»Für mich bitte nur eine Tasse Kaffee. Ich bin von der Reise ein wenig erschöpft.«

»Zweimal Kaffee«, sagte Inger Johanne zu dem Kellner und hoffte, daß er nicht auf dem Verzehrzwang bestehen würde.

»Erzählen Sie mir von sich«, sagte Unni Kongsbakken. »Ehe ich Ihnen meine Geschichte erzähle, möchte ich gern ein bißchen mehr darüber hören, wer und was Sie sind. Astor und Geir waren ein wenig …«

Sie lächelte kurz.

»… unpräzise, würde ich sagen.«

»Ich heiße also Inger Johanne Vik«, erwiderte Inger Johanne. »Und ich arbeite an der Universität.«

In Yngvar Stubøs Büro lief der Fernseher. Sigmund Berli und eine Sekretärin standen gleich bei der Tür und schauten zu. Yngvar hatte die Füße auf den Schreibtisch gelegt und nuckelte an einer kalten Zigarre. Bis Dienstschluß war es noch lange hin. Er brauchte etwas zu beißen. Etwas Kalorienfreies. Er spuckte trokkenen Tabak aus und fühlte sich wie ausgehungert.

»Das ist ziemlich amerikanisch«, sagte Sigmund und schüttelte den Kopf. »Vom Fernsehen übertragene Menschenjagd. Grotesk. Können wir wirklich nichts tun, um das zu verhindern?«

»Nicht mehr, als wir schon unternommen haben«, erwiderte Yngvar.

Er mußte einfach etwas essen. Obwohl er erst vor einer Stunde zwei große Brötchen mit Salami und Tomate verschlungen hatte, brannte sein Magen vor Hunger.

»Das wird schrecklich enden«, sagte die Sekretärin und zeigte auf den Bildschirm. »Dieser brutale Fahrstil mit der ganzen Presse im Schlepptau … das kann doch nicht gutgehen!«

Die Hubschrauberbilder von TV2 zeigten, daß der Mazda sein Tempo gesteigert hatte. In einer Kurve geriet sein Heck übel ins Schleudern, und die Stimme des Sprechers schlug ins Falsett um.

»Laffen Sørnes hat uns entdeckt«, heulte der Mann begeistert.

»Sowie fünf Streifenwagen und zwei Bärenjäger«, murmelte Sigmund Berli. »Der Kerl muß doch außer sich vor Angst sein.«

Wieder schlitterte der Mazda in eine Kurve. Der Straßenrand war nicht befestigt, Steine und Kies spritzten gegen die linke Wagenseite. Für einen Moment drohte das Auto von der Straße abzukommen. Erst nach ein oder zwei Sekunden bekam der Fahrer es wieder unter Kontrolle und steigerte sein Tempo noch weiter.

»Autofahren kann er immerhin«, sagte Yngvar trocken. »Weißt du inzwischen mehr über Karsten Åslis kleinen Sohn?«

Sigmund Berli gab keine Antwort. Er starrte weiterhin den Bildschirm an. Sein Mund öffnete sich zu einem stummen Schrei. Er schien eine Warnung hervorpressen zu wollen und gleichzeitig zu wissen, daß es zwecklos war, überhaupt irgend etwas zu sagen.

»Allmächtiger«, sagte die Sekretärin. »Was …«

Später sollte sich herausstellen, daß TV2 bei dieser direktübertragenen Verfolgungsjagd über siebenhunderttausend Zuschauer hatte. Über siebenhunderttausend, die meisten davon bei der Arbeit, da es erst zehn nach drei am Nachmittag war, sahen zu, wie ein dunkelblauer Mazda 323, Baujahr 1987, in einer Kurve ins Schlingern geriet und gegen den entgegenkommenden, ebenfalls blauen Opel Vectra knallte.

Der Mazda wurde fast in zwei Hälften gespalten, ehe er sich überschlug. Er prallte auf das Dach des Opels, der weiterhin vorwärts raste. Der Mazda verkeilte sich mit dem Opel in einer absurden metallischen Umarmung. Die Leitplanken schlugen Funken aus den Seitentüren, ehe der Wagen auf die Gegenfahrbahn geschleudert wurde, noch immer mit dem Mazda huckepack. Ein Felsbrocken schlitzte die Motorhaube des Opels auf.

Siebenhundertundzweiundvierzigtausend Zuschauer hielten den Atem an.

Alle warteten auf eine Explosion, die nicht kam.

Das einzige, was aus den Lautsprechern der Fernseher drang, war das Knattern des Hubschraubers, der jetzt nur fünfzig Meter über der Unglücksstätte schwebte. Der Kameramann zoomte den Mann ins Bild, der noch vor wenigen Sekunden mit einem geknackten Auto auf der Flucht vor der Polizei gewesen war. Laffen Sørnes hing seitlich aus dem zerbrochenen Seitenfenster. Sein Gesicht war dem Himmel zugekehrt, sein Rückgrat schien gebrochen zu sein. Sein Arm, der eingegipste linke Arm, war an der Schulter abgerissen worden und lag einige Meter von den verkeilten Autowracks entfernt.

»Der ist hin!« johlte der Reporter.

Dann fiel der Ton ganz aus.

»Es war am Vorabend des Hauptplädoyers«, sagte Unni Kongsbakken und gab noch einen Schuß Milch in ihre halbleere Kaffeetasse. »Und Sie dürfen nicht vergessen, daß ...«

Ihre vollen grauen Haare waren locker hochgesteckt und wurden von schwarzlackierten japanischen Stäbchen zusammengehalten. An der Seite hatte sich eine Locke gelöst. Mit geübtem Griff steckte sie die Locke wieder fest.

»Astor war von Aksel Seiers Schuld wirklich überzeugt«, sagte sie dann. »Absolut überzeugt. Immerhin sprach sehr viel gegen diesen Mann. Er hatte sich außerdem in Widersprüche verwikkelt und sich seit seiner Festnahme als wenig kooperativ erwiesen. Und das vergißt man ja leicht ...«

Sie unterbrach sich und holte Atem. Inger Johanne konnte sehen, daß Unni Kongsbakken jetzt erschöpft war, obwohl sie erst seit einer Viertelstunde hier saßen. Ihr rechtes Auge war rot unterlaufen, und Inger Johanne hatte zum ersten Mal den Eindruck, daß Unni Kongsbakken zögerte.

»... so viele Jahre später«, seufzte sie. »Astor war ... überzeugt. So wie es sich ergab, so wie ich ... Nein, jetzt rede ich wohl Unsinn.«

Ihr Lächeln war verlegen und fast verwirrt.

»Hören Sie«, sagte Inger Johanne und beugte sich zu Unni Kongsbakken vor. »Ich finde wirklich, daß wir warten sollten. Wir können uns doch später treffen. Nächste Woche.«

»Nein«, erwiderte Unni Kongsbakken unerwartet heftig. »Ich bin alt. Ich bin nicht hilflos. Lassen Sie mich weiterreden. Astor saß in seinem kleinen Arbeitszimmer. Er brauchte immer sehr viel Zeit für die Vorbereitung seiner Plädoyers. Schrieb sie nie aus. Machte sich nur Stichwörter, eine Art Exposé auf Karteikarten. Viele glaubten, er schüttele alles aus dem Ärmel ...«

Sie lachte trocken.

»Astor schüttelte gar nichts aus dem Ärmel. Und es war kein Vergnügen, ihn bei der Arbeit zu stören. Aber ich war in der Waschküche gewesen. In einer Ecke, hinten, hinter den Rohren, hatte ich Asbjørns Kleidung gefunden. Einen Pullover, den ich gestrickt hatte, noch vor ... ich hatte mich als Teppichkünstlerin noch nicht etabliert. Der Pullover war voller Blut. Richtig blutgetränkt. Ich wurde wütend. Wütend! Ich dachte natürlich, er habe wieder eine seiner Aktionen veranstaltet, ein Tier umgebracht. Ich ging nach oben auf sein Zimmer. Und ich weiß nicht, was mich dazu veranlaßt hat...«

Sie schien nach Worten zu suchen, als habe sie das lange geübt, die richtigen jedoch noch immer nicht gefunden.

»Es war einfach nur ein Gefühl. Ich ging die Treppe hoch. Ich mußte an den Abend denken, an dem die kleine Hedvig verschwunden war. Das heißt, ich dachte an den Tag danach. Gegen Morgen einmal, da... Wir wußten in diesem Moment ja noch nichts von Hedvig. Das Verschwinden der Kleinen wurde erst einen oder zwei Tage später bekanntgegeben.«

Sie preßte die Finger gegen die Schläfen, als leide sie an Kopfschmerzen.

»Ich war an diesem Morgen gegen fünf Uhr aufgewacht. Das passiert mir oft. Das war immer schon so. Aber an diesem Morgen, der sich also später als der Tag nach dem Mord an Hedvig erweisen sollte, glaubte ich, etwas gehört zu haben. Natürlich hatte ich Angst, Asbjørn durchlebte damals seine schwerste manische Periode und verfiel auf Dinge, die alles weit übertrafen, was ich bei einem Jungen seines Alters jemals für möglich gehalten hätte. Ich hörte Schritte. Mein erster Impuls war, aufzustehen und herauszufinden, was passiert war. Aber ich brachte es einfach nicht über mich. Ich war nur noch erschöpft. Etwas hielt mich zurück. Ich weiß nicht, was. Später, beim Frühstück, war Asbjørn sehr schweigsam. So war er sonst nie. Der Junge redete ununterbrochen. Sogar beim Schreiben redete er. Redete und gestikulierte. Dauernd. Er hatte so viele Ansichten. Er hatte wohl viel zu viele Ansichten, er...«

Wieder huschte ein verlegenes Lächeln über ihr Gesicht.

»Aber egal«, sagte sie dann. »Er war jedenfalls still. Geir dagegen war munter und fröhlich. Ich...«

Ihre Lider schlossen sich halb, und sie hielt den Atem an. Sie schien sich alles wieder vor Augen rufen zu wollen, diesen Morgen, vor langer Zeit, 1956, an einem Frühstückstisch in einer Kleinstadt in der Nähe von Oslo.

»Ich wußte, daß irgend etwas passiert sein mußte«, sagte Unni Kongsbakken langsam. »Geir war sonst der Stille. Morgens sagte er nie ein Wort. Saß einfach nur hilflos da. Er stand immer in Asbjørns Schatten. Immer. Auch bei seinem Vater. Obwohl Asbjørn ein ungewöhnlich streitsüchtiger Junge war und nicht einmal den Nachnamen seines Vaters tragen wollte, schien Astor… Er bewunderte ihn, könnte man wohl sagen. Er fand sich in dem Jungen wieder, glaube ich. Seine eigene Kraft. Seine Zähigkeit. Sein Selbstbewußtsein. So war es immer schon gewesen. Geir war gewissermaßen… überflüssig, immer. An diesem Morgen aber war er munter und gesprächig, und deshalb wußte ich, daß etwas nicht stimmte. Natürlich dachte ich nicht an Hedvig. Wir erfuhren ja erst später, was mit der Kleinen geschehen war, wie gesagt. Aber irgend etwas am Verhalten der Jungen machte mir so große angst, daß ich nicht zu fragen wagte. Und als ich später, viele Wochen später, am Abend, ehe Astor sein Plädoyer gegen Aksel Seier halten und ihn des Mordes an Hedvig Gåsøy für schuldig befinden sollte… als ich mit Asbjørns blutigem Pullover in den Armen die Treppe hochlief, außer mir vor Zorn, und als ich plötzlich…«

Wieder faltete sie die Hände. Ihre Haare fielen schwer und grau über ihre eine Schulter. Aus dem roten Auge löste sich eine Träne. Inger Johanne wußte nicht so recht, ob die alte Dame weinte oder an einer Entzündung litt.

»Da ging es mir auf, wie eine Art Vision«, sagte Unni Kongsbakken mühsam. »Ich ging in Asbjørns Zimmer. Er schrieb, wie immer. Als ich ihm den Pullover hinwarf, zuckte er mit den Schultern und schrieb weiter. Ohne ein Wort zu sagen. Hedvig, sagte ich. Ist das Hedvigs Blut? Er zuckte noch einmal mit den Schultern und schrieb weiter, in wütendem Tempo. Ich dachte, ich müßte sterben. Auf der Stelle. Mir wurde schwindlig, ich mußte mich wirklich an die Wand lehnen, um nicht zu stürzen. Dieser Junge hatte mir schon endlos viele schlaflose Nächte bereitet. Er hatte mir immer Sorgen gemacht. Aber ich hätte ihm nie, *nie*…«

Ihre Hand knallte auf die weiße Tischdecke, Inger Johanne fuhr zusammen. Das Geschirr klirrte, und der Kellner kam herbeigestürzt.

»…so etwas zugetraut«, sagte Unni Kongsbakken.

»Nein, danke«, sagte Inger Johanne zu dem Kellner, der sich zögernd zurückzog. »Was… was hat er dann gesagt?«

»Nichts.«

»Nichts?«

»Nein.«

»Aber… Hat er zugegeben…«

»Er hatte nichts zuzugeben, wie sich dann später herausstellte.«

»Ich fürchte, jetzt kann ich nicht…«

»Ich lehnte also hilflos an der Wand. Asbjørn schrieb und schrieb. Ich weiß bis heute nicht, wie lange diese Szene dauerte. Es kann eine halbe Stunde gewesen sein. Ich hatte das Gefühl… alles zu verlieren. Möglicherweise habe ich ihn noch einmal gefragt. Er sagte jedenfalls nichts. Er schrieb und schrieb und behandelte mich wie Luft. Als ob…«

Jetzt weinte sie wirklich. Die Tränen strömten aus beiden Augen, und sie zog ein Taschentuch aus ihrem Ärmel.

»Dann kam Geir. Ich hatte ihn nicht gehört. Plötzlich stand er neben mir, einfach so, und starrte den Pullover an, der auf den Boden gefallen war. Er fing an zu weinen. *Das wollte ich nicht. Das wollte ich nicht.* Genauso sagte er das. Er war achtzehn Jahre alt und weinte wie ein Kind. Asbjørn sprang auf und machte sich über seinen Bruder her. *Halt die Fresse!* schrie er, wieder und wieder.«

»Geir? Geir hat gesagt, er habe nicht…«

»Ja«, sagte Unni Kongsbakken und straffte die Schultern; sie drückte sich vorsichtig das Taschentuch gegen die Augen, dann ließ sie es wieder in ihrem Ärmel verschwinden. »Aber mehr konnte er nicht sagen. Asbjørn schlug ihn ganz einfach bewußtlos.«

»Aber bedeutet das… ich verstehe nicht ganz, was…«

»Asbjørn war der liebste Mensch, den Sie sich vorstellen können«, sagte Unni Kongsbakken jetzt ruhiger, sie atmete gleichmäßig und weinte nicht mehr. »Asbjørn war ein liebevoller Junge. Alles, was er später geschrieben hat, dieses Schreckliche, dieses Anstößige … die Blasphemie, die Pornographie. Das waren nur Worte. Er schrieb einfach nur, unser Asbjørn. In Wirklichkeit war er herzensgut. Und er liebte seinen Bruder sehr.«

Eine Sperre in ihrem Hals, gleich unter dem Kehlkopf, zwang Inger Johanne zu schlucken. Das war schwer. Sie wollte etwas sagen, egal was. Sie hatte keine Ahnung, was.

»Geir hat die kleine Hedvig umgebracht«, sagte Unni Kongsbakken. »Da bin ich mir ziemlich sicher.«

Die Rettungsmannschaften brauchten mehr als eine Dreiviertelstunde, um den Mann aus dem Wrack des blauen Opels zu befreien. Sein Oberschenkel war in der Mitte abgerissen. Sein linker Augapfel war zerquetscht; ein blutiger Klumpen hatte sich aus seiner Augenhöhle gelöst und hing schlaff über seine Wange hinab. Das Lenkrad lag hundert Meter weiter, am Fuße einer Tanne, und die Lenkradsäule hatte sich tief in den Bauch des Mannes gebohrt.

»Er lebt noch«, keuchte ein Sanitäter. »Teufel auch, der lebt noch!«

Eine knappe Stunde später lag der Fahrer des blauen Opels auf dem Operationstisch. Es sah nicht gerade gut für ihn aus, aber noch immer bestand Hoffnung.

Laffen Sørnes dagegen starrte blind gen Himmel, während sein Körper aus dem Seitenfenster eines gestohlenen Mazda 323 hing. Ein unerfahrener Polizist beugte sich über einen Bach und weinte hemmungslos. Noch immer schwirrten drei Hubschrauber über der Unglücksstätte, und nur einer davon gehörte der Polizei.

TV2 brach gerade alle bei einer Nachmittagssendung jemals erreichten Zuschauerrekorde.

Vor den großen Fenstern des Grand Café liefen Menschen vorbei. Einige hatten es eilig. Andere schlenderten vorüber, ziellos vielleicht; sie hatten alle Zeit der Welt, und Inger Johanne folgte ihnen mit den Augen. Sie versuchte, ihre Gedanken zu sammeln. Unni Kongsbakken hatte um Entschuldigung gebeten und ohne weitere Erklärungen den Tisch verlassen. Ihre Tasche, eine große braune Ledertasche mit Metallbeschlägen, lag noch dort. Vermutlich war sie nur zur Toilette gegangen.

Inger Johanne fühlte sich wie gerädert.

Sie versuchte, sich Geir Kongsbakken vor ihr inneres Auge zu rufen. Sein Gesicht entglitt ihr; obwohl sie ihm erst vor gut vierundzwanzig Stunden gegenübergesessen hatte, konnte sie sich nur daran erinnern, daß er langweilig ausgesehen hatte. Dick und schwer, wie beide Eltern. Sie sah seinen neutralen Anzug vor sich. Das Gesicht des Anwalts dagegen war nur eine unklare Kontur in ihrer Erinnerung.

Unni Kongsbakken kam zurück. Wortlos nahm sie Platz.

»Was meinen Sie damit, daß Sie sich ziemlich sicher sind«, fragte Inger Johanne.

»Was?«

»Sie haben gesagt… Sie haben gesagt, daß Sie sich ziemlich sicher sind, daß… daß Geir Hedvig umgebracht hat. Warum nur *ziemlich* sicher?«

»Wissen kann ich es doch nicht«, antwortete Unni Kongsbakken trocken. »Nicht in juristischem Sinne zumindest. Er hat nie irgend etwas zugegeben.«

»Aber…«

»Lassen Sie mich weitererzählen.«

Sie hob ihre Tasse. Die war leer. Inger Johanne winkte dem Kellner. Der wurde nun langsam sauer, er brachte erst Milch, als Unni Kongsbakken zweimal darum gebeten hatte.

»Geir war also bewußtlos«, sagte sie endlich. »Und Asbjørn war stumm wie ein Fisch. Geir brauchte eine oder zwei Minuten, um wieder zu sich zu kommen. Und danach war er so stumm wie sein Bruder. Ich holte Astor. Wie ich schon gesagt habe, saß er in seinem Arbeitszimmer, es war ziemlich spät.«

Wieder sah sie abwesend aus, als versuchte sie, die Zeit zurückzudrehen.

»Astor war wütend. Zuerst natürlich über die Störung. Dann über das, was ich erzählte. Das sei doch der pure Wahnsinn, brüllte er. Unfug! Hirngespinste, schrie er mich an. Er befahl den Jungen, sich aufs Sofa zu setzen, und bombardierte sie mit Fragen. Keiner sagte auch nur ein Wort. Sie ... sie antworteten ganz einfach nicht. Auf keine Frage. Für mich war das Antwort genug. Obwohl Asbjørn ein Aufrührer war, hatte er seinem Vater immer eine Art Respekt entgegengebracht. Ich hatte ihn nie so gesehen wie jetzt. Der Junge schaute seinem Vater frech in die Augen und schwieg. Geir starrte seine Knie an. Auch er schwieg, selbst dann, als Astor ihm eine schallende Ohrfeige verpaßte. Am Ende gab Astor auf. Er schickte sie ins Bett. Es war lange nach Mitternacht. Er zitterte, als er sich in der Dunkelheit neben mich legte. Ich sagte ihm, was ich glaubte. Daß Geir Hedvig ermordet und Asbjørn zu Hilfe geholt hatte, um sich von dem ... Leichnam zu befreien. Wir hatten nur ein Telefon, und das stand vor Asbjørns Zimmer. Geir hätte nachts anrufen können, ungehört von uns. Das sagte ich. Astor gab keine Antwort, er weinte nur leise. Am Ende sagte er, ich hätte mich geirrt. Es sei einfach nicht möglich. Aksel Seier habe Hedvig umgebracht, so sei es eben. Er kehrte mir den Rücken zu und sagte nichts mehr. Ich ließ nicht locker. Ich ging alles noch einmal durch. Den blutigen Pullover. Das seltsame Verhalten der Jungen. An dem Abend, an dem Hedvig verschwunden war, hatte Geir in Oslo ein Treffen der Jungsozialisten besucht. Asbjørn war zu Hause. In den Morgenstunden hörte ich ... Aber das habe ich ja schon erzählt. Verzeihen Sie. Ich wiederhole mich. Auf jeden Fall, Astor wollte nicht hören. Als endlich der Morgen kam, stand er auf. Er duschte, zog sich an, ging zur Arbeit. Den Zeitungen zufolge hat er ein flammendes Plädoyer gehalten. Als er nach Hause kam, aßen wir schweigend zu Abend. Alle vier.«

Unni Kongsbakken schlug leicht mit der Handfläche auf den Tisch, wie um einen Schlußpunkt zu setzen.

Aber jetzt läßt du deinen Sohn im Stich. Du lieferst ihn mir aus. Nach all diesen Jahren, deinen eigenen Sohn. Warum?

»Geir hatte mehr als vierzig Jahre Freiheit«, sagte Unni Kongsbakken mit tonloser Stimme. »Er hat vierzig Jahre bekommen, die ihm nicht gehörten. Ich glaube, er hat … ich nehme an, daß er danach nichts mehr verbrochen hat.«

Sie lächelte beschämt, als glaube sie das selbst nicht so ganz.

»Ich konnte es bisher nicht erzählen. Astor hätte … Astor hätte das nicht überlebt. Das mit Asbjørn war schlimm genug. Mit diesen entsetzlichen Büchern, den Skandalen, dem Selbstmord.«

Sie seufzte kraftlos.

»Danke, daß Sie sich die Zeit genommen haben, mir zuzuhören. Sie müssen selbst wissen, was Sie aus meiner Geschichte machen. Ich habe getan, was ich konnte. Zu spät, natürlich, aber trotzdem … Was mit Geir passieren soll, müssen Sie entscheiden. Vermutlich können Sie gar nichts ändern. Er wird natürlich alles leugnen. Und da sich nichts beweisen läßt … Aber es kann diesem … diesem Aksel Seier vielleicht helfen. Zu wissen, was passiert ist, meine ich. Adieu.«

Als Inger Johanne den gebeugten Rücken durch die Türen des Grand Café verschwinden sah, hatte sie das Gefühl, daß sogar die Farben der Jacke verblichen waren. Die alte Dame schien kaum die Füße heben zu können. Durch das Fenster konnte Inger Johanne sehen, daß jemand ihr in ein Taxi half. Eine Haarbürste fiel aus der Tasche, als die Tür ins Schloß fiel; Inger Johanne blieb sitzen und starrte noch lange hinter dem Auto her, bis Unni Kongsbakken nicht mehr zu sehen war.

Die Bürste war voller Haare. Inger Johanne staunte darüber, wie deutlich sie die sehen konnte, sogar aus dieser Entfernung. Sie waren grau und erinnerten sie an Aksel Seier.

65

Yngvar Stubø saß allein in seinem Büro und versuchte, ein taktloses Gefühl der Erleichterung zu verdrängen.

Laffen Sørnes war so gestorben, wie er gelebt hatte, auf der Flucht vor einer Gesellschaft, die ihn verachtete. Das war tragisch. Yngvar konnte trotzdem seine Befriedigung nicht verdrängen. Jetzt, wo Laffen Sørnes aus dem Spiel war, würde er vielleicht noch andere dazu bringen können, sich auf den wirklichen Sünder zu konzentrieren, die wirkliche Jagd. Bei diesem Gedanken atmete Yngvar leichter. Er fühlte sich stärker, energiegeladener als seit Tagen.

Er hatte den Fernseher schon längst ausgeschaltet. Es war einfach widerlich, wie die Presseleute im Blutnebel umherschwirrten, ohne wirklich an die Tragödie zu denken, die sich eben erst vor laufenden Kameras abgespielt hatte. Ihm schauderte, und er fing an, seine Unterlagen zu sortieren.

Sigmund Berli kam ins Zimmer gestürzt.

Yngvar schaute auf und runzelte die Stirn.

»Immer langsam«, sagte er trocken, pochte mit dem Zeigefinger auf den Tisch und nickte zur Tür hinüber. »Haben wir unsere guten Manieren ganz vergessen?«

»Der Unfall«, keuchte Sigmund Berli. »Laffen Sørnes ist tot, das weißt du sicher schon. Aber der andere ...«

Er rang nach Luft und stützte die Handflächen auf seine Knie.

»Der andere ... der Mann in dem anderen Wagen ...«

»Setz dich, Sigmund.«

Yngvar zeigte auf den Besuchersessel.

»Zum Henker, der andere war doch tatsächlich ... Karsten Åsli!«

Ihm war, als habe es in seinem Gehirn einen Kurzschluß gegeben. Alles stand still. Yngvar versuchte, wieder klar zu sehen, doch seine Augen hingen an Sigmunds Brustkasten fest. Er hatte seinen Schlips zwischen zwei Hemdknöpfe geschoben. Es war ein schrecklich roter Schlips mit Vögeln. Der Schwanz einer gelben Gans lugte aus dem Spalt über seiner Brust hervor. Yngvar wußte nicht einmal, ob er noch immer atmete.

»Hast du das gehört?« brüllte Sigmund. »Karsten Åsli ist mit Laffen zusammengestoßen! Wenn du recht hast, dann bedeutet das, daß Emilie …«

»Emilie«, wiederholte Yngvar, seine Stimme versagte, er versuchte sich zu räuspern.

»Karsten Åsli liegt ebenfalls im Sterben! Wie zum Teufel sollen wir Emilie finden, wenn du recht hast, Yngvar? Wenn Karsten Åsli sie versteckt hat und beschließt, den Löffel abzugeben?«

Yngvar erhob sich langsam. Er mußte sich auf die Tischkante stützen. Er mußte nachdenken. Mußte sich konzentrieren.

»Sigmund«, sagte er, jetzt lauter. »Fahr ins Krankenhaus. Gib dir alle Mühe, den Mann zum Reden zu bringen. Wenn das geht!«

»Der ist doch bewußtlos, du Idiot!«

Yngvar richtete sich auf.

»Das ist mir klar«, sagte er langsam. »Deshalb mußt du dort sein. Für den Fall, daß er aufwacht.«

»Und du? Was machst du inzwischen?«

»Ich fahre nach Snaubu.«

»Aber du hast doch nicht mehr Material gegen den Typen als gestern, Yngvar! Und auch wenn Karsten Åsli schwer verletzt ist, kannst du nicht einfach ohne Erlaubnis sein Haus aufbrechen.«

Yngvar zog seine Jacke an und warf einen Blick auf die Uhr.

»Darauf scheiße ich«, sagte er ruhig. »Im Moment ist mir das einfach scheißegal.«

66

Aksel Seier staunte, wie sehr er sich in Evas kleinem Zimmer zu Hause fühlte. Die Wände waren in warmem Gelb gehalten, und obwohl das Bett aus Metall war und das Bettzeug den Aufdruck »Gemeinde Oslo« trug, war es eben doch Evas Zimmer. Er erkannte einige ihrer Habseligkeiten, die er schon damals in ihrem Zimmer in der Brugate gesehen hatte, als sie an jenem Abend des Jahres 1965 die Wunde in seinem Hinterkopf mit Jod gereinigt hatte. Den Porzellanengel mit den ausgebreiteten Flügeln, blaßblau und mit Resten von Vergoldung, hatte sie zur Konfirmation bekommen. Ihm fiel ein, wie er einmal mit den Fingern über diese kühle Figur gefahren war. Das Gemälde, das die Insel Hovedøya im Sonnenuntergang zeigte, hatte er ihr geschenkt. Jetzt hing es über dem Bett, mit matteren Farben als damals, als er beim Trödelhändler fünfzehn Kronen auf den Tisch gelegt und dafür das Bild erhalten hatte, in Packpapier gewickelt und mit Bindfaden verschnürt.

Eva wirkte ebenfalls verblaßt.

Aber sie war immer noch seine Eva.

Ihre Hand war alt und von ihrer Krankheit zerstört. Ihr Gesicht wirkte verbraucht, sein Ausdruck war von den Schmerzen geprägt, die sich niemals ganz legten. Ihr Körper war nur eine unbewegliche Schale, die eine Frau umgab, die Aksel Seier noch immer liebte. Er sagte nicht viel. Eva brauchte Zeit, um ihre Geschichte zu erzählen. Ab und zu mußte sie eine Ruhepause einlegen. Aksel schwieg und hörte zu.

In diesem Zimmer fühlte er sich zu Hause.

»Er hat sich so verändert«, sagte Eva leise. »Alles schien für ihn zu zerbrechen. Er hatte kein Geld, um der Sache nachzugehen. Wenn er den Rest von Mutters Erbe darauf verwendet hätte, dann hätte er keine Wohnung mehr gehabt. Und dann wäre die Sache ohnehin aussichtslos gewesen. Das hat ihn kaputtgemacht, Aksel. In den letzten Monaten hat er mich nicht einmal besucht.«

Alles werde schon in Ordnung kommen, meinte Aksel. Er zog seine Karten hervor. Platin, erklärte er und hielt ihr das blanke Plastikstück vor die Augen. Solche Karten bekamen nur wohlhabende Leute. Er war wohlhabend. Er würde die Sache in Ordnung bringen.

Alles würde schon in Ordnung kommen, jetzt, wo Aksel endlich da war.

»Ich hätte früher kommen können.«

Aber sie hatte ihn ja nicht darum gebeten. Eines hatte Aksel gewußt: Es war unmöglich, nach Norwegen zu fahren, solange Eva ihn nicht darum bat. Obwohl sie ihn im Grunde auch jetzt nicht dazu aufgefordert hatte, war ihr Brief doch ein Hilferuf gewesen. Der Brief war im Mai eingetroffen, nicht wie sonst im Juni. Es war ein verzweifelter Brief, und als Antwort hatte er sein Leben in den USA beendet und war nach Hause gefahren.

Aksel trank Saft aus einem großen Glas auf dem Nachttisch. Es schmeckte frisch. Es schmeckte nach Norwegen; Johannisbeersaft und Wasser. Echter Saft. Norwegischer Saft. Er wischte sich den Mund ab und lächelte.

Aksel hörte etwas und drehte sich halb um. Dann fuhr er zusammen. Er ließ Evas Hand los und ballte unbewußt die Fäuste. Der Polizist mit den Schlüsseln und den feuchten Augen, der von Aksel ein Geständnis einer Tat verlangte, die er nicht begangen hatte, und der ihn danach bis in seine Träume verfolgte, war anders gekleidet gewesen. Altmodischer vielleicht. Dieser Mann trug eine lockere Jacke und eine Hose mit einer Kante im Schachbrettmuster. Aber er war Polizist. Das war Aksel sofort klar, deshalb schaute er zum Fenster hinüber. Evas Zimmer lag im Erdgeschoß.

»Eva Åsli?« fragte der Mann und kam näher.

Eva flüsterte eine Bestätigung. Der Mann räusperte sich und trat noch dichter an das Bett heran. Aksel registrierte, daß seine Jacke nach Leder und Motoröl roch.

»Ich muß Ihnen leider mitteilen, daß Ihr Sohn einen schweren Unfall erlitten hat. Karsten Åsli. Das ist doch Ihr Sohn, oder?«

Aksel stand auf und hob den Kopf.

»Karsten Åsli ist unser Sohn«, sagte er langsam. »Evas und meiner.«

67

Inger Johanne lief ziellos durch die Straßen. Ein schneidender Wind fegte durch die Schluchten zwischen den Hochhäusern des Ibsen-Viertels, und zerstreut stellte sie fest, daß sie auf dem Weg ins Büro war. Dahin wollte sie nicht. Obwohl sie fror, wollte sie draußen sein. Sie steigerte ihr Tempo und spielte mit dem Gedanken, Isak und Kristiane zu besuchen. Sie könnten doch zu dritt einen Ausflug nach Bygdøy machen. Inger Johanne brauchte das jetzt. Nach fast vier Jahren, in denen sie die Verantwortung für Kristiane geteilt hatten, hatte sie sich mit dieser Regelung abgefunden. Wenn ihre Sehnsucht zu groß war, konnte sie Kristiane einfach bei Isak besuchen. Er freute sich, wenn sie kam, und war immer freundlich. Inger Johanne hatte sich an diese Situation gewöhnt. Das bedeutete noch nicht, daß sie damit zufrieden war. Immer wieder verspürte sie eine bohrende Sehnsucht nach der Kleinen, danach, sie in den Arm zu nehmen, sie an sich zu drükken, sie zum Lachen zu bringen. Manchmal war dieses Gefühl unerträglich stark, so wie jetzt. Normalerweise half der Gedanke daran, daß Kristiane sich bei ihrem Vater wohl fühlte. Daß der Vater für das Kind ebenso wichtig war wie die Mutter. Daß es einfach so sein mußte.

Daß Kristiane nicht ihr Eigentum war.

Aus ihrem einen Auge strömten Tränen. Daran konnte aber der Wind schuld sein.

Sie könnten etwas Lustiges unternehmen, alle drei.

Unni Kongsbakken hatte so stark ausgesehen, als sie das Grand Café betreten hatte, und so müde und verbraucht, als sie gegangen war. Ihr jüngerer Sohn war seit langer Zeit tot. Gestern hatte sie ihren Mann verloren. Heute hatte sie in gewisser Hinsicht das einzige aufgegeben, was ihr geblieben war: eine verschwiegene Geschichte und ihren älteren Sohn.

Inger Johanne steckte die Hände in die Tasche und beschloß, zu Isak zu gehen.

Ihr Handy klingelte.

Sicher war das ihr Büro. Sie hatte sich dort seit gestern nicht mehr blicken lassen. Sie hatte zwar morgens angerufen und mitgeteilt, sie werde zu Hause arbeiten, aber sie hatte nicht einmal nachgesehen, ob irgendwelche E-Mails für sie eingelaufen waren. Sie wollte mit niemandem sprechen. Im Moment wollte sie ihre Ruhe haben, um die Wahrheit über den Mord an der kleinen Hedvig im Jahre 1956 zu verarbeiten. Sie mußte die endgültige Gewißheit verarbeiten, daß Aksel Seier für einen anderen gebüßt hatte. Sie hatte keine Ahnung, was sie jetzt tun, mit wem sie sprechen sollte. Im Moment wußte sie nicht einmal, ob sie Alvhild das alles erzählen würde. Sie ließ ihr Telefon unberührt in der Tasche liegen.

Das Klingeln verstummte.

Dann fing es wieder an.

Gereizt wühlte sie in ihrer Tasche. Das Display zeigte ANONYM. Sie drückte auf den Knopf und hielt sich das Telefon ans Ohr.

»Endlich«, sagte Yngvar erleichtert. »Wo steckst du?«

Inger Johanne schaute sich um.

»In der Rosenkrantzgate«, sagte sie. »Oder eigentlich auf dem CJ Hambros Plass. Gleich vor dem Gericht.«

»Bleib da stehen. Rühr dich nicht vom Fleck. Ich bin in drei Minuten bei dir.«

»Aber …«

Er hatte schon aufgelegt.

Der Polizist schien sich nicht wohl in seiner Haut zu fühlen. Er starrte einen Zettel in seiner Hand an, obwohl dort offenbar nichts stand, was die Situation verbessern könnte. Die Frau im Bett weinte leise und hatte keine Fragen.

Aksel Seier würde in Norwegen bleiben.

Später würde er Eva heiraten. Eine schlichte Zeremonie ohne Gäste und ohne andere Geschenke als einen Blumenstrauß von Inger Johanne Vik. Als er im warmgelben Zimmer seiner zukünftigen Frau stand, mit geballten Fäusten, kurzgeschoren und gekleidet in eine rosa- und türkiskarierte Golfhose, wußte er das alles noch nicht. Obwohl er niemals offiziell von den Beschuldigungen freigesprochen werden würde, die ihn ins Gefängnis gebracht hatten, würde er hocherhobenen Hauptes weitergehen können, weil er wußte, was wirklich passiert war. Ein Journalist von *Aftenposten* würde einen Artikel schreiben. Der würde haarscharf am Rand der strafbaren Verleumdung balancieren, und obwohl der Name Geir Kongsbakken an keiner Stelle erwähnt werden würde, sollte der zweiundsechzig Jahre alte Jurist es doch für gut befinden, seine kleine Kanzlei in der Øvre Slottsgate unmittelbar zu schließen. Auf diesen Artikel hin und auf Antrag von Inger Johanne Vik würde Aksel Seier vom norwegischen Staat eine Haftentschädigung erhalten, was ihm ebenso lieb war wie ein Freispruch. Die entsprechende Mitteilung würde er einrahmen, sie würde über Evas Bett hängen, bis Eva nach vierzehnmonatiger Ehe dann starb. Aksel Seier würde den Mann, für den er gebüßt hatte, nie kennenlernen und auch nicht das Bedürfnis danach verspüren.

Aksel Seier wußte von all dem noch nichts, als er hier stand und nach Worten suchte, nach Fragen, die er dem Mann mit dem Schachbrettmuster an den Beinen stellen konnte. Das einzige, woran er denken konnte, war ein Julitag des Jahres 1969. Er war von Boston nach Cape Cod gezogen, und es war gutes Wetter. Er kam vom Fischen zurück. Die Klappe seines Briefkastens stand offen. Der Brief von Eva war gekommen, ihr Julibrief. So, wie er auch im Sommer davor und wiederum im Sommer davor gekommen war. Jedes Jahr zu Weihnachen, jeden Sommer, seit

1966, als Aksel Norwegen verlassen hatte, ohne zu wissen, daß Eva fünf Monate später einen Sohn gebären würde, Aksel Seiers Sohn. Erst 1969 erzählte sie ihm von Karsten.

Aksel Seier saß auf einem roten Stein am Strand und seine Hände zitterten, als er erfuhr, daß er ein Kind von fast drei Jahren hatte.

Er durfte jedoch nicht nach Hause kommen. Eva wohnte bei ihrer Mutter, in dem kleinen Ort in der Nähe von Oslo, und nichts durfte sich ändern. Die Mutter würde sie umbringen, schrieb sie. Die Mutter würde ihr den Jungen wegnehmen, wenn Aksel nach Hause käme. Er dürfe nicht kommen, schrieb Eva, und er konnte sehen, daß sie geweint hatte. Ihre Tränen waren in den Briefbogen eingezogen, trockene Flecken von zerlaufener Tinte, die ihre Worte fast unleserlich machten.

Aksel Seier hatte nie begriffen, warum Eva so lange gewartet hatte. Er brachte es nicht über sich zu fragen.

Auch jetzt nicht; er nestelte an der eingenähten Bügelfalte in seiner Hose und wußte nicht, was er sagen sollte.

»Nun ja«, sagte der Polizist skeptisch und musterte noch einmal seinen Zettel. »Hier steht nichts von einem Vater …«

Dann zuckte er mit den Schultern.

»Aber wenn …«

Der Blick, mit dem er die Frau im Bett bedachte, war voller Zweifel, als halte er Aksel Seier für einen Lügner. Eva Åsli konnte kaum gegen die angebliche Vaterschaft des Mannes protestieren. Sie weinte nur, unbehaglich leise, und der Polizist fragte sich, ob er einen Arzt rufen solle.

»Bringen Sie mich zu Karsten«, sagte Aksel Seier und strich sich über den Schädel.

Der Polizist zuckte wieder mit den Schultern.

»Na gut«, murmelte er und schaute Eva an. »Wenn Ihnen das recht ist, dann …«

Er glaubte, als Antwort eine Art Bewegung wahrzunehmen. Vielleicht hatte sie genickt.

»Kommen Sie«, sagte er zu Aksel. »Ich fahre Sie. Kann sein, daß es eilt.«

»Es eilt«, sagte Yngvar wütend. »Es eilt total. Kapierst du das denn nicht?«

Dreimal hatte Inger Johanne ihn schon gebeten, nicht so schnell zu fahren. Yngvar hatte jedesmal damit geantwortet, sein Tempo noch weiter zu steigern. Beim letzten Mal hatte er das magnetische Blaulicht aufs Dach gesetzt, durch das Fenster, bei hoher Geschwindigkeit in einer Kurve. Inger Johanne schloß die Augen und hoffte das Beste.

Sie hatten kaum ein Wort gewechselt, seit er ihr gesagt hatte, wohin sie unterwegs waren und warum. Seit über einer Stunde fuhren sie schon schweigend dahin. Sie hatten es jetzt sicher nicht mehr weit. Inger Johanne sah eine Tankstelle, wo ein dicklicher Mann mit knallroten Haaren einen Stapel Brennholz mit einer Plane bedeckte. Er hob die Hand zu einem automatischen Gruß, als sie um die Kurve bretterten.

»Wo zum Teufel war diese Abfahrt?«

Yngvar schrie fast und trat auf die Bremse, als er den kleinen, nicht ausgeschilderten Weg entdeckte, der den Hang hochführte.

»Zuerst nach rechts, dann zweimal links«, erinnerte er sich und wiederholte: »Rechts, zwei links. Rechts, zwei links.«

Snaubu war wunderschön auf einer Bergkuppe gelegen, mit Blick über das Tal, sonnig und doch total ungestört. Aus der Entfernung sah das Haus heruntergekommen aus. Als sie näher kamen, stellte Inger Johanne fest, daß eine Wand frisch getäfelt und neu angestrichen war. Eine unvollendete Grundmauer sollte vielleicht irgendwann eine Garage werden. Oder ein Vorratshaus. Als der Wagen anhielt, hörte sie ihren Puls gegen ihr Trommelfell hämmern. Hier oben in den Bergen wehte noch immer ein scharfer Wind, und sie keuchte auf, als sie ausstieg.

»Glaubst du wirklich, daß sie hier ist«, fragte sie fröstelnd.

»Das glaube ich nicht«, sagte Yngvar und lief auf das Haus zu. »Das weiß ich.«

Aksel Seier saß auf der Kante eines Stahlrohrsessels, die Hände in den Schoß gelegt.

Karsten Åsli war bewußtlos. Seine inneren Blutungen waren zum Stillstand gebracht worden. Ein Arzt hatte Aksel erklärt, daß mehrere Operationen nötig sein würden, daß sie aber warten müßten, bis der Zustand des Patienten sich weiter stabilisiert hatte. In den Augen des Arztes hatte Aksel lesen können, daß kaum Hoffnung bestand.

Karsten würde sterben.

Das Beatmungsgerät seufzte tief und mechanisch. Aksel konzentrierte sich darauf, nicht im selben Takt zu atmen wie dieser riesige Blasebalg; ihm wurde dabei schwindlig.

Karsten hatte Ähnlichkeit mit Eva. Sogar mit Schläuchen in der Nase, Schläuchen im Mund, Schläuchen überall und einem Verband um den Kopf; das sah Aksel deutlich. Dieselben Züge, der große Mund und die Augen, die unter den zerfetzten geschwollenen Lidern sicher blau waren. Aksel fuhr mit dem Zeigefinger über die Hand seines Sohnes. Die war eiskalt.

»Ich bin's«, flüsterte er. »*Your dad is here.*«

Ein Zucken durchfuhr Karstens Körper. Dann lag er wieder ganz still da, in einem Zimmer, in dem eine zischende Lungenmaschine und ein Herzmonitor, der über Aksels Kopf piepste und rot blinkte, die einzigen Geräusche lieferten.

»Sie ist nicht hier. Das müssen wir einfach einsehen.«

Inger Johanne versuchte, die Hand auf seinen Unterarm zu legen. Yngvar riß sich los und lief zur Kellertreppe. Sie waren schon dreimal unten gewesen. Dort und oben auf dem Spitzboden. Jeden Schrank und jeden Winkel in diesem Haus hatten sie durchsucht. Yngvar hatte ein Doppelbett auseinandergenommen, um alle Hohlräume zu untersuchen. Er hatte die Küchenschränke durchsucht und sogar die Spülmaschine mehrere Male aufgerissen.

»Noch einmal«, bat er verzweifelt und rannte die Kellertreppe hinunter, ohne auf Antwort zu warten.

Inger Johanne blieb im Wohnzimmer stehen. Yngvar hatte einen Einbruch begangen. Sie beide hatten einen Einbruch begangen, ohne gesetzliche Handhabe, im Haus eines anderen. Notrecht, hatte er gemurmelt, als er endlich die Haustür geöffnet hatte. Unsinn, hatte sie geantwortet und war ihm dann gefolgt. Aber Emilie war nicht im Haus. Jetzt, wo Inger Johanne endlich Zeit zum Nachdenken hatte, ging ihr auf, daß das Ganze Irrsinn war. Yngvar *fühlte* etwas. Er *fühlte,* daß Emilie irgendwo auf dieser Kätnerstelle gefangengehalten wurde, von einem Mann ohne Vorstrafen, den nichts mit diesem Verbrechen in Verbindung brachte außer einer zufälligen Bekanntschaft mit zwei der Angehörigen.

Das *fühlte* Yngvar, und auf dieser Grundlage stand sie jetzt als ungebetener Gast in einem fremden und unfreundlichen Wohnzimmer in einem kleinen Haus in den Bergen, weit von anderen Menschen entfernt.

»Inger Johanne!«

Sie wollte nicht noch einmal nach unten. Der Keller war muffig und verstaubt. Sie hatte bereits Atemprobleme und hustete.

»Ja«, rief sie zurück, ohne sich der Kellertreppe zu nähern. »Was ist denn?«

»Komm her! Kannst du das hören?«

»Was denn«, murmelte sie irritiert.

»Komm her!«

Widerwillig stieg sie die steile Treppe hinab. Er hatte recht. Wenn beide ganz still mitten auf dem groben Betonboden standen, konnten sie ein leises Rauschen wahrnehmen. Ein mechanisches Geräusch, regelmäßig und leise.

»Fast wie mein Computer«, flüsterte Inger Johanne.

»Oder wie … eine Lüftungsanlage. Es könnte ein …«

Yngvar klopfte bereits die Wand ab. An mehreren Stellen rieselte Putz zu Boden. Ein großer offener Garderobenschrank stand an der Querwand, die, wie Inger Johanne meinte, sich auf der Ostseite des Hauses befand. Yngvar versuchte dahinterzuschauen. Er ging in die Hocke und musterte den Boden.

»Hilf mir«, sagte er und versuchte, das große Möbelstück wegzurücken. »Auf dem Boden sind Kratzer zu sehen. Der Schrank ist schon mehrmals verschoben worden.«

Er brauchte ihre Hilfe nicht. Der Schrank ließ sich leicht von der Wand rücken. Dahinter verbarg sich eine kleine Klappe, die Yngvar bis über die Hüfte reichte, sie war offenbar neu, mit blanken Scharnieren, ohne Schloß. Er öffnete sie. Hinter der Klappe führte ein schmaler Gang schräg nach unten und war kaum hoch genug für einen erwachsenen Mann. Yngvar kroch auf allen vieren, Inger Johanne folgte ihm mit eingezogenem Kopf. Zwei oder drei Meter tiefer öffnete sich ein kleiner Raum, in dem beide stehen konnten. Dieser Raum hatte Betonwände und eine grelle Leuchtröhre an der Decke. Sie schwiegen beide. Das Rauschen der Lüftungsanlage war hier deutlicher zu hören. Beide starrten eine Tür in der Wand an; eine schwere, blanke Stahltür. Yngvar fischte ein Taschentuch aus der Jackentasche und legte es vorsichtig über die Klinke. Dann öffnete er langsam. Die Angeln waren gut geölt und lautlos.

Der Gestank eines schmutzigen Menschen erregte in Inger Johanne heftigen Brechreiz.

Auch hinter der Tür brannte grelles Licht. Das Zimmer war vielleicht zehn Quadratmeter groß, und es enthielt ein Waschbecken, eine Toilette und ein schmales Bett aus Kiefernholz.

Im Bett lag ein Kind. Das Kind war nackt. Es bewegte sich nicht. Auf dem Boden lag ein Haufen ordentlich zusammengefalteter Kleidungsstücke, unten am Fußende hatte sich eine schmutzige unbezogene Decke zusammengeballt. Inger Johanne betrat den Raum.

»Sei vorsichtig«, mahnte Yngvar.

Er hatte bereits bemerkt, daß die Tür innen keine Klinke hatte. Es war möglich, sie mit einem Haken an der Wand zu befestigen, aber sicherheitshalber blieb er stehen, um sie offenzuhalten.

»Emilie«, sagte Inger Johanne leise und hockte sich vor dem Bett nieder.

Das Kind war ein Mädchen, und es öffnete die Augen. Sie waren grün. Sie zwinkerte einige Male, konnte aber offenbar nicht klar sehen. Auf ihrer abgemagerten Brust lag eine Barbiepuppe, die die Beine spreizte und einen schräg aufgesetzten Cowboyhut trug. Inger Johanne nahm behutsam die Hand des Kindes und sagte:

»Ich bin Inger Johanne. Ich bringe dich jetzt zu deinem Papa.«

Inger Johanne ließ ihre Blicke über den nackten Mädchenkörper wandern: der war klapperdürr, und die Knie waren mit dicken Krusten bedeckt. Die Hüftknochen ragten hervor wie scharfe Messer, sie schienen jederzeit die dünne durchscheinende Haut durchstoßen zu können. Inger Johanne weinte. Sie zog ihre Jacke aus, sie zog ihren Pullover aus und ihre Unterwäsche; sie stand im BH da und hüllte das Kind wortlos in ihre eigenen Kleidungsstücke.

»Auf dem Boden liegen Kleider«, sagte Yngvar langsam.

»Ich weiß nicht, ob das ihre sind«, sagte Inger Johanne, sie schluchzte auf und hob Emilie aus dem Bett.

Das Kind wog so gut wie nichts. Inger Johanne drückte es vorsichtig an ihre eigene nackte Haut.

»Sie können ihm gehören. Seine Kleider sein. Sie können diesem verdammten ...«

»Papa«, sagte Emilie. »Mein Papa.«

»Wir fahren jetzt zu deinem Papa«, sagte Inger Johanne und küßte das Kind auf die Stirn. »Jetzt wird alles wieder gut, kleiner Schatz.«

Als ob hier noch irgend etwas jemals wieder gut werden könnte, dachte sie und ging auf die Stahltür zu, wo Yngvar vorsichtig seine eigene grobe Jacke über ihre Schultern legte. *Als ob du jemals über das hinwegkommen wirst, was du in dieser Grabkammer erlebt hast.*

Als sie das Zimmer verließ, langsam und vorsichtig, um das Kind nicht zu erschrecken, fiel ihr Blick auf eine Herrenunterhose, die vor der Tür auf dem Boden lag. Sie war verwaschen und grün, und ein aufgedruckter Elefant hob am Schlitz frech seinen fetten Rüssel.

»Großer Gott«, stöhnte Inger Johanne in Emilies verfilzte Haare.

68

Es war zwei Uhr, in der Nacht auf Freitag, den 9. Juni 2000. Aus der tiefhängenden Wolkendecke über Oslo fiel Nieselregen. Die Meteorologen hatten Trockenheit und milde Nächte versprochen, aber draußen waren es kaum mehr als fünf Grad. Inger Johanne schloß die Balkontür. Sie hatte das Gefühl, seit einer Woche nicht mehr geschlafen zu haben. Als sie versuchte, die Tropfen zu beobachten, die ruckhaft das Wohnzimmerfenster hinunterglitten, bekam sie Kopfschmerzen. Als sie versuchte, sich zu recken, spürte sie Stiche im Kreuz. Trotzdem konnte sie einfach nicht ins Bett gehen. Auf der Fensterscheibe im Wohnzimmer, ungefähr in Hüfthöhe, deutlich vor dem unklaren Wassermuster auf der anderen Seite, sah sie Kristianes Handabdrücke. Mollige Finger gespreizt wie ein Blütenblatt. Inger Johanne streichelte die Abdrücke.

»Wird Emilie jemals darüber hinwegkommen?« fragte sie leise.

»Kaum. Aber sie ist jetzt zu Hause. Sie wollten sie im Krankenhaus behalten, aber ihre Tante war damit nicht einverstanden. Sie ist selbst Ärztin und meinte, das Kind sollte zu Hause sein. Für Emilie wird gut gesorgt, Inger Johanne.«

»Aber wird sie jemals darüber hinwegkommen?«

Wenn sie mit der Hand ganz leicht darüber strich, ganz vorsichtig, meinte sie die Wärme von Kristianes Hand in dem glatten Glas spüren zu können.

»Nein. Willst du dich nicht hinsetzen?«

»Ich habe Rückenschmerzen.«

Yngvar rieb sich das Gesicht und gähnte ausgiebig.

»Es muß ein schrecklicher Beziehungskrach gewesen sein«, begann er noch während des Gähnens. »Karsten Åsli hat sich bemüht, seinen Sohn zu sehen, seit der Junge geboren wurde und die Mutter einen Tag vor ihrer Entlassung aus dem Krankenhaus verschwand. Karsten Åsli sei ungeeignet, ein Kind zu versorgen, behauptete sie durch drei Instanzen und fünf Gerichtsverhandlungen. Ein gefährlicher Mann, beharrte sie stur. Sigmund hat heute nachmittag eine Kopie aller Dokumente bekommen. Karsten Åsli hat alle Prozesse gewonnen, aber die Kindesmutter legte Widerspruch und Berufung ein und spielte auf Zeit… Am Ende setzte sie sich einfach ab. Ins Ausland, vermutlich. Alles deutet darauf hin, daß Karsten Åsli nicht wußte, wo sie war. Er wandte sich an ein Detektivbüro…«

Yngvar lächelte freudlos.

»…nachdem die Polizei bloß mit den Schultern gezuckt und gemeint hatte, sie könne nichts tun. Die Detektei berechnete fünfundsechzigtausend Kronen für eine Reise nach Australien. Die nichts anderes erbrachte als einen dreiseitigen Bericht darüber, daß Ellen Kverneland und ihr kleiner Junge sich vermutlich auch hier nicht aufhielten. Das Detektivbüro wollte noch ein paar Spuren in Lateinamerika untersuchen, aber Karsten Åsli hatte kein Geld mehr. Das ist ungefähr das, was wir bisher wissen. In ein paar Tagen erhalten wir vielleicht ein vollständigeres Bild. Häßliche Geschichte.«

»Alle Beziehungsstreitigkeiten sind häßlich«, sagte Inger Johanne matt. »Was glaubst du wohl, warum ich mich auf das gemeinsame Sorgerecht eingelassen habe?«

»Ich dachte vielleicht…«

Sie unterbrach ihn:

»Diese Ellen Kverneland hat recht gehabt, mit anderen Worten. Kein Wunder, daß sie abgehauen ist. Karsten Åsli hat sich bestimmt nicht gerade als Traumvater gezeigt. Aber das in einem Gerichtssaal plausibel darzulegen ist fast unmöglich. Der Mann war ein unbeschriebenes Blatt, und er wußte offenbar, wie er sich benehmen mußte, um Eindruck zu machen.«

»Aber die Sache an sich, der Beziehungskrach, kann doch ...«

»Einen Psychopathen aus ihm gemacht haben? Nein. Natürlich nicht.«

»Das ist vielleicht das Schlimmste«, sagte Yngvar. »Daß wir nie erfahren werden, warum er ... Wer Karsten Åsli eigentlich war. Was er war. Warum er das getan hat ...«

Inger Johanne schüttelte langsam den Kopf. Das Fensterglas unter den Fingerkuppen war jetzt eiskalt, sie steckte ihre Hände in die Taschen.

»Das Schlimmste ist, daß drei Kinder tot sind«, sagte sie. »Und daß Emilie vermutlich nie ...«

Sie konnte und wollte nicht mehr weinen. Die Augen liefen trotzdem über, und sie fühlte einen solchen Krampf im Magen, daß sie sich vornüberbeugen mußte; sie lehnte die Stirn ans Fenster und versuchte, ruhig zu atmen.

»Du weißt nicht, wie es Emilie ergehen wird«, sagte Yngvar und stand auf. »Die Zeit heilt fast alle Wunden. Zumindest kann sie uns in die Lage versetzen, mit ihnen zu leben.«

»Hast du sie nicht gesehen«, sagte Inger Johanne heftig und entzog sich der Hand, die auf ihrer linken Schulter lag. »Hast du nicht gesehen, in welchem Zustand sie war? Sie wird nie wieder sie selbst sein. Nie wieder!«

Sie schlang sich die Arme um den Leib. Sie wiegte sich hin und her, mit gesenktem Kopf, als halte sie noch immer ein Kind in den Armen.

»Damaged goods«, hatte Warren einmal gesagt, als sie einen seit fünf Tagen entführten Jungen gefunden hatten. *»Those kids are damaged goods, you know.«*

Der Junge war stumm geworden, aber die Ärzte meinten, er könne durchaus irgendwann wieder sprechen lernen. Es werde nur dauern. Auch die Verletzungen im Enddarm würden sie auf irgendeine Weise zusammenflicken können. Es werde nur dauern. Warren zuckte gefühllos mit den Schultern und sagte noch einmal:

»*Damaged goods.*«

Sie war damals zu jung gewesen, jung und verliebt und voller Ehrgeiz auf eine Karriere beim FBI. Deshalb hatte sie nichts gesagt.

»Kann ich hier übernachten«, fragte Yngvar.

Sie hob das Gesicht.

»Es ist schon so spät«, sagte Yngvar.

Sie versuchte Atem zu holen. Etwas steckte ihr im Hals, und sie fror.

»Kann ich«, fragte Yngvar.

»Auf dem Sofa«, sagte Inger Johanne und schluckte. »Du kannst auf dem Sofa schlafen, wenn du willst.«

Sie wurde von einer Stimme geweckt, die sich durch den Spalt zwischen Rollo und Fensterbank drängte. Lange blieb sie einfach liegen und horchte. In der Nachbarschaft war alles still, nur der eine oder andere Vogel hatte den Tag bereits begonnen. Der Wecker zeigte zehn vor sechs. Sie hatte knapp drei Stunden geschlafen, stand aber trotzdem auf. Erst im Badezimmer fiel ihr ein, daß Yngvar bei ihr übernachtete. Leise schlich sie ins Wohnzimmer.

Er lag auf dem Rücken, mit offenem Mund. Trotzdem atmete er lautlos; die Decke war zur Hälfte heruntergeglitten und entblößte einen kräftigen Oberschenkel. Er trug blaue Boxershorts und ihr Footballhemd. Sein Arm lag auf der Sofalehne, seine Finger umklammerten den groben Stoff, als fürchte er, auf den Boden zu fallen.

Äußerlich ähnelte er Warren so sehr. Und in allem anderen kein bißchen.

Irgendwann werde ich dir von Warren erzählen, dachte sie. *Irgend-*

wann werde ich dir erzählen, was damals passiert ist. Aber noch nicht. Ich glaube, wir haben Zeit genug.

Er grunzte ein wenig, ein leichtes Schnarchen ließ seinen Adamsapfel auf und ab hüpfen. Er suchte im Schlaf nach einer anderen Lage. Die Decke glitt auf den Boden. Vorsichtig deckte sie ihn wieder zu; sie hielt den Atem an und wickelte ihn in eine rotkarierte Wolldecke. Dann ging sie in ihr Arbeitszimmer.

Die Sonne strömte durch das Ostfenster und blendete sie. Sie ließ das Rollo herunter und schaltete den Computer ein. Ihre Sekretärin an der Uni hatte eine Mail mit insgesamt fünf Mitteilungen geschickt. Nur eine davon war wichtig.

Aksel Seier war in Norwegen. Er wollte sie treffen und hatte zwei Telefonnummern hinterlassen. Die eine war, wie er mitgeteilt hatte, die des Continental.

Inger Johanne hatte nicht mehr an Aksel Seier gedacht, seit sie Emilie gefunden hatten. Unni Kongsbakkens Geschichte war in der Grabkammer der Kätnerstelle Snaubu verschwunden. Als Inger Johanne ziellos durch die Straßen von Oslo gewandert war, ehe Yngvar sie aufgelesen hatte und mit ihr zu einem selbstgebauten Bunker auf einem Hügel einige Dutzend Kilometer nordöstlich von Oslo gefahren war, hatte sie nicht so recht gewußt, was sie mit dem Bericht der alten Frau anfangen sollte. Ob sie überhaupt etwas damit anfangen *konnte.*

Diese Zweifel waren jetzt verflogen.

Die Geschichte des Mordes an Hedvig Gåsøy war Aksel Seiers Geschichte. Sie gehörte ihm. Inger Johanne wollte sich mit ihm treffen, ihm das geben, was ihm gehörte, und dann mit ihm zu Alvhild gehen. Erst dann wäre sie mit Aksel Seier fertig.

Inger Johanne drehte sich um. Yngvar stand in der Türöffnung, barfuß. Er kratzte sich am Bauch und lächelte verlegen.

»Ganz schön früh. Verdammt früh. Soll ich Kaffee kochen?«

Ohne auf eine Antwort zu warten, kam er auf sie zu und umschloß ihr Gesicht mit seinen Händen. Er küßte sie nicht, aber er lächelte noch immer, jetzt stärker, und Inger Johanne spürte, wie ein frischer Morgenwind durch das halboffene Fenster kam und unter der Schlafanzughose über ihre Beine strich. Die Meteorologen hatten endlich recht behalten.

»Das wird ein schöner Tag«, sagte Yngvar und ließ sie nicht los. »Ich glaube wirklich, der Sommer ist gekommen, Inger Johanne.«

69

Als Inger Johanne am Freitag, dem 9. Juni, vormittags Aksel Seier in der Rezeption des Continental sah, erkannte sie ihn kaum wieder. In Harwichport hatte er ausgesehen wie ein Fischer und Gelegenheitsarbeiter aus einer Kleinstadt in Neuengland, gekleidet in Jeans und kariertes Flanellhemd. Jetzt sah er eher aus wie ein Tourist aus Florida. Er hatte sich außerdem die Haare geschnitten und konnte seine Augen nicht mehr verstecken. Sein Gesicht war ernst. Er lächelte nicht einmal bei ihrem Wiedersehen und bot ihr keinen Sessel an. Er schien keine Zeit verlieren zu wollen. Als er ihr erzählte, daß sein Sohn nach einem schweren Unfall im Krankenhaus lag, sprach er Englisch mit ihr. Jede Stunde sei kostbar, sagte er tonlos. Er müsse zu ihm.

»Soll ich«, setzte Inger Johanne an und zögerte, vollständig verwirrt angesichts der Tatsache, daß Aksel Seier einen Sohn hatte, einen Sohn, der in Norwegen lebte, einen Sohn, der jetzt im Krankenhaus lag und vielleicht sterben würde. »Möchten Sie Gesellschaft haben? *Do you want me to come? Keep you company?*«

Er lächelte.

»*Yeah. I think so. Thanks.*«

Erst im Taxi ging ihr der Zusammenhang auf.

Danach, in den folgenden Tagen und Wochen, jedesmal, wenn sie noch einmal versuchte zu begreifen, was im Taxi passiert war, auf dem Weg ins Krankenhaus, wo Karsten Åsli bald sterben würde, dachte sie an ihren Mathematiklehrer am Gymnasium.

Aus irgendeinem Grund hatte sie sich für den naturwissenschaftlichen Zweig entschieden. Vielleicht, weil sie eine gute Schülerin war, und die guten Leute gingen auf den naturwissenschaftlichen Zweig. Inger Johanne hatte die Mathematik nie kapiert. Komplizierte Zahlen und mathematische Zeichen blieben sinnlose Hieroglyphen; stumme Symbole, die sich Inger Johannes eifrigen Deutungsversuchen widersetzten. Bei der Prüfung im zweiten Oberstufenjahr hatte sie dann ein Erlebnis, das sie später als eine Art Offenbarung betrachtete. Die Zahlen sagten ihr plötzlich etwas. Die Gleichungen gingen auf. Es war wie ein Blick in eine fremde Welt, in ein streng logisches Dasein. Am Ende der schönen Reihen von Zeichen und Zahlen kamen die Antworten. Der Lehrer beugte sich über ihre Schulter, er roch nach altem Mann und Kampferdrops und flüsterte:

»Sieh an, Inger Johanne. Sieh an. Die junge Frau Vik hat das Licht erblickt.«

Und damit hatte er den Nagel auf den Kopf getroffen.

Aksel hatte von Karsten erzählt. Sie reagierte nicht. Er erzählte von Eva. Sie hörte zu. Dann nannte er beider Nachnamen, eher zufällig, fast in einem Nebensatz, als das Taxi vor dem Krankenhaus vorfuhr.

Und sie hatte das Gefühl, daß nichts sie noch überraschen konnte.

Sie bekam eine leichte Gänsehaut. Das war alles.

Die Gleichung ging auf. Karsten Åsli war Aksels Sohn.

»Sieh an, Inger Johanne«, flüsterte der Mathelehrer und saugte schmatzend an seinem Bonbon.

»Die junge Frau Vik hat das Licht erblickt!«

Auf dem Flur standen zwei in Zivil gekleidete Polizisten, doch Aksel Seier achtete kaum auf die beiden. Inger Johanne begriff, daß er von den Verbrechen seines Sohnes noch nichts wußte. Sie betete in Gedanken darum, daß das so bleiben würde, bis alles vorüber wäre.

Sie legte Aksel Seier die Hand auf die Schulter. Er blieb stehen und schaute ihr in die Augen.

»Ich habe eine Geschichte für Sie«, sagte sie leise. »Gestern… ich habe endlich die Wahrheit über den Mord an Hedvig erfahren. Sie sind wirklich unschuldig.«

»*I know that*«, sagte er tonlos und ohne mit der Wimper zu zucken.

»Ich werde Ihnen alles erzählen«, sagte Inger Johanne dann. »Wenn das hier…«

Sie schaute kurz zu Karsten Åslis Zimmertür hinüber.

»Wenn das alles überstanden ist. Dann werde ich Ihnen erzählen, was damals passiert ist.«

Aksel legte die Hand auf die Klinke.

»Und noch etwas«, sagte sie und hielt ihn zurück. »Es gibt eine alte Frau. Sie ist sehr krank. Es ist ihr Verdienst, daß die Wahrheit endlich ans Licht gekommen ist. Sie heißt Alvhild Sofienberg. Ich möchte Sie zu ihr bringen. Später, wenn das hier vorüber ist. Versprechen Sie mir, daß Sie mitkommen?«

Er nickte schwach und ging ins Haus.

Inger Johanne folgte ihm.

Karsten Åslis Gesicht war blau und aufgequollen und durch kreideweißes Bettzeug, Verbände und gurgelnde Maschinen, die ihn noch für einige Stunden am Leben erhielten, kaum zu erkennen. Aksel setzte sich auf den einzigen Stuhl im Zimmer. Inger Johanne trat ans Fenster. Sie interessierte sich nicht für den Patienten. Sie sah nur Aksel Seier, als sie sich umdrehte, und sie dachte nur an ihn.

Du hast für deinen Sohn Buße getan, Aksel. Du hast für seine Sünden gebüßt. Ich hoffe, du kannst das auch so sehen.

Aksel Seier hatte den Kopf gesenkt und die Hände um Karstens rechte Hand gefaltet.

Die Decke wurde blau. Der Mann im Laden hatte behauptet, die dunkle Farbe werde das Zimmer kleiner wirken lassen. Doch das war ein Irrtum. Die Decke schien sich zu heben und fast zu verschwinden. So hatte ich es mir gewünscht, als ich noch klein war: ein Gewölbe aus nächtlicher Dunkelheit, mit Sternen und einer schmalen Mondsichel gleich über dem Fenster. Damals wurde die Entscheidung von meiner Großmutter getroffen. Von meiner Großmutter und meiner Mutter, ein Jungenzimmer in Gelb und Weiß.

Ich habe das Gefühl, daß jemand hier ist.

Jemand hält meine Hand. Mama ist das nicht. Sie hat es ab und zu gemacht, wenn sie abends zu mir kam, wenn Oma schon im Bett lag. Mama sagte so wenig. Andere Kinder wurden mit einer Geschichte in den Schlaf gewiegt. Ich schlief zum Klang meiner eigenen Stimme ein, immer. Mama sagte so wenig.

Glück ist etwas, an das ich mich nur vage erinnern kann, wie an eine leichte Berührung in einer fremden Menschenmenge, verflogen, ehe wir uns umdrehen können. Als das Zimmer fertig war, nur zwei Tage bevor Preben endlich kommen würde, war ich zufrieden. Glück ist etwas Kindliches, und ich gehe immerhin auf die Vierunddreißig zu. Aber ich freute mich natürlich. Ich freute mich.

Das Zimmer war bereit. Auf dem Mond saß rittlings ein kleiner Junge. Blond, mit einer Angel in der Hand, einem Bambusstöckchen mit Schnur und Schwimmer, und unten, am Haken befestigt: ein Stern. Ein Tropfen überschüssiger Goldfarbe zog sich schmal wie ein Strich zur Fensterbank hinunter, als sei der Himmel kurz vorm Schmelzen.

Endlich würde mein Sohn kommen.

Ich habe Schmerzen.

Alles tut weh, ein großer Schmerz ohne Anfang oder Ende.

Ich glaube, ich muß sterben.

Ich kann nicht sterben. Am 19. Juni werde ich mein Projekt zu Ende führen. An Prebens Geburtstag. Ich habe Preben verloren, aber ich habe ihn mir zurückgeholt, indem ich den anderen ihre verdiente Strafe verpaßt habe. Denen, die mich im Stich gelassen haben. Alle haben mich im Stich gelassen, immer.

Wir hatten uns geeinigt, daß er Joakim heißen sollte. Er sollte meinen Nachnamen bekommen. Er sollte Joakim Åsli heißen, und ich kaufte eine Eisenbahn. Ellen war sauer, als ich die ins Krankenhaus brachte. Sie hatte wohl ein Schmuckstück erwartet, als ob sie einen Orden verdient hätte. Ich ließ die Märklin-Lokomotive über sein Gesicht rattern, und er öffnete tatsächlich die Augen und lächelte. Ellen wandte sich ab und behauptete, es sei nur eine Grimasse gewesen.

Ich wäre ein großartiger Vater geworden. So bin ich nun einmal.

Ich bin klein und stehe auf dem Küchentisch, in einer gesteppten Latzhose mit Jacke, die jemand mir geschickt hat. Später habe ich Mama gefragt: Hat Papa mir ein Geschenk geschickt? Sie hat diese Frage nie beantwortet. Obwohl ich damals erst vier war, kann ich mich an die Briefmarken erinnern, sie waren groß und fremd, das Packpapier war von Stempeln und seltsamen Briefmarken übersät. Der Overall war blau und federleicht, und ich wollte damit im Schnee spielen. Oma riß ihn mir vom Leib. Und verschenkte ihn weiter.

Immer haben andere das bekommen, was mir gehörte.

Ellen und das Kind verschwanden. Sie hat mich nicht einmal als Vater angegeben. Ich brauchte vier Monate, um in Erfahrung zu bringen, daß der Junge Preben heißt.

Ich muß mein Projekt vollenden. Ich muß leben.

Jemand hält meine Hand. Mama ist das nicht. Es ist ein Mann.

Ich habe niemals einen Vater gehabt. Meine Großmutter verzog das Gesicht, wenn ich nur danach fragte. Mama wandte sich ab. In einem kleinen Ort bekommt der Vaterlose tausend Väter. Immer neue Namen wurden in den Ecken getuschelt, in der Schule, in Versammlungslokalen, beim Spielen. Es war unerträglich. Und ich wollte doch nur Bescheid wissen. Ich brauchte keinen Vater, aber ich wollte Bescheid wissen. Ich brauchte nur einen Namen.

Emilie. Sie wird in meinem Keller sterben. Sie gehört mir, genau wie Preben. Grete weinte und weigerte sich und wollte zurück zu ihrer Fa-

milie und allem, was ihr gehörte. Ich war damals so jung und ließ sie gehen. Das Kind interessierte mich nicht weiter. Sie interessiert mich nicht. Der, um den es mir geht, ist Preben.

Von mir aus soll Emilie sterben.

Auch die anderen Kinder hätten meine sein können.

Ihre Mütter haben mir gehört. Aber das haben sie nicht begriffen.

Jemand hält meine Hand, und im Licht vor dem Fenster steht ein Engel.

Nachwort der Autorin

Im Frühjahr 2000 hörte ich eine wahre Geschichte. Diese Geschichte handelt von Ingvald Hansen, einem Mann, der 1938 zu lebenslänglichem Gefängnis verurteilt wurde. Die Anklagebehörden warfen ihm vor, ein siebenjähriges Mädchen, Mary, vergewaltigt und ermordet zu haben. So, wie diese Geschichte mir an einem Restauranttisch erzählt wurde, fand ich sie ungeheuer faszinierend. Vieles schien darauf hinzuweisen, daß dieser Mann einem Justizirrtum zum Opfer gefallen war.

Mein erster Impuls war, mich genauer mit seinem Fall zu befassen. Aber ich ließ mich dann doch dazu inspirieren, mir eine andere Gestalt in einer etwas späteren Zeit auszudenken, den Aksel Seier dieses Buches. Hansen und Seier haben also ein Schicksal, das in einigen entscheidenden Punkten Ähnlichkeit miteinander aufweist, aber sie sind natürlich nicht ein und dieselbe Person. All mein Wissen über Ingvald Hansen stammt aus einem Artikel, den Professor Dr. jur. Anders Bratholm im Fachorgan *Tidskrift for lov og rett,* 2000, S. 443 ff. veröffentlicht hat, und aus einer Reportage, die am Freitag, dem 4. November 2000, in *Aftenposten* stand. Aus beiden geht unter anderem hervor, daß Hansen zwei Jahre nach seiner überraschenden und scheinbar unerklärlichen Freilassung gestorben ist.

Alle, die sich die Zeit nehmen und diese Artikel lesen, werden sehen, daß ich noch an einem weiteren Punkt die Wirklichkeit als Inspirationsquelle herangezogen habe: Als Ingvald Hansen 1950 ein Begnadigungsgesuch einreichte, wurde sein Fall von einer jungen Juristin behandelt. Dieser Frau, der späteren Vorsitzenden des Osloer Nachlaßgerichts, Anne Louise Beer, ist es vor allem zu verdanken, daß Ingvald Hansens Geschichte zu neuer Aktualität gelangt ist. Sie hat den Fall nie vergessen, auch wenn die Umstände es ihr 1950 unmöglich machten, Belege für ihre Überzeugung zu suchen, daß diesem Mann arges Unrecht widerfahren war. In den neunziger Jahren versuchte sie den erwähnten Artikeln zufolge, die alten Akten einzusehen. Doch die waren spurlos verschwunden.

Ich kenne Richterin Beer nicht und bin ihr meines Wissens nie begegnet. Die Alvhild Sofienberg meines Buches ist deshalb – wie auch alle anderen Personen in diesem Roman – reine Fiktion. Was Alvhild im Zusammenhang mit Aksels Geschichte erlebt, stimmt jedoch in einigen Punkten mit den Erfahrungen überein, die Richterin Beer mit dem Fall Ingvald Hansen machen mußte.

Wenn ich in diesem Roman das Mysterium Aksel Seiers »löse«, dann entspringt diese Lösung ausschließlich meiner Phantasie. Ich kann mich absolut nicht dazu äußern, was passiert ist, als Ingvald Hansen zuerst verurteilt und dann unter seltsamen Umständen auf freien Fuß gesetzt wurde.

Bei der Arbeit an diesem Buch ist mir von vielen Seiten auf unschätzbare Weise geholfen worden. Ich möchte vor allem meinen Bruder Even erwähnen, der derzeit an seiner Dissertation im Fach Medizin arbeitet und mir eine erschreckende Mordmöglichkeit erklärt hat. Berit Reiss-Andersen ist eine liebe Freundin und kluge Kritikerin. Ich danke auch Lektorin Eva Grøner, meiner wichtigsten Beraterin, und meiner schwedischen Verlegerin Ann-Marie Skarp für ihre begeisterte und wertvolle Unterstützung. Mein Dank gilt außerdem Øystein Mæland für hilfreiche Kommentare. Und vor allem danke ich Line Lunde für ihre treue Unterstützung seit *Blinde Göttin*. Sie hat mir die spannende Geschichte erzählt, auf der dieser Roman aufbaut.

Und natürlich: Tausend Dank an Dich, Tine.

Anne Holt

Blinde Göttin

Roman. Aus dem Norwegischen von Gabriele Haefs. 320 Seiten. Serie Piper

Karen Borg, eine Osloer Wirtschaftsanwältin, findet einen grausam zugerichteten Toten. Mit der Aufklärung des Falls werden die Polizeikommissarin Hanne Wilhelmsen und Håkon Sand beauftragt, Jurist im Polizeidienst und seit der gemeinsamen Studienzeit unsterblich in Karen verliebt. Schon bald stellt sich heraus, daß hinter dem brutalen Mord eine Drogenmafia steckt, deren Verzweigungen bis in die höchsten gesellschaftlichen Kreise reichen … Der erste Kriminalfall der bekannten und beliebten Osloer Kriminalkommissarin Hanne Wilhelmsen.

»Wenn man fragt, ob es ein weibliches Pendant zu Henning Mankell gibt und wie ihr Name lautet, ist für mich die Antwort klar: Anne Holt.«

Gert Scrobel, Westdeutscher Rundfunk

05/1054/01/L

Anne Holt

Das achte Gebot

Roman. Aus dem Norwegischen von Gabriele Haefs. 444 Seiten. Serie Piper

Ståle Salvesen hat Selbstmord begangen, dafür gibt es Zeugen. Salvesen galt jedoch als Hauptverdächtiger in einem abscheulichen Mordfall, und nun steht die Osloer Hauptkommissarin Hanne Wilhelmsen mit ihren Ermittlungen wieder ganz am Anfang. Dann gibt es ein zweites Opfer: Ein bekannter Wirtschaftsjournalist wird erschlagen aufgefunden, und zwar ausgerechnet in Salvesens Keller …

»Anne Holts neuer Fall ist dunkel, schön und melancholisch.«

Die Welt

05/1053/01/R

SERIE PIPER

Anne Holt

Selig sind die Dürstenden

Roman. Aus dem Norwegischen von Gabriele Haefs. 224 Seiten. Serie Piper

Die Osloer Polizei steht vor einem Rätsel: Immer am Wochenende finden sich Hinweise auf blutige Gewaltverbrechen, die sogenannten »Samstagsmassaker«. Die Polizei tappt im dunkeln, da die Leichen scheinbar spurlos verschwunden sind – bis sie endlich auf die Opfer stößt, alles junge Ausländerinnen. Eines Samstags scheint der Täter sein Muster zu brechen: Die junge Medizinstudentin Kristine fällt einer brutalen Vergewaltigung zum Opfer. Nicht nur Hanne Wilhelmsen und ihr Kollege Håkon Sand sind dem Täter auf der Spur, auch Kristines Vater hat Rache geschworen und ist bereit, über Leichen zu gehen …
In ihrem packenden, psychologisch überzeugenden Roman stellt Anne Holt die Fragen, ob sich Gewalt durch Gegengewalt sühnen läßt und wo die Grenzen der Gerechtigkeit liegen.

/1055/01/L

Anne Holt, Berit Reiss-Andersen

Im Zeichen des Löwen

Roman. Aus dem Norwegischen von Gabriele Haefs. 416 Seiten. Serie Piper

Die norwegische Ministerpräsidentin Brigitte Volter wird erschossen in ihrem Büro aufgefunden, und niemand kann sich ihren Tod erklären. Es fehlt ein Motiv, und auch die Indizien sprechen eine höchst unklare Sprache. Hauptkommissarin Hanne Wilhelmsen steht vor einem Rätsel. Einen der wenigen Anhaltspunkte bietet Benjamin Grinde, der letzte, der die Ministerpräsidentin lebend gesehen haben soll. Grinde ist Richter am Obersten Gericht und, wie sich herausstellt, ein Freund Brigitte Volters aus Kindertagen. Doch er nimmt sich das Leben. Im Spannungsfeld von Politik, Intrigen und Macht sieht Anne Holt die Menschen hinter den öffentlichen Figuren, und es gelingt ihr das überzeugende Porträt einer Frau, die mit den Dämonen ihrer Vergangenheit ringt.

05/1051/01/R